HEIKE MECKELMANN

Küstenschrei

HEIKE MECKELMANN

Küstenschrei

KRIMINALROMAN

GMEINER

Immer informiert

Spannung pur – mit unserem Newsletter informieren wir Sie
regelmäßig über Wissenswertes aus unserer Bücherwelt.

Gefällt mir!

Facebook: @Gmeiner.Verlag
Instagram: @gmeinerverlag

Besuchen Sie uns im Internet:
www.gmeiner-verlag.de

© 2016 – Gmeiner-Verlag GmbH
Im Ehnried 5, 88605 Meßkirch
Telefon 07575 / 2095 - 0
info@gmeiner-verlag.de
Alle Rechte vorbehalten
11. Auflage 2024

Lektorat: Claudia Senghaas, Kirchardt
Herstellung: Mirjam Hecht
Umschlaggestaltung: U.O.R.G. Lutz Eberle, Stuttgart
unter Verwendung eines Fotos von: © fredredhat / Shutterstock.com
Druck: CPI books GmbH, Leck
Printed in Germany
ISBN 978-3-8392-1851-8

Für Martin. Du hast immer an mich geglaubt.
Mir geraten, alles in Frage zu stellen
und am Ende nicht alles so ernst zu nehmen.
Ich liebe Dich.

PROLOG

Dass in den nächsten neun Minuten das beschauliche Leben auf der Insel zutiefst in seinen Grundfesten erschüttert würde, konnte zu diesem Zeitpunkt niemand ahnen …

Der Naturstrand von Katharinenhof lag an der rauen, schattigen Ostküstenseite der Insel Fehmarn. An diesem Samstagmorgen übersät mit Resten der letzten heftigen Sturmnacht, die mit mehr als 100 Stundenkilometern über Insel und Meer gefegt war. An diesen Küstenabschnitt verirrten sich nicht viele. Zu viele Steine im Wasser, zu viel Kraut. Hierher kam nur, wer Ruhe, Einsamkeit und die Stille der unberührten Natur genießen wollte. Besonders Einsamkeit, die, angehaucht von nostalgischer Schönheit, Menschen immer wieder betörte. An einem Strand, der sich nach wie vor in seinem Urzustand zu befinden schien. Der aussah, als hätte man ein altes mit einem Sepiaschleier überzogenes Foto herausgekramt.

Der Küstenabschnitt lag eingehüllt von mächtigen Bäumen verschiedenster Art unterhalb der Steilküste, von denen ein paar Pappeln und Birken mit halb herausgerissenen Wurzeln an gezogene Zähne erinnerten. Sie wuchsen halbwegs aus dem Hang und streckten bedrohlich ihre Fühler aus. Einige der zum Teil bizarr gewachsenen Holzformationen waren von einem der vielen Herbststürme komplett aus der Erde gerissen. Lagen verreckt am Strand. Ausgelaugt, bleich, porös, als hätte der Wind ihnen jegliches Leben herausgesaugt. Abgenagt von Salzwasser und Wind boten sie ein befremdliches abstraktes Bild.

Heute war es seit mehr als einer Woche das erste Mal windstill. Dicke Nebelschwaden zogen über die Wasseroberfläche, krochen feucht und kalt über den mit Steinen übersäten Strand. Erinnerten an den amerikanischen Film *Fog, Nebel des Grauens*. Die rauchfarbenen Schleier verdeckten die Überbleibsel der letzten an Wind kaum zu überbietenden Tage. Der Spätsommer war nicht gänzlich verschwunden. Zeigte sich nach einer stürmischen, kalten Woche an diesem Morgen noch einmal von seiner besseren Seite. Aber die beginnende dunkle Zeit auf der Insel würde nicht mehr ewig auf sich warten lassen. Trieb ihre Ankündigungen schwermütig als undurchsichtigen Nebelteppich vor sich her. An jenem Samstag schien es, als könne die Kraft der Sonne den schweren Wolkenhimmel vielleicht noch einmal vertreiben.

Jan und Lasse stapften auf matschig aufgeweichtem Waldboden durch die Bäume auf den Strand zu. Überwanden fast fünf Höhenmeter, um ihrer Lieblingsbeschäftigung nachzugehen: Angeln. Katharinenhof war ein Geheimtipp, wenn man überhaupt von *geheim* sprechen konnte. Wo viele Steine waren, vermuteten die beiden Angler Fisch. Gingen auf die Jagd nach Meerforellen, die sie an dieser rauen Küstenseite seit Jahren verfolgten.

»Los, Alter, geh mal 'n bisschen schneller.« Lasse stieß seinem Freund lachend die Faust in die Seite, rutschte in Wattschuhen den unebenen, verschlammten Kiesweg hinunter. Der hatte sich in der letzten Woche durch heftige Regengüsse in eine gefährliche Rutschbahn verwandelt. Trennte den oberen Teil der Steilküste vom Meer, führte die beiden Sportangler direkt hinunter zum Wasser.

»Eh, Mann, nicht so schnell!«, rief Jan keuchend, als er hechelnd hinter seinem Freund herschlitterte und fast auf den grauen Kieseln ausrutschte. »Du wirst deinen Fisch heute noch früh genug fangen. Wenn du allerdings nicht aufpasst, brichst du dir vorher noch die Knochen«, sagte Jan. Er war schon immer der Ruhigere von beiden gewesen. Selbst als sie Kinder waren und am Strand von Katharinenhof wilde Piratenschlachten veranstaltet hatten. Er hechelte schon damals hinterher. War kein »Spiddel«, wie seine Mutter Lasse stets nannte. Er war eher der Knuddelbär, den man am liebsten dauernd in den Arm nahm und mit ihm kuschelte. Die Worte seiner Mutter, die er früher mit Augenrollen abwiegelte, hörte er heute noch in seinen Ohren. Jetzt, im besten Mannesalter, spielten sie nicht mehr Piraten, sie angelten. Immer gemeinsam, bei jeder passenden Gelegenheit. Und heute war eine dieser Gelegenheiten.

Der aschfahle Dunst umhüllte die beiden 30-Jährigen wie ein schwerer, schmutziger Mantel. »Das Meer sieht heute aus wie aufgewühlte graue Asche«, sinnierte Lasse. Jan nickte und blickte zum Horizont. Am Strand war außer ihnen keine Menschenseele. Vereinzelt zogen graubraune Möwen mit ausgebreiteten Schwingen laut schreiend über den Meeressaum hinweg in der Hoffnung auf Fisch. Es war das gleiche Spiel, wenn die Fischer mit ihren Kuttern hinausfuhren. Die Möwen waren die Ersten, die, angezogen vom Geruch der Meeresbewohner, das Schiff umkreisten, laut schrien und lauerten, dass etwas für sie abfiel.

Es war 7.05 Uhr morgens. Überall lagen Strandgut und Algen. Nicht ein einziger Angler stand irgendwo in der grauen Brühe, obwohl es die beste Zeit zum Fischfang war. Jan und Lasse stapften durch Kraut und Holzteile, suchten sich einen Platz an einem der großen Findlinge, die sich wie schwarze Riesen am Strand verteilten. Sie ließen ihre Angeltaschen aus den Händen gleiten, und Jan öffnete als Erster den Reißverschluss seines dunkelgrünen Leinensacks. Gemächlich zog er die Einzelteile seiner Angel heraus und steckte sie fachmännisch ineinander. Fädelte anschließend mit geschickten Fingern die hauchdünne aufgespulte Sehne durch nicht einmal fingernagelgroße Metallringe. Befestigte einen Köder an einer am Ende hängenden Öse und stampfte entschlossen Richtung Wasser.

»Ich rauch noch eine«, sagte Lasse und zog die Tabakpackung mit dem Indianer auf der Lasche aus der oberen Tasche seiner dunkelgrünen Wattjacke. Jan nickte stumm mit dem Kopf. Sie hatten sich, wie jedes Mal, bereits am Auto umgezogen. Es sparte Zeit, und sie mussten ihre Klamotten nicht unbeaufsichtigt am Strand zurücklassen, wenn sie stundenlang im Wasser standen. Lasse zog ein Blättchen hauchdünnes Papier aus der Packung, klemmte es zwischen seine Lippen und schüttete sich Tabak in seine Handinnenfläche. Dann schob er mit der freien Hand die Packung zurück in die Tasche. Nahm das Papier in die andere und kippte vorsichtig das braune Kraut hinein. Es war jedes Mal ein Akt, sich eine Zigarette zu drehen, aber Lasse löste die Aufgabe mit der Coolness eines Cowboys. Es hatte das gewisse Etwas. Männlich, verwegen und auf gewisse Weise erotisch. Er steckte die Kippe in den Mund, zündete das Feuerzeug und inhalierte einen tiefen Zug in seine Lunge. Entspannt fuhr er sich mit der Hand durch seine strohblonden von Sonne und Wasser ausgeblichenen Haare und schaute übers Meer.

»Das Wetter hat den Bäumen wieder ganz schön zugesetzt«, rief Lasse blinzelnd, die Zigarette zwischen den Lippen. Nicht wissend, ob Jan sein Genuschel überhaupt verstand. Der Qualm zog ihm, während er sprach, in die wasserblauen Augen. Er schob die Zigarettenkippe blinzelnd in den Mundwinkel und bückte sich, um nach seinem Angelgeschirr zu greifen.

Jan suchte sich in der Zwischenzeit einen Platz unweit seines Freundes und watete Meter für Meter tiefer in die schlammige Brühe. Gekonnt öffnete er den Bügel seiner Rolle und warf den Köder mit schnellem pfeifendem Geräusch aufs Wasser. Während er die Sehne zügig zurückspulte, rief er: »Der Wind hat gestern Abend 'ne Menge Zeugs an Land gespült, da geht bestimmt was heute, sieh zu, Mann!« Überall schwammen vom Meer angespülte geschliffene Holzstücke, alte, brüchige Kisten. Baumstämme, die bei einem der Stürme von der See mitgenommen worden waren und jetzt den Weg zurück zum Strand gefunden hatten. Grüne und braune Algen, jede Menge Kraut. Verklebt mit Miesmuscheln, die im Meer mit Pflanzen und Holz eine Symbiose eingegangen waren und angehäuft überall verstreut herumlagen. Sie verströmten fischigen, salzigen Geruch, der sich pelzig auf die Zunge legte.

Lasse warf einen Blick über die dunkle Wasseroberfläche. »Nicht ein Luftzug«, rief er, »gut für Meerforellen. Wir haben heute Glück, das spür ich!«

»Is scheißglatt hier«, rief Jan und rutschte über schmierigen Grund. »Das fühlt sich an, als hätte hier jemand tonnenweise Schleim ins Meer gekippt.« Vorsichtig tastete er sich über die rutschigen Steine, suchte sich einen der größeren Findlinge und versuchte, gegen die Strömung ankämpfend, sich darauf zu stellen.

Als Lasse sich umblickte, empfand er die Szenerie heute Morgen auf nicht zu erklärende Weise gespenstisch, unheimlich. Ein kalter Schauer lief ihm trotz warmer Kleidung über den Rücken. Er sog noch einen letzten Zug aus dem Tabakstummel in die Lunge, bevor er den Rest im Sand ausdrückte. Den Stummel steckte er in seine obere Jackentasche. Er hasste es, wenn Kippen und irgendwelches Plastikzeugs am Strand verstreut herumlagen. Wünschte sich, dass die Leute ihren Müll anstandshalber wieder mitnahmen. Lasse fuhr sich durch die krausen blonden Haare, packte die Angel und schaute zu seinem Kumpel, der zum wiederholten Mal seinen Köder auswarf. Summend bewegte er sich durch den Sand, um ein paar Meter weiter ebenfalls ins Wasser zu staksen.

Plötzlich stieß er mit dem Fuß gegen ein Hindernis, das unmittelbar vor ihm im Sand lag und … strauchelte. Der Länge nach schlug er unsanft hin. Die Angel flog im hohen Bogen voraus und landete ein paar Meter neben seinem Kopf. Fluchend spuckte er Sand aus, der sich bei der Landung in seinen Mund verirrt hatte, und richtete sich auf. »Mann, was war das denn? Beknackte Steine!« Lasse saß mit Sand gepudert am Boden, als sich Jan, durch das laute Geschrei seines Freundes genervt, umdrehte und aus vollem Hals anfing zu lachen. »Eh, Alter, alles klar bei dir? Mit Brille …«, mit zwei Fingern, die zu einem V geformt waren, deutete er auf seine Augen.

»Ach, halt die Schnauze. Da liegt so'n dämlicher Stein im Sand. Bei dem Nebel kann man ja auch nichts sehen.« Er warf Jan, der sich wieder umdrehte und nicht darum scherte, was am Strand hinter ihm passierte, einen wütenden Blick zu. Lasse richtete sich auf, stöhnte mitleiderregend und rieb sich knurrend seinen schmerzenden Knöchel. »Was ist, tut's weh? Stell dich nicht so an«, rief Jan grinsend, ohne seine Angel auch nur eine Sekunde aus den

Augen zu lassen. Irgendwo da draußen trieb sich seine Meerforelle rum, das spürte er genau. Lasse blieb währenddessen mit jämmerlicher Miene im feuchten Grund sitzen, schüttelte mit zusammengekniffenen Augen den Kopf und klopfte sich mit den Händen den Sand von Beinen und Haaren. »Mist«, rief er noch einmal und rieb sich ein paar Körner, die in seine Augen gekrochen waren, heraus.

»Was machst du denn noch? Komm schon! Langsam reicht's.« Jan schmiss mit einem harten Ruck den Köder wieder aus. Lasse versuchte angestrengt, das Gebilde, das vergraben vor ihm lag und einem Stück Holz ähnelte, zu erkennen. Es ragte aus dem stinkenden, angehäuften Kraut. Lasse schwang sich wie ein Schaukelstuhl in die Höhe, ließ sich nach vorn auf die Knie fallen und senkte neugierig den Kopf zum vermeintlichen Strandgut. Mit fahrigen Bewegungen versuchte er, den Gegenstand von fischigen Algen, Treibholz und Steinen zu befreien. »Boah, stinkt das«, ächzte er angewidert, drehte seinen Kopf zur Seite und vermied es, den Gestank einzuatmen.

Jan stand im Wasser und ließ die Strömung in seichten Bewegungen an sich vorbeitreiben. Ihm ging das Getue seines Freundes mittlerweile auf den Geist. Er reagierte nicht auf sein Gemotze, von dem er kaum die Hälfte mitbekam. Das Rauschen der kleinen Wellen, die gekräuselt am Strand aufschlugen, und das Schreien der Möwen verschluckten die Worte seines Freundes.

Hätte Lasse vorher gewusst, was ihn erwartete, wäre er sicherlich ohne zu zögern mit Jan ins Wasser gegangen, anstatt den Strandpatrioten zu spielen. So lag das Unausweichliche direkt vor ihm, als er den Kopf zurückdrehte …

Ein Aufschrei ließ Jan erschauern. »Verdammter Mist. Was ist das?« Lasse machte einen Satz zurück, landete kreidebleich auf dem Hintern. Schreiend stieß er sich mit den Füßen mehrere Meter nach hinten. Starrte mit weit aufgerissenen Augen in die Richtung, in der sein Freund noch immer auf dem Findling stand. »Was ist denn jetzt schon wieder? Mann, Alter, hast du sie noch alle? Ich hab echt gleich keinen Bock mehr«, Jan drehte seinen Kopf, sah seinen Freund schnaubend an. Der war bleich wie ein Leichentuch, sah aus, als hätte er einen Geist gesehen. Lasse versuchte, sich aufrecht hinzusetzen, hielt sich mit beiden Händen den Kopf und fing an, laut zu schreien.

»He, was ist los?« Jan war die Sache plötzlich unheimlich. Jetzt machte er sich Sorgen um seinen besten Freund, der brüllend am Strand saß. Die Worte, die Lasse dann auf einmal herausquetschte, würde er niemals vergessen. Sie kamen krächzend über seine Lippen und jagten seinen Puls nach oben. »Mann, Alter«, rief er, »das ist eine Hand! Ne verdammte Scheißhand!« Mit zitternden Fingern zeigte er auf die aus dem Sand herausragende Hand, die jetzt befreit von Sand und Kraut gut zu erkennen war. Eine feine, dunkelrote verkrustete Spur verlief entlang des Handgelenks und endete als roter Schatten im Sand.

Jan drillte die letzten Meter der Sehne überhastet zurück auf die Rolle. Rutschte vom Stein und konnte sich gerade noch im Schlick halten, ohne das Gleichgewicht zu verlieren. Hastig watete er mit klopfendem Herzen aus dem Wasser. Er ließ die Angelrute in den Sand fallen, stürmte auf Lasse zu und blieb geschockt vor ihm stehen. Ungläubig starrte er auf den Haufen, der direkt vor ihm lag.

Lasse hielt sich gequält die zitternden Hände vors Gesicht. »Das ist eine Hand, da liegt eine Leiche …!«, schrie er. Seine Stimme überschlug sich. Der Nebel löste sich auf und gab die Tragweite des bizarren Strandguts frei. Dann war nichts mehr wie vorher, an diesem Samstagmorgen …

FREITAG – ACHT TAGE ZUVOR

Lautes, helles Lachen drang von einem der fünf besetzten Tische, die direkt vor einer circa einen Meter hohen Steinwand standen. Die vor Jahren aufgetragene dunkelblaue Farbe fing an, stellenweise abzublättern, und die Teilchen wehten wie kleine Papierfetzen über die Terrasse. Abgefressen durch salzhaltige Luft, die überall ihren Tribut forderte. Die Mauer anscheinend allein deshalb errichtet, damit niemand der zahlreichen Gäste in den Abgrund stürzen konnte. Nicht einmal 20 Zentimeter hinter dem tischhohen Gemäuer würde man ohne angelegte Steinkante die Klippe hinunterstürzen. Was als absolut tragisch zu bewerten wäre und vermutlich dazu führen würde, dass man als zerschmetterte Strandleiche mit verrenkten Gliedern endete. Wer wollte das schon? Deswegen hatten die Besitzer als reine Sicherheitsmaßnahme genannte Mauer gebaut, die Böses bisher erfolgreich verhindert hatte. Das Lachen der jungen Frau, die mit einem Mann an einem der Tische saß, hallte erneut durch die Luft und steckte die anderen Gäste förmlich an, ebenfalls die Mundwinkel nach oben zu ziehen.

Der Tisch, von dem das Gekicher kam, stand direkt vor der Mauer, war mit lila Stoffdeckchen verziert, die an einen Strauß frisch gepflückten Flieders erinnerten, und war einer der begehrtesten. Auf der Freifläche gab genau dieser den allerschönsten Blick auf die, je nach Wetterlage, in allen Farbschattierungen schimmernde Ostsee und den Naturstrand von Katharinenhof frei.

Auf der Terrasse des *Küstenblicks* war es nicht mehr so angenehm warm und gemütlich wie noch vier Wochen zuvor. Und nicht alle der zwölf weißen Tische waren besetzt. Doch um die letzten Sonnenstrahlen des Nachmittags im herbstlichen Kleid zu genießen, saßen die Besucher, die das Restaurant aufgesucht hatten, draußen, dick eingemummelt in warme Jacken und Mützen. Vertieft in den atemberaubenden Meerblick.

Kaum ein Restaurant lag dichter am Wasser als dieses. Wenn man außer Betracht ließ, dass zwischen Terrasse und Wasser ungefähr fünf bis sieben Höhenmeter lagen. Direkten Zugang zum Strand gab es nicht, aber das war den Gästen anscheinend egal. Der Blick entschädigte sie für die Unzulänglichkeit, einen Umweg von ungefähr einem knappen Kilometer in Kauf nehmen zu müssen. Wer zum Strand wollte, musste gezwungenermaßen laufen oder das Auto benutzen. Das ansteckende Lachen sprühte erneut über die Terrasse. Die gut gelaunte Frau um die 30 strahlte über das ganze Gesicht und unterhielt sich angeregt mit einem Mann, der etwa im gleichen Alter war und neckisch blinzelnd ihre Hand in seiner hielt. Sie führten eine lebhafte Unterhaltung. Der Mann legte seine andere Hand auf das kleine Deckchen, das wegzufliegen drohte.

Markus Beiländer, der einzige Kellner auf der Terrasse, beobachtete das Pärchen mit unverhohlenem Blick und sah genervt auf seine Armbanduhr. Er blickte auf die wenigen Sonnenstrahlen, die gerade mit letzter Kraft durch die Baumwipfel aufs Wasser hindurchschienen. *Gleich sind die weg, dann ist Feierabend*, dachte er. Bevor die letzten Sonnenlichter zu verschwinden drohten, ließen sie das Wasser noch einmal stellenweise jadegrün aufleuchten. Es sah aus, als hätte jemand auf dem Grund eine Kerze angezündet. Drumherum bildete sich mit abnehmendem Sonnenlicht immer mehr graues Nichts, das wie ein unersättliches dunkles Tier angeschlichen kam, um die grün leuchtenden Flecken gierig mit seinem gefräßigen Maul zu verschlingen. *Gleich ist es vorbei*, höhnte er in Gedanken und fing demonstrativ an, lautstark die Stühle an die Tische zu schieben.

Der Wind zwirbelte an den fliederfarbenen Decken und pustete rötlich braun gefärbte Blätter über die terrakottaroten Fliesen. »Typisches Fehmarnwetter«, raunzte er in seinen nicht vorhandenen Bart. Die Frau, die immer noch in Gelächter ausbrach, zog sich ihre gestrickte Mütze über die Ohren. Es zog, und der Wind war kalt. Markus wurde an einen der wenigen besetzten Tische gerufen. Die Leute zahlten und verließen nacheinander die Terrasse. Vermehrt zogen schwere dunkle Wolken bedrohlich von Nordost herüber, und das schwarze Maul verschlang die Reste der grün schillernden Meerespfützen. Das Nachtschattengebilde schob seine mächtige Mauer über den Strand und ließ ihn plötzlich düster und befremdlich erscheinen, hauchte Findlingen und angehäuftem Strandgut auf seltsam unheimliche Art Eigenleben ein. Kein heimeliger Gedanke. Markus spähte über die Balustrade. *Keine Menschenseele mehr da unten. Um diese Zeit geht doch sowieso keiner mehr am Stand spazieren. Viel zu einsam, zu …* Er unterbrach seine Gedanken und räumte Teller und Tassen auf sein Tablett.

Dass dieser vorhin noch wunderschöne Ort eine Woche später ein unheimlicher Strand des Grauens werden würde, konnte keiner ahnen. Auch Markus Beiländer nicht … Der räumte weiterhin leer gewordene Tische ab und fegte mit der Hand lustlos Kuchenkrümel und Blätter herunter. Der schlaksige Mann von 1,80, der sich wie eine windende Schlange zwischen den Tischen bewegte, arbeitete seit vier Jahren im *Küstenblick*. Er tat es ausschließlich des Geldes wegen – fast ausschließlich …

Ein Grund, warum er die Leute immer noch ertrug, war seine heimlich Angebetete. Die für ihn unerreichbare Traumfrau, die sein Herz bei jedem Gedanken an sie höher schlagen ließ. Sie hatte das wunderbarste Lächeln, die schönsten braunen Augen, die er jemals gesehen hatte. Markus nannte sie im Geheimen zärtlich »seine Fee«. Stand sie in seiner Nähe, pulsierte seine Halsschlagader wie ein Presslufthammer, trieb ihm bei jeder Begegnung augenblicklich Farbe ins Gesicht. Ansonsten war der lustlose Kellner in jeder Hinsicht eher ein blasser Mann. Kein aufregender Gigolo, kein Surfertyp. Ein in sich gekehrter Einzelgänger, der am liebsten in Ruhe gelassen werden wollte. Ein wahrer »Döschkopp«, wie man es auf Fehmarn nannte. Als Kellner eigentlich überhaupt kein passender Mitarbeiter, aber es war nun einmal, wie es war. Bisher hatte er es immer geschafft, seinen Job trotz seiner Unfreundlichkeit zu behalten. Weil er gut arbeitete. Weil er schnell und pünktlich war, man sich auf ihn verlassen konnte. Punkt.

Jetzt stand er in schwarzer Hose und weißem akkurat gebügeltem Hemd gekleidet, im Türrahmen, hielt sein Tablett in der Hand und blickte gedankenverloren aus grauen stechenden Augen über die fast leere Terrasse. Er konnte es kaum erwarten, bis seine Angebetete, die seit vier Jahren in ihrem Urlaub hier mit ihm zusammenarbeitete, endlich wieder da war. Für ihn war sie das Einzige, was ihn länger auf dieser Insel hielt, als eigentlich geplant.

Bei dem Gedanken an sie musste er unwillkürlich lächeln. Es war ein stilles, überschaubares Lächeln. Ein beachtenswerter Zustand, wenn man bedachte, dass Markus ansonsten kaum den Mund verzog, geschweige denn, dass man einen freundlichen Zug um seine Lippen zu sehen bekam.

Die Leute auf Fehmarn gingen ihm die letzten Wochen ziemlich auf die Nerven. Alle bis auf eine … *Es wird Zeit, dass die Saison zu Ende ist*. Markus stöhnte und dankte Gott, dass es nicht mehr lange dauerte, bis er in die Wintersaison nach Österreich abhauen konnte. Da hatte er wenigstens Schnee. Er liebte Schnee. Alles war irgendwie wattierte, saubere Ruhe. Deckte den Dreck vergangener Monate einfach mit einer weißen bauschigen Decke zu. Und es war still. Windstill. Eine Ruhe, die er auf Fehmarn immer mehr vermisste, die ihn Ende Oktober jedes Jahr aufs Neue weglockte.

Er hasste den Wind, der hier immer irgendwie in jedweder Geschwindigkeit und aus allen erdenklichen Richtungen über die Insel tobte. Decken und Vasen von Tischen wehte, wenn Markus nicht schnell genug war, um alles in Sicherheit zu bringen. Der ihm Sand ins Gesicht fegte, wenn er es tatsächlich einmal schaffte, an einem freien Tag an den Strand zu gehen. Was allerdings wirklich eher selten vorkam. »Herr Ober. Zahlen bitte!«, rief der Partner der gackernden Wohlbehüteten und nickte ihm freundlich zu. Er schien immer noch einzig und allein damit beschäftigt zu sein, die Hand seiner Begleiterin und die flatternde Decke festzuhalten. Markus hob sein Tablett vor die Brust, ging zielstrebig auf den Tisch zu. »Kann ich sonst noch was für Sie tun?«, fragte er mit angedeutetem Diener. Höflich war er, da gab es keinen Zweifel.

Der Mann schüttelte den Kopf, und Markus räumte zwei Kännchen, Tassen und Kuchenteller ab. Dann drehte er sich um und verschwand im Lokal. »Komischer Kauz, findest du nicht?«, sagte die Frau und fing wieder wie ein alberner Teenager an loszuprusten. »Pst, wenn der uns hört?«

»Ach, geh.«

Markus hatte natürlich Gesprächsfetzen mitbekommen, schmetterte das Tablett klirrend auf den Tresen und zog wütend den Bon aus der Kasse, um ihn ins Portemonnaie zu stecken. Er nahm ein feuchtes Tuch zum Abwischen der Tische in seine Hände und zwirbelte es zusammen, als würde er jemandem den Hals umdrehen wollen. Dabei verteilte sich jedoch nur austretendes Wasser vor ihm auf dem Fußboden. »Blöde Touris«, murmelte er. Mit einem lauten Knall schlug der Wind die Tür zu, und Markus drehte sich blitzartig um. *Scheiß-wind. Ein Grund mehr, endlich zu verschwinden.* Markus ging wortlos nach draußen. Funkelte mit den Augen und ging den restlichen Besuchern im riesigen Bogen aus dem Weg. Unter seiner Haut brodelte es, als er aus der Entfernung die letzten Gäste beobachtete. Und wenn man genau hinsah, konnte man seine abfällig zuckenden Mundwinkel entdecken.

Das gut gelaunte Pärchen war gegangen. Als er den Aschenbecher und die kleine Vase auf ein Tablett stellte, die Decke mechanisch zusammenlegte, blickte er gegen den Himmel, der sich mittlerweile restlos verdunkelt hatte. Die nun eingeschalteten schal dimmenden Laternen tauchten die Terrasse in diffuses Licht, das von den Bäumen herunterwehende Blätter wie schwarze Schmetterlinge aussehen ließ.

Markus strich sich mit der knochigen Hand die dünne Haarsträhne zurück, die ihm immer wieder ins blasse Gesicht fiel. Der Rest der aschblonden kinnlangen Haare hing kraftlos in fettigen Strähnen vom Kopf. *Gleich Schluss, Gott sei Dank*, dachte er und trug das Tablett in die Restaurantküche. »Der vorletzte Tisch für heute«, rief er dem Koch durch die Tür zu, der gerade dabei war, seine Messer in einer dafür vorgesehenen Tasche zu verstauen. »Nur ein Pärchen sitzt noch wie festgeschraubt draußen am Tisch.« Der Koch fing lauthals an zu lachen. »Was lachst du denn so blöd, Idiot?«, zischte Markus, machte auf dem Absatz kehrt und verließ mit geballten Fäusten die Küche. Wütend überlegte er, ob er die letzten beiden in die Dunkelheit Starrenden vielleicht auf ihren Stühlen festmontieren sollte. Eingepackt in dicken Steppjacken saßen sie im Wind und ließen sich die Blätter um die Ohren fliegen.

Von wegen da arbeiten, wo andere Leute Urlaub machen. Alles gequirlte Kacke. Einfach festschrauben, dachte er und fixierte die beiden mit stechendem Blick. Er lauerte und hoffte, dass sie sich von seinen Blicken gestört fühlten und gleich zahlen würden. *Es ist gleich sieben. Zu sehen ist doch außer dunklen Büschen und schwarzem Wasser sowieso nichts mehr.* Der Wind heulte durch knackende Zweige, und das Rauschen der Wellen, die mit Getöse an den Strand schlugen, ließ seine Nackenhaare zu Berge stehen. *Ist das unheimlich, brr.* Er stellte sich demonstrativ in die offene Tür des Restaurants und verschränkte die Arme vor der Brust. *Nicht nett, aber es hilft*, dachte er und starrte auf die letzten beiden Gäste. *Mir tun dermaßen die Füße weh.* Beiländer wippte mit den Füßen und kratzte sich gefrustet am Hinterkopf.

»Hallo, Bedienung, können Sie jetzt endlich mal kommen, wir wollen schon seit einer halben Ewigkeit zahlen«, rief die pausbäckige Frau geringschätzig, die mit tomatenrot bemalten Lippen und viel zu dick aufgetragenem Make-up aussah, als wenn sie eigentlich zum Inselkarneval wollte. Nur der fand im Februar statt und nicht im Oktober. *Spinnt die, ich warte schon die ganze Zeit, dass die endlich gehen. Die mit ihren Schweinsaugen ...* Sie erinnerte ihn an eine dicke alte Fregatte, deren Rostschäden man immer nur wieder mit Farbe übertüncht hatte und der eine Grundüberholung auf dem Trockendock nicht schaden würde. Die fellumrandete Kapuze ihrer beigefarbenen Jacke, die den meisten Leuten schmeicheln würde, zeichneten die entgleisten Züge der schnaubenden Trägerin nicht im Geringsten weicher. Der Mann ihr gegenüber, ebenfalls mit ein paar Kilo zu viel auf den Hüften, von dem Markus annahm, dass er ihr Ehemann war, saß peinlich berührt und wortlos daneben. Er schien das Kommando schon vor langer Zeit seiner Frau übergeben zu haben. *Mann, der kann einem ja echt leidtun!* Markus zog zischend die Luft durch die Zähne, drückte die Schultern nach oben. Es ließ ihn nicht unbedingt mächtiger erscheinen, aber er fühlte sich dann besser. Betont langsam stieß er sich vom Türrahmen ab und zerrte das Portemonnaie aus der hinteren Tasche seiner Hose. Dann zog er die linke Augenbraue nach oben, nickte mit dem Kopf und ging ins Lokal, um den Bon auszudrucken.

Markus kassierte, wartete, bis die beiden verschwunden waren, räumte den letzten Tisch ab und erstellte seine Abrechnung. »Feierabend«, rief er erleichtert. *Normalerweise müsste sie eigentlich schon auf der Insel sein ...*

»Mann, was für 'ne ätzende Woche.« Markus zerrte grummelnd seine graue Schimanskijacke vom Haken und verließ eilig das Restaurant. Er zog den Wagenschlüssel aus seiner Jackentasche und sah geschafft auf seine Armbanduhr. »Bloß weg hier. Eigentlich könnte ich später nachsehen, ob sie schon auf der Insel ist«, sprach er mit sich selbst. Er öffnete die Wagentür seines alten roten Coupés, dessen Farbe ausgeblichen und stumpf war und an dessen Metall der Rost heftig nagte. Die Unterseiten der Türen schienen allerdings am stärksten betroffen zu sein. Aufgeblähte braune Wülste wuchsen aus dem Blech wie Pilze, die aus einem vergammelten Baumstumpf treiben. Markus wusste, wenn er die Tür zu hart zuschlug, zerbröselten die Rostpusteln und zerfielen zu Asche. Also vermied er Gewaltaktionen an der Hülle seines eigentlich längst schrottreifen Wagens.

Er zwängte sich hinters Lenkrad, zog die Tür vorsichtig zu sich ran, steckte den Schlüssel ins Schloss und startete den Motor. Nichts. »Is ja wieder klar. Los spring endlich an, alte Chaise!« Markus presste seine Lippen zusammen, runzelte die Stirn und rutschte auf dem Fahrersitz ein Stückchen nach vorn. Drehte noch einmal den Schlüssel im Zündschloss, hielt die Kupplung und gab gleichzeitig Gas. Krrr … krrr … krrr … waren die einzigen krächzenden Geräusche, die der weit über 14 Jahre alte Wagen von sich gab. »Alter Schwede, spring endlich an!« Markus traute sich nicht, Luft zu holen, was mitnichten am ächzenden Motor lag. Im Innenraum des Vehikels stank es, als hätte jemand einen monatelang nicht gelüfteten, mit Parmesan überbackenen Schuhschrank geöffnet.

Markus fluchte. »Kauf dir endlich ein neues Auto«, hörte er den Koch grinsend rufen, der ebenfalls Feierabend hatte und fröhlich vor sich hin pfiff. »Ach, halt's Maul«, zischte Markus bedrohlich leise. Anschließend kurbelte er mit der Hand die Seitenscheibe ein Stück herunter und rief: »Ja, dir auch einen schönen Feierabend, Affe.« Noch einmal versuchte er mit ungelenken Bewegungen, seinen Wagen zu starten, schlug mit der flachen Hand wütend gegen das Lenkrad. »Spring endlich an, du alte Möhre. Sonst landest du endgültig auf dem Schrottplatz. Zum Kotzen!«

Als verstünde die Klapperkiste die Drohung, gab sie ein kratziges Geräusch von sich, ruckelte ein paarmal aufmüpfig und … sprang an. »Sag ich doch«, rief Markus erleichtert, klopfte mit flachen Händen abermals gegen das Lenkrad und legte den ersten Gang ein. Erleichtert fuhr er mit durchdrehenden Reifen über bräunlich verfärbten blätterbedeckten Kiesboden vom Gelände. Aufgewirbelt flog das Blattwerk in die Luft und verteilte sich in neuer Formation auf feuchtem Boden.

In Vorfreude auf seine heimlich Auserwählte, die von Markus' Gefühlen nicht im Geringsten etwas ahnte, verließ er das Grundstück und fuhr pfeifend die endlos erscheinende Landstraße Richtung Burg. In der Allee, die einem im Sommer das Gefühl gab, durch einen herrlich grünen Tunnel zu fahren, drückte der Wind jetzt das Fahrzeug zur Seite. Ließ herabfallende Blätter vor gelblichem Scheinwerferlicht tanzen.

Um diese Jahreszeit ragten die dunklen knorrigen Äste, befreit vom Blattwerk, über die Straße, als griffen knochige Finger nach jedem, der sich ihnen näherte. Es war stockdunkel. *Ganz schön unheimlich, wenn kein Fahrzeug einem entgegenkommt. Hier möcht ich nicht tot überm Zaun hängen.* Markus schüttelte sich. Dann war die Allee, die im Sommer zu einer der schönsten der Insel gehörte, zum Glück zu Ende.

Fünf Minuten später erreichte er Burg, fuhr über das Kopfsteinpflaster durch das Herz der Altstadt. Die Geschäfte hatten mittlerweile geschlossen. Alle, bis auf das Kaufhaus am Markt. Dort schoben Mitarbeiter immer noch Kleiderständer mit Jacken in allen Größen und Farben durch die Eingänge, damit sie die Türen schließen konnten. Markus zuckelte über die holprige Pflasterstraße, parkte ein paar Meter weiter am Ende der Straße vor einem Dönerladen.

Keine zehn Minuten später schwang er sich wieder hinter das Lenkrad, legte einen in Alufolie verpackten Kebab auf den Beifahrersitz und startete mit einem Stoßgebet den Motor. »Bitte, bitte spring an.« Das Coupé tat ihm tatsächlich den Gefallen, und Markus verließ pfeifend Burg. Er fuhr die kilometerlange Blieschendorfer Allee bis zum Ende. Die hatte ihrem Namen bis vor ein paar Jahren noch alle Ehre gemacht. Eingerahmt von hochgewachsenen Pappeln, war sie ein Wahrzeichen der Insel. Mittlerweile waren die Bäume komplett abgeholzt und stellten keine bestaunenswerte Baumallee mehr dar, sondern eine kahle langgezogene Strecke, die einzig dazu verleitete, schneller zu fahren, als erlaubt. Auf einmal war sie eben nur noch eine öde Landstraße wie viele andere auch.

Kurze Zeit später bog er Richtung Strukkamp ab. Kurvte mit zusammengekniffenen Augen angestrengt auf der schmalen unebenen Straße, um nicht irgendwo noch im Straßengraben zu landen. Mittlerweile war es kurz vor acht. Er musste höllisch aufpassen, damit er die Abfahrt zum Parkplatz der Fehmarnsundbrücke nicht verpasste. Die Strecke war einsam heute Abend. Aber eigentlich war sie immer einsam. Ein paar Anwohner, Camper, ein paar Sundläufer. Aber selbst für die war jetzt nicht der richtige Zeitpunkt. Zu spät, zu dunkel, zu nah am Winter. Jetzt war es einfach beklemmend und düster. Markus kribbelte es unangenehm im Nacken. Es sollte nicht das letzte Mal sein, dass ihn dieses Gefühl beschlich. *Mann, was ist das hier für ein Müll.*

Der Wagen rüttelte ihn durch. Die Straße zum Parkplatz war ausgesprochen uneben und von Löchern übersät, die der letzte harte Winter hinterlassen hatte. Der schmächtige Kellner fluchte über jedes Loch, das den Unterboden hart aufschlagen ließ. Der Wagen schepperte bei jeder Vertiefung an allen Ecken und Kanten, und Markus hatte Angst, er würde auseinanderbrechen. Die Achsen stöhnten wie altersschwach quietschende Bettfedern unter jedem gnadenlosen Aufprall. Der Kellner sah die trüb pfirsichfarbene Nachtbeleuchtung der Sundbrücke gespenstisch auf sich zukommen.

Gleich hab ich's geschafft. Während er angestrengt den Weg entlangfuhr, knurrte sein Magen wie eine knarrende Tür. Markus bog ein, fuhr über den holprigen Sandweg, bis er halten musste, weil er ein paar Meter weiter zu Ende war. Er legte den Rückwärtsgang ein, stoppte vor einem Stromkasten und stellte den Motor aus. »Mann, hab ich einen Hunger«, brummte er, während er das Fahrlicht ausschaltete. *Jetzt will ich erst einmal meinen Döner essen. Der ist wahrscheinlich schon kalt.* Hastig zog er das silberfarben verhüllte Päckchen auf seinen Schoß und wickelte es mit schnellen Bewegungen aus. Das Wasser lief ihm im Mund zusammen. Er vertilgte sein türkisches scharf gewürztes Brötchen in weniger als zwei Minuten. Wischte sich mit der von Knoblauchsauce aufgeweichten Serviette die herunterlaufenden Soßenreste aus den Mundwinkeln und seufzte genüsslich. Dann knüllte er die Alufolie zusammen, warf sie in den Fußraum der Beifahrerseite.

Mit einem Griff klappte er das Handschuhfach auf, zog eine angerostete Taschenlampe aus Metall heraus, öffnete die Fahrertür und stieg aus. In dem Moment riss ihm der Wind ohne Vorwarnung die Wagentür aus der Hand, schlug sie ruckartig bis zum Anschlag. Es knarrte verdächtig. »Hehe«, fluchte er, zerrte sie mühsam zurück und drückte sie ins Schloss. *Da wird einem aber echt anders. Warum musste ich auch hierherfahren? Hab sie doch echt nicht mehr alle. Und alles für …* Wortlos schüttelte er den Kopf, zog den Reißverschluss seiner Jacke bis zum Kinn, stemmte sich mit gebeugtem Oberkörper gegen die Böen. Die feinen Haare wehten Markus ins Gesicht, und er versuchte, sie mit der freien Hand zurückzustreifen. Mit Unbehagen in der Magengegend trottete er mit eingeschalteter Lampe an den wenigen Häusern entlang, bis auch der unebene Sandweg endete. Er zog die Schultern hoch, als wäre er eine Schildkröte, die ihren Kopf in ihrem Panzer verstecken wollte. Nur, so viel Schutz konnte ihm der Kragen seiner Jacke nicht bieten, sollte jemand aus den Büschen springen. Er malte sich aus, wie ein Zombie mit hängenden Lefzen sich aus der Dunkelheit auf ihn stürzen und in seinem Nacken verbeißen würde …

Das Licht der Taschenlampe flackerte bei jeder Bewegung, als gäbe sie jeden Moment den Geist auf. Markus klopfte fluchend mit der Hand gegen das Metall, um den Batterien einen Ruck zu geben, damit sie sich aneinander reiben konnten. Manchmal half es. Zumindest bei seiner

Fernbedienung funktionierte es ab und zu. Aber eben nur ab und zu. Hier verstärkte es das unruhig abgehackte Flackern aber umso mehr. Er schimpfte: »Jetzt verrecken auch noch die Batterien. Ich werd wahnsinnig! Wenn das Licht ausgeht, seh ich gar nichts mehr. Was für ein Mist!« Vor ihm lag ein etwa 30 Zentimeter breiter, fast völlig zugewucherter Trampelpfad, der selbst mit Taschenlampe so gut wie nicht auszumachen war. Um ihn herum knackten Büsche, knisterte Schilf furchteinflößend.

»Wie kann man hier draußen nur wohnen?«, fauchte er. »Mehr als unheimlich!« Der Wind fegte beißend über sein Gesicht, tätowierte feine Nadelstiche auf die Haut. Markus fing an zu frösteln, versteckte Mund und Nase hinter dem Kragen der grauen Jacke. Die Hoffnung, seine heimlich Angebetete zu sehen, trieb ihn an, ließ ihn Schritt für Schritt durch die Dunkelheit weiterlaufen. Der schlaksige Kellner unterdrückte seine Angst, versuchte, die undefinierbaren Geräusche um sich herum zu verdrängen. Als er ein paar Meter vor sich einen schwachen Lichtschein erkannte, seufzte er mehr als erleichtert. Schaltete die nur noch glimmende Taschenlampe aus und ließ sie in seiner Jackentasche verschwinden. Er wollte auf keinen Fall, dass ihn irgendjemand sah. Es war sein gut gehütetes Geheimnis, und das sollte es bleiben. Katrin durfte niemals erfahren, dass er in sie verliebt war. *Sie würde mich auslachen und ich wäre das Gespött von ganz Burg.* Davon war er überzeugt. *Wer will schon einen Loser wie mich zum Freund?*

Ohne Vorwarnung streifte etwas Hartes seinen Arm. Markus sprang mit einem lauten Aufschrei erschreckt zur Seite. »Mann eh«, eisiges Kribbeln kroch unter seine Klamotten, schnürte ihm die Kehle zu. Er griff den Ast, der seine Schulter gestreift hatte, und schlug ihn mit der Faust zurück. *Mann, Alter, krieg dich wieder ein.* Markus schlug sich mit der flachen Hand gegen die Stirn. »Idiot.«

Wenige Schritte weiter stand er vor dem umwucherten Grundstück. Er wusste von Katrins Erzählungen von dem Haus am Sund, in dem ihre Tante lebte und auch sie ihre Zeit verbrachte, wenn sie auf der Insel war. Tastend suchte er mit beiden Händen eine passende Lücke im Gestrüpp, bog die Äste auseinander, die unentwegt in sein Gesicht peitschten, zwängte sich windend hindurch. Endlich stand er auf dem großzügigen Gelände. Fast ausschließlich Rasenfläche, wenn man 30 Zentimeter hoch gewachsene Grashalme, die über die gesamte Fläche wucherten, überhaupt als Rasen bezeichnen konnte. Naturgarten. Umrahmt von dunklen Sträuchern und Büschen, die er in der Dunkelheit nicht klassifizieren konnte.

Der Mann, dem nicht wohl in seiner Haut war, schob sich in eine nicht einsehbare Ecke zwischen das Buschwerk, sodass ihn niemand entdecken konnte, er aber alles genauestens überblickte. *Von hier aus kann ich alles gut sehen. Besonders das Wohnzimmer.* Das bodentiefe Panoramafenster lag zum Garten hin. Eine Lampe in Form eines rot-weißen Leuchtturms, der auf einem runden Holzsockel, einer Art Säule, stand, spendete warmes Licht, das die davor liegende Terrasse ein Stück erhellte. Dass der maritime Turm ein paar Jahre zuvor fast Anlass eines Streits gewesen war und für das Leben einiger Personen eine weitaus wichtigere Rolle spielte, ahnte Markus nicht.

Keinerlei Gardinen verhinderten den Blick ins Zimmer. Soweit Markus es aus der Entfernung überschauen konnte, hingen schmale Stores an den Seiten, die ihn nicht störten. Niemand hielt sich in dem gemütlich und farbenfroh eingerichteten Raum auf. *Hier sieht mich garantiert keiner! Mmh ... das Auto von Katrin steht nicht auf dem Parkplatz. Vielleicht ist sie noch gar nicht auf der Insel,* überlegte er. *'ne halbe Stunde warten kann nicht schaden. Vielleicht ist sie mit dem Zug gekommen, und ihre Tante holt sie vom Bahnhof ab.*

Der Wind winselte erbärmlich, klang wie das Jaulen eines Hundes. Markus hatte das beklemmende Gefühl, dass er immer stärker wurde. Laufend schlugen ihm harte Zweige ins Gesicht, und er fluchte wie ein Waschweib. Es hatte den Anschein, als wollten sie ihn mit aller Macht zwingen, das Grundstück schnellstens zu verlassen. Markus zwang sich, ruhig zu bleiben. Es würde ihn verraten, wenn er hier lautstark rummotzte. Mit beiden Händen versuchte er, die Ruten festzuhalten, damit sie seine Haut nicht trafen. Immer wieder drehte er den Kopf weg, ließ sie an seiner Schulter abprallen. »Verdammt noch mal.« Hastig hielt er sich die Hand vor den Mund. *Wenn mich hier irgendjemand hört, bin ich am Arsch.*

Mit zwiespältigen Gefühlen und einer jämmerlichen Angst stand Markus länger als 20 Minuten auf verlorenem Posten im kalten Getöse. Fragte sich, was er auf dem Grundstück einer ihm fremden Person zu suchen hatte. Schalt sich selbst einen Narren. Zitternd schlug er die Arme um seinen klappernden Körper, um sich zu wärmen. *Alles nur, weil ich Katrin sehen will. Irrsinn. Fünf Minuten noch, dann verschwinde ich. Was bin ich für ein Vollidiot. Wenn die mich jetzt hier ...*

Es knackte. Ein Geräusch, das er nicht zuordnen konnte und das sich befremdlich anhörte, riss ihn schlagartig aus seinen Gedanken. *War das ein abgebrochener Ast?* Sein Herz fing wild an zu klopfen. Markus stellte seine Ohren auf, als wäre er eine lauernde Katze, die Gefahr witterte. Vorsichtig drehte er seinen Kopf in die Richtung, aus der er den Laut vernommen hatte. Ohne einen einzigen Ton von sich zu geben, verharrte er erstarrt in seiner Bewegung. *Da ist nichts, hab mich bestimmt verhört.*

Abermals knackte es. Plötzlich hörte er Schritte. Sein Puls raste. Dann entdeckte er eine schwarze Gestalt, die sich durch die quietschende angelehnte Gartentür schlich. Sie blieb einen Augenblick stehen, huschte mitten durch die wadenhohen Gräser. *Ist das Katrin? Blödsinn, die würde wohl kaum durch den dunklen Garten schleichen. Ohne Tasche? Aber wer zum Teufel …?* Seine Augen verengten sich, versuchten angestrengt, die Person zu erkennen. Unmöglich. Sie huschte auf die Terrasse und verschaffte sich aus einiger Entfernung anscheinend einen Überblick. Die Ecke, in der sie stand, wurde nicht vom Licht der Lampe ausgeleuchtet, und so konnte sich die Person im Dunkeln völlig unbeobachtet fühlen.

Markus erkannte auch ohne Licht, dass der unheimliche Besucher eine Mütze oder Ähnliches über den Kopf gezogen hatte, in die schmale Schlitze für die Augen geschnitten waren. Markus schluckte und spürte, wie seine Kehle austrocknete, ihm blieb die Spucke weg. *Was zum Teufel ist hier los?* Er wagte nicht, sich auch nur einen Millimeter zu bewegen, hielt den Atem an und schluckte. Seine Kehle brannte. Die Halsschlagader pulsierte, als beherbergte sie einen fetten Regenwurm, der sich unter seiner Haut zu winden begann. Der Wind heulte, und die Äste klatschten ihm brutal ins Gesicht. »Ahh«, stöhnte er, presste die Lippen zusammen, bis sein Kiefer schmerzte. *Was für ein Dreck ist das hier?*

Der schmächtige Kellner war nie heldenhaft gewesen wie die Figuren in den Romanen, die er in seiner Freizeit verschlang. Er war ein Feigling. Nicht mutig genug, um sich im Dunkeln in einer derart unheimlichen Umgebung einer schwarzen Gestalt in den Weg zu stellen. *Eines ist mit Sicherheit klar: Das da vorn ist garantiert nicht Katrin.* Wilde Gedanken jagten durch seinen Kopf, während der Eindringling sich bückte, nach einem am Boden liegenden Ast griff und mit leichten Schlägen gegen die überdimensionale Fensterscheibe hämmerte. *Was soll das jetzt? Ist der irre? Der will die Scheibe einschlagen, will einbrechen!* Alles in ihm arbeitete auf Hochtouren. *Bloß nichts riskieren, einfach nur weg. Aber wie?* Er durfte sich nicht bewegen, sonst bemerkte der Einbrecher ihn in seinem sicher geglaubten Versteck.

Fieberhaft überlegte er, wie er sich, ohne Aufsehen zu erregen, aus dem Staub machen konnte, um aus sicherer Entfernung Hilfe holen zu können. Aber es gab keine andere Möglichkeit, als still in seinem Schlupfwinkel zu verharren. *Ich kann von hier aus nicht mal die Polizei rufen*, stellte er deprimiert fest.

Plötzlich ging der Kronleuchter im Wohnzimmer an. Mit seinen nach oben geschwungenen Messingarmen hing er von der Decke. Ein Oktopus mit langen Tentakeln, die, mit vielen bunten Glasperlen behängt, wie Edelsteine glitzerten und irisierende Lichtpunkte an die Wand warfen. Die Leuchte erhellte den Raum und die angrenzende Terrasse. *Das muss Katrins Tante sein*, mutmaßte er. Sie betrat das Zimmer, sah sich irritiert um. *Sie ist also doch da!*

Charlotte Hagedorn stand mit nackten Beinen, den Bademantel mit einem Gürtel um ihre Taille geschlungen, unschlüssig im Raum und schüttelte ihre nassen schulterlangen Haare. Anscheinend hatte sie eben geduscht. Sie ging barfuß zur Terrassentür und öffnete sie. Wahrscheinlich um nachzusehen, ob der Wind im Garten etwas heruntergerissen hatte.

Markus wollte schreien, hielt sich jedoch erschreckt die Hand vor den Mund. Charlotte schaute auf den Kaffeehaustisch, der in der Ecke vor der Garage stand. Markus beobachtete, wie sie einen Schritt vor die Glastür trat. Aber da lag nichts am Boden. Gar nichts. Charlotte strich sich mit der Hand eine nasse Haarsträhne aus der Stirn, und es sah aus, als wollte sie gerade wieder ins Wohnzimmer treten. Markus fiel ein Stein vom Herzen. *Ja, geh wieder rein, geh rein und schließ die Tür!*

Die dunkle Figur verharrte im Lichtschatten und schien abzuwarten. Markus wollte schreien. Aber kein einziger Ton drang zu den beiden Personen auf der Terrasse. Er versuchte stattdessen, sich noch weiter in die Büsche zu quetschen. Plötzlich sprang die schwarze Gestalt aus dem Schatten auf Charlotte zu. Schwang den Ast in der Luft, holte aus und schlug ihn ihr mit voller Wucht ins Gesicht. Charlotte taumelte und riss instinktiv die Arme in die Höhe.

»Neiin … aaah … Hilfe!«, schrie Charlotte verzweifelt. Der Einbrecher ging aufs Neue mit dem Holzstück auf sie los. Wortlos holte er immer wieder aus, schlug erbarmungslos und zerstörerisch auf die Frau ein. Charlotte hatte die Arme hochgehoben und hielt die Hände schützend vors Gesicht, schrie flehend um Hilfe. Blut spritzte aus aufgeplatzten Wunden an Händen und Kopf, dann strauchelte sie, fiel zu Boden. Stöhnend blieb die 69-Jährige liegen. »Bitte«, hörte er sie mit brüchiger Stimme betteln, »bitte lassen Sie mich, hören Sie auf, tun Sie mir nichts.« Die gequälten Schreie gingen Markus durch Mark und Bein. Er war unfähig, sich zu rühren, konnte sich nicht bewegen, keinen Laut von sich geben. Es war, als hielten unsichtbare Hände ihn wie ein Schraubstock fest. Der Schock schnürte ihm die Kehle zu. Er wusste, dass die Lage aussichtslos war. Ahnte, dass die Tante seiner Angebeteten einer Katastrophe entgegenging, wenn er ihr nicht half. Aber er konnte nicht, selbst wenn er gewollt hätte. Seine Angst lähmte ihn, ließ ihn bewegungsunfähig verharren. Das Blut in seinen Adern gefror. »Verdammt, was soll ich tun?«, flüsterte er.

Die Schläge prasselten erbarmungslos auf den Körper der Frau. Sie wand sich wie ein Wurm hilflos am Boden. Markus versuchte krampfhaft, Luft zu holen, japste, sog mühsam den Sauerstoff ein, hielt den Atem an. Panische Angst fraß sich durch seine Eingeweide, presste sein Herz zusammen, lähmte jeden klaren Gedanken.

Charlottes Schreie gingen in flehendes, hilfloses Wimmern über. Markus sah, wie sie verzweifelt versuchte, ihren Kopf anzuheben. Sah, wie der Angreifer sich aufrecht vor Charlotte aufbaute, seinen Fuß, der in einem derben Stiefel steckte, hob und der am Boden liegenden Frau mit brachialer Gewalt immer wieder in die Seite trat. »Nein, bitte nicht«, hörte er das Wimmern von Katrins Tante, dann wurde es ruhig. Ein letzter brutaler Fußtritt landete in Charlottes Gesicht, das sich nicht mehr regte, dann brüllte nur noch der Wind über der Terrasse. Es war vorbei …

Oh Gott, sie ist tot! Was hab ich getan? Ich bin schuld! Markus stand geschockt, mit zitterndem Körper im

Gebüsch, schlug die Hände vors Gesicht. »Das wird reichen«, waren die einzigen Worte, die von der Terrasse zu ihm herüberdrangen. Die Gestalt senkte ihren Kopf, schaute auf die Frau, die regungslos am Boden lag, und gab ihr einen letzten Stoß mit dem Fuß. Sie rührte sich nicht mehr.

Dann zog sich die unheimliche Hauptfigur in diesem grausamen Bühnenstück die Mütze vom Kopf, ohne einen weiteren Blick an die Verletzte zu verschwenden. Stürmte ins Wohnzimmer, riss Schubladen aus dem Schreibtisch, wühlte zwischen Papieren und Unterlagen. Verstreute Ordner und zahllose Blätter auf dem Boden. Der Einbrecher blieb unschlüssig mitten im Zimmer stehen, ging auf die Säule zu, griff nach der Leuchtturmlampe und schmetterte sie wütend auf den Dielenboden. Mit dem Fuß trat er ein paarmal darauf, bis die Leuchte zerbeult in der Ecke lag. Er griff nach einem Bild, das an der Wand hing und zerfetzte, soweit Markus es erkennen konnte, mit einem Messer die bemalte Leinwand. Ungläubig starrte Markus auf das, was er sah. *Wieso wühlt der in Papieren herum, zerstört Gegenstände? Und warum nimmt er nichts mit? Es steht doch genügend rum, was wertvoll zu sein scheint.* Markus schüttelte sich. Alles war so verwirrend. In dem Moment drehte der Schläger den Kopf zum hell erleuchteten Fenster, sodass das Profil für ein paar Sekunden im Lichtschein des Lüsters deutlich zu erkennen war.

Markus Beiländer sah ein Gesicht, das er kannte. »Oh nein …«, presste er hervor und hielt sich, seiner Worte bewusst, geschockt die geballte Faust vor den Mund. Die schwarz gekleidete Figur drehte sich ruckartig um, hechtete mit den geschmeidigen Schritten einer Wildkatze zurück in die Dunkelheit. In Sekundenbruchteilen stülpte sie sich die Mütze wieder über den Kopf. Bückte sich, nahm den schweren Ast in die Hand, schlich langsam auf Markus' Versteck zu. Er wagte nicht zu atmen, hoffte, dass man ihn nicht entdeckte. Er duckte sich, versuchte verzweifelt, sich unsichtbar zu machen, hockte regungslos im Gebüsch. *Bitte nicht!* Seine Halsschlagader pulsierte so stark, dass er das Gefühl hatte, sie würde gleich platzen. *Beruhige dich, Junge, niemand hat dich gesehen!*

Der Angreifer blickte sich um, lauschte, ging einen Schritt, blieb stehen. Der Sturm pfiff durch die Büsche, dass es in Markus' Ohren dröhnte. *Man kann mich nicht gehört haben.* Der Kellner presste die Lippen zusammen, um jedes noch so kleine Geräusch zu vermeiden. Die Astenden stachen ihm in die Haut seines Nackens. Der Schmerz wurde unerträglich. *Nicht bewegen. Nicht atmen.* Die Hand des Fremden bog einzelne Zweige ein paar Meter vor seinem Versteck hinunter. Ein peitschender Knall, ein Ast schnellte zurück und traf die dunkle Gestalt am Kopf. »Au ...«, fluchend drehte sich der Angreifer um, hielt sich die Hand an die getroffene Stelle. Warf wütend das Holzstück, das ihm als Waffe gedient hatte, in den angrenzenden Knick. Er blieb noch einmal stehen, als hätte er doch ein Geräusch wahrgenommen, wendete sich aber ab und verschwand genauso leise, wie er gekommen war.

Markus sah sich verängstigt um, atmete tief ein und ließ den Sauerstoff seine Lungen aufpumpen. Nach weiteren für ihn unendlich erscheinenden Minuten hangelte er sich durchs Gestrüpp. Er war sich sicher, dass die Person verschwunden war. So schnell er konnte, rannte er auf die etwa 20 Meter entfernte Terrasse zu. Immer wieder drehte er sich um, aus Angst, der Angreifer könnte zurückkommen. Bei Charlotte angelangt, fiel er besorgt auf die Knie, hielt sein Ohr dicht über ihren Mund, horchte, ob sie noch atmete. Er wusste nicht genau, was er tun musste, aber er zögerte nicht, hielt instinktiv seine Finger an ihren Hals, suchte nach ihrem Puls. »Schwach, aber sie lebt«, flüsterte er, zog mit zitternden Fingern sein Handy aus der Hosentasche und wählte im Schein der Lampe die Nummer der Polizei.

»Hörn Sie«, sagte er so leise wie möglich, »hier liegt eine schwerverletzte Frau im Garten. Ein Überfall … ja … Überfall! Sie müssen sofort kommen … Äh … in Strukkamp … das letzte Haus vom Parkplatz aus … Wissen Sie nicht? … Mann, die Frau stirbt, wenn Sie nicht gleich hier anrollen!«, brüllte er. »Ja genau, da, wo die Häuserreihe zu Ende ist … Das einzelne Haus, das versteckt hinter den Bäumen liegt … Mein Name? Der spielt keine Rolle … Kommen Sie! Schnell, sonst stirbt die Frau«, rief er und schaltete ohne abzuwarten sein Telefon aus.

Was, wenn der Teufel sich noch irgendwo versteckt hält? Was mache ich, wenn … Er fegte mit einer Handbewegung den Gedanken aus seinem Kopf, schaute auf Charlotte. Unsicher sah er sich immer wieder um. Überall knackte und raschelte es, verursachte ihm einen Schauer nach dem anderen. Dazu das fürchterliche Gejaule des Windes, der herabfallende Blätter über die hell beleuchtete Terrasse pustete. In seinem Leben hatte er noch nie so viel Angst verspürt wie in diesem Augenblick. Der Teufel in Menschengestalt hatte Markus' Leben von einer Sekunde auf die andere durcheinandergebracht. Obwohl er als erwachsener Mann mit beiden Beinen im Leben stand, sich eigentlich vor nichts mehr fürchten sollte. Dieser Teufel brachte den Tod, das wusste der verängstigte Mann genau.

Er sprang auf, schlich sich durch die Terrassentür ins Wohnzimmer, sah sich kurz um, schnappte sich ein Kissen und eine Wolldecke von der Couch. Dann lief er zurück zu der bewusstlosen Frau. Vorsichtig hob er ihren Kopf, der an mehreren Stellen blutete, auf das Kissen, schloss den Bademantel und legte die Decke über ihren zerschundenen Körper. Ihr rechter Arm lag eigenartig verdreht auf den kalten Fliesen. Markus wagte nicht, ihn anzuheben, um ihn auf ihren Bauch zu legen. *Es sieht aus, als sei er gebrochen. Wenn ich den jetzt bewege, mach ich nur noch mehr kaputt!*

Die Minuten schleppten sich, erschienen ihm wie endlose Stunden. Dann hörte er in der Ferne eine Polizeisirene. Das Blinken blau leuchtender Warnlichter schimmerte schwach durch das Unterholz. Erleichtert atmete er auf, vergewisserte sich noch einmal, ob Charlotte atmete, erhob sich und wartete, bis er sicher sein konnte, dass die Beamten in wenigen Minuten am Haus waren. Mucksmäuschenstill verließ er die Terrasse, huschte über die Rasenfläche, drängte sich zurück in die Büsche, wartete. Endlich kamen sie. Zwei Polizisten, im Schlepptau zwei in Weiß-Orange gekleidete Männer. Lautstark liefen sie mit hell leuchtenden Lampen am Gelände vorbei und steuerten direkt auf die Eingangstür zu.

Das war der Moment für Markus, endgültig zu verschwinden. Die einzige Frage, die ihn ununterbrochen beschäftigte, war: Wird Charlotte das überleben? Und was führte der Teufel im Schilde?

Zweieinhalb Stunden später an einem anderen Ort: Es war dunkel, als die Gestalt im Kapuzenpullover sich hinhockte und mit einem einzigen Schlag den Nagel durch den Gummi trieb. Dann zog sie ein Messer und ritzte millimetertief ins Material, sodass der Schnitt mit bloßem Auge nicht zu sehen war. Diabolisch grinsend verschwand der schwarzgekleidete Schatten ungesehen …

SAMSTAG

Warum ist immer alles so schwierig. Was hab ich denn bloß verbrochen? Katrin Duvenstedt stand am Fenster, raufte sich mit beiden Händen ihre ungekämmten Haare, die in weichen Wellen über die Schultern reichten, während sie gähnend auf die gegenüberliegenden Häuserwände starrte. Sie zog am Bund ihrer Jeans, die schlotternd auf schmal gewordenen Hüften saßen, als gehörten sie einer Fremden. In den letzten Wochen hatte sie mehr als vier Kilo abgenommen und fühlte sich ziemlich geschwächt. Der cremefarbene weite Strickpullover, unter dem ein dunkles Shirt durchschimmerte, verhüllte zwar ihre Zartheit, ließ sie allerdings noch zerbrechlicher aussehen. Barfuß stand sie am Wohnzimmerfenster ihrer Hamburger Altbauwohnung, reckte müde ihre Arme in die Luft und war deprimiert. Selbst der frisch aufgebrühte Kaffee, der gerade blubbernd durch die Kaffeemaschine lief, konnte sie nicht wirklich aufmuntern. Dabei verbreitete er einen wunderbaren Duft in der gesamten Zweieinhalbzimmerwohnung, weckte normalerweise ihre müden Lebensgeister. Aber heute war die Luft endgültig raus.

Katrin ging mit patschenden Schritten über den Dielenboden in die zwölf Quadratmeter große gemütliche Küche, stellte sich auf die Zehenspitzen und sah aus dem kleinen schmalen Fenster, das in der Ecke hinter der Spüle eingebaut war. Von hier aus konnte sie in den Hinterhof blicken. Oft kam sie sich wie ein Spanner vor, der im

Dunkeln auf beleuchtete Fenster stierte, um am Leben fremder Leute teilzunehmen.

Müde griff sie nach einem der fünf Keramikbecher, die an Wandhaken vis-à-vis der Tür hingen. Füllte ihn mit Kaffee, nahm die Milchpackung aus dem Kühlschrank und goss Milch zum schwarzen Gebräu. Gedankenverloren rührte sie mit einem Teelöffel so lange im Becher herum, bis ein Teil des Getränks überschwappte und sich plätschernd auf der Arbeitsplatte ausbreitete. *Oh Mann! Warum passiert das immer mir? Neuerdings hab ich wirklich nur noch Mist an der Backe.* Zerstreut wischte sie mit einem Geschirrhandtuch die Pfütze weg, warf es anschließend ins Waschbecken, um es auszuspülen. Dann schmiss die 27-jährige Brünette das Handtuch in die Waschmaschine und polierte mit einem weichen Tuch das Becken, bis sie sich darin hätte spiegeln können. Katrin war sehr ordnungsliebend und fühlte sich am wohlsten, wenn alles picobello sauber war.

Mit einer gewissen Genugtuung nahm sie den Becher in die Hand und hielt ihn sich unter die Nase. Sie inhalierte den aromatischen Geruch, bis ihre Nasenflügel zu beben anfingen, und trottete wieder zurück ans offene Fenster. Es roch nach Kaffee, roch nach modrigen Blättern mit einer feinen Nuance Elbwasser. Katrin atmete tief ein und gähnte. »Mmh ... die Luft riecht richtig nach Herbst.« Katrin nahm beflügelt einen Schluck Filterkaffee, während sie mit halb geöffneten Augen die vorbeiziehenden Wolkenformationen beobachtete.

Die lindgrünen Vorhänge im Zimmer bewegten sich durch den leichten Luftzug und verpassten der Wohnung einen Frischekick. Wie jeden Morgen hatte Katrin alle vier Fenster im vorderen Bereich der Wohnung geöffnet, um den muffigen Altbaugeruch nach draußen zu scheuchen. *Die frische Luft tut meiner Stimmung richtig gut*, dachte sie und klackerte mit ihrem Fingernagel gegen ihren Becher. Stimmungsschwankungen begleiteten sie seit Längerem, und sie versuchte immer wieder aufs Neue, sie zu vertreiben. Wie den Altstadtmief in ihrer Wohnung.

Seit der Trennung von ihrem Freund vor mehr als einem halben Jahr empfand sie alles um sich herum als ziemlich öde und grau. Dabei hatte sie die Beziehung selbst beendet, weil er sie betrogen hatte. *Du hast Schluss gemacht, Katrin Duvenstedt. Normalerweise leidet doch der, der verlassen wird, oder? Und warum leide ich dann so? Hast es doch selbst so gewollt, Duvenstedt.* Katrin nickte und zog den Vorhang mit einem kurzen Ruck zur rechten Seite. *Egal. Ich will nicht mehr drüber nachdenken, er ist es einfach nicht wert*, dachte sie und sah aus dem Fenster. *Der kann mich mal kreuzweise …*

Dabei hatte die Beziehung so erfolgversprechend angefangen. Sie hatten sich bei einem *Surf Cup* auf Fehmarn kennengelernt und festgestellt, dass sie das gleiche Hobby hatten: Wellenreiten. Von da an verbrachten sie viel Zeit miteinander am und auf dem Wasser. Irgendwann gaben sie sich am Strand den ersten Kuss …

Katrin seufzte, inhalierte die herzhafte Luft, die um diese Zeit noch nicht verpestet war. Von Fahrzeugen, die spätestens ab 9 Uhr die Straßen verstopften, vor immerwährend roten Ampeln standen und ihre Autoabgase verteilten. Ihren üblen Atem durch Hamburgs Gassen pusteten, der sich wie ein Moloch voranschob. Trotzdem liebte sie die Straßen der Schanze, die später, von Restaurantgerüchen geschwängert, ihre Nebelwände aus Gewürzdüften aller Herren Länder durch das Viertel schoben. Stadtteile wie diese hatten diesen besonderen Geruch, mussten einfach so riechen.

Katrin fühlte sich zurzeit wie der Abgasdunst in Hamburgs Straßen. Vollgestopft mit verpesteten Hiobsbotschaften, die sich in ihrem Kopf eingenistet hatten, sich ausbreiteten, ohne dass sie sich dagegen wehren konnte. Wenn man sie ansah, konnte man fast erschrecken. Sie hatte in den vergangenen Monaten die Maße eines Models angenommen. Die eines Magermodels. Worüber sie selbst zwar nicht unbedingt traurig war, aber es schwächte ihren Körper. Dabei war sie überhaupt nicht der Typ, der mit sich und der Welt haderte, zweifelte. Sie ging normalerweise fröhlich und neugierig durchs Leben. War positiv und offen. Aber der Herzschmerz um ihre verlorene Liebe und der Verlust ihres Jobs zehrten sie langsam, aber sicher auf. Es wurde Zeit, dass sie endlich etwas dagegen tat.

Katrin atmete entschlossen durch, wippte mit den nackten Füßen auf und ab. Sie würde sich eine Auszeit nehmen. Zeit genug hatte sie ja jetzt. *Ein paar Wochen weg von allem wird mir guttun. Einen klaren Kopf kann ich gut gebrauchen. Es findet sich bestimmt eine Lösung. Mann, warum ist immer alles so kompliziert? Jetzt ist auch noch der Job futsch. Dabei hab ich mir nie etwas zuschulden kommen lassen. Jensen weiß doch, wie gut ich bin!*

Katrin ließ entmutigt die Schultern sinken. Ein Tränenschleier verwischte ihren Blick. Sie versuchte, sich selbst Mut zuzusprechen, obgleich ihre Situation mehr als ungewiss war. Die hübsche Frau fühlte sich wie eine manisch Depressive, die in einer Minute himmelhoch jauchzend, dann wieder zu Tode betrübt daherkam. Im

Moment überwogen allerdings die traurigen Augenblicke, aus denen es scheinbar keinen Ausweg gab. *Ohne Arbeit kann ich die Wohnung vergessen. Dann muss ich wieder nach Wilhelmsburg ziehen, um eine einigermaßen bezahlbare Bleibe zu finden.* Ihre Lippen verzogen sich zu schmalen Strichen. *Vielleicht sollte ich doch zu Tante Charlotte nach Fehmarn ziehen. Vielleicht würde die sich darüber freuen, wenn ich …*

Das Parkett unter ihren Füßen knackte und brachte sie zurück in die Gegenwart. Es war das Knarren und Stöhnen alter, verlebter Holzdielen, das ihre Gedanken wieder abschweifen ließ. *Welche Leute hier wohl schon barfuß rumgelaufen sind?* Sie versuchte sich vorzustellen, wie Menschen vor ihr auf diesen alten Dielen durch die Zimmer gewandelt waren und vielleicht, genau wie sie selbst, aus dem Fenster gesehen hatten. Abwesend strich sie mit ihren nackten Zehen über das warme Holz.

Katrin sah auf die gegenüberliegenden Jugendstilhäuser. Sie spürte in jeder Faser ihres Körpers die Last der vergangenen Wochen und Monate, die ihren Rücken, wie mit schweren Felssteinen beladen, runterdrückte. *Es fühlt sich gerade so an wie in dem Moment, als Rabea mir erzählt hat, dass er mit irgendeiner Schlampe im dunklen Hauseingang rumgemacht hat.* »Verdammter Mistkerl«, rief sie und ihre Augen füllten sich mit Tränen. Sie weinte. Dass die vergangenen Wochen und Monate ihre Seele belasteten, war nicht zu übersehen. Katrin leckte sich die salzige Flut von den Lippen und schniefte, während sie die Arme um sich schlang, als wollte sie sich wärmen.

Schemenhaft nahm sie die mit Graffiti verschmierten Hauswände wahr, schaute an den Mauern hoch, bis ihr Blick an den gegenüberliegenden Dächern hängen blieb.

Auf denen, angetrieben durch die Kraft erster müder Sonnenstrahlen, die Feuchtigkeit der vergangenen Nacht verdampfte. Als diffuser Film lag sie düster auf Dachpfannen, erhob sich quälend langsam nach oben. Sie verfolgte die feinen Dunstschwaden, bis sie sich mit den oberen Luftschichten vermischten und schwerfällig auflösten. Katrin hörte leises Schlurfen, als schrubbte jemand mit Schleifpapier über Holz. Sie rieb sich mit der Hand die Tränen aus den Augenwinkeln und wendete den Blick runter auf den verdreckten Bürgersteig.

Sie schniefte noch einmal, entdeckte einen alten Mann, dessen Kleidung mit Sicherheit deutlich bessere Zeiten gesehen hatte und dessen Rücken vom Leben gebeugt war. Er schlurfte mit gesenktem Kopf den Bürgersteig entlang, zog mit einer Hand die speckige graue Strickmütze über sein freiliegendes Ohr und trug in der anderen eine zerfledderte Plastiktüte. *Der geht so, wie ich mich fühle. Wenn ich nicht aufpasse, geht es mir vielleicht bald genauso. Eine Plastiktüte mit Hab und Gut. Irgendwo im sozialen Abseits.* Die Tüte wies deutlich sichtbare Verschleißerscheinungen auf, sodass selbst die bunten Schriftzüge nicht mehr zu erkennen waren. *Verlorene Seele.* Aus der Tragetasche vernahm Katrin leises Klirren von Glasflaschen. *Hat sich wahrscheinlich mit Schnaps eingedeckt. Sonst ist das wohl alles für ihn nicht zu ertragen.*

Katrin erschrak über ihren miesen Gehirnwust. *Was geht mich das überhaupt an? So schlimm, wie ich es mir ausmale, kann es gar nicht werden. Mann, Katrin, merk mal was.* Sie streckte sich, überließ den Mann seinem Schicksal. Er tat ihr leid, aber was konnte sie schon gegen das Elend der Welt tun. Das Glasklirren wurde leiser. Katrin dachte an ihre Arbeit, die ihr bisher ein entspanntes Leben ermöglicht hatte.

Ihren gut bezahlten Job in einem Eventbüro hatte sie völlig überraschend und absolut grundlos verloren. Katrin war so etwas wie die rechte Hand Thore Jensens gewesen. Er hatte ihr vollends vertraut und in jeglicher Hinsicht freie Hand gelassen. Dann kam der 45-Jährige vor zwei Tagen mit hochrotem Gesicht wütend in ihr Büro gestürmt und baute sich bedrohlich vor ihr auf. Sie fühlte sich – auf ihrem Stuhl sitzend – gegenüber seinen 1,90, die in einem eleganten grauen Anzug steckten, plötzlich wie ein Zwerg. Sie hatte in diesem Moment an ihrem Schreibtisch gesessen und gerade die Planung für eine Veranstaltung erstellt, die vier Wochen später in einem großen Hotel stattfinden sollte.

»Was haben Sie sich dabei gedacht?«, schrie er, und seine Hautfarbe glich der einer überreifen Tomate. »Sie haben mich betrogen, Sie … Sie. Wo ist das Geld?« Geschockt sprang sie vom Stuhl auf, stand ihm eingeschüchtert gegenüber. »Welches Geld? Ich hab Ihnen doch kein …«, versuchte sie zu antworten. »Ich will kein Wort hören!«, brüllte er so laut, dass es in Katrins Ohren schmerzte und die Kollegen auf dem Flur neugierig die Köpfe reckten.

»Und wenn Sie jetzt nicht sofort dieses Büro verlassen, ruf ich den Sicherheitsdienst. Alles andere hören Sie von meinem Anwalt, wenn ich die Bücher überprüft habe. Und jetzt raus hier!« Er deutete mit der Hand auf die offen stehende Tür. »Hätte ich diesen Anruf nicht bekommen, dann …«

»Welchen Anruf? Hören Sie mir doch wenigstens zu!«, rief sie verzweifelt. »Ich hab noch nie auch nur einen Cent an mich genommen! Und das wissen Sie genau …«Katrin stotterte und versuchte, aufkommende Tränen hinunterzuschlucken.

»Raus hier, hab ich gesagt!«, brüllte Jensen, packte sie schroff am Arm und stieß sie gnadenlos zur Tür hinaus. Die Enttäuschung stand ihm ins Gesicht geschrieben. »Von Ihnen hätte ich das am wenigsten erwartet!«, schrie er ihr hinterher, fuhr sich mit der Hand durch die grau melierten Haare und knallte die Tür so heftig zu, dass der Türrahmen vibrierte. Verstört zuckte sie zusammen, verließ das Bürogebäude und fuhr heulend in ihrem Wagen nach Hause.

Sabrina Loose, mit der sie ihr Büro teilte, rief sie abends an und erzählte Katrin, dass ihr Boss einen anonymen Anruf erhalten hatte, bei dem ihm detailgenau erklärt worden war, bei welchen Events sie mehrere Tausend Euro abgezweigt haben sollte. »Das wird sich schon regeln. Lass ihm ein paar Tage Zeit«, versuchte die Kollegin, sie zu trösten. »Der beruhigt sich wieder. Sieh es als Sonderurlaub.« Nachdem Katrin aufgelegt hatte, verbrachte sie den restlichen Abend mit einer Flasche Rotwein im Arm, heulend wie ein Schlosshund.

Eine Krähe, die krächzend auf das Dach flog und ihre Flügel putzte, beobachtete sie aus schwarzen glänzenden Knopfaugen. Katrin versuchte, die Gedanken zu ordnen. *Ich und Unterschlagung! Wie kommt der auf so eine wahnwitzige Idee? Ich hab mir noch nie etwas zuschulden kommen lassen. Dieser Idiot ...* Sie würde die Sache klären. Später. Zuerst einmal war sie zutiefst verletzt und brauchte Abstand, um wieder einen klaren Kopf zu bekommen. Katrin blickte zu der Krähe auf dem Dach. *Ist, glaube ich, wirklich das Beste, wenn ich erst mal abhaue. Weg von alledem.*

Sie sah auf die schwarze Sportuhr an ihrem Handgelenk. Gleich halb acht. Nachdenklich hob sie den Becher zum Mund. Trank einen Schluck des lauwarmen Milchkaffees, als die ersten Sonnenstrahlen plötzlich durch die Wolkendecke brachen und zaghaft durchs Fenster schienen. Sie trafen ihr Haar und verliehen ihm einen rötlichen Schimmer, der es wie ein poliertes Möbelstück zum Glänzen brachte.

Ich werde schon herausfinden, wer mir das angetan hat. Ich muss nur ein paar Informationen einholen. »Ich find das raus«, sagte sie, schüttelte den Kopf und lehnte sich vorsichtig über die Fensterbrüstung. »Nicht ein Auto. Absolute Ruhe. Selbst der Alte ist verschwunden«, bemerkte Katrin, atmete aus, nahm den Becher und ließ die letzten Tropfen ihre Kehle hinunterlaufen. Enttäuscht schaute sie in die leere Tasse, ging in die Küche und stellte den Becher in die geputzte Spüle ihrer blitzblanken Wohnung, die ein echter Glücksfall gewesen war. »So, nun mal langsam in die Gänge kommen.« Katrin verließ die Küche, um die Fenster zu schließen.

Monatelang hatte sie nach einer kleinen Zweizimmerwohnung im beliebten Schanzenviertel gesucht. Dann bekam sie zufällig einen Tipp und klingelte keine halbe Stunde später unangemeldet bei den Noch-Mietern. Dass das Appartement im vierten Stock ohne Fahrstuhl lag, war Katrin egal, die Wohnung gefiel ihr einfach auf Anhieb.

Was, wenn ich jetzt alles verliere? »Mensch, Katrin, werd mal vernünftig. Das wird schon alles wieder. Du hast es bisher immer geschafft«, schalt sie sich selbst und schaute noch einmal aus dem Fenster, das einen fantastischen Panoramablick bot. Es war zwar nicht der Blick auf Elbe und Alster, aber sie liebte die Jugendstilhäuser mit ihren schönen Fassaden, die ihrer Wohnung gegenüberlagen, die Dächer des Viertels. Den nicht weit entfernten Hamburger Fernsehturm und das Riesenrad, das zu DOM-Zeiten im Dunkeln leuchtete. Sie setzte sich während dieses Volksfests oft abends mit einem Glas Rotwein auf die Fensterbank und sah den glitzernden Gondeln beim Drehen ihrer Runden zu.

Katrin schloss die Fenster, drehte ihnen den Rücken zu und blickte sich im modern eingerichteten Zimmer um. Betrachtete es, als wollte sie sich für gewisse Zeit von einem guten Freund verabschieden, ging zum dunkelroten Ledersofa und rückte die Kissen in der Mitte der Sitzgelegenheit zurecht. Alles perfekt.

Gleich acht, mmh. Fast geräuschlos ging die hübsche Brünette ins nebenan liegende Schlafzimmer und zog die Schubladen der antiken Kommode auf. Kramte zwischen Socken und BHs. Die antike Kommode, ihr ganzer Stolz, hatte gerade noch Platz in dem kleinen Raum direkt unter dem Fenster gefunden. Katrin liebte alte Möbel. Suchte auf Flohmärkten nach Schnäppchen, die sie in ihrem Wagen nach Hause transportierte und eigenhändig die Teppen hochschleppte, um sie zu restaurieren. Zu diesen Stücken gehörte auch die Jugendstilkommode, die sie selbst abgeschliffen und weiß lasiert hatte. Die Liebe zu alten Möbelstücken hatte sie von ihrer Tante, in deren Haus ein altes Stück neben dem anderen stand. Jedes Teil persönlich herangekarrt, in mühsamer Kleinarbeit aufgearbeitet und dekorativ platziert. Katrin musste lächeln.

Sie legte die herausgesuchte Kleidung in die schwarze Reisetasche, die sie unter dem Bett vorgezogen und auf die Bettdecke geworfen hatte. Wusste, während sie die

Kleidung verstaute, was sie zu tun hatte. Einfach drauf-
los fahren und sich ein Plätzchen für ein, zwei Wochen
suchen. Sie wusste zwar noch nicht genau, wohin die
Reise gehen sollte, aber ihr würde mit Sicherheit eine
zündende Idee kommen, wenn sie im Auto saß.

Der schwarze Polo stand abfahrbereit und vollgetankt
unweit ihrer Wohnung. Mit bunten Prilblumen beklebt,
parkte er ein paar Häuser weiter in einer Haltebucht an
der Straße. Dank seiner handlichen Größe fand sie fast
immer einen der wenigen begehrten Parkplätze in der
Straße. Allerdings musste auch Katrin, wie viele andere,
an manchen Tagen mehrmals um den berühmten »Pud-
ding« ihres Viertels fahren, bis zufällig jemand einen der
raren Plätze freimachte.

Sie hatte die gepackte Tasche an der Eingangstür abge-
stellt, stand abreisebereit und unschlüssig im Flur. Fahrig
fuhr sie sich mit der Hand durch das Haar. »Oh, ich hab
ja nicht einmal Socken an.« Katrin reckte die Zehen in
die Luft, hatte nicht bemerkt, dass sie immer noch barfuß war. Grinsend zog sie ein paar Socken aus ihrer Reisetasche und schlüpfte hinein. Anschließend rutschte sie
noch einmal sockfuß über den Dielenboden durch alle
Räume, um zu kontrollieren, ob alles in Ordnung war.
Alles war blitzeblank aufgeräumt. Die Fenster verschlossen. Nur der Kaffeebecher stand einsam im Becken. Katrin spülte ihn kurz unter fließendem Wasser aus, trocknete ihn ab und wischte das Becken. »Fertig!«

Noch einmal schaute sie auf ihre Uhr. Irgendetwas
beunruhigte sie. *So, eigentlich könnte ich doch losfahren ...* Zögernd stand sie vor der Eingangstür und griff
nach ihrem dunkelgrünen Parka, den sie auf die Tasche
legte. Am liebsten fuhr sie früh morgens, weil dann der

Verkehr in der Innenstadt noch nicht eingesetzt hatte und sie zügig am Horner Kreisel war.

Erwartungsvoll schlüpfte Katrin in ihre Boots, warf der Wohnung einen letzten Blick zu und nickte. Sie öffnete die Tür, zog den Schlüsselbund aus dem Schloss, trat einen Schritt in den nach Knoblauch und Kräutern riechenden Hausflur und zog die Tür hinter sich ins Schloss.

Da klingelte plötzlich das Telefon. »Mann, was soll das? Wer ruft denn jetzt an?« Zähneknirschend steckte sie den Schlüssel zurück ins Schloss und öffnete hastig die Tür, betrat die Wohnung, ließ die Tasche auf den Boden fallen. Als das Telefon erneut aus dem Wohnzimmer schrillte, rief sie laut: »Jaja, ich komm ja schon.« Genervt griff sie zum Telefon, das direkt neben dem Fernseher auf dem Phonotisch stand, drückte auf den grünen Knopf und hielt sich den Hörer dicht ans Ohr. »Jaa, Katrin Duvenstedt?«, sagte sie kurz angebunden, runzelte die Stirn, nahm den kleinen Finger zum Mund und fing an, an der Nagelhaut zu kauen. Am Samstagmorgen klingelte das Telefon normalerweise nie. Und wenn, dann niemals dermaßen früh!

»Hallo, Katrin, hier ist Rabea.« Am anderen Ende der Leitung war die 43-jährige Freundin ihrer Tante Charlotte. *Was will die denn um diese Uhrzeit? Die ruft doch sonst nicht hier an.* »Jetzt hör bitte gut zu und bekomm keinen Schreck. Charlotte ist im Krankenhaus.« Katrin blieb wie angewurzelt neben dem Sofa stehen. »Sie ist überfallen worden!« Die 27-Jährige wurde blass und setzte sich mit weichen Knien auf die Sofalehne. »Was? Überfallen?«, schrie sie in den Hörer.

»Ich weiß nichts Genaues, beruhige dich. Ich fahr gleich ins Krankenhaus, dann hör ich hoffentlich mehr.

Die Polizei hat mich heute Morgen angerufen.« Katrin saß wie versteinert da und starrte auf die Wand. »Wie geht es ihr?«, fragte sie geschockt mit brüchiger Stimme. »Ist es sehr schlimm?« Sie stand auf, ging zur Wohnungstür und schloss sie leise.

»Soweit ich das verstanden habe, hat man ihr übel zugesetzt. Charlotte lag bewusstlos im Garten. Die Polizei hat offenbar einen anonymen Anruf bekommen und deine Tante sofort ins Krankenhaus bringen lassen.« Rabea klang gefasst, als sie Katrin die Nachricht mitteilte. »Ich fahr jetzt sofort hin und ruf dich an, wenn ich mehr weiß.«

Katrins Hoffnung, alles würde sich zum Guten wenden, zerplatzte wie eine Seifenblase. Sie hatte gehofft, dass bei allen Problemen, die sie überrannten, wenigstens ihre Tante ein Zufluchtsort sein konnte. *Wenn ihr etwas passierte, dann … ja, was dann?*

»Ich fahr sofort los«, rief sie. »In zwei Stunden bin ich da. Wo liegt sie?« Katrins Entschluss stand fest. Jetzt wusste sie, wo die Reise hingehen würde. Ihre Hände zitterten. »In der Inselklinik? Ist gut, tschüss, bis nachher.« Katrin drückte den roten Knopf des Telefons. Ihr Herz raste. »Wieso im Garten? Wer überfällt denn bloß eine ältere Frau?« Ihre Tante war 69. Im nächsten Jahr wollte sie groß ihren 70sten feiern.

Mit schleppenden Schritten ging sie zum Fenster, hielt sich verzweifelt die Hand vor den Mund und kämpfte mit aufsteigenden Tränen. Schaute auf die gegenüberliegenden Fenster, in deren Scheiben sich das Sonnenlicht spiegelte. *Hoffentlich ist es nicht so schlimm!* Katrin drehte sich um, legte mit einem Seufzer das Telefon in die Station zurück und verließ entschlossen und endgültig die Wohnung.

20 Minuten später hatte sie die Hamburger Innenstadt über den Horner Kreisel verlassen und fuhr Richtung Autobahn. Die Straßen waren leer. Auf der A1 gab es kaum nennenswerten Verkehr. Im Radio, wie passend, *AC/DC* mit *Highway to Hell*. Sie drehte die Lautstärke hoch und ließ sich von der Musik ablenken. Der Bass wummerte so dynamisch, dass die Sitze im Wagen vibrierten, die Töne wie Presslufthämmer in ihren Ohren dröhnten. 1.000 Gedanken, die sich ausschließlich um ihre Tante drehten, vermischten sich mit dem Höllentrip aus dem Radio.

»So geht das nicht!«, schrie sie. Ihr Kampfgeist kehrte zurück, und sie trat entschlossen aufs Gaspedal. 175 Stundenkilometer. *Ich sollte doch nach Fehmarn ziehen. Einer muss sich um Charlotte kümmern. Und dieses verdammte einsame Haus. Ne, das ist nichts mehr für sie. Ich könnte mir auf der Insel Arbeit suchen, da wird es schon irgendetwas geben. In Hamburg vermisst mich sowieso niemand. Meinen Job hab ich eh nicht mehr.* Sie holte Luft, und ihr wurde die prekäre Lage, in der sie sich befand, wieder erschreckend bewusst.

»Im Moment ist alles Mist. Aber vielleicht ist das alles auch Schicksal. Wir schaffen das! Charlotte und ich sind ein gutes Team«, sprach sie sich selbst Mut zu. Wieder trat sie aufs Gaspedal. Charlotte Hagedorn war die Schwester ihrer Mutter, und Katrin liebte sie. Wenn ihre Eltern versucht hatten, konservative Erziehungsmethoden an ihr zu praktizieren, war Charlotte einfach nur cool gewesen. Bei ihr fühlte sie sich auch schon mit 14 halbwegs erwachsen. Alles, was zu Hause verboten war, bei Charlotte war es erlaubt. Dort gab es keine Regularien. Charlotte war eine Künstlerin wie aus dem Bilderbuch. Immer gut gelaunt, attraktiv und ein bisschen verrückt. Vielleicht war es diese originelle Mischung, die Katrin dermaßen anzog, dass sie in den Ferien nichts Eiligeres zu tun hatte, als mit der Bahn zu Tante Charlotte auf die Insel Fehmarn an den Sund zu fahren.

Charlotte war 1991 zum zweiten Mal Witwe geworden. Allerdings keine, die mit schwarzer Kleidung und dunklen Ringen unter den Augen zu Hause saß und Trübsal blies. Sie akzeptierte es, wie es war, und fand nach kürzester Zeit wieder zurück ins Leben. »Nichts anderes hätte er von mir erwartet«, sagte sie, als ihre Schwester sie darauf ansprach, dass sich die Leute auf der Insel schon das Maul zerrissen, weil sie im Trauerjahr in geblümten wadenlangen Röcken und ebenso bunt bedruckten Shirts barfuß herumlief. Katrin musste unwillkürlich lächeln. *Sie ist schon verrückt, meine Charlotte. Die ist zäh, die schafft das.* Vielleicht ist es ein Aufbruch in ein neues Leben. Ein Wendepunkt. Wink des Himmels, noch einmal ganz von vorn anzufangen. Charlotte Hagedorns Nichte sah ihre Tante in Gedanken durch das Wohnzimmer tanzen, wie sie es immer tat, wenn die Tochter ihrer Schwester aus Hamburg kam.

Das Lied im Radio hatte sich mittlerweile in die Hölle des Radiouniversums verabschiedet und war *No More Time* gewichen. Es passte irgendwie gut zu ihrer desolaten Stimmung und fuhr ihren Pulsschlag um ein paar Takte herunter.

Katrin näherte sich auf der rechten Spur einer silbernen Familienkutsche. Es war eigentlich nicht ihre Art, schnell zu fahren, aber die Umstände schienen so verwirrend, dass sie nicht merkte, wie unkontrolliert sie über die Autobahn jagte. Normalerweise tuckerte sie mit höchstens 120 gemütlich dahin, schon allein, um ihren 13 Jahre alten Polo nicht zu überfordern. Katrin reckte sich auf dem Fahrersitz, griff mit der linken Hand zum Nacken und knetete mit ihren Fingern die angespannten Muskeln. Sie neigte den Kopf in beide Richtungen und betrachtete mit einem kurzen Blick die bunt gestreuten Prilblumen auf der schwarzen Motorhaube. Ein Lächeln umspielte ihren Mund.

Die allseits beliebten Aufkleber hatte ihre Mutter samt Folie lange vor ihrer Geburt vorsichtig mit Wasserdampf von den blauen Spülmittelflaschen entfernt, gesammelt und in einer kleinen Holzschachtel verwahrt. Katrin war knapp 18, als ihre Mutter mit der Kiste in der Hand vor ihr stand und fröhlich sagte: »Hier, Schatz, die schenk ich dir für dein erstes Auto. Das ist dann fast wie früher, als meine Ente noch mit bunten Blumen durch Hamburg fuhr«, freute sie sich und klatschte begeistert in die Hände. Katrin nahm grinsend die Kiste in Besitz. Sie liebte Relikte aus den 70ern und 80ern, so wie sie vom ersten Moment an ihren gebrauchten Polo liebte, den ihr die Eltern zum bestandenen Abitur geschenkt hatten und den sie damals zärtlich Schnubbi taufte.

»Armer Schnubbi. Heute muss ich dich quälen. Tantchen ist krank. Halt durch, wir schaffen das.« Mit einer Hand streichelte sie über das Lenkrad. »Ist ja nicht mehr weit.« Es war, als spräche sie tatsächlich mit ihrem Wagen. Erleichtert passierte die schlanke Frau die erste Abfahrt, Neustadt, und rauschte Richtung Lensahn.

Die wenigen Fahrzeuge, die mit mindestens 190 Sachen auf der linken Spur an ihr vorbeizogen, waren fast ausschließlich Dänen und Schweden. *Wahrscheinlich wollen die ihre Fähre noch bekommen*, dachte sie und zog die Augenbrauen hoch. *Als würden die Schiffe nicht alle 30 Minuten fahren. Diese Wahnsinnigen. Bekloppt. Alter Schwede.* Katrin schüttelte den Kopf.

Noch eine Dreiviertelstunde, dann bin ich auf der Insel, das müsste ich schaffen. Im Sender setzten die Nachrichten ein. Katrin stellte das Radio aus. Sie wollte die Ruhe genießen und nicht noch mit Katastrophenmeldungen aus dem Rundfunk überschüttet werden.

Sie setzte den Blinker, drückte noch einmal aufs Gaspedal. Bleifuß. 180 Stundenkilometer. Langsam fing der Wagen an, gefährlich zu röcheln. *Komm, wir schaffen das. Nicht aufgeben.* Mit unverminderter Geschwindigkeit wechselte sie auf die linke Spur, um die Limousine zu überholen, in der ein älteres Paar saß. Typisches Rentnerauto, dachte sie, als sie sich mit dem Wagen auf gleicher Höhe befand. Wackel-Dackel und gehäkelte Klorollenmütze in Weiß-Blau auf der Ablage. Katrin lachte so laut, dass ihr unvermittelt die Tränen in die Augen stiegen. Ein kurzer grienender Blick nach rechts, das Pedal bis zum Anschlag durchgedrückt. Mit letzter Motorkraft zog Katrin mit ihrem Auto am deutschen Statussymbol vorbei.

Ein ohrenbetäubender Knall ... Katrin zuckte so heftig zusammen, dass sie für einen Moment das Gefühl hatte, ihr Herz würde stehenbleiben. *Was war das? Das hörte sich an wie ein Schuss!* In einem ersten Reflex nahm sie geschockt den Fuß vom Gas, versuchte, den Wagen von der Überholspur zu lenken, um hinter dem silbernen Wagen wieder einzuscheren. Obwohl sie nicht einmal genau sagen konnte, woher dieses Geräusch gekommen war. Sie lenkte nach rechts. Nichts. Es war, als zerrte jemand den Wagen immer wieder zurück auf die Überholspur. Der hintere Teil ihres Kleinwagens fing plötzlich gefährlich an zu ruckeln, schlug zu beiden Seiten aus. Das Fahrzeug auf der rechten Fahrbahn zog an ihr vorbei. Der ältere Mann hinter dem Lenkrad deutete mit weit aufgerissenen Augen wild gestikulierend auf ihr Auto. Sein Mund formte Worte, die sie nicht verstehen konnte. Es war, als wolle er ihr etwas Wichtiges zurufen.

Das Lenkrad flatterte bedrohlich, als wolle es jede Sekunde aus dem Gewinde springen. »Was soll ich machen? Oh Gott, hilf mir!«, schrie sie, als sie begriff, dass mit ihrem Wagen etwas nicht in Ordnung war. Ein eiskalter Schauer lief ihr über den Rücken. Schweißperlen benetzten ihre Stirn, und pure Angst jagte durch ihren zitternden Körper. Katrin spürte einen stechenden Schmerz im Nacken, der Brustkorb verengte sich, als zöge jemand mit ungeheurer Kraft Fäden durch die Schlaufen eines Korsetts. Sie bekam keine Luft mehr.

Das Auto ruckte unaufhörlich, schüttelte sie durch und gab laut knallende Geräusche von sich. Katrin fühlte sich wie in die Gondel einer Achterbahn des Grauens versetzt, die sie direkt ins Verderben stürzen würde, wenn nicht augenblicklich ein Wunder geschah.

Krampfhaft packte sie das Lenkrad, fühlte ihre brennenden Gelenke, als sich ihre Fingernägel in den Kunststoff des Steuers krallten. Wieder ein Ruck. Ohne Vorwarnung ballerte ihr Kopf mit voller Wucht gegen die Seitenscheibe. Die Scheibe zerbarst, und die Risse breiteten sich wie ein Spinnennetz darüber aus. Katrin fühlte ein feines warmes Rinnsal über ihre linke Schläfe laufen.

Benommen versuchte sie, die Kontrolle über den Wagen nicht zu verlieren, spürte das Blut auf ihrer Haut die Wange hinunterlaufen. Panik erfasste sie. »Oh Gott, was soll ich tun?«

Katrin hatte keinen Blick für die aufgeregten Leute im anderen Fahrzeug, das ebenfalls die Geschwindigkeit drosselte. Mit letzter Kraft schaffte sie es, das vibrierende Lenkrad unter Kontrolle zu bringen, den Wagen gerade in der Spur zu halten. Die Geschwindigkeit verringerte sich, aber es sah nicht so aus, als hätte sie irgendeine Chance, glimpflich aus der Sache herauszukommen.

Der Polo schlingerte hoffnungslos auf die Mittelleitplanke zu. Katrin hielt das Lenkrad so fest, dass ihre Knöchel schmerzhaft weiß hervorstachen. Die Leitplanke kam auf sie zu – »Nein!« Schweißperlen liefen über ihre Stirn, vermischten sich mit dem Blut aus der Wunde, benetzten bittersüß ihre Lippen. Das Hämmern in ihrer Schläfe wurde so stark, dass es ihre Sinne vernebelte, als würde der Schädel platzen.

Katrin hatte Schwierigkeiten, das Lenkrad noch länger zu greifen, es rutschte durch nasse Handinnenflächen gefährlich hin und her. Das Zittern des Wagens geriet außer Kontrolle. Die Kollision war unausweichlich. *Highway to Hell* war der einzige Gedankenfetzen, der sich in ihrem Kopf breitmachten.

Mit lautem Knall, einem weiteren markerschütternden, ächzenden Kratzen donnerte der kleine schwarze Wagen auf der linken Seite in die Leitplanke. Nur ein einziger Schrei übertönte das Gebrüll des Wagens: »Neiiin!«

»Nu maak aver een beten fix dien Arbeitsteed sauber!« Erwin Wendel stand in der Tür zum Büro, schrie Sven Clasen an und schmiss mit hochgezogenen Augenbrauen wütend den Besen hinter ihm her. »Mann, regen Sie sich ab. Das bekommt der Pumpe nicht.« Sven machte eine wegwerfende Handbewegung. Auch wenn er nach außen manchmal ein ziemlich ruppiger Kerl war oder zumindest so wirkte, wusste Sven, dass er es nicht übertreiben durfte. Erwin, ein nicht gerade sportlicher Mann, der seit ein paar Minuten mit hochrotem Kopf herumschrie und sich immer wieder mit beiden Händen über seine haarlose Platte fuhr, war schließlich niemand Geringerer als sein Boss.

Und er nervte Sven nicht nur heute. Gäbe es eine Wahl, hätte er wahrscheinlich längst das Weite gesucht. Aber es gab keine. »Maak to!« »Nun bleiben Sie mal ganz locker, ich mach ja schon«, versuchte er, Erwin Wendel zu beschwichtigen, und pustete sich gelangweilt eine Locke aus seinem Gesicht. Er fuhr sich mit der Hand durch seine braunen halblangen Korkenzieherlocken, die wirr und ungekämmt seine dunkelbraunen Augen umrahmten. »Sven Clasen, du geihst me op'n Geist. Kannst du nich eenmal dien ganzen Kram so erledigen, wi dat all de annern foot? Mi langst dat nu bilütten.« Drohend hob er die Hand, als wollte er sie gleich in Svens Gesicht platzieren. Der drehte blitzartig den Kopf weg und brachte sich grinsend mit einem Hechtsprung in Sicherheit.

Tischlereien wie diese gab es nicht wie Sand am Meer und schon gar nicht auf einer Insel wie Fehmarn. Hier war eine Anstellung schon fast so viel wert wie ein Sechser im Lotto. Dieser Betrieb gab ihm die Möglichkeit, langgehegte Kindheitsträume zu verwirklichen.

Er war ziemlich gut in dem, was er machte. Keine Frage. Ein talentierter Tischler, nur leider mit fürchterlichem Dickkopf. Mal jähzornig und bockig wie ein Zehnjähriger. Dann wieder unglaublich charmant, wenn er wollte. Nur deshalb kam er mit seinen Macken immer wieder durch, umgarnte Leute, die sich in seinem

Umfeld bewegten, mit Hilfsbereitschaft und Schmei-
cheleien, denen selbst sein Boss Erwin Wendel immer
wieder erlag.

Heute hielt Sven lieber die Klappe, auch wenn es ihm
ziemlich schwerfiel und er seinen Chef manchmal am
liebsten um die Ecke bringen würde. Nur nicht heute, er
wollte noch surfen. Und wenn er jetzt Mist baute, hielt
Erwin Wendel ihn vielleicht zurück.

Das würde mir noch fehlen. Ich halt lieber die Schnauze.
Um ihn herum waren seine Kollegen dessen ungeachtet
damit beschäftigt, ihre Arbeitsplätze für das kommende
Wochenende zu säubern. Es klapperte und polterte an
allen Ecken in der geräumigen Halle. Erwin Wendel beobachtete Sven aus den Augenwinkeln, während er geschäftig Unterlagen auf seinem Schreibtisch im nebenliegen-
den Büro sortierte.

Sven galt schon immer als Eigenbrötler, der sich fast
ausschließlich mit sich selbst beschäftigte und auch mit
seinen Kollegen nicht immer konform lief. Bereits während der Schulzeit lernte er, dass man sich auf andere
nicht verlassen konnte, und so hielt er sich auch während der Arbeit lieber für sich. Irgendwann hatte er sich
daran gewöhnt, allein zu sein, zog sich im Laufe der Jahre
immer mehr zurück. Obwohl man mit ihm auch Spaß
haben konnte, wenn er es zuließ.

Seine beiden Kollegen waren damit beschäftigt, herumliegende Späne in eine Tonne zu kehren, während
Sven übel gelaunt mit verschränkten Armen an seiner
Werkbank lehnte. Am liebsten würde er jetzt Feierabend
machen, sich an einen der Naturstrände verkriechen, sich
sein Surfboard schnappen und darauf den Wellen hinter-
herjagen. Dann hatte er alles, was er wollte, alles, was er

brauchte. Gelangweilt sah er den beiden Männern bei der Arbeit zu, dachte an seine Freundin, die ihn vor mehreren Monaten verlassen hatte. Über die Trennung von ihr war er bis heute nicht hinweggekommen. Wütend stieß er bei dem Gedanken an sie einen Holzklotz mit dem Fuß in die gegenüberliegende Ecke. *Ich muss heute zum Strand, sonst werd ich verrückt.* Langsam drehte er sich um und fing, leise vor sich hin schnaubend, an, seinen Platz aufzuräumen.

Klaus und Arne, Svens Kollegen, beobachteten wortlos die wilde Aktion und gingen vorsichtshalber hinter einer Wand von aufgestapelten Brettern in Deckung, als wieder einer der Holzklötze durch die Halle flog. Sie machten ihr eigenes Ding und hielten sich aus den Querelen der Arbeitskollegen grundsätzlich heraus. »Soll er doch selbst mit dem Alten klarkommen«, sagte Arne unbeeindruckt, als er seine Brotdose in die Arbeitstasche packte. Klaus nickte, und sie verließen wie Pat und Patachon mit ihren Taschen unterm Arm die Halle. »Schönes Wochenende«, rief Klaus und warf Sven grinsend einen Blick zu. »Was für ein Driss«, maulte der, machte auf dem Absatz kehrt und befreite die Hobelbank mit einem Besen von Sägespänen. Die Spannung in der Luft konnte man förmlich knistern hören.

Den Mist hätte ich auch Montagmorgen wegräumen können, dachte er und schlug mit voller Kraft die Holzkante des Hallenbesens gegen die Fußleiste. Erwin Wendel hob erschreckt den Kopf in die Höhe. Es war immer dasselbe mit Clasen. Wenn der sauer war, vermieste er allen die Laune. Und hinterher verdrückte er sich so schnell, dass nur noch eine Staubwolke von ihm zu sehen ist. Aber nicht heute und nicht mit ihm. Diesmal kannte Svens Chef kein Pardon. Er sprang von seinem Stuhl auf, nickte heftig mit dem Kopf und ging aufgebracht in Svens Richtung. Seit etlichen Wochen war Sven schon so schlecht drauf. Erwin Wendel wollte zu gern wissen, was in ihn gefahren war.

Er beobachtete seinen Tischler, und trotz seiner Wut im Bauch machte er sich gleichzeitig Sorgen um seinen besten Mitarbeiter. An sich mochte er den frechen Kerl, der wie ein wilder Stier durch die Halle tobte. Seine Arbeit war ausgezeichnet, die Kunden fragten nach ihm, wenn sie einen Auftrag zu vergeben hatten. Aber in letzter Zeit? Heute langte es ihm. »Ik will uk geern mal nan Strann, aber wenn du hier blot rümtüderst, heff ik dat weller an Hals, du Döspaddel. Ik kann uk aners, mark di dat.« Er zeigte auf das Chaos, das Sven um sich herum geschaffen hatte. »Pass op, min Fründ, Hör op hier mit dien Schiet! Sunst kannst du hier verschwinn … hast du dat nu endle begreepen?« Schnaubend stand er an der Hobelmaschine und sah Sven stur in die Augen. »Se to, dat du nu endle in Gang kümmst.«

Erwin rieb sich mit der Hand über die haarlose Platte, kratzte sich angestrengt hinter dem Ohr. Der Besitzer der Tischlerei verschränkte die Arme vor der Brust, baute sich vor Sven auf, sah ihn mit hochrotem Kopf und zusammengekniffenen Augen drohend an. Sven schluckte, senkte den Kopf und begann wortlos, den Rest seiner Aufräumarbeiten zu erledigen.

Zehn Minuten später war er, wenn man nicht so genau hinsah, fertig. Feuerte seinen Besen in die Ecke der Werkstatt und knurrte, ohne sich noch einmal umzudrehen. »Schönes Wochenende!« Er stieß mit dem Fuß die Tür auf und latschte, seinen Rucksack lässig über die Schulter gehängt, zu seinem schwarzen Mountainbike. Bockig zerrte er das Rad von der Wand, schwang sich auf den Sattel und verließ mit durchdrehenden Reifen den Innenhof der Tischlerei. Erwin Wendel stand in der offenen Tür und schüttelte vielsagend den Kopf.

Ohne auf den Verkehr zu achten, raste Sven durch den Kreisel aus Burg Richtung Kirche. Die Stadt war im Herbst nicht mehr brechend voll, und Autos verursachten keinen durchgängigen Stau. Trotz allem war Sven mit dem Fahrrad wesentlich schneller als mit dem Auto. Außerdem war es sinnlos, die kurze Strecke mit dem Wagen zu fahren. Das ließ sein Sportsgeist nicht zu. Und Sprit kostete jede Menge Geld, das er lieber für seine Hobbys ausgab.

Kurz darauf schob er sein Fahrrad in den Flur seiner am Rande von Burg liegenden Wohnung. Krachend stellte er sein Bike neben eine alte dunkle Holztruhe, die ihm als Aufbewahrungsort für Surf- und Angelutensilien diente. Er öffnete den schweren gewölbten Deckel, inhalierte fischigen Gestank von verrottenden Algen und Salzwasser. »Boah, stinkt das. Vielleicht sollte ich den Surfanzug mal raushängen«, rief er angewidert, pfefferte seinen Rucksack auf die verstauten Angeln, streifte Schuhe und Strümpfe ab und ließ die Klappe genervt herunterfallen.

Sven störte der Geruch normalerweise nicht. Wenn man, wie er, in jeder freien Minute am Wasser war, kannte man alle Ausdünstungen, die das Meer freigab. Er hatte sich an das Gemisch von Algen und Mief aus der Truhe längst gewöhnt. Heute zerrte es allerdings an seinen Nerven. Barfuß ging er durch den Flur. *Die Einzige, die sich ständig über den Mief aus der Truhe beschwert hat, war meine Kleine.*

Seine Ex hatte sich jedes Wochenende über den Tümpelduft aus der Kiste, wie sie es nannte, aufgeregt. Sven nahm ihr den Wind aus den Segeln, indem er sie anlächelte und mit einem lapidaren Schulterzucken in den Arm nahm. »So ist das nun mal, wenn man an der Küste lebt, seute Deern«, sagte er, hob sie lächelnd in die Luft, gab ihr einen innigen Kuss, und alles war wieder gut. Mit versöhnlichem Grinsen öffnete er dann die Terrassentür, ließ eine frische Brise Seeluft durch die Wohnung ziehen. Jetzt brauchte er keine Rücksicht mehr zu nehmen, sie war nicht mehr da …

Das Licht der in die Mauer eingelassenen Glasbausteine warf harte Schatten auf sein Gesicht. Sven gähnte, fuhr sich mit beiden Händen durch die wirren dunklen Locken, als er die geräumige Küche, ausgestattet in grell orange-farbenem 70er-Jahre-Interieur, betrat. *Mann, hab ich Hunger. Irgendwas muss ich mir in den Mund schieben, dann fahr ich los.* Er ging in die Hocke, öffnete die Tür, sah ins jämmerliche Nichts des 20 Jahre alten Kühlschrankes. Sein Blick schnellte über leere Milchglasscheiben, auf denen, außer ein paar schmierigen Flecken, nichts Erwähnenswertes zu finden war. Missmutig fasste er nach einer halben runzelig angeschimmelten Gurke im untersten Fach. »Na, ist ja toll. Da hab ich tierischen Kohldampf und nicht mal was zu fressen im Haus.« Mit zwei Fingern zog er das matschige Gemüseteil heraus und warf es mit gerümpfter Nase in den Mülleimer unter der Spüle.

Sven wurde klar, dass er noch einmal los musste, wenn er was in seinen Magen bekommen wollte. »Das geht alles von meiner Zeit ab«, sagte er, als sein Blick auf das Tiefkühlfach fiel, das, komplett vereist, den Zipfel eines Pizzakartons zum Vorschein brachte. Er zerrte an der mit Eiskristallen eingehüllten Packung und zog sie mit einem Ruck heraus. Abgeschabte Eisstückchen fielen auf den Küchenboden und hinterließen eine feuchte Lache unter seinen Füßen. Sven ging einen Schritt zur Seite. *Richtig appetitlich sieht die auch nicht mehr aus*, dachte der 28-Jährige, als er die Reste der eingedellten Pappe in der Hand hielt. Von der zu allem Übel auch noch ein Teil im Eisfach kleben geblieben war. »Ist jetzt auch egal, ich hab einen Bärenhunger.« Er riss die Verpackung auseinander und zog die belegte Teigplatte aus der eingerissenen Plastikhülle.

Dass die Pizza schon über Monate abgelaufen war, bemerkte er nicht. Er hatte sie gekauft, kurz nachdem seine Freundin ihn verlassen hatte: Was mehr als fünf Monate her war. »Schimmelig ist sie jedenfalls nicht«, sagte er, begutachtete sie von allen Seiten, schnüffelte an dem gefrorenen runden Hefefladen. In Vorfreude drehte er die Knöpfe des Backofens, öffnete die Glastür und schob die Pizza auf den verkrusteten Grillrost.

»Phhh, das hat auch schon mal besser gerochen.« Er bückte sich, um nachzusehen, woher der ekelige Geruch kam, als er unter dem Backblech eine Pfanne entdeckte, die er schon länger vermisste. »Mann«, knurrte er und zog die Pfanne heraus, die ihn in eine übel stinkende Wolke einhüllte. »Was ist das denn für ekeliges Zeug?« Angewidert sah er sich den wabbelnden Pelz an, der sich wie blaugrüne Watte darin ausgebreitet hatte. Würgend hielt er das gusseiserne Teil, dessen Inhalt irgendwann einmal Nudeln gewesen sein mussten, mit ausgestrecktem Arm vom Körper, lief zum Wohnzimmer und öffnete die Terrassentür. Gleich neben der Tür stand praktischerweise die Mülltonne, die Sven dorthin geschoben hatte, um nicht jedes Mal über die gesamte Terrasse laufen zu müssen. Reine Bequemlichkeit. Angewidert hob er den Deckel, drehte naserümpfend den Kopf zur Seite und versenkte das übelriechende Zeug im grauen Abfallbehälter.

»Irgendwie stinkt hier alles nur noch. Daran bist nur du schuld, alte Zicke!«, brüllte er wütend. Aber was konnte seine Verflossene dafür, dass er sich nicht im Griff hatte. Sie war weg, und er musste endlich lernen, wieder allein klarzukommen. Sven schlug die Terrassentür so heftig zu, dass die Scheiben verdächtig flatterten. Die Geschichte mit der Trennung hatte Sven offensichtlich mehr zugesetzt, als er sich eingestehen wollte. Das erklärte auch die durchweg miese Laune, die er seit Monaten versprühte und mit der er sein gesamtes Umfeld nervte. Da er mit niemandem darüber sprach, konnte sich auch niemand einen Reim auf seine Stinklaune machen.

Seine Gedanken drehten sich seit mehr als vier Monaten fast ausschließlich um die große Liebe seines Lebens. Sie hatte ihn ohne Vorwarnung verlassen. Ohne einen einzigen triftigen Grund zu nennen. Jeder Versuch, Kontakt mit ihr aufzunehmen, scheiterte. Sven setzte sich mit hängenden Schultern auf die Eckcouch, legte die Beine übereinander und starrte aus dem bodentiefen Fenster. *Dabei will ich bloß wissen, was ich verbrochen habe. Ich bin keiner dieser miesen Typen, die ihre Alte betrügen und … Es hätte sie wesentlich schlechter treffen können.*

Sven hatte immer wieder versucht, sie anzurufen. Am anderen Ende hieß es nur: »Dieser Anschluss ist vorübergehend nicht erreichbar.« »Warum geht sie nie ran, antwortet mir nicht auf meine Mails? Irgendwann muss sie sich mit mir aussprechen«, sagte er und boxte mit der Faust das Kissen neben sich. Seit Monaten quälte er sich mit seinem Trennungsschmerz und fand keine plausible Antwort.

Trotz allem war Sven kein unsympathischer Kerl. Eher ein liebevoller Querulant, der ab und zu ein wenig die Fassung verlor. Doch wenn er dastand mit seinen wild abstehenden Locken, seinen braunen Rehaugen, mit denen er einen ansah, als könne er keiner Fliege etwas zuleide tun, dann konnte man ihm nicht lange böse sein. Und es war gut, ihn als Freund auf seiner Seite zu wissen …

Plötzlich spürte er beißenden Qualm, der aus der Küche durch die Räume zog, ihm in den Augen brannte und die Luft zum Atmen nahm. »Oh Mann, was ist denn jetzt schon wieder? Die Pizza!«, schrie er. Die hatte er komplett vergessen. Als hätte ihm jemand eine Nadel in den Hintern gejagt, schwang er sich vom Sofa, stürzte in die Küche, riss die Klappe des Backofens auf und wedelte mit der Hand hektisch vor seinem Gesicht herum. Eine dicke graue Rauchschwade kam ihm entgegen, und er hustete erbärmlich.

Keuchend öffnete er die Küchenschublade rechts vom Herd, zog einen Holzschieber heraus, schob ihn unter die Pizza – oder was davon noch übrig war. Zog den Teigfladen, der eher wie ein Brikett als nach einer Pizza aussah, aus dem Rohr. »Verdammt noch mal. Schuld ist nur diese blöde Kuh. Das wird ihr noch leidtun.« Wütend schmiss er das verkohlte Teil auf die Arbeitsplatte und schlug mit dem Fuß gegen die Backofentür, dass es knirschte …

Sven sprang mit einem Satz zurück, schielte mit schmerzverzerrtem Gesicht auf die Backofentür. *Die hätte hin sein können. Typisch Clasen.* »Aua, mein Fuß«, jaulte er, streckte sein Bein aus, bewegte seine nackten Zehen. Das hätte echt ins Auge gehen können. Erleichtert darüber, dass die Backofentür und sein Fuß heil geblieben waren, machte er einen Schritt nach vorn und zog hustend ein scharfes Filetiermesser aus dem Messerblock, der direkt vor ihm auf der Arbeitsfläche stand. Kopfschüttelnd sah er sich in der verqualmten Küche um, zog die Stirn kraus und öffnete das Küchenfenster, das zum Garten rausging.

Nach ein paar Minuten verflüchtigte sich der Qualm aus der Küche, und Sven fing an, die Pizza auf dem Brett wie ein Holzstück zu bearbeiten. Verbissen schabte er rabenschwarze Kruste mit scharfer Klinge vom Brotfladen. Immer heftiger flogen Krümel durch die gesamte Küche, die mittlerweile seinem Arbeitsplatz in der Tischlerei glich. Überall Späne. Er presste verbissen die Lippen zusammen, während er hobelte. Aber es blieb dabei. Die Pizza wurde vom Abkratzen nicht besser. »Die ist durch. Im wahrsten Sinne des Wortes. Kann ich vergessen«, knurrte er.

Sven hatte den Satz noch nicht beendet, als die Klinge plötzlich vom Brotfladen abrutschte, über seine Hand schrammte und einen langen, tiefen Spalt in seinen Handrücken schnitt. Eine große Wunde klaffte vor seinen entsetzt geweiteten Augen auseinander, aus der das Blut stetig auf den Fußboden tropfte. »Aah! So ein elender Mist!«, schrie er, zog mit schmerzverzerrtem Gesicht zischend die Luft durch die Zähne, nahm die verletzte Hand zum Mund und versuchte, den warmen roten Saft vom Handrücken zu lecken, um die Blutung aufzuhalten. Der metallische Geschmack auf seiner Zunge ließ seine Mundwinkel nach unten wandern. »Ekelig.« Angewidert saugte er das Blut in seinen Mund, spukte es in die fleckige Spüle. Sven öffnete den Wasserhahn, und die rote Speichelsuppe verschwand im Ausguss. Hastig zog er mit der anderen Hand die Schublade auf, in der sich außer dem Holzschieber jede Menge zusammengesammeltes Zeug befand, und in der er die Packung mit dem Heftpflaster vermutete. »Ich weiß, dass die irgendwo hier ist«, fluchte er, röchelte wie ein Hund, dem ein zu eng geratenes Halsband die Luft abdrückte, weil er ungeduldig an der Leine zog. »Mann, wo ist das verdammte Pflaster?«

Er fand es, nachdem er mit der freien Hand den Inhalt der kompletten Schublade mehrmals umgegraben hatte. Allerdings hatte sich das Heftpflaster in der hintersten Ecke der Lade verkeilt, und er brauchte fast eine Minute, um es herauszufummeln. »Mit einer Flunke ist man eben schon ziemlich behindert«, sagte er und zog mehrere Zentimeter des Pflasters mit den Zähnen aus der lädierten Packung.

Bis er eine Schere fand, verstrichen noch einmal zwei Minuten. Die lag im Badezimmer zwischen einem Stapel Handtüchern, und hätte die Spitze nicht herausgeblitzt, dann … Irgendwann war die Wunde versorgt. Er betrachtete das Küchenchaos, den Qualm, der sich in den Garten verzogen hatte und seine verbundene Hand. »Phhh, heute wird das mit dem Surfen wohl nichts mehr, 'n Besen wär hier wohl eher angebracht. Und Pizza? Wer will schon Pizza?« Sven zog die Augenbrauen hoch, biss sich auf die Unterlippe und griff nach dem Besen, der in einem schmalen Schrank neben dem Fenster stand. Mit einer Hand kehrte er die schwarzen Teigkrümel, die sich bis in die hinterste Ecke der Küche verteilt hatten, zu einem Haufen zusammen.

Am Samstagvormittag gegen halb zehn fragte sich die schwarz gekleidete Gestalt, die sich am Abend zuvor am

Reifen eines Wagens zu schaffen gemacht hatte, ob sich der Aufwand mit dem Nagel schon ausgezahlt hatte. Mit angezogenen Knien kauerte sie auf dem Boden im Wohnzimmer, starrte diabolisch auf die Spitze der Klinge in der Hand, die rasend schnell über ihre Haut ritzte, bis überall auf dem kalten Fliesenboden Blutspritzer verteilt waren.

Katrin erstarrte. Schluchzend sah sie die letzten Sekunden ihres Lebens auf sich zukommen. Das Kratzen des Blechs an der Leitplanke dröhnte so laut, dass sie dachte, ihr Trommelfell platze. Die Leitplanke drückte die Fahrerseite wie ein Akkordeon mit markerschütterndem Lärm zusammen. Angst presste sich in jede Faser ihres Körpers, als sie nach Luft japste und schrie: »Lieber Gott, ich will nicht sterben!« Sie ließ das zitternde Lenkrad nicht los.

Panisch und ohne Hoffnungsschimmer starrte sie auf die Fahrbahn. »Oh Gott, ich will nicht sterben!« Der Schrei übertönte das kratzende Geräusch. Irrsinnige Gedanken jagten in Bruchteilen von Sekunden durch ihren Kopf, deuteten darauf hin, dass sie sich in einem Schockzustand befand. Charlotte, die Arbeit, ihr Freund. Es war, als zöge das vergangene Leben noch einmal an ihr vorbei. *Sterbe ich jetzt? Ist das die Abrechnung?*

Der gewaltige Druck, der den Wagen zu zerquetschen drohte, schlug in harten Wellen wie eine Faust gegen das Blech. Katrin bäumte sich zum letzten Kampf ihres Lebens auf, spannte jeden Muskel an, umklammerte das Lenkrad und versuchte ein letztes Mal, es mit aller ihr zur Verfügung stehenden Kraft nach rechts zu ziehen. Sie kämpfte mit dem Tod und wollte nicht verlieren. Ein letzter Versuch, ein harter Ruck.

Auf einmal ließ das Reißen nach, das Auto löste sich

millimeterweise ächzend von der meterlang eingedrückten Planke, um Zentimeter für Zentimeter auf die Mitte der Fahrbahn zuzurollen. Dies geschah in Sekunden, die darüber entscheiden würden, ob sie weiterleben oder sterben würde. Die Geschwindigkeit verlangsamte sich, und das Fahrzeug ruckelte mit lauten Klatschgeräuschen immer weiter nach rechts, bis es die durchgezogene Seitenlinie erreichte.

Der auf ihrer Seite völlig eingedrückte Polo kam nach mehreren 100 Metern keuchend und klappernd zum Stehen. Mit zitternden Fingern verharrte Katrin ein paar Sekunden, drehte den Schlüssel im Zündschloss, bis der Motor blubbernd erstarb. Sie legte entkräftet die Arme aufs Lenkrad, ließ den Kopf sinken, gab ihren Tränen nach, die wie ein Sturzbach über ihr Gesicht liefen.

Katrins Körper zuckte und wurde ununterbrochen von heftigen Weinkrämpfen geschüttelt. Sie schluchzte, wimmerte und zitterte am ganzen Körper, als ein etwa 70-jähriger Mann in grauem Tweedmantel und Hut vorsichtig mit einer Hand die Beifahrertür öffnete. In der anderen hielt er ein Warndreieck, das er gleich aus dem Kofferraum seines Autos herausgerissen hatte.

»Is allns in Ordnung? Mensch, Deern, mi wörr all ölle bang üm di!«, rief er aufgeregt. Tiefe Falten auf seiner Stirn unterstrichen seinen besorgten Ausbruch. Väterlich, eher großväterlich, legte er Katrin die faltige Hand auf die Schulter. »Is würkle allns in Ordnung mit di? Is wat passeert? Sind Se to Malör kamen? Deit ehr wat weh? Vertellt Se doch mal.« Katrin schüttelte den Kopf. »Mien Fru het all mit dat Handy de Polizei anropen.« Er deutete mit einem Kopfnicken zu seiner silberfarbenen Limousine, die etwa 100 Meter entfernt auf dem Seitenstreifen stand. Katrin drehte schniefend mit verweinten Augen den Oberkörper in seine Richtung und schüttelte ihren Kopf. »Nein, ich glaub, alles noch da.« Die Platzwunde an ihrer Schläfe spürte sie nicht. Aber die Angst in ihrer Stimme war nicht zu überhören.

»Na goot, ik warr örsmal dat Warndreeck opstellen, dormit nich noch mehr passert.« Er zeigte mit einem weiteren Kopfnicken auf das rot-weiße Dreieck in seiner Hand und drückte mit der anderen leise gegen die Beifahrertür. So schnell seine alten Beine es zuließen, lief er ungefähr 50 Meter an der Planke zurück, um das Dreieck aufzustellen. »Wat een Glück, hüt is Gott sei Dank nich so veel Verkehr«, murmelte er. Dann eilte er, dicht an die Leitplanke gedrängt, wieder zurück zum Unfallwagen und öffnete erneut die Tür. Stirnrunzelnd sah er die weinende Frau von der Seite an. »Wat is denn los mit ehrn Kopp? Dor is je Bloot to sehn.« Er deutete auf die Stelle, an der sich Blut befand. Katrin fasste sich mit zwei Fingern an die Schläfe. »Weiß nicht«, antwortete sie schwach.

»Dat is je nicht o glööven. De Reifen is platz – wumm!« Er hob beschwörend die Arme. »Dat is je meist as, wenn de explodeert is. So wat heff ik noch nie nich sehn. Deern, Deern, so een Malör.« Er schüttelte den Kopf. »Kamt Se röver, Se müt hier op den Bifohrersiet sitten, denn kann de Autodöör apenblieven. Se sünd je ganz witt um de Nees, Se bruukt op jeden Fall frische Luft. De anner Siet is je uk total indrückt. Dor kamt Se so nich rut. Ik treck ehr mal röver.«

Katrin saß apathisch hinter dem Lenkrad und versuchte mit fragendem Blick zu verstehen, was der Fremde zu ihr sagte. Das Einzige, was zu ihr durchdrang, war: Reifen geplatzt, Explosion.

»Ich weiß nicht, ob ich da rüberklettern kann. Verletzt? Weiß nicht.« Sie sah an sich herunter und fasste sich gleichzeitig mit den Fingern noch einmal an die Schläfe. »Da hab ich wohl richtig Glück gehabt. Was ist denn bloß passiert?« Mit verzweifeltem Blick in den Augen, in die ihr immer wieder Tränen hochstiegen, sah sie zu dem Mann rüber, der sich auf den Beifahrersitz gesetzt hatte. Er strich sich mit den Händen über die Hosenbeine und beobachtete sie von der Seite.

»War heff ik seggt, achtern is de Reifen platz. Peng ... Se hebt tatsächle bannig Glück hat. So, nu halt Se erstmal deep Luft, ik help ehr röver op de Bifohrersiet und tööv bi ehr, bet de Polizei kümmt. Lang kann't je nich mehr duurn«, sagte er aufmunternd. »Dat is je en Wunner, dat nich mehr passiert is!«

Katrins Auto sah aus wie eine zertretene Konservendose. Der Mann stieg aus dem Wagen, beugte sich über den Beifahrersitz und forderte Katrin mit einer Geste auf, ihm ihre Arme entgegenzustrecken. Er legte seine Hände unter ihre Oberarme, zog sie vorsichtig zu sich herüber. Laut stöhnend, mit schmerzverzerrtem Gesicht versuchte Katrin, sich erst mit dem einen dann mit dem anderen Bein auf die andere Seite zu schieben.

Erschöpft hielt sie den Kopf an die frische Luft, als sie es geschafft hatte, den Beifahrersitz zu erreichen. Gierig sog sie die frische Herbstluft in ihre Lunge. »Ich hätte tot sein können. Ich hätte wirklich tot sein können.« Lautes, verzweifeltes Schluchzen drang auf die Straße ...

15 Minuten später erreichte ein Polizeifahrzeug mit Sirenengeheul und Blaulicht die Unfallstelle. Die Beamten öffneten die Türen, stiegen aus und setzten sich ihre Uniformmützen auf. Einer der Polizisten sicherte zügig

die Unfallstelle ab, leitete die wenigen Fahrzeuge, die mit neugierigen Blicken den Unfallort begutachteten, mit einer Handbewegung an Katrins Wagen vorbei.

Katrin stieg zitternd mit weichen Knien aus dem Wagen, hielt sich am Türrahmen fest und sah auf den zweiten Polizisten, der mit festen Schritten auf sie zukam. Der ältere Mann, der der jungen Frau hilfreich zur Seite gestanden hatte, blieb währenddessen neben ihr und griff mit einer Hand unter ihren Arm, um sie zu stützen. »Worum blievt Se den nich sitten?«, fragte er besorgt. Katrin schüttelte schwach den Kopf. Der schlanke, hochgewachsene und gut aussehende Polizeibeamte, dessen blaue Augen unter der Kante des Mützenschirms hervorleuchteten, stellte sich vor: »Hartwig, Hauptmeister Hartwig.« Dann sagte er besorgt: »Sie bluten, Sie sind verletzt.« Er nickte mit dem Kopf, hob die Hand und zeigte auf die Wunde an Katrins Kopf. »Nein, mir geht's gut. Ich bin gegen die Scheibe geknallt. Aber es geht schon. Ich hab nur einen ziemlichen Brummschädel.« Sie fasste dorthin, wo die Platzwunde bereits zu einer dicken Beule angeschwollen war, und tastete mit den Fingerspitzen über das angetrocknete Blut. Der Beamte fing an, gezielte Fragen nach dem Verlauf des Unfalls zu stellen, und machte sich auf einem Formular genaue Notizen. Aufmerksam ging er um das Fahrzeug und betrachtete die eingedrückte Seite, während er kopfschüttelnd die linke Augenbraue hochzog. »Das hätte aber bös ins Auge gehen können. Der Reifen ist geplatzt.«

»Ich muss mich wieder hinsetzen«, sagte Katrin hilflos, und der freundliche Rentner half ihr wieder auf den Beifahrersitz. »Bleiben Sie sitzen, wir sind auch fast fertig«, sagte Hauptmeister Hartwig und kam zurück auf die Beifahrerseite. Der Helfer, der immer noch mit Hut und Mantel neben dem Fahrzeug stand, räusperte sich umständlich. »Bruuk Se mi noch, Herr Kommissar? Mien Frau …« Der Beamte lächelte und antwortete mit einem Augenzwinkern. »Hauptmeister, bitte nur Hauptmeister.« Er nahm seinen Block, schaute auf die Notizen, die er sich gemacht hatte und sagte: »Ich habe alle wichtigen Informationen: Namen, Adresse. Wenn Sie möchten, können Sie fahren. Wenn noch Fragen auftreten sollten, rufen wir Sie an. Ist das für Sie in Ordnung?« Der Herr mit dem Hut nickte. »Danke, dass Sie der jungen Frau geholfen haben.« Damit deutete der Polizist auf Katrin, die immer noch bleich wie ein Bettlaken auf ihrem Sitz hockte.

Der Beamte nickte dem Alten kurz zu, und der verabschiedete sich von Katrin. »Mien Frau ward all ganz ungedüllig. Allns Goode för Se, mien Deern. Se künnt siek je mal melln, wi allns verloopen is. Jo?« Er schlug den Kragen seines Mantels hoch, drückte vorsichtig ihre Hand, schüttelte sie sanft und ging, eng an die Leitplanke gedrängt, zu seinem Wagen. Katrin nickte zaghaft mit dem Kopf und sah dem alten Mann dankbar hinterher.

»Ihr Wagen muss abgeschleppt werden«, sagte Hartwig in ihre Richtung. »Mein Kollege kann über Funk in Neustadt anrufen. Die kommen dann gleich. Oder haben Sie einen Abschleppservice, den Sie anrufen möchten?« Der attraktive Mann in der dunkelblauen Uniform hielt sich seine Hand ans Ohr, als würde er telefonieren, sah Katrin durch blaue Huskyaugen von der Seite an. Sie wusste, dass Huskys unterschiedliche Augenfarben haben konnten, aber der ihrer Eltern hatte nun mal zwei blaue Augen. Sie schüttelte den Kopf. *Was für Gedanken.* Eine braune Haarsträhne fiel ihr ins Gesicht, und sie versuchte, sie wegzupusten.

Eine Versicherung, einen Notdienst oder was man in diesem besonderen Fall sonst noch brauchte, konnte sie sich nicht leisten. *Das hat man nun davon, wenn man kein Geld übrig hat für einen derartigen Luxus.* »Na, dann werden wir mal in Neustadt anrufen«, sagte Thomas Hartwig, ging zum Dienstwagen, der unmittelbar hinter Katrins demoliertem Auto stand, legte Block und Stift ins Fahrzeug und betätigte das Funkgerät.

»Ja, und was mache ich jetzt?«, rief sie hinterher. »Ich muss noch weiter nach Fehmarn.« Katrin zerrte nervös am Zipper des Reißverschlusses ihrer Jacke, folgte dem Beamten mit fragendem Blick. »Am besten, Sie nehmen sich einen Leihwagen. Wir können Sie mitnehmen und in Neustadt absetzen.« Er sah sie an und sprach gleichzeitig mit der Leitstelle. »Oder Sie fahren mit dem Abschleppdienst, das bleibt Ihnen überlassen. In Neustadt gibt es eine Leihwagenfirma. Die helfen Ihnen.«

Der Polizeibeamte beendete das Gespräch, kam zurück zum Auto. Der zweite Beamte sammelte währenddessen mit erhöhter Vorsicht im Blick herumliegende Reifenteile ein, damit sie den stärker werdenden Verkehr nicht behinderten. In der Hand hielt er mehrere zerfetzte Gummistücke, als er mit ratlosem Blick zum Wagen kam.

»Moin, John, Hauptwachtmeister John.« Er hielt sich die Hand an die Mütze und nickte Katrin zu. »Sieh dir das mal an«, sagte er zu seinem Kollegen, hielt ihm einen größeren Gummifetzen entgegen. »Da steckt 'n Nagel drin. Kommt mir nicht geheuer vor.« Der Beamte schüttelte den Kopf, sah Katrin ernst an. »Das müssen wir untersuchen. Mmh, ich pack das mal ein. Zur Beweissicherung«, sagte er und ging zum Dienstwagen, um die Fetzen in Klarsichthüllen zu verstauen. »Wussten Sie, dass ein Nagel in Ihrem Reifen steckt?«, fragte er, als er mit dem größten Gummistück wieder zum Wagen kam. Katrin sah den Polizisten irritiert an. »Nein, sollte ich? Ich hab nichts bemerkt. Außerdem sehe ich nicht vorher nach, ob sich ein Nagel in einen meiner Reifen verirrt hat«, antwortete sie bockig.

Ihre Lebensgeister erwachten langsam wieder, sie stand mit weichen Knien auf, verschränkte die Arme vor der Brust und trat den Männern angriffslustig gegenüber. »Nun mal ganz langsam«, beschwichtigte Hauptwachtmeister John die junge Frau. »Wir wollen Ihnen nur helfen.« Thomas Hartwig musste lächeln. Der Kampfgeist der hübschen Brünetten gefiel ihm. »Aber mal ehrlich, das ist schon sehr eigenartig. Oder nicht?«, sagte John mit scharfem Unterton in der Stimme. Der Polizist hielt ihr das Reifenstück mit dem Nagel so dicht vor die Augen, dass sie zurückweichen musste. »Sehen Sie genau hin. Das Merkwürdige ist, dass der Nagel nicht in der Lauffläche steckt, sondern in der Seite.« Er deutete mit seinem Finger, der in dünnen Handschuhen steckte, auf die Stelle, an der sich der Nagel befand. Die beiden Männer sahen sich vielsagend an. »Wir nehmen die Stücke auf jeden Fall mit und geben sie zur KTU.« John ließ den Arm, in dem er das Beweisstück hielt, sinken.

»Was ist das denn schon wieder?«, fragte Katrin und schob verwundert die linke Hand in ihre Hosentasche. Ein ungutes Gefühl beschlich sie, als sie sich kraftlos mit der anderen Hand auf der Motorhaube ihres Wagens abstützte. »Das ist die kriminaltechnische Untersuchung der Kripo. Die durchleuchten Dinge, die zur Aufklärung eines Falles dienen, wenn nicht klar ist, ob alles rechtens war.«

»Wieso Fall? Ich hatte einen Unfall, mein Reifen ist geplatzt. Sonst nichts.« Katrin wedelte aufgebracht mit den Händen. »Das würde ich so nicht sagen«, antwortete John angesäuert. »Ihnen ist anscheinend gar nicht klar, was hier passiert ist. Der Reifen ist geplatzt. Sie hätten tot sein können, meine Beste«, sagte er, schlug wütend mit der Faust auf das Dach des Autos, dass Katrin erschreckt zusammenfuhr. »Und ob das ›nur‹«, er deutete Anführungsstriche in der Luft an, »wie Sie es so schön nannten, ein geplatzter Reifen war, müssen wir erst rausfinden. Das wird die Untersuchung zeigen. Sie haben viel, viel Glück gehabt«, fauchte er. Katrin sah betreten zu Boden. »Ich bin nicht Ihre Beste«, antwortete sie leise.

Thomas Hartwig, der sich bisher zurückgehalten hatte, um den Ausführungen seines Kollegen zuzuhören, mischte sich in das Gespräch ein. »Stopp, John, ganz ruhig. Wir werden das klären. Aber ehrlich, das mit dem Nagel gefällt mir auch überhaupt nicht. Das müssen wir untersuchen. Machen Sie sich keine Sorgen«, sagte er und sah Katrin versöhnlich in die braunen Augen. »So, nun bringen wir Ihre Sachen in unseren Dienstwagen. Kommen Sie.« Katrin zog ihren Parka vom Rücksitz, griff hinter den Sitz und zerrte ihre Reisetasche nach vorn. Thomas Hartwig nahm ihr die Tasche ab und öffnete ihr die hintere Tür des Dienstwagens, damit sie einsteigen konnte. Anschließend ging er um das Auto herum und schob die Tasche neben sie auf den Sitz. Er zwinkerte ihr zu. »Wir melden uns bei Ihnen, sobald wir Näheres wissen. Ich kümmere mich persönlich darum, versprochen!«

Der Abschleppdienst kam, transportierte den Wagen zur Werkstatt nach Neustadt. Die Polizeibeamten fuhren mit Katrin zur Leihwagenfirma. Als der Wagen in der Einfahrt stehen blieb, drehte sich Hartwig um und fragte: »Sollen wir Sie nicht doch lieber ins Krankenhaus bringen?« Er deutete auf die Platzwunde. »Nein, mir geht's gut. Außerdem muss ich dringend nach Fehmarn. Aber danke noch mal.« Sie öffnete die Seitentür, stieg aus, zog die Tasche heraus, hob die Hand, winkte kurz und betrat die Büroräume der Autovermietung.

Katrin regelte die Formalitäten mit einer Angestellten, die erschreckt in ihr Gesicht sah. »Oh Gott, Sie bluten ja.« »Ich weiß, halb so wild. Haben Sie eine Toilette?« Die Frau hinter dem Tresen nickte und deutete mit dem Zeigefinger auf den schmalen Gang hinter ihr. »Zweite Tür rechts.« Katrin nahm ihre Tasche, ging in die Toilettenräume und schaute in den Spiegel, der über dem Waschbecken hing. »Fürchterlich. Ich seh ja fürchterlich aus!«, rief sie erschrocken und zog mehrere Papiertücher aus dem Spender an der Wand. Hielt sie kurz unter das fließende Wasser und entfernte vorsichtig das angetrocknete Blut von Schläfe und Wange. Anschließend füllte sie ihre Hände mit dem kalten Wasser und ließ es über das Gesicht laufen. *Was ist bloß passiert? Ich kann das gar nicht begreifen. Wer sollte …? Ach, alles Quatsch.* Schwer atmend betrachtete sie noch einmal ihr Spiegelbild. Das Gesicht sah verheult aus, eine rote Schramme zog sich über die linke Wange, und an ihrer linken Schläfe thronte eine dicke Beule. »Nur dumme Zufälle«, versuchte sie, sich selbst zu beruhigen.

Kurze Zeit später rollte Katrin mit nicht einmal 100 Stundenkilometern in einem schwarzen Golf auf die

Insel Fehmarn zu. Leise Musik begleitete sie auf dem Weg Richtung Sonneninsel. Sie passierte gerade die Ausfahrt Heiligenhafen, als die Fehmarnsundbrücke im Blickfeld auftauchte. Stolz und erhaben lag das über 50 Jahre alte Bauwerk wie ein riesiger metallischer Kleiderbügel vor ihr, hielt augenscheinlich jedem Wetter und jeder Belastung mühelos stand. Die Brücke reckte ihren Bogen, der dem Buckel einer grauen Katze glich, in den wolkenverhangenen Himmel und empfing sie mit stählernen Armen.

Katrin liebte dieses Bauwerk, das normalerweise ihr Herz höher schlagen ließ, sobald sie den metallenen Bogen sah. Das tiefe Ächzen der Bauteile, das der Wind verursachte, wenn er dagegen drückte oder zwischen den Stahlseilen hindurchstrich. Den Schatten, den die Brücke auf die Schiffe warf, wenn sie unter ihr hindurchfuhren. Und das Beben der Betondecke, wenn Autos oder Züge sie überquerten. Ermöglichte ihr doch der stählerne »Kleiderbügel« die Fahrt über den Sund in ihr kleines Paradies. Auf ihren Knust, wie die Insulaner die drittgrößte Ostseeinsel Deutschlands liebevoll nannten. Normalerweise …

Heute kam ihr der grau schimmernde Bogen wie ein drohendes Stahlkorsett vor, das ihr die Überfahrt verwehren wollte. Es schien, als quetschte es ihr den Brustkorb zusammen. *Ist denn heute alles verrückt?* Sie schüttelte den Kopf und schalt sich eine wirre Nudel. *Das war wohl alles ein bisschen viel heute.*

Katrin zwang sich, runterzukommen. Sie drehte die Musik lauter, die bisher leise im Hintergrund lief, fuhr die Seitenscheibe ein Stück herunter, um den Geruch des Meers in sich aufzusaugen. Sie wollte nicht mehr darüber nachdenken, was hätte passieren können. *Ich lebe, das ist*

*die Hauptsache. Mich kriegt man nicht so schnell unter.
Jetzt ist es wichtig, dass es Charlotte gut geht!*

Ein Gefühl von Nachhausekommen ergriff sie, als sie die erste Schwelle der Brücke befuhr. Der Wind drückte aus Nordost gegen den Wagen, als wollte er ihm einen fetten Kuss aufdrücken. Füllte die Windfahne links der Fahrbahn mit seinem Atem als ersten Gruß der Insel. *Gott sei Dank ist die Brücke nicht gesperrt. Sonst käme ich noch nicht mal auf die Insel.* In ihrem Kopf wummerte es, als schlüge jemand mit einem Hammer immer wieder gegen ihre Schädeldecke. *Wird Zeit, dass ich ankomme und erst mal eine Tablette nehme.*

Sie wollte einfach nicht mehr über den bisherigen Tag nachdenken. Katrin drosselte die Geschwindigkeit. »Ne, mit mir heute nicht mehr. Schluss jetzt«, rief sie und spürte, wie sich ihr Körper langsam entspannte. Sie blickte zwischen den mächtigen Stahlseilen hindurch auf die rechte Seite des Sunds. Zwei Schiffe bewegten sich unter Segel mit dem Wind auf unruhigen grauen Wellen. Weiße Schaumkronen lagen wie Sahnebaisers auf den Wellenbögen, bis die nächste Welle sie wieder verschluckte. Die Schiffe jagten wie scharfe Schwerter durch die harten Wellen. Es sah aus, als segelten sie um die Wette. Der Anblick zauberte Katrin ein Lächeln auf die Lippen. Im gemütlichen Bootshafen Fehmarnsund dümpelten ein paar übrig gebliebene Motorboote.

Die Saisonwochen lagen in den letzten Zügen, die Boote fast alle bereits auf dem Trockenen. Katrin wendete den Blick auf die andere Seite. Beobachtete ein winzig aussehendes Boot im Wasser, in dem zwei Angler sich aufopfernd gegen den Wind stemmten. Und die anscheinend nichts anderes zu tun hatten, als in immer wiederkehrenden Bewegungen ihre Ruten auszuwerfen, wobei das Boot gefährlich im Wellengewusel auf und ab schlingerte. *Was haben die bei dem Wetter überhaupt mit ihrer kleinen Schüssel auf der Ostsee zu suchen? Wie leichtsinnig.* Katrin verstand das Verhalten einiger Menschen manchmal einfach nicht. *Leichtsinnig? Irre! Das sind mit Sicherheit Touris, die keine Ahnung haben, wie gefährlich das mit einem dermaßen kleinen Boot bei dem Wetter ist. Verrückte.*

Sie verließ die Brücke und erreichte erleichtert festen Boden. Ihre Insel hatte sie wieder. Sie bog in die zweite Ausfahrt, nach Burg, ein. Schon von Weitem erkannte sie das vorgelagerte Industriegebiet, in dem sich auch das Inselkrankenhaus befand. Ein Blick auf die digitale Uhr im Armaturenbrett des Wagens zeigte ihr, dass sie eine Menge Zeit verloren hatte. Es war mittlerweile fast 14 Uhr. Katrin konzentrierte sich auf die Straße, verließ den Kreisel an der ersten Ausfahrt und bog ein paar Meter weiter auf den Parkplatz der Klinik ein. Endlich geschafft!

»Oh Gott, Charlottchen.« Rabea Nolte hielt sich erschreckt die Hand vor den Mund, als sie in Sportkleidung und Turnschuhen das Krankenzimmer betrat. Entsetzt sah sie auf das Klinikbett, in dem Charlotte mit bandagiertem Kopf und geschlossenen, dick geschwollenen blutunterlaufenen Lidern lag, die wie halbe Pflaumen aussahen. »Was machst du nur für Sachen?« Fassungslos über den Anblick der Verletzten trat sie an das einzige Bett im Raum, setzte sich vorsichtig auf die Bettkante.

»Mensch, Charlotte.« Vorsichtig strich sie der 69-Jährigen mit dem Zeigefinger über die grün und blau verfärbte Hand, die gebrechlich auf der weißen Decke lag. Im Handrücken steckte eine Kanüle mit einem durchsichtigen Schlauch, der an einem Beutel endete. Regungslos, mit geschlossenen Augen lag die Frau wie tot im Klinikbett, aber sie lebte. Stöhnte unter Schmerzen, unfähig, den Mund zu öffnen, um auch nur einen Hauch von sich zu geben. Charlotte Hagedorn bemühte sich unter Qualen, die zugeschwollenen Augen zu öffnen. Strengte sich an, die Hand mit der Nadel im Handrücken ein paar Zentimeter anzuheben. Kraftlos fiel sie wieder auf die Decke zurück. Es herrschte eine beängstigende Grabesstille …

Nichts übrig von der Charlotte, die sonst flippig und verrückt mit einem Lächeln durch Haus und Garten tanzt, dachte Rabea. Schaute auf den rechten Arm ihrer Freundin, der eingegipst in einer Art Schlaufe an einem fest am Bett montierten Galgen hing und kaum Bewegungsmöglichkeiten hatte. Nur das leise Tropfen der klaren Flüssigkeit, die in Zeitlupentempo durch den Infusionsschlauch kroch, unterbrach in gleichmäßigem Takt die Stille.

Charlotte unternahm noch einen verzweifelten Versuch, den Kopf anzuheben, dann gab sie auf. Es ging nicht. Kraftlos blieb er auf dem schneeweißen Kissen liegen. Rabea sah sie von der Seite an, beugte sich über ihren bandagierten Kopf und flüsterte: »Bleib liegen, du musst erst einmal wieder zu Kräften kommen. Nicht bewegen.« Die sportliche Frau fuhr sich mit der Hand durch die kurzen dunkelbraunen Haare und legte vorsichtig ihre Hand auf die Decke. »Wirst sehen, es wird dir bestimmt bald besser gehen. Du hast so viel Glück gehabt.« Rabea strich ihr vorsichtig über die Wange und kämpfte mit den Tränen.

Die beiden Frauen waren seit mehr als vier Jahren befreundet. Vom ersten Moment an hatte Rabea Sympathie für die ältere Frau gespürt. Sie selbst – sportlich, resolut – das genaue Gegenstück zur fidelen Künstlerin, die den Tagen, Wochen und Monaten nur die Sonnenseiten abzugewinnen schien. Charlotte steckte Rabea mit ihrer bunten Art an, die einem Schmetterling glich, und sie waren, quasi von Stund an, ein Herz und eine Seele geworden. Die durchtrainierte Rabea, die anscheinend geradewegs durchs Leben lief und für alle Probleme eine adäquate Lösung parat hatte, als Kämpferin, klar durchstrukturiert und ohne viel Firlefanz, sog die Schmetterlingswelt der Künstlerin förmlich in sich auf. Es war klar, dass sie sich finden mussten. Rabea kümmerte sich pragmatisch um sie. Die sich darüber freute, in ihrem Alter noch einmal einen Gegenpol, eine Seelenverwandte gefunden zu haben. Bekannte hatte Charlotte Hagedorn reichlich, aber im Alter noch einmal eine Freundin zu finden, war für sie ein Geschenk.

»Katrin an-ge-ru-fen?« Man konnte die mühsam herausgepressten Worte kaum verstehen. »Pst, nicht reden!« Rabea legte den Zeigefinger auf ihre Lippen. »Ich kümmere mich um alles. Mach dir keine Sorgen.« Sie sah Charlotte aus Katzenaugen an und lächelte. »Ja, ich hab Katrin angerufen. Sie kommt. Schlaf jetzt erst mal. Ich komm nachher noch mal wieder.« Rabea stand vorsichtig auf, zog den Reißverschluss ihrer Sportjacke zu, sah noch einmal auf die schwerverletzte Frau, warf einen kurzen Blick auf das Landschaftsfoto, das die Fehmarnsundbrücke hinter einem Rapsfeld im blauen Sund zeigte, und beugte sich zu einem angedeuteten Kuss zu Charlotte hinunter.

Rabea wusste, wie froh Charlotte war, sie in ihrer Nähe zu wissen. Angespannt sah die 43-Jährige zu ihr herab und sagte noch einmal: »Katrin weiß Bescheid. Ich hab sie heute Morgen sofort angerufen. Sie wollte gleich losfahren, als sie hörte, was passiert ist. Wir sind bei dir. Aber jetzt ist es erst mal wichtig, dass du wieder auf die Beine kommst.« Flüsternd fügte sie hinzu: »Schlaf jetzt. Du musst schlafen.«

Charlotte reagierte nicht. Aufgrund ihrer Regungslosigkeit vermutete Rabea, dass ihre Freundin wieder eingenickt war. Sie hatte gar nicht mitbekommen, dass die Schwester Charlotte ein paar Minuten vorher Medikamente verabreicht hatte, die ihre Schmerzen lindern und die verletzte Frau ruhigstellen sollten. »Das wird Ihnen guttun. Sollen mal sehen, wenn Sie nachher wieder aufwachen, fühlen Sie sich schon viel besser.« Die freundliche rundliche Frau in hellgrüner Schwesterntracht tätschelte ihr mütterlich die Hand, deckte sie zu und verließ leise, wie sie gekommen war, wieder den Raum. Das war genau fünf Minuten, bevor Charlottes Freundin das Krankenzimmer betreten hatte.

Rabea ging zum Fenster, zog den grauen Vorhang zu, sodass es angenehm dämmrig wurde. Dann drehte sie sich noch einmal in Charlottes Richtung und schlich nachdenklich hinaus. Als sie die Klinik gerade verlassen hatte, bog das Auto des Polizeibeamten Heinz Schulte auf das Klinikgelände.

Mit mulmigem Gefühl stieg Katrin aus ihrem Leihauto, lauschte dem Knattern der dunkelblauen Flagge, die von einer goldenen Krone geziert wurde und rechts neben ihrem Wagen hochgezogen war. Der zunehmende Wind machte der Fahne anscheinend schwer zu schaffen. Katrin drückte den Knopf der Verriegelung, steckte den Schlüssel in die Hosentasche und betrat mit weichen Knien das Krankenhaus. Die Halle war leer, niemand saß auf den ledernen Besuchersesseln, blätterte in Zeitungen, trank Kaffee oder starrte einfach nur aus dem Fenster.

Sie ging auf die Rezeption zu, hinter der eine etwa 30 Jahre alte Frau in hellgrüner Krankenhaustracht geschäftig auf einem Blatt Papier schrieb. Als sie Katrin bemerkte, nahm sie den Kugelschreiber in den Mund, hob den Kopf und sah Katrin an. »Können Sie mir sagen, wo Charlotte Hagedorn liegt? Bitte. Ist gestern Abend hier eingeliefert worden«, sagte Katrin. Die Frau hinter der Anmeldung machte ein ernstes Gesicht, zeigte mit der Hand auf die geöffnete Flügeltür am anderen Ende des Foyers. »Gehen Sie rechts den Gang hinunter, Zimmer zwölf«, sagte sie. *So schlimm ist es*, dachte Katrin und folgte dem mit Linoleum ausgelegten Flur. Angestrengt schaute sie auf das kleine Plastikschild neben der Tür. Eine dicke Zwölf leuchtete ihr entgegen. Geräuschlos drückte sie den Griff, öffnete die Tür, erfasste mit einem einzigen Blick den Raum, das mittig stehende Bett und hielt sich entsetzt die Hand vor den Mund.

»Oh nein«, rief sie und ging plötzlich hellwach und geschockt auf das Bett und den davor stehenden Stuhl zu, auf dem ein grauhaariger Polizeibeamter in blauer Uniform saß. Ruhig notierte er etwas auf einem Formular, das in einer Art Kladde steckte. Als er Katrins Schreckensruf hörte, drehte er neugierig seinen Kopf, legte den Kugelschreiber aus der Hand und sah sie fragend an. Konzentriert blinzelte er mit den Augen, was sie sofort wieder an ihren Unfall auf der Autobahn und an die Beamten, die sich um sie gekümmert hatten, erinnerte. *Bin ich nur noch von Polizisten umgeben?*

»Wie geht's ihr?«, fragte sie, ohne den Blick von ihrer Tante zu wenden. *Oh Gott, wie sieht sie denn bloß aus?* Mit aufgerissenen Augen starrte Katrin auf die Frau, die, bandagiert wie eine Mumie, mit eingegipstem Arm im Bett lag.

»Und wer sind Sie? Frau Hagedorn hat keine Besuchszeit, wie Sie sehen.« Er deutete auf seine Papiere auf dem Schoß.

»Nein, nein. Das ist meine Tante. Ich komme gerade aus Hamburg«, antwortete sie, schlich auf die andere Seite des Krankenbetts und legte vorsichtig ihre Hand auf die von Charlotte.

Katrin konnte es einfach nicht fassen. Tränen liefen ihr über die blassen Wangen. Es schien, als wollte der salzige Strom für heute überhaupt nicht mehr versiegen. Ihr Körper zuckte, während sie hilflos auf ihre Tante schaute, die mit zugeschwollenen Augen und in allen Blau- und Rotschattierungen verschwollenem Gesicht vor ihr lag. »Können Sie mir schon sagen, was passiert ist?«, fragte sie zitternd.

»Ihre Tante ist überfallen worden. Dabei hatte sie noch riesiges Glück, wenn man bei so einem Anblick von Glück reden kann ...« Grübelnd betrachtete der Polizeibeamte die Verletzte. »Wir wurden angerufen. Ohne diesen Mann, wer weiß, wahrscheinlich ... Sie hat wirklich viel Glück gehabt«, wiederholte Hauptwachtmeister Heinz Schulte seinen Satz und kratzte sich nachdenklich am Kopf. »Wäre der Mann nicht gewesen ...« Er sah

Katrin ratlos an, zog die Augenbrauen nach oben, zuckte unschlüssig mit den Schultern.

»Wer war der Mann?«, fragte Katrin. Sie zog den Vorhang zur Seite, schaute über die Felder und drehte sich gespannt wieder um. »Wir wissen es nicht. Er wollte seinen Namen nicht nennen. Aber ohne ihn ... wie ich schon sagte. Arme Charlotte.« Er kannte Charlotte, wie jeder, der hier auf der Insel lebte, eigentlich jeden kannte. Man sah sich auf der Straße, beim Bäcker, in der Apotheke und grüßte sich. Manchmal blieb man auch für einen kurzen Plausch einfach so stehen. Auf Fehmarn liefen die Uhren gemächlicher. Zumindest außerhalb der Saison.

»Wir konnten noch nicht viel herausbekommen, sie hat Medikamente bekommen und schläft, wie Sie ja sehen können.« Die Tränen in Katrins Augen verschleierten ihren Blick. Vorsichtig setzte sie sich auf die Bettkante. Streichelte schluchzend über die zerschundene Hand ihrer Tante, die aus dem Gips herausragte. »Mensch, was machst du für Sachen«, versuchte sie, sich zu beruhigen. »Entschuldigen Sie bitte. Das war heute alles zu viel. Das hier«, sie zeigte auf ihre schwer verletzte Tante, »und dann das mit meinem Unfall. Ich kann nicht mehr.« Sie schüttelte mit dem Kopf, senkte ihn ermattet auf die Decke und ließ ihren Tränen freien Lauf. »Alles zu viel.« Ihr Körper wurde wieder von heftigen Weinkrämpfen geschüttelt. Heinz Schulte ließ sie eine Minute gewähren, blickte stirnrunzelnd in ihre Richtung, bis sie sich ein wenig beruhigt hatte. »Wieso Ihr Unfall? Was ist denn passiert?« Heinz Schulte reckte den Kopf. Katrin schniefte, setzte sich aufrecht hin, zeigte mit dem Finger auf die Beule an ihrer Schläfe und sah ihn aus verweinten Augen ratlos an. »Ach, mir ist anscheinend auf der Autobahn ein Reifen geplatzt.

Aber ehrlich, ich habe im Moment keine Lust, darüber zu reden. Und ich will auch nicht, dass meine Tante etwas davon erfährt, hören Sie? Charlotte hat jetzt selbst genug Probleme. Außerdem kümmert sich die Kripo um die Sache. Ist genug jetzt.«

»Nee, nee. Wieso Kripo? Das müssen Sie mir jetzt schon etwas genauer erklären.« Heinz Schulte wurde hellhörig und trommelte mit dem Kugelschreiber auf seine Kladde, während er sie eindringlich ansah. Katrin verdrehte genervt die Augen und versuchte, sich an den Unfall zu erinnern, was ihrem Gesicht schmerzliche Züge verlieh. »Ja, da war so ein dämlicher Nagel im Reifen. Obwohl ich nicht weiß, was das ...« Katrin schüttelte ihre braunen Haare. »Aber die in Neustadt meinten, das müsste von der KT-Dingsda, ach, was weiß ich, wie das heißt, überprüft werden. Aber ehrlich, ich will nicht mehr daran denken. Hören Sie, das reicht für heute.« Sie hob abwehrend die Hand. Der Beamte stutzte. *Was läuft hier denn aus dem Ruder?* Dann meinte er: »Wir können im Moment nichts machen, als darauf zu warten, dass es Ihrer Tante etwas besser geht. Außerdem heißt es KTU. Ich komme morgen früh wieder. Das mit Charlotte tut mir sehr leid, das können Sie mir glauben. Ich mag Ihre Tante wirklich sehr. Und das mit Ihrem Unfall tut mir auch leid. Ich werde bei der Kripo nachhaken, versprochen. Sobald die Spurensicherung fertig ist, melde ich mich bei Ihnen. Kopf hoch, wird schon wieder. Wie gesagt, irres Glück gehabt.« Er stand auf, deutete mit dem Kopf in Charlotte Hagedorns Richtung. Schließlich reichte er Katrin die Hand und wandte sich zur Tür. Katrin neigte ihren Kopf und sah Heinz Schulte noch einmal traurig von der Seite an, bevor er das Zimmer verließ.

Zusammengesunken saß sie neben Charlotte auf dem

Bettrand. »Was mach ich denn jetzt bloß?« Verzweifelt hielt sie sich die Hände vors Gesicht. Als wollte Charlotte ihr antworten, stöhnte sie im Schlaf leise vor sich hin. Katrin tätschelte ihr die Wange. »Alles wird gut, Tantchen, alles wird gut, ich verspreche es dir.«

Die junge Frau hatte nicht bemerkt, dass hinter ihr die Tür aufgegangen und Rabea eingetreten war. Sie stellte sich mit erstauntem Gesicht vor Katrin hin und legte ihr die Hand auf ihre Schulter. »Hallo, Katrin. Du bist schon da?« Sie räusperte sich. »Das ist ja schön. Ein Schock, oder?« Sie neigte den Kopf in Charlotte Hagedorns Richtung. »Alles wird wieder gut, bestimmt«, flüsterte sie. »Und was ist mit dir passiert?« Sie zeigte fragend auf die dicke Prellung an Katrins Stirn.

»Ach, nicht so wichtig. Erzähl ich dir später.« Sie zeigte auf ihre Tante und legte den Finger auf die Lippen, als wollte sie ihr mitteilen, dass das, was ihr passiert war, die Verletzte auf keinen Fall hören sollte. »Tantchen kann froh sein, dass sie dich hat, ehrlich«, sagte Katrin. »Wieso? Ich hab doch nichts anderes getan, als dich anzurufen und bei ihr zu sein, falls sie mich braucht.« Katrin musste darüber nachdenken, welch glücklicher Zufall die beiden vor mehr als vier Jahren zusammengeführt hatte.

Ein Flohmarkt. Ein knuffeliger Flohmarkt in Burg. Charlotte erzählte ihr oft von der Begegnung, kicherte dann jedes Mal mit vorgehaltener Hand wie ein Schulmädchen, während sie von dem Gerangel um den aus Metall geschmiedeten Leuchtturm berichtete. Dabei streckte Tantchen ihren Arm in die Höhe, als wäre sie ein Pirat, der mit Schwert oder Degen um eben diese Leuchtturmlampe gekämpft hatte.

Es war ziemlich warm an diesem Samstag im Mai, versicherte Charlotte. Und das wiederum wusste sie ganz genau, weil sie damals von einer Fotosession im Rapsfeld zurückgekommen war und außer einem luftigen Kleid nichts angehabt hatte. Auf diesem privaten Flohmarkt, der auf dem Grundstück einer Villa am Stadtrand von Burg stattfand, sollte sie ein paar Fotos für eine Zeitung schießen, die ihr ab und zu Aufträge vermittelte. An diesem Samstag schlenderte Charlotte Hagedorn mit der Kamera vor der Brust an den liebevoll hergerichteten Tischen vorbei. Sie war der festen Überzeugung, nebenbei noch ein schönes Dekostück für ihr Haus zu finden. Der Rock ihres wadenlangen rot geblümten Kleides wehte bei jedem Schritt um die Beine. Gab bei jeder frischen Brise, die sich unter ihren Rock verirrte, einen Blick auf ihre schlanken Waden und Füße frei, die wie immer nackt in Holzpantinen steckten. Es war eine Marotte von Charlotte, ständig barfuß zu laufen, egal zu welcher Tages- und Jahreszeit.

Mit der Hand hielt sie an diesem warmen Frühlingstag ihren Strohhut, der ihr ständig vom Kopf zu fliegen drohte. Interessiert begutachtete sie die vielen zum Teil hübschen Gegenstände, die kunterbunt auf langen Tischen arrangiert waren. Und dort traf sie Rabea. Eher eine zufällige Begegnung mit weitreichenden Folgen.

Die beiden Frauen griffen gleichzeitig nach einer antiken Lampe in Form eines aufwendig gearbeiteten Leuchtturms, den Charlotte zwischen Deckchen und Vasen entdeckt hatte, und der ihrer Meinung nach wunderbar auf den runden Holzsockel im Wohnzimmer passte. »Was für ein tolles Stück«, rief Charlotte damals übermütig, klatschte begeistert in die Hände, um gleich darauf nach dem Leuchtturm zu greifen, als hätte sie Angst, jemand anderes könnte ihr zuvorkommen.

Tatsächlich stand neben ihr eine Frau, die gleichzeitig zulangte, wodurch ein wildes Gerangel um das gute Stück entbrannte. Mit einer Hand hielt Charlotte kampflustig ihren Strohhut, mit der anderen verbissen am Leuchtturm fest, nicht bereit, auch nur einen Zentimeter nachzugeben. Um sie herum sammelte sich bereits eine Menschentraube, die sich das Schauspiel nicht entgehen lassen wollte und sich belustigt um die beiden Kampfhähne scharte. Als Charlotte nach mehreren Versuchen, die Leuchte an sich zu bringen, die Leute um sich herum wahrnahm, ließ sie augenblicklich los, schaute verlegen ihre Kontrahentin an. »Na dann nehmen Sie ihn halt. Ich finde schon noch was anderes«, sagte sie, sich der Peinlichkeit ihres Benehmens bewusst.

Betreten rückte Charlotte ihren Strohhut zurecht, der sich mittlerweile über ihr rechtes Auge geschoben hatte, und fing plötzlich schallend an zu lachen, während sie der anderen Frau – Rabea Nolte – die eiserne Lampe entgegenhielt. »Nein, Sie hatten sie zuerst in der Hand. Ich will keinen Streit wegen einer Lampe«, entgegnete Rabea entrüstet, fing ebenfalls an zu grinsen und überreichte Charlotte den begehrten Leuchtturm. Die Menschentraube hatte sich aufgelöst. Jeder ging amüsiert seiner eigenen Schatzsuche nach. Nach einigem Hin und Her entschloss sich Charlotte, das großzügige Angebot anzunehmen. »Aber Sie können die Lampe jederzeit besuchen«, hatte Charlotte damals augenzwinkernd gesagt und Rabea aus blauen Augen versöhnlich angestrahlt. Die ging mit einem kräftigen Händedruck darauf ein. »In Ordnung. Eine Lampe besuchen is ja mal was Neues, warum nicht. Dann bringe ich aber Kuchen mit«, schmunzelte die jüngere der beiden.

»Und ich koch uns einen leckeren Tee, mit viel Kandis und Rum.«

Katrin lächelte verhalten. So hatten die beiden Frauen sich an jenem Samstag kennengelernt, und daraus entstand eine Freundschaft, die bis heute hielt. Charlottes Nichte zuckte zusammen, als Rabea sie anstupste. »He, wo bist du gerade?«

»Ach, ich hab darüber nachgedacht, wie froh Charlotte sein kann, dich an ihrer Seite zu wissen.« Rabea lächelte amüsiert und winkte ab. Katrin stand auf, schloss die Freundin ihrer Tante in die Arme. »Ich bin total fertig«, schniefte sie. Rabea löste sich aus ihrer Umarmung, zog ein Papiertaschentuch aus der Jackentasche und reichte es ihr. »Komm, putz dir erst mal die Nase. Und frag mich mal. Als die Polizei heute Morgen um sieben anrief, bin ich wie aus allen Wolken gefallen. Dabei hab ich zuerst nicht verstanden, was die von mir wollten. Sagten nur förmlich: Überfall – hingestürzt – Überfall. Hat 'ne ganze Weile gedauert, bis ich alles verstanden und vor allem begriffen hatte.« Sie sah aus dem Fenster. Es hatte angefangen zu regnen. Die Tropfen liefen in kleinen Rinnsalen die Scheibe herunter.

»Mehr weiß ich immer noch nicht.« Rabea ging kopfschüttelnd auf die andere Seite des Bettes, zog sich den Stuhl heran und setzte sich, während sie die Schlafende betrachtete, dahin, wo ein paar Minuten zuvor noch der Polizeibeamte Heinz Schulte gesessen hatte. Lässig schlug sie die schlanken Beine übereinander, als sie fortfuhr: »Hast du schon mit einem Arzt gesprochen?« Katrin schüttelte den Kopf. »Nein, ich konnte mich bisher nur mit dem Polizisten unterhalten, der bis vor Kurzem hier gewesen ist. Die überprüfen alle Einzelheiten, mehr weiß ich auch nicht.« Katrin zuckte mit den Schultern und streichelte mit der Hand über die ihrer Tante. »Und dass jemand anonym angerufen hat.« Rabea hob augenblicklich den Kopf, sah Charlottes Nichte verblüfft an. »Wie angerufen? Wer hat wo angerufen?«

»Ein Mann rief auf der Wache an und hat wohl ziemlich aufgeregt um Hilfe gebeten, weil eine Frau überfallen im Garten liegen würde. Wer das gewesen war, wissen die auch nicht. Der Mann hat seinen Namen nicht genannt.« Charlotte bewegte unruhig den Kopf, stöhnte leise. »Alles gut«, sagte Katrin, fuhr ihr mit dem Handrücken über die Wange. »Mmh«, sagte Rabea, stand auf, ging zum Fenster und sah wieder hinaus. »Ist doch merkwürdig, dass irgendein Typ die Bullen anruft. Wahrscheinlich war der das selbst und hat anschließend Muffe bekommen. Wer immer das gewesen ist, hat ihr übel zugesetzt.« Rabea ballte die Hände zu Fäusten. »Vielleicht Schiss gekriegt, dass sie das nicht überlebt«, sagte sie zornig. »Aber sie lebt, das ist die Hauptsache. Wir werden schon herausfinden, wer das getan hat, oder?« Katrin betrachtete Charlotte von der Seite. Rabea nickte mit dem Kopf, drehte sich vom Fenster weg, zog ruckartig den Reißverschluss ihrer Jacke hoch, schaute auf ihre Freundin: »Ja, das werden wir. Und du wohnst erst mal bei mir. Willst doch wohl nicht allein im Haus bleiben, oder?« Katrin schüttelte heftig den Kopf. »Nein, ich glaub nicht. Wirklich nicht. Ich hab im Moment kein gutes Gefühl. Danke für das Angebot, das nehm ich gern an.« Rabea ging ans Bett, verengte die Augen und streifte mit ihrem Finger sanft über Charlottes Schläfe. »Die schafft das. Wird sicher eine Zeitlang hierbleiben müssen, aber sie ist zäh.« Katrin nickte und sah zu Charlotte, die sich unruhig wälzte, aber immer noch schlief.

»Ja, ein paar Tage bei dir, das hört sich gut an. Bis dahin haben sie den Idioten hoffentlich gefasst.« Katrin stand auf und zog ihre Jacke an. »Die Polizei will ab sofort ein paar Extrarunden am Sund drehen. Mehr können die im Moment sowieso nicht tun. Und die Spurensicherung hat noch keine Ergebnisse herausgegeben.«

»Ich denke, die werden uns sofort informieren, sobald sie etwas herausgefunden haben«, sagte Rabea, »komm, wir können jetzt doch nichts für sie tun. Lassen wir sie erst einmal schlafen.« Nachdenklich schickten sich die beiden zum Gehen an.

Katrin blieb kurz in der Tür stehen, schaute noch einmal zurück. *Ob sie den kriegen, der das getan hat?* »Ich muss unbedingt meine Eltern anrufen. Die werden total geschockt sein. Besonders Mama«, sagte sie zu Rabea, die den Raum allerdings schon verlassen hatte.

Charlotte Hagedorn und ihre Schwester Ellen waren immer sehr eng miteinander gewesen. Ellen war ein Nachzügler und Charlotte seit der Geburt ihrer Schwester wie eine zweite Mutter zu ihr. Daran hatte sich bis zum heutigen Tag nichts geändert. Durch Charlotte waren Ellen und ihr Mann Martin seit mehr als 20 Jahren regelmäßig nach Fehmarn gekommen, hatten ihre Ferien in Meeschendorf auf dem Campingplatz verbracht. Bis sie sich in der letzten Zeit aus gesundheitlichen Gründen immer mehr in den warmen Süden zurückgezogen hatten.

Seit Katrin denken konnte, hatten ihre Eltern Urlaub mit ihr hoch im Norden gemacht, auf der Ostseeinsel, kurz vor der Grenze nach Dänemark. Während die keine Lust mehr auf die Insel hatten, blieb sie ihrer Trauminsel treu. Faulenzte am Strand, sammelte Steine und entdeckte später das Wellenreiten für sich. Das war ihre Welt. Warum sollte sie in den Süden fliegen, wenn sie auf der Insel alles hatte, was das Herz begehrte. Fehmarn hieß nicht umsonst »Hawaii des Nordens«. Sie brauchte nicht einmal auf den Campingplatz oder in eine Ferienwohnung. Sie hatte das unglaubliche Glück, bei ihrer Tante in deren wunderschönem Haus zu wohnen. Ein Sahnestückchen, eingerahmt von dicht gewachsenen Sträuchern und Bäumen, die vor neugierigen Blicken schützten. Es lag unmittelbar am Wasser, bot einen traumhaften Blick auf die Fehmarnsundbrücke, den Leuchtturm von Strukkamphuk und die Küste von Heiligenhafen.

Als Charlottes Mann 1991 überraschend an einem Herzinfarkt gestorben war, hatte sie ihr Domizil in Burg verkauft und durch Zufall das wunderschöne Häuschen am Sund gefunden, auf dessen Grundstück es im Sommer nach Rosen und Lavendel roch, von denen immer frisch gepflückte Sträuße in hübschen Kristallvasen arrangiert in allen Räumen verteilt ihren wunderbaren Duft verströmten. Das Haus am Sund bot viel Platz. Katrin bekam im ersten Stock ihr eigenes Reich. Ihre Tante wollte, dass sie in das schönste Zimmer unterm Dach einzog, das mit einer Loggia und direktem Meerblick ausgestattet war. Sogar ein eigenes Bad gehörte zu ihrer Etage. Was wollte sie noch mehr? Es war einfach traumhaft.

Katrin hatte ihr oft Geld für Kost und Logis angeboten, was Charlotte jedes Mal brüsk, ja fast ein wenig gekränkt ablehnte. Ihre Tante hatte immer wieder bedauert, dass Katrin nicht ständig bei ihr wohnen und ganz auf die Insel ziehen wollte. »Was soll ich auf Fehmarn, Tantchen? Meine Arbeit und mein Leben spielen sich nun mal in Hamburg ab. Aber ich komme dich immer gern besuchen, das weißt du.« Mit diesen Worten, einem herzhaften Lachen drückte sie ihre Tante jedes Mal an sich. Und die gab sich schweren Herzens damit zufrieden.

Katrin ging noch einmal zum Bett ihrer Tante und zog die Decke ein wenig höher, damit sie nicht frieren musste. Sie sah Charlotte an, erinnerte sich an den Tag, als diese ihr vom Haus am Sund erzählt hatte. Es war purer Zufall gewesen, dass sie es bei einem Spaziergang entdeckt hatte. An einem Gartenzaun, den sie niemals vorher wahrgenommen hatte, weil er von verwucherten Büschen umgeben war, hing ein kleines, verwittertes Holzschild mit der Aufschrift »Zu verkaufen«. Unter dem Aufdruck mit schwarzem Filzstift in krakeliger Schrift eine fast unleserliche Telefonnummer. Die engagierte Fotografin knipste das Schild, da sie weder Stift noch Papier, wohl aber ihre ständige Begleiterin bei sich trug: die über alles geliebte und unverzichtbare Kamera.

Der Eigentümer des Hauses war ein alter Arzt aus Berlin, wie sie bei ihrem anschließenden Telefonat feststellte. Er teilte ihr mit, dass er sich einen würdigen Nachfolger für das seiner Meinung nach »eigentlich unbezahlbare« Anwesen wünschte. Das mit seiner fantastischen Lage und seinem sensationellen Blick aufs Meer eine wahre Rarität auf Fehmarn war. Da er allerdings keine Erben hatte, einigten Charlotte und er sich ziemlich schnell. Sie wähnte sich in ihrem ganz persönlichen Paradies angekommen. »Jedenfalls will ich von hier nur noch mit den Füßen voran weg. Und das natürlich erst, wenn ich mindestens 99 Jahre alt bin«, sagte sie überzeugend, wenn man sie nach ihrem Domizil fragte.

Und jetzt lag ihre Tante hier, dem Tod geradewegs von der Schippe gesprungen. Katrin hauchte ihr noch einen Kuss auf den Mund und verließ geräuschlos das Zimmer, um zum Parkplatz zu gehen, wo Rabea schon im Wagen sitzend ungeduldig auf sie wartete.

Die Fahrt zu Rabeas Wohnung war kurz. Hintereinander fuhren sie durch die Innenstadt, erreichten kurze Zeit später die Straße, in der die sportbegeisterte Frau eine Wohnung gemietet hatte. *Was für ein verrückter Tag*, dachte Katrin. Die beiden Autos bogen auf den Parkplatz des Mehrfamilienhauses ein, und die Frauen stiegen aus. Katrin öffnete die Heckklappe und hebelte ihre Tasche aus dem Kofferraum.

»Hast du ein neues Auto?«

»Nein, ist ein Leihwagen. Erzähl ich dir später.«

»Komm, lass uns erst einmal rauf, deine Sachen auspacken«, rief Rabea und nickte mit dem Kopf. Katrin antwortete: »Ja gern, aber vielleicht sollte ich wenigstens mal nach dem Rechten sehen, im Haus, meine ich.«

»Kannst du später immer noch«, winkte Rabea ab. »Was hältst du erst mal von einer schönen Tasse Kaffee und einem Stück Apfelkuchen mit leckeren Streuseln? Den magst du doch so gern.«

»Gute Idee«, antwortete Katrin, als sie in den Himmel blickte und feststellte, dass er sich immer mehr zuzog. »Mmh, das Wetter kippt. Kann auch morgen noch fahren. Wenigstens gießt es nicht wie aus Eimern«, stellte sie ernüchtert fest. »Morgen werde ich auf jeden Fall eine Runde paddeln gehen, der Wind soll noch mehr zunehmen. Wird meinen Kopf freipusten, das Paddeln, meine ich. Ich muss raus! War echt alles zu viel.« Sie sah Rabea müde von der Seite an.

Ja, Katrin würde paddeln. Nicht mit einem Boot, sondern mit ihrem Funboard auf dem Rücken der Ostseewellen. Sie hatte lange dafür sparen müssen, aber dann hielt sie ihr Board eines Tages endlich in den Händen. Schmal, elegant, rassig rot. So hatte sie es sich vorgestellt. So sollte es sein, ihr Surfboard. Als sie es das erste Mal neben sich auf dem Beifahrersitz berührte, spürte sie das Kribbeln in ihrer Magengegend. Es ließ sie nicht eher los, bis sie sich auf dem Brett ins Wasser stürzen konnte und dahinglitt. Jede freie Minute zog es sie an die Strände rund um Fehmarn. Dann lag sie stundenlang auf ihrem roten Surfboard, mit dem sie ein Jahr zuvor auf Sylt die deutsche Meisterschaft gewonnen hatte. Paddelte mit den Armen, als hinge ihr Leben davon ab, und kämpfte mit den Wellen. Wasser war eindeutig ihr Element. Spiegelte ihr Wesen wider, wie Tante Charlotte ihr immer wieder versicherte. Ungestüm, wild und voller Leben.

Angst kannte sie nicht. »No risk, no fun«, sagte Katrin, wenn ihre Eltern ängstlich auf ihre Tochter einredeten, sich doch ein anderes Hobby zuzulegen. »Haie gibt es in der Ostsee nicht, also was soll's«, lachte sie und zuckte mit den Schultern. Konnte ihr diese Risikobereitschaft noch zum Verhängnis werden? Das Nervenkostüm, das sie normalerweise trug, war zurzeit dünn, gefährlich dünn …

»Morgen muss ich auf jeden Fall zum Haus. Mein Board ist bei Charlotte in der Garage.« Rabea nickte mit dem Kopf, öffnete die Haustür, und sie traten in den Flur. »Stell die Tasche einfach hin, ich bringe sie nachher ins Schlafzimmer.« Katrin ließ die Tasche auf den Boden neben der Garderobe fallen. »Du kannst in meinem Bett schlafen, ich geh auf die Couch«, bot Rabea ihr an. »Das gibt's nicht, für die paar Nächte schlafe ich auf dem Sofa. Das ist dein Bett! Nee, das will ich auf keinen Fall.« Katrin machte eine abwehrende Handbewegung, hängte ihren Parka an den Garderobenhaken. »Na, dann eben nicht.« Der aggressive Unterton in Rabeas Stimme erzeugte in Katrins Magen ein unbehagliches Gefühl. *Mann, was hat die denn für Probleme? Hat sie wohl alles ganz schön mitgenommen*, dachte sie und folgte ihrer Gastgeberin in die quadratische, klar und zweckmäßig eingerichtete Küche, wo Rabea gerade lautstark an der Kaffeemaschine hantierte. Die Küche war wie der Rest der Zweizimmerwohnung, eher kalt und ungemütlich. Es fehlte Katrins Meinung nach etwas. Alles war irgendwie unpersönlich. Gemütlichkeit suchte man in diesen Räumen vergebens.

»Komm, setz dich. Erst mal Kaffee trinken, dann sieht die Welt schon wieder anders aus«, sagte Rabea versöhnlich und legte gleichzeitig die Hand auf Katrins Schulter. »War schon lieb von dir, mich bei dir einzuquartieren. Ich habe auch absolut keinen Bock mehr, mich ins Auto zu setzen. Lass uns mal einen gemütlichen Abend zu zweit … du weißt schon.« Rabea nickte zustimmend. Katrin hatte keine Lust, sich wegen Nichts mit der Freundin ihrer Tante anzulegen. Manchmal war es besser, sich zurückzunehmen. Aber war es das wirklich?

SONNTAG

Rrrr ... rrrr ... – schrilles Klingeln riss Sven aus verworrenen Träumen. Verschlafen fuhr er sich mit fahrigen Bewegungen durch die wirr vom Kopf abstehenden Haare, die aussahen wie ein geplatztes Sofakissen. Tastete in einem Berg verstreuter Klamotten nach seinem lauter werdenden Handy. »Verflucht, wo ist das blöde Ding? Ich werd gleich wahnsinnig.« Er wühlte zwischen Unterhose, Socken und Shirt nach dem penetranten Klingelkasten. Nacheinander wirbelte er die gebrauchten Kleidungsstücke in die Luft, bis er das rasselnde Telefon endlich zwischen den Fingern hielt. Schaute müde auf die leuchtenden Ziffern. 7 Uhr. Sven schaltete den nervenden Ton, den er als Weckruf eingestellt hatte, aus. Er wollte die beste Zeit nicht verpennen. Spätestens um acht musste er in Westermarkelsdorf am Strand sein. Sie hatten Westwind mit Stärke sechs bis sieben vorhergesagt. Das bedeutete, dass die Wellen heute gut sein könnten. Einen Versuch war es wert. Er hatte schließlich gestern mit seiner verletzten Hand nicht mehr losfahren können. Der Schnitt brannte wie Feuer, und Salzwasser hätte nicht gerade zur Besserung beigetragen. Schweren Herzens hatte er sich deshalb entschieden, zu Hause zu bleiben. Hatte den Pizzaservice bestellt und sich leidend mit ein paar Dosen Bier auf sein Sofa verzogen.

Aber jetzt war ein neuer Tag. Die Wunde tat nicht mehr weh, und kein Surfer blieb im Bett, wenn der Windfinder dermaßen gut gemeldet hatte. Er erhob sich in Boxershorts von der auf dem Boden liegenden Schlafstelle, die dürftig mit einem Laken überzogen die Hälfte der durchgelegenen Matratze freigab. Sven latschte ins gegenüberliegende Bad, zerrte sich die Hose vom Hintern, schmetterte sie in eine Ecke des hell gefliesten Badezimmers und stieg unter die Dusche. »Ah!«, schrie er so laut, dass er selbst erschrak. Eiskaltes Wasser lief ohne Vorwarnung über Körper und Gesicht. »Boah, ist das kalt, Mann, da soll einer nicht wach werden.« Sven schaltete das Wasser ab, nahm die Flasche mit dem Duschgel und seifte sich vom Kopf bis zu den Füßen mit der herb riechenden Lotion für »waschechte Männer« ein. So zumindest hatte es die Werbung im Fernsehen versprochen. Seine Augen fingen allerdings nach ein paar Sekunden vom herunterlaufenden Schaum an zu brennen. Er suchte mit den Händen verzweifelt den Drehknopf der Armatur, um das Wasser wieder anzustellen. Angeekelt prustete er die warme Seifenlauge aus dem Mund. »Von wegen waschecht«, war das Einzige, was er von sich gab.

Als die Schaumreste vom Kopf und Körper verschwunden waren, griff er nach dem Handtuch, das direkt neben der Kabine an einem Plastikhaken in Form eines Delfins hing. Er schnüffelte an dem Badetuch, rümpfte die Nase und hüllte seinen Körper darin ein. »Ein frisches wär nicht schlecht.« Ein Wunder, dass es überhaupt noch ein Handtuch im Badezimmer gab. Sven hatte kein Bedürfnis nach Ordnung. Käme seine Mutter nicht alle paar Wochen vorbei, um nach dem Rechten zu sehen, er wäre wahrscheinlich längst zum Messie mutiert. Das Tuch hing mindestens zwei Wochen am Haken, und von sauber konnte keine Rede sein. Vom Geruch ganz zu schweigen. Frisch geduscht ging er ins Schlafzimmer. Suchte aus dem Wäschehaufen Jeans und ein einigermaßen fleckenfreies Shirt heraus und ließ das Handtuch dort fallen, wo er gerade stand. Dann zog er sich an. Auf Socken und Unterhose verzichtete er, da er auch nach längerem Suchen keine mehr finden konnte. Hüpfend versuchte er, den Reißverschluss der Jeans zu schließen. Als er den Flur erreichte, öffnete er den Deckel der Truhe und zog seine feuchten Surfklamotten heraus. Die lagen wie ein Scheuerlappen in seiner Hand und stanken nach altem Fisch. »Is egal, im Wasser riecht das eh keiner.« Als er den Deckel wieder geschlossen hatte, rieselte Sand aus allen Öffnungen des Anzuges und blieb unbeachtet auf dem Boden liegen. Es passte zum Rest der Wohnung.

Sven schlüpfte barfuß in seine Schlappen und ging bepackt mit seinen Surfklamotten zum Wagen. Pfeifend verstaute er alles im Kofferraum des alten Kombis, trottete noch einmal zurück und holte sein Board aus dem Schuppen. Gut gelaunt schob er es zu den übrigen Sachen. Dann verschloss er die Heckklappe, stieg in sein vollgemülltes Auto und fuhr los.

Es war fast Mittag, als der Wind aus Nordwest sein wüstes Spiel mit den Wellen trieb, die unbeherrscht hart an den Strand von Westermarkelsdorf klatschten. Der rauchfarbene Horizont hatte sich mit dem Grau des Wassers zu einer undefinierbaren Brühe vereint. Mehr als drei Stunden lag Sven jetzt schon auf dem Brett, schwang die Arme durch das acht Grad kalte Wasser und bemühte sich, voranzukommen. Immer wieder kämpfte er gegen den Wellenkamm, durchbrach ihn mit der schmalen Spitze seines Surfboards. Mit angespannten Muskeln und ungeheurer Kraftanstrengung ließ er die ersten Wellen hinter sich, um zu wenden. Er legte sich in Position, blickte alle paar Sekunden zum Horizont, ließ sich treiben und wartete auf die ankommenden Wellen. Manchmal ließ er sie einfach unter seinem Board durchgleiten. Sie hatten nicht die nötige Größe, die nötige Kraft, um ihn an den Strand zu tragen. So wiederholte sich das Spiel Stunde um Stunde.

Den tiefen Schnitt auf seinem Handrücken spürte er durch die Kälte schon längst nicht mehr. Er hatte im Auto einen Verband fest um die Hand gewickelt, ihn vorsorglich mit Isolierband verklebt und Neoprenhandschuhe übergestülpt. So konnte kein Tropfen Wasser an die Wunde gelangen. Und über die Stunden hatte er die Schmerzen komplett verdrängt. Jetzt fingen Hände und Füße langsam an, taub zu werden. Sven war es egal. Er wollte surfen, bis er nicht mehr konnte. *Da kommen mit Sicherheit noch ein paar geile Wellen*, dachte er und drehte seinen Kopf zurück. Er ließ sich lauernd auf den Wellen tragen.

Und dann sah er sie. Sie bäumte sich hinter seinem Rücken fast zwei Meter auf und nahm, als sie näher kam, gewaltig an Umfang zu. »Ja, das ist eine. Die ist gut, die will ich!«, brüllte er. Er machte sich bereit, spannte den Körper an, paddelte mit dem Wind Richtung Strand, nahm an Geschwindigkeit zu, dann hatte die Welle ihn erreicht. »Jaaa!«, schrie er, schlug die Arme ins Wasser, hielt sich am Brett fest, stemmte sich hoch, sprang mit den Füßen auf das Board. Dann stand er, sah zurück, und in dem Moment hatte sie ihn erreicht. Sven stellte sich seitlich und glitt mit der Welle Richtung Strand. »Yeah, ist das geil!« Sein Adrenalinspiegel stieg, heizte seinen Körper auf. Ein anderer Surfer in ausreichender Entfernung schwebte ebenfalls auf der fantastischen Welle. Noch

1 5 Meter, dann würde die Welle brechen, und er wäre am Strand. Er sah nach rechts und bemerkte das Surfbrett nicht, das von der anderen Seite ungebremst auf ihn zusteuerte. Als er sich umwandte, war es bereits zu spät.

Mit flauem Gefühl in der Magengegend fuhr Katrin am Sonntagmorgen in ihrem Leihwagen über die holprige Straße zum Haus ihrer Tante. Sie hatte in der letzten Nacht kaum ein Auge zugemacht. Verworrene Gedanken ließen sie sich unruhig hin- und herwälzen, keine Ruhe finden. Schweißausbrüche und heftige Kopfschmerzen hielten die nächtliche, so dringend benötigte Erholung fern. *Das würde mir noch fehlen, wenn ich obendrein krank werde*, dachte Katrin, während sie ihren Blick im dunklen Zimmer umherwandern ließ. Stundenlang lauschte sie dem Wind, der mit unheimlichen Geräuschen ums Haus zog. Grübelnd versuchte sie, den Geschehnissen des vorletzten Abends und des letzten Tages auf den Grund zu gehen.

Ihr Mund war ausgetrocknet, fühlte sich pelzig an, und sie stand seufzend auf, um einen Schluck Wasser zu trinken. Müde griff sie nach einem Glas aus dem Hängeschrank in der Küche, öffnete den Wasserhahn und ließ das kalte Wasser hineinlaufen. Als sie aus dem Küchenfenster sah, zogen düstere Wolken am schwarzen Himmel vorbei, die, von kurzen Lichteinfällen des Mondes angestrahlt, wenig später wieder verschwanden. *Mann, hab ich einen Durst. Und mein Kopf platzt gleich. Mir ist so schwindlig. Alles dreht sich.* Mit zusammengekniffenen Augen hielt sie sich an der Spüle fest, schaute an die Küchenwand, an der sich plötzlich – vom Mondlicht erhellt – ein großes Tier bewegte. »Was ist das denn …? Jetzt hab ich wohl schon Halluzinationen.« Katrin zog den Kopf zurück, rieb sich verwundert die Augen, um den Blick zu schärfen. Genauso schnell, wie das Tier gekommen war, löste es sich allerdings wieder in Luft auf. »Halluzinationen, sag ich doch«, murmelte sie leise. Nachdem sie das zweite Glas geleert hatte, schlich sie barfuß wieder ins Wohnzimmer, schloss geräuschlos die Tür und schlüpfte völlig schlapp unter die Decke. Und als es draußen zu dämmern anfing, fiel sie endlich in einen tiefen traumlosen Schlaf.

Jetzt war sie auf dem Weg zum Haus ihrer Tante. Der Sandweg war zu Ende. Sie stellte ihr Auto ab und lief die letzten Meter über den fast zugewachsenen Pfad zu Fuß weiter. Das ungute Gefühl, das sie bereits gestern immer wieder beschlichen hatte, kehrte zurück.

Der Wind wehte ihre glänzenden Haare durcheinander. Sie fröstelte. Die dünne Jacke, die sie trug, war nicht wirklich warm. Aber da sie sich am Strand sowieso gleich umziehen wollte, war sie der Meinung, dass die Kapuzenjacke aus T-Shirt-Stoff für den Moment genug wärmte. Mit so einem kalten Wind hatte Charlotte Hagedorns Nichte nicht gerechnet. Hastig zog Katrin die Kapuze über den Kopf, den Reißverschluss nach oben und schaute ängstlich immer wieder zurück. *Vielleicht folgt mir jemand.* »Blödsinn«, schimpfte die junge Frau mürrisch und blickte aufs Wasser, das aufgewühlt mit der starken Strömung durch den Sund trieb. *Das ist 'ne ganz schöne Brühe.* Sie schüttelte sich. Unruhig wendete sie immer wieder verstohlen den Kopf und holte nervös den Haustürschlüssel aus der Hosentasche, umklammerte ihn wie eine Waffe, die sie jederzeit gegen einen vermeintlichen Gegner einsetzen konnte. *Mann, ist das unheimlich. Wie das erst nachts sein muss, wenn man allein im Haus ist. Armes Tantchen.*

Kein einziges Boot war auf dem über 1.000 Meter breiten Sund zu sehen, dessen Wellen gegen die zur Befestigung des Deichs am Strand liegenden Findlinge klatschten. Kein Strand im eigentlichen Sinne. Fast ausschließlich Steine, ein wenig grobkörniger Sand, Unmengen von Kraut. *Hier liegen wenigstens keine fremden Leute auf irgendwelchen Handtüchern vor dem Haus.*

Katrin schaute auf Heiligenhafens Skyline, die auf der anderen Seite des Sunds von einer Dunstmauer eingehüllt lag. Einzig der weiße runde Turm, der dem Hamburger Fernsehturm im Ansatz ähnelte, hob sich durch seinen hellen Beton gegen den grauen Himmel ab. Katrin hatte keine Ahnung, was er bedeutete und letztendlich war es ihr egal. Das Ganze erinnerte an die Szenerie alter *Edgar Wallace*-Filme, in denen es meist neblig düster zuging und die sie sehr liebte. Lächelnd lenkte sie ihren Blick wieder auf ihre unmittelbare Umgebung. Hinter wildgewachsenen, von vielen Stürmen verbogenen Sträuchern und Büschen versteckt vermutete niemand ein Haus, geschweige denn ein kleines Paradies. Das Anwesen war eine bunte Mischung aus maritimem Künstleratelier, Puppenstube und Villa Kunterbunt. Katrin liebte dieses gemütliche Heim ihrer Tante. Denn gleichzeitig war es ja auch ein wenig ihr Zuhause. Es war einmalig wie Charlotte selbst. Liebenswert bunt und ein bisschen verrückt. Katrin fand, dass das alte Backsteingebäude und sein geordnetes Chaos in diese Natur passten, es gehörte einfach hierher genau wie Charlotte.

Katrin stand unschlüssig vor dem verwaisten Haus. *Ohne Tantchen ist es einfach nur trostlos.* Wieso hatte gerade in dieser Nacht ein Fremder den Weg zu Charlottes Haus gefunden? Oder hatte er es gesucht? Hatte es jemand auf Charlotte abgesehen? Aber warum? Sie tat doch niemandem etwas. Eine ältere Frau. Und nach Reichtümern sah es von außen nicht aus. Eher unscheinbar. Man musste schon sehr genau hinsehen, um das Objekt und seinen Wert wahrzunehmen.

Hhm. Die vielen Fragen fressen mir langsam, aber sicher ein Loch ins Gehirn. Verdammt. Jetzt hab ich sogar das Zählen vergessen. Der schmale Pfad vom Ende des letzten Grundstückes in der dünn besiedelten Häuserreihe bis zum Haus ihrer Tante betrug fast 370 Schritte. Und das wusste Katrin genau, weil sie irgendwann einmal neugierig nachgefragt hatte, warum Charlotte immer, wenn sie am Haus angekommen waren, »370« sagte. Eines Tages auf dem Weg vom Einkaufen nach Hause erklärte Charlotte ihr, warum sie zählte: »Hör mal gut zu, mein Mädchen. Ab hier beginnt mein Paradies, und bis dahin sind es nun mal exakt 370 Schritte.« Charlotte deutete damals auf den beginnenden Pfad, und Katrin hatte sie verwundert angesehen. Gefragt: »Woher weißt du das so genau?« Daraufhin hatte Charlotte ihr entwaffnendes Lachen entgegengesetzt, dass die Zähne nur so hervorblitzten, und geantwortet: »Weil ich jedes Mal mitzähle, du Dummchen. Und es sind nun einmal 370 Schritte. Na ja, manchmal auch 371 oder 368, aber das ist ja auch nicht so wichtig. Denn so weiß ich obendrein, selbst wenn es stockdunkel ist, wann ich am Haus bin.« Charlotte hatte ihr damals lächelnd zugezwinkert, ihren mit Blumen geschmückten Strohhut zurechtgerückt und war barfuß weiter durch das Gras gegangen. Katrin hatte das seinerzeit für einen Scherz gehalten und nur den Kopf darüber geschüttelt. Heute wusste sie es besser.

Jetzt schob sie die quietschende Gartentür auf, die anscheinend noch nie ein Rostschutzmittel, geschweige denn einen Topf Farbe zu Gesicht bekommen hatte. Schritt die grauen, zum Teil gebrochenen, schief getretenen Steinplatten bis zur Eingangstreppe entlang. »Sechs, sieben, acht«, zählte sie. Dann ging sie mit dem Schlüssel in ihrer Hand die fünf gefliesten Treppenstufen zum Eingang hinauf, die – von zwei Steinsäulen zusammengehalten – selbst damit zu kämpfen hatten, nicht auseinanderzufallen. Der eine oder andere Stein bröselte aus dem Gefüge, weil sich der Mörtel an mehreren Stellen in Wohlgefallen aufgelöst hatte.

Katrin schnupperte den Duft roter Geranien, die, in weiße Schalen gepflanzt, mit Efeu kombiniert das Entree darstellten und oberhalb der Säulen thronten. Eigentlich wirkte alles heimelig – eigentlich … Wenn der Überfall auf Charlotte dem Ganzen nicht die Harmonie genommen und ein unheimliches Gruseln zurückgelassen hätte. »Das bilde ich mir alles ein. Was für ein Blödsinn«, schalt sie sich, steckte den Schlüssel in das Türschloss. Der Wind zog durch die dünne Jacke, kroch über ihren Rücken. Katrin fror und spürte etwas wie eine eiskalte Hand auf ihrem Nacken. Da war es wieder. Dieses beängstigende Gefühl, beobachtet zu werden. *Was, wenn der Verbrecher sich irgendwo versteckt in der Nähe aufhält? Wenn er hinter einem der Büsche lauert? Mich jetzt auch beobachtet?*

Katrin huschte, so schnell sie konnte, in den Flur, drückte hastig die Tür hinter sich zu. Da stand sie nun mit dem Rücken an die Tür gelehnt, mit zitternden Händen und trockenem Hals. Entschlossen stemmte sie sich ab, schlich durch den Flur und betrat das Wohnzimmer, dessen bodentiefes Fenster einen wundervollen Blick in den Garten zuließ, der allerdings durch das Chaos im Zimmer getrübt wurde. Durch die vom Wind geteilten Büsche, die zum größten Teil ihr Blattwerk abgelegt hatten, konnte sie sogar einen Blick auf die Sundbrücke erhaschen. *Schade, dass im Sommer der Blick durch die Büsche verwehrt ist. Wer das Haus gebaut hatte, dem lag anscheinend nicht genug am Meerblick. Mein Wohnzimmer hätte ich jedenfalls zum Wasser gebaut. Mit riesiger Terrasse. Aber es ist nun mal, wie es ist. Da habe ich es doch in meinem Zimmer oben am besten getroffen.* Katrins Zimmer hatte in diesem Haus wirklich die schönste Lage. Mit Blick auf den Sund, die Brücke und die Küste von Heiligenhafen war es nobler als das schönste Fünfsternehotel.

Katrin ging mit ein paar Schritten durch den verwüsteten Wohnraum zur Terrassentür, senkte mit klopfendem Herz den Fenstergriff und öffnete die Tür. Schlich auf leisen Sohlen nervös nach draußen, überquerte die hölzerne Terrasse und ging durch die Seitentür in die angrenzende Garage. In der noch nie ein Auto auch nur eine Nacht verbracht hatte! Mit der rechten Hand schaltete Katrin den Lichtschalter ein, schlängelte sich durch den mit Kartons vollgepackten Raum. Eine alte Kommode, die noch hergerichtet werden sollte, stand an der linken Wand, und Kisten stapelten sich davor. In Windeseile zog Katrin das Board aus der Verankerung an der gegenüberliegenden Wand. Hielt es über ihren Kopf und wollte die Garage so schnell wieder verlassen, wie sie gekommen war, als es knackte. Das Blut pochte in ihren Adern, Hitze stieg ihren Körper hoch. *Was jetzt, was, wenn er vor der Tür auf mich lauert?* Sie horchte ein paar Sekunden. Nichts

rührte sich. Vorsichtig lugte sie aus dem kleinen Seitenfenster. *Da ist niemand, du Schisser!*

Die ganze Situation erschien ihr unerträglich. Katrin
musste sich entscheiden. Entweder stellte sie sich ihrer
Angst oder sie blieb bei Rabea. Eines ging nur. Das Haus
war ihr zurzeit zwar nicht geheuer, aber sie hatte noch
nie den Schwanz eingezogen. Es war nicht ihre Art, sich
feige zurückzuziehen. *Wer bei Windstärke sieben, acht die
Wellen reitet, hat doch keine Angst vor einem Einbrecher!
Ich kann mich ja nicht so lange verstecken, bis Charlotte
zurückkommt. Was soll die von mir denken. Ich schaff
das. Außerdem will die Polizei … Quatsch, ich bleib hier!*

Sie spannte den Körper an, packte das Board und
huschte zurück ins Haus. Katrin verriegelte erleichtert
die Terrassentür, wollte fürs Erste so schnell wie möglich
zum Auto zurück. Sie ließ das Chaos im Wohnzimmer,
wie es war. Wollte sich später darum kümmern. Mechanisch trat sie vor die Haustür, steckte den Schlüssel in ihre
Hosentasche, klemmte das Board unter ihren Arm und
lief zum Auto, um nach Westermarkelsdorf zu fahren.
Dass sie sehr wohl beobachtet wurde, war nicht nur ein
ungutes Gefühl. Im Gebüsch, das das Grundstück zum
Deich abgrenzte, verbarg sich eine Gestalt.

Es war fast 11 Uhr, als sie auf dem Parkplatz von Westermarkelsdorf ausstieg. Der Wind hatte noch zugelegt,
drückte sie gegen die Fahrertür. Katrin hatte ihren Neo
aus dem Kofferraum geholt, ließ die Heckklappe offen-
stehen und zog sich im Windschatten um. Es brauchte
eine Weile, bis sie sich in den engen Anzug gequält hatte.
Dann verschloss sie den Wagen, ging mit ihrem Board
über den Deich auf das Wasser zu.

Die Wellen schlugen mit voller Kraft und lautem Getöse gegen den alten Messpegel, der schon seit vielen Jahrzehnten umgekippt aus dem Wasser ragte und in ihren Augen aussah, wie eine riesige Schraube. Freudig blickte sie sich am weitläufigen Strand um, es war nicht viel los. Ein paar Surfer, die wahrscheinlich seit Stunden im aufgewühlten Wasser paddelten, um die passende Welle zu reiten. Ein paar Spaziergänger, die sich den Wind um die Ohren wehen ließen und sich dick eingepackt gegen ihn stemmten, um voranzukommen. Es genossen, den Wellen bei ihrem wilden Spiel zuzusehen. Der Wind trieb mit voller Wucht unter das Board, als wolle er es Katrin aus der Hand schlagen. »Mann, das müssen bald zwei Meter hohe Wellen sein. Wow, ist das geil!«

Aufgeregt lief Katrin, so schnell sie konnte, durch den Sand, suchte sich einen Weg durch das flache Wasser, in dem viele Steine das Laufen beschwerlich machten. Sie warf sich mit ihrem roten glänzenden Brett auf die Wellen, schüttelte den Fuß, der durch ein Band mit dem Board verbunden war, und paddelte mit rudernden Armbewegungen aufs Meer hinaus.

Die anderen Surfer, die auf ihren Brettern im Wasser lagen, hielten genügend Abstand. Sie nutzte ihre Kraft, um voranzukommen. Schaltete den Kopf ab und ließ sich vom Instinkt leiten. Es blieb keine Zeit, an irgendetwas anderes zu denken. Die Wellen waren aufbrausend, brachten Katrin ans Limit. Sie war mehr als 20 Meter weit draußen, als sie das Board das erste Mal wendete. Sie folgte dem Strom, versuchte die erste Welle. »Das war eine gute Entscheidung! Eine sehr gute Entscheidung!«, schrie sie dem Wind entgegen. Sie glitt an den Strand, und das Spiel wiederholte sich von Neuem. Einen

Moment blieb sie auf ihrem Brett liegen, ließ sich treiben, um Kraft zu sammeln. Dann sah sie sie. Die ultimative Welle rollte von hinten aufgebracht und gewaltig auf Katrin zu. Die 27-Jährige fing an zu paddeln, wartete, bis die Woge sie erreichte, stemmte sich mit den Armen auf das Board und stand bereit, auf der Welle dahinzujagen. Der Nordwestwind fegte ihr die Gischt ins Gesicht, trieb sie auf der Welle, die sich auf zwei Meter aufgetürmt hatte, voran. Sie glitt über das Wasser, drehte nach rechts ab, um auf dem Wellenkamm zu gleiten … dann knallte es zum zweiten Mal.

Ihr Surfboard rammte das eines anderen Surfers, der direkt vor ihr auf seinem Brett stand. »Verflucht!«, schrie er, als ihre Boards mit lautem Krachen zusammenstießen. Die Spitze von Katrins Shortboard bohrte ein Loch in das fremde Brett, die Spitze brach weg, schlug gegen die Stirn des anderen und verschwand in dem aufgewühlten Meer. Beide landeten brutal im eiskalten Wasser.

Katrin verlor die Orientierung, drehte sich unter Wasser, verheddete sich immer mehr in dem Seil, das sie mit dem Surfboard verband, schluckte salzige Brühe und schlug mit dem Kopf auf den Grund. Haarscharf an einem Stein vorbei. Eine Hand ergriff hart ihren Oberarm, zog sie in die Höhe, und dann stand sie auf zitternden Beinen. Sie zerrte ihr Brett zu sich heran, schnappte prustend nach Luft und hielt sich am Arm des Surfers fest.

»Kannst du nicht aufpassen, blöde Kuh!«, schrie der Mann aufgebracht, schüttelte ihren Arm, den er noch immer wie in einem Schraubstock umklammert hielt. »Mann, Alte, ich hätte mich verletzen können. Mein Bord ist hin, sieh dir das an!« Er zeigte auf das Surfboard mit dem abgebrochenen Ende, das aussah, als hätte ein Hai davon abgebissen. Dann schaute er auf die Frau, die ihm mit geneigtem Kopf röchelnd im Wasser gegenüberstand. Der Surfer stieß wütend den Arm weg, versuchte, in ihr Gesicht zu sehen. Auf einmal sagte er völlig entgeistert: »Katrin!« Er starrte die Frau an, die verblüfft ihren Kopf in die Höhe reckte. »Sven, was machst du denn …?« Fassungslos starrten sie sich an. Monatelang war sie ihm aus dem Weg gegangen – und jetzt? Stand er direkt vor ihr und beschleunigte ihren Herzschlag. Sie sah in seine braunen Augen und wusste, dass sie nicht eine Sekunde aufgehört hatte, ihn zu lieben.

Katrin brachte kein Wort heraus. Sven räusperte sich verlegen. War der Erste, der die Worte wiederfand. »Was machst du auf Fehmarn? Ich dachte, du kommst überhaupt nicht mehr hierher.« Unschlüssig sah sie ihn an. »Komm, lass uns aus dem Wasser gehen«, sagte er und stapfte, sein demoliertes Brett unter dem Arm, durch die hüfthohen Wellen Richtung Strand. Sprachlos und geschockt folgte ihm Katrin. Sie zog ihr Board hinter sich her, unfähig, einen klaren Gedanken zu fassen. Ein paar Meter weiter ließen sie ihre Bretter in den Sand fallen und setzten sich erschöpft daneben. »Mit dir hätte ich jetzt nicht gerechnet«, sagte Sven, während ihm die Röte ins Gesicht schoss und er sie von der Seite ansah. »Ich mit dir allerdings auch nicht. Aber ich hätte mir ja denken können, dass du heute am Surfen bist.« Verstohlen schaute sie zu ihm rüber, betrachtete sein Profil. *Er sieht verdammt gut aus*, dachte sie, und bohrte ihren Fuß in den Sand. »Das mit deinem Board tut mir leid. Ich hab dich echt nicht gesehen. Aber du hättest auch besser aufpassen können.« Katrin zeigte auf das Board, dem die Spitze fehlte, und die Sven wahrscheinlich nicht mehr reparieren lassen konnte, weil sie mit den Wellen abgetrieben war. »Ach, ich soll aufpassen, wenn du wie eine Irre übers Wasser rollst«, winkte er bockig ab und setzte sich aufrecht hin.

Wie viele Wochen und Monate hatte er auf diese Chance gewartet, Katrin zu sehen. Dass das hier am Strand von Wester geschah, damit hatte er nicht gerechnet. Sein Puls fing an zu rasen. Ihre Gegenwart brachte sein Blut zum Kochen. »Ist ja klar. Mein Board ist jetzt im Arsch, und ich soll aufpassen ...« Wütend fuhr er mit der Hand über das gebrochene Material. Katrin verzog das Gesicht. Das hier war einfach zu viel für ihre angespannten Nerven. Sie hielt sich die Hände vor das Gesicht und begann zu weinen.

Sven war verwirrt. »He, warum heulst du? Ich hätte allen Grund, zu flennen. Mein Brett ist hin.« Ihre Reaktion ärgerte ihn. Er fasste Katrin an die Schulter, sah sie beunruhigt von der Seite an. »He, ist ja gut. Dass Weiber aber auch immer gleich heulen müssen«, sagte er versöhnlich und hoffte, sie damit zu beruhigen. »Komm runter, Mann, ich bin nicht sauer.«

Der Wind wehte ihr die Haare ins Gesicht. Katrin trocknete ihre Tränen und sah Sven wütend an. »Was bildest du dir eigentlich ein? Lass mich einfach in Ruhe.« *Erst betrügt er mich und jetzt beleidigt er mich auch noch.* Ihr Kampfgeist kehrte zurück. »Und übrigens: Weiber heulen nicht! Du hast dich kein bisschen geändert.« Katrin sprang auf, nahm ihr Board unter den Arm und sah ihn mit zusammengekniffenen Augen an. »Ich bezahl dir den Schaden, ansonsten kannst du mich mal ...! Ach, lass mich doch in Ruhe. Hast dich echt kein Stück verändert.« Wütend stieß sie Steine beiseite, die ihr im Weg lagen, stakste über den Deich zum Parkplatz. Sie schmiss das Surfboard ins Auto und fuhr los, ohne sich umzuziehen. »Was bildet der sich ein?«, schrie sie. »Der hat sie doch nicht mehr alle, na warte, du Blödmann!« Für sie war das Maß voll. Sie wollte nur noch nach Hause und so schnell wie möglich ins Bett.

Der Schreck saß ihr noch immer in den Knochen, als sie vor Rabeas Tür stand und klingelte. »He, Süße«, begrüßte die Katrin erstaunt, als diese in sandigem Neoprenanzug in den Flur trat. »Was ist denn mit dir los?« Sie schlug theatralisch die Hand vor den Mund. »Hör bloß auf«, winkte Katrin beschwichtigend ab. »Ich bin einem Typen in sein Board gefahren, und du ahnst nicht, wer das war.« Rabea zog die Augenbrauen hoch. »Wer? Aber komm erst mal rein. Das kannst du mir gleich erzählen. Du musst aus den nassen Sachen raus. Sonst erkältest du dich auch noch. Ich mach dir inzwischen einen Tee.« Energisch schloss sie die Tür hinter Katrin.

»Stell dir vor, am Strand, das war Sven«, rief Charlottes Nichte, während sie sich im Badezimmer aus dem Neoprenanzug schälte. Rabea, die in der Küche verschwand, um Teewasser aufzusetzen, kam um die Ecke gestürzt. »Wie, Sven? Der Clasen? Was macht der am Strand?« Katrin blickte auf die Freundin ihrer Tante. »Na, was wird der wohl gemacht haben bei dem Wind?« Katrin musste lachen und deutete eine Welle an. »Surfen natürlich, oder was dachtest du? Aber er war auch der Letzte, mit dem ich gerechnet hätte. Und dann bin ich ihm auch noch in die Seite gefahren. Wir sind ganz schön zusammengerasselt. Sein Board ist hin.« Katrin zuckte gleichgültig mit den Schultern. »Der hat sich kein bisschen geändert, dieser Idiot.«

»Na, so schlimm wird es wohl nicht gewesen sein. Du siehst ja noch heil aus.« Rabea betrachtete die junge Frau kritisch von allen Seiten. »Hast du 'ne Ahnung«, antwortete die und fasste sich mit der Hand an die Stirn, suchte nach der Beule, die sie sich am Meeresboden zugezogen hatte. »Fühl mal, wie dick. Das tut richtig weh. Jetzt hab ich auf jeder Seite eine.« Rabea nahm die Hand, strich vorsichtig über die Wölbung und zog ein hörbares Zischen durch ihre Zähne. »Na, dann wollen wir das mal kühlen«, sagte sie und zog Katrin, die sich mittlerweile Joggingklamotten übergezogen hatte, grinsend in die Küche. Sie nahm eine Tüte gefrorene Erbsen aus dem Tiefkühlfach und hielt sie Katrin entgegen. »Hier, die legst du jetzt mal eine Viertelstunde auf die Beule. Wirst sehen, dann wird's besser.« Zögerlich hielt Katrin die Erbsenpackung gegen die angeschwollene Stelle und setzte sich an den Küchentisch. »Das wird 'ne ganz schön teure Tasse Tee«, sagte sie, hob die Hand und rieb Daumen und Zeigefinger demonstrativ aneinander. »Aber ist jetzt auch egal. Mehr Mist auf einen Haufen geht ja wohl kaum noch, oder?« Hilflos sah sie die zierliche sportliche Frau an. »Apropos Tee …«, Rabea nahm den Wasserkessel vom Herd, goss heißes Wasser in die vorbereiteten Becher und stellte sie auf den Tisch, der in der Mitte des Raumes sozusagen das Zentrum bildete. »Du magst doch Grüntee, oder?« Katrin ließ den Kopf auf ihre Arme sinken, die auf dem Tisch lagen, stöhnte vielsagend. »Ja, ist egal, Hauptsache, warm. Machst du mir bitte Zucker rein?« Katrin schloss ein paar Sekunden die Augen. Am Ende war sie froh, dass nicht mehr passiert war.

Rabea fischte die Teesiebe aus den Bechern, füllte Katrin zwei Teelöffel Kandis in ihre Tasse. Ein herrlicher Duft zog durch die kleine Küche. Sie zog eine Dose Kekse aus dem Hängeschrank und stellte auch sie in die Mitte des Tisches. Katrin hob schwerfällig den Kopf und öffnete mühsam die brennenden Augen. »Iss was.« Rabea hielt Charlottes Nichte die geöffnete Dose vor das schmale Gesicht und wedelte mit der Hand den Vanilleduft in ihre Nase. Katrin langte hungrig in das Gefäß. Die Stunden im Wasser hatten massig Kalorien verbraucht, die jetzt wieder aufgefüllt werden wollten. »Lecker«, sagte sie.

Ein paar Minuten später sah sie aus, als wäre ein Laster über sie hinweggebrettert. *Ich fühl mich richtig mies.* Sämtliche Lebensgeister waren auf einmal verschwunden. »Ich bin total müde. Am liebsten möchte ich jetzt schlafen.« »Oh, ich hätte fast das Wichtigste vergessen.« Rabea ging zum Küchenschrank, öffnete die Tür, zog eine halb volle Flasche braunen Rum heraus. Mit einem Lächeln drehte sie am Verschluss, inhalierte den markanten Geruch und schüttete Katrin einen Schuss davon zum Tee. »Wirst sehen, danach geht's dir besser.« Die Frau in schwarzer Sporthose und T-Shirt beobachtete Katrin, während die ihren Becher zum Mund hob, schluckweise das heiße Getränk die Kehle hinunterlaufen ließ. »Boah, wie viel Rum hast du da reingeschüttet?« Sie schüttelte sich, ohne die Tasse abzustellen. »Rede nicht, trink. Du wirst dich gleich viel besser fühlen. Und hinterher legst du dich erst mal hin.« Katrin schlürfte den verordneten dampfenden Tee, spürte die wohlige Wärme, die sich in ihrem Magen ausbreitete. Spürte, wie sie sich mehr und mehr entspannte. »Wie geht's Charlotte? Hast du schon was Neues gehört?«, fragte Katrin.

»Ja, Mensch, das hätte ich fast vergessen. Das Krankenhaus rief heute Mittag an. Sie ist wach. Gott sei Dank.

Aber wohl noch ziemlich schwach.« Rabea setzte sich, hielt ihren Becher mit beiden Händen, als wollte sie sich daran festhalten, und trank ihren mittlerweile lauwarmen Tee. »Wir können morgen Vormittag hinfahren, wenn du willst. Die Polizei will sie befragen. Ich wäre gern dabei, um zu hören, was bei der Sache bisher herausgekommen ist«, sagte Rabea angespannt. Sie saß wie ein Bussard auf ihrem Stuhl, der auf Beute lauerte, und fixierte Katrin mit frostigem Blick.

»Ich hoffe wirklich, dass sie den Kerl kriegen«, sagte Katrin leise. »Wenn ich herauskriege, wer das war, dann ...« Drohend ballte sie die Hand zur Faust. »Ach, ich weiß ja auch nicht. Sie werden ihn schon festnageln. Davon bin ich überzeugt. Außerdem bin ich tierisch müde«, sagte sie, dann spürte sie nur noch, wie Rabea sie vom Stuhl hochzog, ins Wohnzimmer brachte. »Und übel ist mir ...«

Sven saß währenddessen mit einem Handtuch über den Schultern im kalten Sand. Schaute auf die Wellen, die sich vor ihm aufbauten und mit Getöse gegen die alte Wetterstation krachten. Tiefe Furchen hatten sich auf seiner Stirn gebildet, ein untrügliches Zeichen dafür, dass er angestrengt nachdachte. Mittlerweile rauchte er die vierte Zigarette. *Was ist da schiefgelaufen? Ich hab nichts verbrochen. Warum ist die so sauer auf mich?* Kopfschüttelnd stand er auf, packte seine wenigen Sachen und machte sich geknickt mit seinem zerbrochenen Brett auf den Weg nach Hause. *Für heute ist mein Bedarf an hochschlagenden Wellen jedenfalls gedeckt. Ich will nur noch unter die Dusche und danach einen schönen Havanna ...*

MONTAG

Leises Geschirrklappern und der Duft von frischem Kaffee drangen aus der Küche zu Katrin ins Wohnzimmer. Es war kurz nach 9 Uhr, als sie zaghaft die bleischweren Augenlider aufschlug, um gleich darauf stöhnend die Hände darüberzulegen. Nur wenig fahles Licht zwängte sich durch dunkelblaue Vorhänge, aber es brannte wie Feuer in ihren Augen.

Wie durch Watte nahm sie die Geräusche und Gerüche um sich herum wahr. *Ich fühle mich, als hätte ich durchgemacht oder als hätte mir jemand mit dem Vorschlaghammer auf die Birne gekloppt. Dabei habe ich außer dem bisschen Rum nichts getrunken. Mir ist so schlecht. Mein Kopf ...* Vorsichtig zog sie sich an der Kopfstütze des Sofas nach oben, setzte sich auf. Vor ihren Augen fingen die Möbel um sie herum an zu tanzen, als wären sie zum Leben erweckt worden. »Oah«, schwindlig fiel sie ins schwarz-weiß bedruckte Kissen zurück. Sie erinnerte sich beim besten Willen nicht mehr an gestern Abend. Sie fühlte sich, als hätte man sie durch einen Häcksler gedreht. Zerschreddert.

Katrin spürte die Übelkeit, die sich durch ihre Eingeweide wühlte und in ihrem Hals ein ätzendes Würgegefühl erzeugte. *Ich muss aufs Klo.* Noch einmal versuchte sie, sich aufrecht hinzusetzen. Sie streckte vorsichtig ihre Beine unter der Decke hervor, die sich wie schwere Sandsäcke anfühlten, und wie von allein auf den mit Teppich ausgelegten Fußboden fielen. Der Kaffeeduft, der sich im Zimmer verteilte, verursachte einen erneuten Würgereiz. Sie sprang auf, wankte zur Tür. »He, wer ist denn da aufgewacht?« Rabea steckte gut gelaunt ihren modisch geschnittenen Kurzhaarschopf durch die Zimmertür. »Dann hab ich ja doch richtig gehört. Ich hab dir Frühstück gemacht, du Langschläferin.« Katrin stürzte bei dem Wort »Frühstück« mit vorgehaltener Hand an Rabea vorbei ins Badezimmer, riss den Klodeckel hoch und reiherte minutenlang in die Kloschüssel.

Rabea stand sprachlos im Türrahmen und folgte mit ihren Blicken der bleichen jungen Frau, die wankend im Bad verschwand. »Kann ich dir helfen?« Zaghaft klopfte sie an die verschlossene Tür. Lautes Würgen, unterbrochen von einer Geräuschkulisse, die sich anhörte, als rauschte Wasser in Etappen die Toilettenschüssel hinunter. Es entstand eine kurze Pause, in der Rabea Katrin atmen hörte. Katrin röchelte, dann hauchte sie: »Nein, geht schon, zu viel Rum gestern Abend.« Dann wiederholte sich der heftige Brechanfall, bei dem sich auch die letzten Reste ihres Mageninhaltes ins Becken ergossen. »Mann, das tut mir leid. Wenn ich geahnt hätte, was das bei dir auslöst«, sagte Rabea und lauschte an der Badezimmertür. Nach einiger Zeit wurde es leise, dann hörte sie das Rauschen der Dusche. »Tja, wer Alkohol nicht verträgt, muss leiden.« Rabea zuckte mit den Schultern und ging schmunzelnd in die Küche. Setzte sich auf einen Stuhl und trank einen Schluck heißen Kaffee.

Eine Viertelstunde später saß Katrin in Jeans und blauem Strickpullover kalkweiß am Frühstückstisch. Saß vor dem Wasser, das Rabea ihr in einem Glas vor die Nase gesetzt hatte. »Ich hab dir ein paar Tropfen gegen Übelkeit hineingetan. Nur pflanzlich. Trink das.« Katrin hob kraftlos das Glas in die Höhe und nahm einen Schluck der bitter schmeckenden Flüssigkeit. »Geht wieder. Mir ist bloß sauübel. Danke. Wie spät ist es denn überhaupt? Wir müssen zu Charlotte.« Rabea sah auf ihre Armbanduhr. »Gleich Viertel vor zehn. Willst du nicht lieber hierbleiben? Ich fahr auch allein.« Die Arme in die Hüften gestemmt sah sie auf Katrin, die zusammengekauert auf ihrem Stuhl saß und sich mit einer Hand den Bauch hielt. »Nein, das geht gleich wieder. Ich möchte gern selbst mit Charlotte sprechen. Außerdem will ich heute noch ins Haus ziehen. Es ist besser, wenn jemand dort ist.« Langsam begann sich ein rosafarbener Hauch auf ihren Wangen zu verteilen.

Rabea sah die Nichte ihrer Freundin an, dann blickte sie aus dem Fenster, verfolgte eine graue Wolke, die am Himmel wie ein überdimensionaler Hundekopf vorbeizog. »Wieso willst du weg? Du kannst doch bleiben. Hier kann ich mich wenigstens um dich kümmern. Zum Haus kann ich doch fahren, bis Charlotte nach Hause kommt.« Sie stellte sich hinter Katrin und legte ihr die kalten Hände auf den Nacken. Katrin erschrak. »Nee, lass mal. Ich muss wieder in Gang kommen. Mir ist auch gar nicht mehr klötterich.« Damit stand Katrin auf, hielt sich kurz an der Stuhllehne und ging ins Wohnzimmer, um ihre Kleidungsstücke in die Tasche zu stopfen. Sie schwankte zum Flur und streifte sich ihren Parka über. »Na komm, nun mach nicht so 'n Gesicht. Ich will im Haus sein, damit nicht noch mehr passiert.« Sie sah Rabea, die ebenfalls ihre schwarze Sportjacke überzog, überzeugend an. »Aber was, wenn derjenige noch einmal ums Haus schleicht?« Rabea griff nach ihrem Rucksack und öffnete die Tür. Katrin argumentierte: »Wer soll da denn kommen. Wer auch immer das war, der wird sich jetzt nicht mehr blicken lassen. Außerdem dreht die Polizei regelmäßig ihre Runden ums Haus, das haben sie mir versprochen.«

Wortlos liefen sie die Stufen hinunter, gingen zu Rabeas Auto. »Mach dir mal keine Sorgen«, versuchte sie, Rabea zu beruhigen. »Mir passiert schon nichts.« »Wer weiß denn, ob derjenige nicht vielleicht nur darauf wartet, dich allein im Haus anzutreffen«, wandte Rabea ein. »Blödsinn, das war alles ein blöder Zufall, glaub es mir. Dass gerade unser Haus überfallen wurde, meine ich. Du weißt doch, dass die Häuser hier sehr einsam liegen.« *Ich darf mir meine Angst nicht anmerken lassen, sonst lässt Rabea mich mit Sicherheit nicht allein nach Strukkamp fahren.*

15 Minuten nachdem Rabea in der Niendorfer Straße kurz aus dem Auto gesprungen war, um ein paar Blumen für Charlotte zu kaufen, bogen sie auf den Parkplatz des Krankenhauses ein. Katrin ging es besser. Die Knie zitterten zwar immer noch, aber sie wollte sich zusammenreißen, damit Charlotte nicht bemerkte, was mit ihr los war. Auch Rabea brauchte nicht erfahren, wie schwach sie sich fühlte. Mit dem Blumenstrauß in der Hand ging Rabea voran und sah nicht, wie Katrin mit ihrer Übelkeit kämpfte.

Rabea klopfte. Das leise »Herein« freute Katrin besonders. Wenigstens Charlotte schien es besser zu gehen, die Stimme klang zwar noch brüchig, aber sie sprach. Ein gutes Zeichen, fand Katrin. »Hallo, meine liebe Charlotte«, sagte Rabea und ging zügig auf das Krankenbett zu. »Schön, dass du wieder unter den Lebenden weilst.« Sie sah ihre schrecklich zugerichtete Freundin an und lächelte zaghaft. »Na, meine Süße, wie geht es dir?« Zurückhaltend strich sie der Schwerverletzten über die blaubraun angeschwollene Wange. Katrin schloss lautlos die Tür hinter sich und trat auf die andere Seite des Bettes. Als sie ihre Tante dort liegen sah, wurde ihr erst die Tragweite des Geschehens bewusst, in der sie sich befanden. *Ist es eine gute Idee, allein ins Haus zu fahren?*

Katrin wusste plötzlich nicht mehr, ob es wirklich eine gute Idee war, ihren Dickkopf durchzusetzen. Sie zog ihren olivgrünen Parka aus, legte ihn über einen der Metallstühle, die am Tisch standen, und setzte sich vorsichtig auf die Bettkante. »Ach, Tantchen! Wie geht es dir?« Ohne dass sie etwas dagegen tun konnte, liefen salzige Tränen über ihre Wangen und tropften auf Charlottes Bettdecke. »Nun wein mal nicht, Mädchen, mir geht es schon viel besser. Siehst doch, Unkraut vergeht nicht so schnell.« Charlotte versuchte, ein Lächeln auf ihre Lippen zu zaubern, das durch die Schmerzen allerdings etwas schief ausfiel.

»Schau mal, wir haben dir Blümchen mitgebracht.« Rabea hielt ihrer Freundin den lachsfarbenen Rosenstrauß unter die Nase, damit sie den Duft wahrnehmen konnte. »Gibt's hier 'ne Vase?« Suchend blickte sie sich im hellgrün gestrichenen Raum um, während Katrin ihrer Tante mit der Hand über den verbundenen Kopf strich. Sie ließ den Blick durch das Einzelzimmer schweifen. »Nein, ich glaube, da musst du eine Schwester fragen«, sagte Charlotte Hagedorn. »Dann will ich mal auf die Suche gehen.« Die Freundin verließ das Zimmer, und Katrin sah ihre Tante sorgenvoll an.

»Ich muss etwas mit dir besprechen, aber allein«, flüsterte Katrin. Charlotte sah ihre Nichte fragend an. »Mein Job ist weg. Die haben mich entlassen. Frag nicht, warum, ich weiß es selbst nicht. Aber ich habe mir überlegt, vielleicht meine Zelte in Hamburg abzubrechen und zu dir nach Fehmarn zu ziehen. Was hältst du davon?« Katrin sah ihre Tante flehend an. »Da fragst du noch? Ich könnte mir nichts Schöneres vorstellen, Kind, wenn du das willst! Du weißt doch, wie gern ich dich bei mir hätte.« Nun weinte auch Charlotte. Aber es waren Freudentränen, die über ihre Wangen rollten. »Bitte nicht weinen, Tantchen. Hab doch nur gesagt, dass ich überlege, ganz nach Fehmarn zu ziehen. Was gibt's denn da zu weinen?« Sie stupste Charlotte am Arm. »Mir ist das Ganze mit deinem Überfall und meinem Job nicht aus dem Kopf gegangen. War nur eine Idee, dass es die beste Lösung wäre, wenn wir zwei …« Sie deutete mit dem Finger erst auf sich dann auf ihre Tante. »Wenn wir zwei Schachteln zusammen alt werden.« Katrin grinste. »Na, alt bist du weiß Gott noch lange nicht«, antwortete Charlotte. »Aber hör mal. Dann möchte ich dir auch etwas Wichtiges sagen. Eigentlich hatte ich für meinen Teil anderes mit dem Haus vor. Aber wenn du wirklich zu mir ziehen solltest, dann ändere ich mein Testament. Für nächste Woche vereinbare ich einen Termin mit Herrn Weiser. Kennst du doch noch, oder?« Katrin spürte, dass es Charlotte immer noch schwerfiel, zu reden. »Gibst du mir mal einen Schluck Wasser?« Sie zeigte auf die Flasche auf ihrem Tisch. »Der Weiser hat damals die Verträge für das Haus ausgearbeitet, ist ein netter Kerl. Mein Testament ist in seiner Kanzlei hinterlegt. Am Montag soll er kommen.« Charlotte versuchte, Katrins Hand zu greifen. Doch sie war immer noch sehr schwach und die Hand fiel zurück auf die Decke. »Wenn du wirklich zu mir kommst, sollst du das Haus erben. Du hast zwar jetzt schon lebenslanges Wohnrecht, aber du hast gesehen, wie schnell es gehen kann.« Sie lehnte sich müde ins Kissen zurück. »Das musst du aber nicht. Ich komme nicht zu dir, um das Haus zu erben. Ich will einfach nur bei dir sein. Wer weiß. Das mit Sven, vielleicht …« Katrin seufzte und sah für einen kurzen Moment aus dem Fenster. Sie dachte an den Zusammenprall gestern Nachmittag. An seine Augen, die sie so liebte, die sie verzweifelt angesehen hatten. »Herr Weiser kommt Montag. Basta.« Eine Pause unterstrich Charlottes Worte und sie nickte unmerklich mit dem Kopf. »Du sollst am Sund glücklich werden. Punkt.«

»Vorher ruf ich aber noch meine Eltern an. Die müssen wissen, was hier passiert ist!« Katrin sah ihrer Tante in die Augen. »Und das lässt du schön bleiben. Reicht schon, wenn wir uns Sorgen machen. Ich red mit meiner Schwester, wenn ich wieder zu Hause bin. Hast du verstanden? Lass deine Eltern. Sonst sitzen die im nächsten Flugzeug und wir haben den Salat. Wir schaffen das schon.« Charlotte lächelte Katrin gequält an. Die Tür war aufgegangen, und Rabea betrat den Raum. Geräuschvoll ließ sie die Tür ins Schloss fallen. Sie hatte nur Bruchteile des Gesprächs mit angehört. »So, da ist die Vase«, sagte sie, wedelte mit dem Gefäß vor ihrer Brust und stellte es auf den Beistelltisch neben Charlottes Bett, die ihre Nichte vielsagend ansah und ihr mit einem Augenaufschlag zu verstehen gab, dass das Gespräch, das sie gerade geführt hatten, beendet war. »Was hast du nachher noch vor?«, fragte sie Katrin stattdessen. »Ich fahre jetzt zum *Küstenblick* und melde mich an. Damit die wissen, dass ich da bin. Ich will die nächsten zwei Wochen arbeiten, das hab ich dem Thomsen letzte Woche versprochen, als er mich angerufen hat. Mal sehen, wie die Lage ist.«

»Schön. Da hast du wenigstens was zu tun, solange ich hier flachliege. Bis Sonntag auf jeden Fall, das haben die mir schon mitgeteilt. Zur Beobachtung, haben sie gesagt. Obwohl, wenn ich's genau nehme, fühl ich mich wie ein Boxer nach einem Doppel-K.O.« Charlotte schaute die beiden Frauen mitleiderregend an, zuckte mit den Schultern. »Und meine Sachen hab ich auch schon im Auto«, redete Katrin weiter. »Ich fahre anschließend zum Sund. Es sollte jemand im Haus sein, solange du hier rumliegst.« Katrin zwinkerte ihrer Tante aufmunternd zu.

Rabea stand unbeteiligt am Fenster, verschränkte die Arme vor der Brust, beobachtete Katrin und Charlotte, die innig und sehr vertraut miteinander umgingen. Sie mischte sich nicht in das Gespräch, kratzte sich währenddessen mit der Hand nervös über den Unterarm. »Aber du könntest doch bei Rabea bleiben, Kind, oder?« Ängstlich sah sie zu ihrer Freundin, die gelangweilt mit dem Kopf nickte. »Hab ich ihr gesagt, aber sie will nicht«, sagte sie schnippisch. »Du sollst nicht allein am Sund sein, hörst du?« Charlotte verzog den Mund. »Nun geh Tantchen, mir passiert schon nichts. Lass mich mal machen. Rabea wollte mich auch am liebsten anketten, oder?« Katrin grinste und schaute Rabea an. »Nachher passiert da was, und dann?«, sagte ihre Tante erregt und japste nach Luft. Jede Anstrengung schien sie zu quälen. Katrin fegte den Einwand mit einer Handbewegung fort. »Nichts da, ich fahre.« Rabea kam auf die beiden zu. »Lass sie mal. Wenn Katrin das unbedingt will. Sie ist alt genug«, meinte sie, während sie sich immer noch mit der Hand über den Jackenärmel fuhr. »Hast du Flöhe?«, fragte Katrin schmunzelnd. »Nee, wieso?« Augenblicklich hörte sie auf. »Ich fahr jeden Tag hin und sehe nach dem Rechten, zufrieden?«, lenkte sie ihre Worte wieder auf die Unterhaltung. Charlotte nickte. »Vielleicht habt ihr recht.« Ermattet schloss sie die Augen und atmete schwerfällig.

»Wollten die von der Polizei nicht kommen?« Rabea betrachtete angelegentlich ihre Fingernägel. »Die kommen später«, sagte Charlotte. Rabea sah ihre Freundin an. »Weißt du was? Ich glaube, wir lassen dich jetzt schlafen. Was meinst du, Katrin?« »Ja, hast recht.« Katrin erhob sich, zwinkerte Charlotte zu, tätschelte ihre Wange und zog die Jacke an. »Tschüss, Charlotte.« Rabea hauchte ihr einen Kuss auf die verbundene Stirn.

Als Katrin gerade die Klinke in die Hand nehmen wollte, öffnete sich die Tür von außen. Vor ihr stand ein Mann, den sie nie vorher gesehen hatte. »Oh, entschuldigen Sie mein stürmisches Auftreten.« Grinsend sah Dirk Westermann die aparte Frau an. »Und wer sind Sie?«, fragte Katrin irritiert. »Hauptkommissar Westermann, Kripo Oldenburg. Und Sie, junge Frau?« Katrin wich einen Schritt zurück. »Ich bin die Nichte von Frau Hagedorn, Katrin Duvenstedt. Wieso Kripo?« Erstaunt verschränkte sie die Arme, betrachtete den gut aussehenden Beamten im besten Mannesalter, der ihr in Jeans und dunkelbrauner Wildlederjacke gegenüberstand, sie freundlich anlächelte. Die Fältchen, die sich um seine blauen Augen eingegraben hatten, verliehen seinem gebräunten Gesicht eine herbe Ausstrahlung. Leise zog er die Tür hinter sich ins Schloss. Rabea stand unmittelbar hinter Katrin, beobachtete kommentarlos die Szene. »Hier geht es um einen schweren Überfall. Ihre Tante hätte tot sein können.« Der Kommissar deutete mit der Hand in Richtung Charlotte, die dem Gespräch mühsam zu folgen versuchte. »Das war kein gewöhnlicher Einbruch. Die Spurensicherung hat die Untersuchungen im Haus vorerst abgeschlossen, aber ich warte noch auf die Auswertung. Nach einem normalen Einbruch hat das alles nicht ausgesehen.« Er schüttelte den Kopf. »Es schien eher, als hätte jemand gezielt etwas gesucht. Hier geht es anscheinend um mehr. Und deshalb bin ich hier. Das ist alles sehr merkwürdig.« Dirk Westermann fuhr sich mit der Hand über das glattrasierte Kinn. »Das versteh ich nicht. Wer sollte gezielt wonach gesucht haben? Meine Tante hat weder Goldschätze vergraben noch viel Geld im Haus.« »Das wissen wir auch noch nicht, aber wir sind dabei, die Fakten zu sammeln.« »Kann ich denn überhaupt ins Haus? Ich meine, ich will gleich hinfahren und dort bleiben, bis Charlotte wieder nach Hause kommt. Außerdem war ich schon dort und habe mein Surfboard geholt. Ich hoffe, dass war nicht schlimm?« »Das geht in Ordnung, der Tatort wurde bereits freigegeben. Aber halten Sie das für eine gute Idee, so allein da draußen?« Westermann strich sich durch sein graues welliges Haar, das ihm bis tief in den Nacken reichte. »Ja, das halte ich für eine gute Idee. Versuchen Sie nicht auch noch, mich davon abzubringen – keine Chance!« Abwehrend hob sie die Hand. »Na, das müssen Sie allein entscheiden.« Westermann zuckte mit den Schultern. »Wir halten Sie auf jeden Fall auf dem Laufenden und beobachten das Häuschen.« Er reichte ihr ein kleines weißes Kärtchen. »Na dann.« Katrin streckte dem Kommissar die Hand entgegen und verließ mit Rabea, die den Worten des Kommissars interessiert gefolgt war, die Klinik.

»Die kriegen den Kerl. Mach dir keine Sorgen.« Rabea lenkte den Wagen durch die Innenstadt, um zur Wohnung zurückzufahren. *Sie sieht gut aus heute Morgen*, dachte Katrin. Es war ihr vorhin gar nicht aufgefallen, dass Rabea sich sorgfältig zurechtgemacht hatte. Die Freundin ihrer Tante zwirbelte die frech gegelten Haarspitzen mit ihren Fingern. *Eigentlich trägt sie immer nur Sportklamotten, das sollte sie vielleicht mal ändern*, überlegte Katrin. »Willst du noch laufen?«, fragte sie mit einem Blick auf deren schwarze Sporthose. »Nein, das hab ich schon längst hinter mir. Ich bin heute Morgen um sieben schon Richtung Gahlendorf gelaufen. Du weißt, an der Schule vorbei. War ganz schön unheimlich, uaaahh.« Sie lachte und verzog ihr Gesicht zu einer gespielten Fratze. »Da hast du allerdings noch seelenruhig geschlafen. Außerdem hättest du sonst keine Brötchen auf dem Tisch gehabt, die du nicht mal angerührt hast.« Rabea lächelte.

Der Wagen rollte auf den Parkplatz. »Wie geht es dir denn jetzt?« Katrin räusperte sich. »Besser.« Rabea stellte den Motor aus, stieg aus dem Auto. Sie zog Katrins Tasche aus dem Kofferraum, stellte sie vor die Beifahrertür des Leihwagens. »Danke noch mal für alles«, sagte Katrin, öffnete den Golf und verfrachtete ihr Gepäck auf den Rücksitz. »Willst du vorher noch einen Tee trinken?«, fragte Rabea, zeigte auf ihre Wohnung, während sie ihren Wagen abschloss. »Nee, lass mal lieber. Der Tee gestern Abend hat mir wirklich fürs Erste gereicht.« Katrin grinste. »Aber noch mal danke. Du kannst mich jederzeit im Haus besuchen. Da können wir dann jede Menge Tee trinken.« Sie drückte die Freundin ihrer Tante kurz an sich und stieg in ihren Wagen. Dann verließ sie den Hof. Rabea blickte ihr nachdenklich nach, bis das Auto verschwunden war.

Katrin fuhr Richtung Strukkamp. Eine halbe Stunde später stand sie ein weiteres Mal vor dem Haus ihrer Tante. Die Hände zitterten, als sie zögernd den Schlüssel ins Schloss steckte. Das mulmige Gefühl war wieder da. Sie warf einen Blick auf die Sundbrücke, während sie auf ihrer Unterlippe kaute, und öffnete die Tür.

Als sie in den Flur trat, roch es nach Rosen. Gestern war ihr das nicht aufgefallen. Sie öffnete die angelehnte Tür zum Wohnraum. Ihr Blick fiel in das verwüstete Zimmer. *Was wollte der hier? Was hat der gesucht?* Durch das Fenster blickte sie in den Garten. Alles war hier normalerweise so gemütlich. Jetzt war die Gemütlichkeit dem Chaos gewichen. Charlotte hatte die Räume maritim, künstlerisch verrückt mit dekorativen bunten Stoffen, Möbeln und Bildern eingerichtet. Über beiden Sofas, die in einer Art Sofaecke mit Blickrichtung zum Fenster im Winkel angeordnet waren, lagen knallrote gehäkelte Decken.

Auffällig waren die vielfältigen Leuchttürme, die in jeder Ecke des Hauses herumstanden und die Charlotte liebevoll sammelte. Wie den bereits erwähnten Leuchtturm, der eigentlich als Lampe auf dem Sockel stand, nun aber zerschmettert am Boden lag. Besonders liebte Katrin das Bild hinter dem Sofa, das ihre Tante in einer Phase der Selbstfindung gemalt hatte. Es zeigte den Leuchtturm Strukkamphuk, der keine 500 Meter vom Haus entfernt seine Signale ausstrahlte und den sie vom Küchenfenster aus betrachten konnte. »Warum malst du den Leuchtturm«, hatte Katrin ihre Tante gefragt, »der steht doch direkt vor der Tür?« Charlotte hatte sie wie immer fröhlich strahlend angesehen und geantwortet. »Warum nicht?« Katrin musste schmunzeln. Nun lag dieses Bild hinter dem Sofa am Boden. *Ja, so ist sie. Immer positiv, gut gelaunt und für eine Überraschung gut.*

Unschlüssig stand Katrin mitten im Wohnzimmer, bückte sich, um Scherben einer heruntergestoßenen Vase aufzuheben. Vorsichtig legte sie die scharfkantigen Einzelteile auf den Tisch. Alles lag zwischen Papieren verstreut im Zimmer herum, Charlottes Gemälde völlig zerstört auf dem Dielenboden, Dekorationsstücke zwischen Decken und herausgerissenen Ordnern. Für Katrin sah es mehr nach Zerstörungswut als nach einer gezielten Suche aus – oder täuschte sie sich?

Das ungute Gefühl breitete sich wieder in ihr aus, und sie fror. »Vielleicht haben die anderen doch recht. Ach, was soll's, der wird schon nicht wieder auftauchen«, sprach sie sich Mut zu. Aber das fiese Kribbeln blieb. Katrin hielt sich mit der freien Hand den Bauch. Die Übelkeit machte ihr immer noch Probleme. Sie ging zur Terrassentür, drückte den Hebel herunter und ging in den Garten. »Frische Luft, wie gut!« Sie betrachtete die Terrasse. *Wollte jemand einsteigen, und Charlotte hatte ihn erwischt? Oder war es ein Spanner, der sie beobachtete und den sie ertappt hatte? Der wäre wohl eher abgehauen, als Tantchen zusammenzuschlagen. Jemand, der sauer auf sie war? Aber wer ist schon sauer auf Charlotte Hagedorn. Ich muss die Nachbarn fragen. Vielleicht hat jemand etwas gesehen oder gehört.*

Katrin konnte sich keinen Reim auf das Geschehen machen und ging wieder ins Wohnzimmer. Charlotte wollte sie vorhin im Krankenhaus nicht mit derartigen Fragen behelligen. Die musste erst einmal wieder zu Kräften kommen.

Katrin fing an, die am Boden liegenden Dinge in

Schubladen und Regale zurückzuräumen. Die Polizei hatte den Tatort ja schließlich freigegeben. Anschließend ging sie nach oben. Hier schien der Täter nichts gesucht zu haben. Alles wie immer. Oder hatte er keine Zeit mehr gehabt, um die oberen Räume zu durchsuchen? Wurde er gestört? Wenn ja, von wem? Katrin zuckte mit den Schultern, machte eine Kehrtwende und stieg die Treppe wieder hinunter. *Seltsam, alles mehr als seltsam …*

Eine Stunde später fuhr sie nach Katharinenhof, um sich im *Küstenblick* zu melden. Morgen wollte sie in dem hübsch gelegenen Restaurant zu arbeiten anfangen. Seit mehr als fünf Jahren half sie während der Saison in diesem Lokal aus, verdiente sich ein paar Euro dazu, die sie gut gebrauchen konnte, wenn sie ihren Urlaub hier verbrachte. Und es machte ihr Spaß, zu arbeiten, wo andere ihre Ferien verlebten. *Es wird mir sicherlich guttun, andere Leute um mich zu haben.* Sie freute sich auf die Kollegen.

Katrin fuhr durch das lang gezogene Dorf, bis auf der rechten Seite die graue Ostsee durch karge Bäume schimmerte. Der Wind, der anscheinend gedreht hatte und aus Südost blies, wühlte das Wasser auf und ließ Schaumkronen aufblitzen. »Wow, ist das schön!« In Vorfreude bog sie durch das schmiedeeiserne Tor auf das Gelände ein. Ein parkähnliches Waldgrundstück, in dem das Restaurant direkt an der Steilküste eingebettet lag, als wäre es ein verwunschenes Märchenschloss mit einem fantastischen Ausblick.

Katrin stellte den Wagen auf dem Parkplatz ab, auf dem sich ein paar Fahrzeuge befanden, öffnete die geschwungene Landhaustür und trat ein. »Hallo! Ich bin wieder da!« Hinter dem Tresen zapfte eine Kellnerin von höchstens 18 Jahren ein frisches Bier. Eine weitere eilte mit gefüllten Tellern beladen an einen der Fenstertische. Auf der Terrasse saß heute anscheinend niemand. Zu stürmisch, zu grau. »Hallo, Mädchen. Schön, dass du da bist.« Der Chef des Hauses, Kai Thomsen, kam in schickem dunklem Anzug auf Katrin zu und nahm sie beherzt in den Arm. Ein attraktiver Mittfünfziger mit blonden Haaren und leichtem schwedischen Akzent, der seine skandinavischen Wurzeln verriet. »Willst du gleich anfangen, wir könnten deine Hilfe gut gebrauchen.« Er zeigte auf die besetzten Tische im gepflegt ausgestatteten Raum und runzelte die Stirn. »Tut mir leid. Charlotte ist im Krankenhaus. Heute noch nicht. Ich muss mich noch um einiges kümmern. Aber morgen früh bin ich da, versprochen.« Katrin lächelte ihn an. »Auch gut. Bin ja immer froh, wenn du kommst. Siehst ein bisschen blass aus um die Nase. Bist du in Ordnung? Du kannst auch später, wenn es unbedingt … obwohl …« Thomsen sah sich um. Katrin verstand. »Mach dir keine Sorgen, morgen früh bin ich da.« Erleichtert atmete er auf. »So, ich muss. Sonst klappt hier nix. Also, bis dann.« Lächelnd reichte Kai Thomsen ihr die Hand und verschwand in der Küche.

Katrin plauderte mit der Kellnerin hinter dem mächtigen Tresen aus Kirschbaumholz, der ebenso wie Tische und Stühle gediegen im 90er-Jahre-Stil daherkam, als Markus Beiländer um die Ecke schoss. »He, Katrin!«, rief er sichtlich erfreut und blieb abrupt vor ihr stehen. Niemand nahm die Erleichterung in ihm wahr. »Du kannst dir gar nicht vorstellen, wie ich mich freue, dich hier zu sehen.« Derlei Gefühlsausbrüche kannte man von dem sonst eher mürrischen Markus gar nicht. Die Kollegin hinterm Tresen blickte verwundert von ihrem Zapfhahn auf. Nach seiner schrecklichen Nacht im Gebüsch war eine derartige Freude nicht verwunderlich. Nicht für ihn. »Freut mich auch«, antwortete sie amüsiert. »Ab morgen stehe ich euch zur Verfügung«, fügte sie hinzu und hielt sich die Hand wie ein Soldat an die Schläfe. »Aua«, stieß sie schmerzhaft hervor, weil sie gegen ihre Platzwunde salutiert hatte. »Was hast du denn gemacht?«, fragte Markus. »Nichts, nicht der Rede wert.« Katrin winkte ab und hielt sich an einer Messingstange am Tresen fest. »Heute kann ich nicht, ich muss mich noch um meine Tante kümmern, sie ist im Krankenhaus.« »Was ist denn passiert?«, fragte Markus beiläufig. »Ach, nichts Schlimmes, ich muss nur einige Dinge klären. Weißt ja, wie das ist, wenn jemand ins Krankenhaus kommt.« Damit war für sie das Thema erledigt.

Markus druckste herum, als wollte er etwas sagen, hielt sich aber zurück. Warum sagte er Katrin nicht, was er gesehen hatte? War es die Angst, sich zu verraten? Ihm war klar, wenn er nur ein einziges Wort über den Abend verlauten ließ, wusste sie, dass er ihretwegen am Haus gewesen war. Aber war das der wahre Grund seines Schweigens? »Leute, ich muss. Morgen um zehn bin ich da.« Katrin sah auf ihre Armbanduhr und verschwand nach draußen.

Markus blieb unschlüssig neben dem Tresen stehen und schaute der Frau, die vom Grundstück fuhr, hinterher. *Neues Auto? Was geht mich das an. Hoffentlich geht es ihrer Tante besser.* Ihm war in diesem Augenblick klar, dass er Katrin von jetzt ab keine Sekunde mehr aus den Augen lassen wollte – durfte. *Wenn ihr das Gleiche passieren würde? Nicht auszudenken!* Blätter fegten aufgewirbelt vom Kiesbett durch die Luft, als hätte jemand einen unsichtbaren Föhn dazwischen gehalten. »Schietwedder«, murmelte er.

»Sobald ich mehr weiß, melde ich mich bei Ihnen.« Der Immobilienmakler Jens Matthinsen stellte das Mobiltelefon zurück in die Station, wischte sich mit dem Handrücken die Schweißperlen von der Stirn. »Verdammter Mist. Das kann doch nicht so schwer sein. Die Alte versaut mir noch meinen besten Deal.«

Er saß wie ein aufgebrachtes Rumpelstilzchen am Schreibtisch. Griff erneut zum Telefon, wählte die Nummer, die er bereits auswendig kannte und schon weit über 50-mal gewählt hatte. Freizeichen. Matthinsens wulstige Hände fingen an zu schwitzen. »Geh ran, Alte! Warum hebst du nicht ab?« Nach dem zehnten Mal klingeln drückte er wütend den roten Knopf, schmiss das Mobiltelefon auf seinen Schreibtisch. Monatelang versuchte er schon, an das Grundstück von Charlotte Hagedorn zu kommen.

Ein Berliner Geschäftsmann hatte es beim Überqueren der Sundbrücke entdeckt und den Makler beauftragt, sich darum zu kümmern. »Egal, was es kostet«, hatte er gesagt. »Fantastische Lage, fantastischer Blick. Das will ich haben. Geld spielt keine Rolle. Sehen Sie zu, dass Sie das klarmachen«, hatte der Geschäftsmann gefordert, ohne den geringsten Zweifel daran zu lassen, wie wichtig ihm das Objekt war. Da sah Matthinsen seine große Chance gekommen. Er würde alles daran setzen, dieses Objekt in seine dreckigen Maklerhände zu bekommen. »Koste es, was es wolle«, murmelte er vor sich hin. Der dicke Immobilienmakler im teuren Anzug und in italienischen Designerschuhen beäugte seine überaus junge, schwarzhaarige und wohlproportionierte Assistentin und verkündete: »Das ist ein Sahnestückchen, meine Süße.«

Jens Matthinsen war vor knapp einem Jahr von Berlin auf die Insel gezogen und wollte den Fehmaranern zeigen, wie man erfolgreich Häuser auf der Insel verkauft. Mit seiner arroganten, schmierigen Art fand er allerdings kaum Freunde unter den Insulanern. Die mochten auswärtige Spinner nicht, die meinten, sie könnten hier die große Kohle machen. Sie hielten sich lieber an ihresgleichen. Das hatte sogar er ziemlich schnell begreifen müssen. Bis auf ein paar Vermietungen und dem Verkauf dreier kleiner Ferienwohnungen war ihm bisher nicht ein vernünftiger Deal geglückt. Man ignorierte ihn einfach. Keine Einladungen zu Geschäftseröffnungen, keine zu irgendwelchen Jubiläen. Nach außen tat er, als störte es ihn nicht. Unter seiner fetten Haut allerdings brodelte es. Der unsportliche Mann, der seinen Schmerbauch wie eine Bowlingkugel vor sich hertrug, schwieg. Verlor kein einziges Wort über die Schmach, die von allen Seiten über ihm ausgegossen wurde. *Den Sturköpfen werde ich es schon noch zeigen,* nickte er, wenn sie an seinem Büro vorbeizogen. Und jetzt roch er das Geschäft seines Lebens. Wenn er den Deal perfekt machte, würden sie ihn beachten, da war er sich sicher.

Ein paar Tage später hatte die schlanke Büroangestellte herausgefunden, wem das Haus am Sund gehörte und die Telefonnummer auf ein Blatt Papier geschrieben, das sie ihm vor die Nase legte. Seitdem haftete er wie eine Zecke an Charlotte Hagedorn. Versuchte, einen Termin nach dem anderen mit ihr zu vereinbaren, bekniete die Frau, bot ihr einen, wie er betonte, horrenden Preis für das Haus. Charlotte Hagedorn lehnte jedes Mal mit einem lachenden

»kein Bedarf« ab. Was seinen hochroten Wutkopf nach jedem erfolglosen Versuch beinahe zum Platzen brachte. Sie wusste um den Wert ihres Grundstückes und merkte sofort, wenn einer der vielen Makler, die um das Grundstück herumschlichen, sie über den Tisch ziehen wollte. Charlotte würde ihr kleines Paradies aber niemals verkaufen, das war so sicher wie das Amen in der Kirche.

»Jeder verkauft, wenn der Preis stimmt«, tönte der untersetzte Mann mit zusammengekniffenen Augen seiner Mitarbeiterin entgegen, als die ihm einen Becher Kaffee auf seinen protzigen Schreibtisch stellte. *Der spielt sich auf, als wäre er der Immobilienkönig von Mallorca. Schweinepriester!* Seine Assistenzkraft zog die Augenbrauen nach oben, machte auf dem Absatz kehrt. Sie konnte ihren Boss nicht leiden, der ihr bei jeder Gelegenheit an den Hintern grabschte, ekelig und arrogant zugleich war. Aber sie hatte keine Wahl. Sie brauchte diesen Job.

Noch einmal wählte Matthinsen Charlotte Hagedorns Nummer. »Was will die Alte da allein?«, brüllte er. »Ich will das Haus!« Er stieß den Ledersessel zurück, sprang auf, schnappte sich seinen Mantel, der am Garderobenhaken hing. Eilig streifte er ihn über, wobei der *Burberry*-Schal ihm zwischen die Zähne geriet und er die Kaschmirwolle wütend ausspuckte. Matthinsen griff nach seiner Kamera, die auf einem schwarzen Sideboard an der Wand lag. »Ich fahr da jetzt noch mal hin. Das wär doch gelacht. Die krieg ich da schon raus. Wünsch mir Glück, Süße. Wenn der Deal in trockenen Tüchern ist, dann machen wir uns ein schönes Wochenende auf Sylt, und ich zeig dir mal die richtige Welt.« Er zwinkerte ihr zu, zerrte an der gläsernen Eingangstür, auf der in goldenen Buchstaben sein Namen klebte, und verschwand. Zurück blieben sein Kaffee und eine kopfschüttelnde Angestellte. »Arrogantes Arschloch.«

Zur gleichen Zeit überprüfte Sven, der sich auf seinen Feierabend freute, sein Handy, um nachzusehen, ob Katrin ihm wenigstens eine Nachricht hinterlassen hatte. *Warum meldet sie sich nicht? Ich glaub, ich rufe sie nachher an. Wir müssen das jetzt unbedingt klären.* Als er es enttäuscht in die Hosentasche stecken wollte, surrte es in seiner Hand. »Hallo, Katrin«, stotterte er. »Ich freu mich … ehrlich … wann? … Morgen in der *Bar*? … Geht klar. Tschüss.« Er ballte eine Faust, zog sie siegessicher zu sich heran und sprang wie ein Rumpelstilzchen zu seinem Spind in der Umkleidekabine. »Ja!« Tanzend fegte er um seine Kollegen, streifte sich die Arbeitsklamotten ab und verließ wenig später die Tischlerei. »Was spinnt der denn jetzt schon wieder? Sein Verstand ist genauso wirr wie seine Haare«, murmelte Klaus, tippte sich vielsagend mit dem Finger an die Stirn und grinste.

Der Schornstein spuckte milchigen Qualm aus, der sich, vom Wind mitgerissen, im grauen Himmel auflöste. Katrin zog Charlottes Holzpantinen aus, die neben der Terrassentür einen Dauerplatz hatten. Schlurfte in dicken geringelten Wollsocken mit einem runden Flechtkorb zwischen den Armen durchs Zimmer, um ihn neben dem antikweißen dänischen Kachelofen abzustellen, der sich in der Ecke gegenüber dem Fenster befand und fast bis unter die Decke reichte. »Mann, wat schwer!« Fein säuberlich stopfte sie drei Scheite Buchenholz in den Ofen. Zufrieden schloss sie die gläserne Ofentür. *Ich mach es mir jetzt richtig gemütlich, schönen heißen Tee und Wolldecke.*

Draußen fing es an, wie aus Eimern zu gießen. *Der Oktober ist echt blöd dieses Jahr. Dauerregen und Wind.* Der jaulte wie ein Wolf ums Haus, ließ Katrins Nackenhaare zu Berge stehen. Sie stand auf und sah aus dem Fenster. *Dabei ist es noch nicht einmal dunkel.* Graue Wellen versprühten ihre Gischt, zogen unter der Sundbrücke hastig voran, als würden sie von unsichtbaren Fäden gezogen. *Was für ein Wetter. Ich glaub, das gibt noch richtig Sturm die nächsten Tage. Alles grau in grau. Da wird auch im Restaurant nicht allzu viel los sein.* Katrin zuckte mit den Schultern, lauschte dem Knacken des brennenden Holzes und ging in die Küche. Die war großzügig, fast quadratisch und ebenso künstlerisch gestaltet wie die übrigen Räume. Sie nahm einen Teller von dem schönen alten Bauerntisch, der den Mittelpunkt darstellte und den Charlotte auf einem Flohmarkt in der Schanze erstanden hatte, als sie bei Katrin vor längerer Zeit einmal für ein Wochenende in Hamburg zu Besuch war. Sie stellte den bunten Keramikteller in die Spüle, zog sich einen der vier antiken Stühle heran. Katrin setzte sich auf eines von Charlottes selbstgenähten Patchworkkissen, die auf den Stühlen lagen und zum Verweilen einluden. Katrins Tante war ein Tausendsassa, der vor nichts zurückschreckte und alles in die Hand nahm, um etwas Neues daraus herzustellen.

Mittlerweile hatten ihre fast 70 Jahre sie allerdings etwas gelassener werden lassen. Die einzigen Leidenschaften, denen sie nach wie vor frönte, waren ihre Fotografien und das Ausbaldowern mysteriöser Fälle, die sich auf Fehmarn ereigneten und bei denen sie ihre Kamera als Tarnung nutzte. Für tolle Bilder und tolle Geschichten überquerte sie nach wie vor mit ihrem museumsreifen roten Hollandfahrrad die Insel. Und ganz nebenbei erfuhr sie vieles über gerade aktuelle Todesfälle, die auf der Insel stattgefunden hatten und selbst von der örtlichen Polizei nicht wirklich zu durchschauen waren. Es weckte ihren Instinkt, und schon war sie auf ihrem Fahrrad mit der Kamera unterwegs. Sie war also genaugenommen eine Art *Miss Marple* von Fehmarn. So jedenfalls nannten sie Freunde, wenn sie wieder einmal begeistert von Ungereimtheiten erzählte, die sie aufgedeckt hatte. Sie wurde belächelt, aber es machte sie glücklich, und das allein zählte. Katrin amüsierte sich immer wieder köstlich und war neugierig, wenn Tantchen mit einem neuen Fall aufwarten konnte. *Du bist schon eine verrückte Nudel.*

Katrin lächelte versonnen, hielt den Emaillekessel unter den Wasserhahn, füllte ihn mit Wasser und setzte ihn auf die sich langsam aufheizende Herdplatte. In Gedanken versunken nahm sie einen Teepott aus dem uralten Küchenschrank, zupfte frische Minzeblätter aus einem Topf, der auf der Fensterbank stand, und befüllte ein Teesieb. »Herrlich, wie das riecht. Vielleicht geht es mir hiernach wieder besser.« Die Übelkeit hatte zwar merklich nachgelassen, aber sie war immer noch präsent. *Wahrscheinlich die Aufregung der letzten Tage.*

Verträumt schaute sie aus dem Küchenfenster. *Was ist das denn für ein Kauz?* Sie beobachtete den dickbäuchigen Mann, der mit Mantel und Schal bekleidet auf dem Deich stand und das Haus fotografierte. *Wieder einer, der von Tantchens Haus verzaubert ist.* Nahezu pausenlos spazierten fremde Leute am Grundstück vorbei, um zum Leuchtturm oder zur Brücke zu gelangen. Blieben staunend vor dem alten Haus mit dem Reetdach und den kleinen blaugestrichenen Butzenfenstern stehen. Charlotte sagte dann oft, wenn sie die Touristen durch das Fenster beobachteten: »Ich stell bald eine Kasse am Eingang auf und kassier Glotzgeld. Mein Haus ist anscheinend interessanter als die Brücke. Ansonsten käme wohl keiner auf die Idee, hier dauernd rumzuknipsen.« Sie unterstrich ihre Anmerkung mit schallendem Gelächter, stellte sich, die Arme in die Hüften gestemmt, breitbeinig hin und schüttelte vielsagend den Kopf. Dann machte sie sich wieder an ihre Beschäftigungen. Sie war abgeklärt genug, um den Neugierigen nicht viel Beachtung zu schenken. Sie wusste sehr wohl, welchen Reiz ihr Haus auf Menschen ausübte.

Katrin nervte es. Ein greller Blitz aus der Kamera drang durchs Küchenfenster. »Jetzt kommt der auch noch aufs Grundstück. Jetzt reicht's!« Wütend stellte die 27-Jährige den Herd aus, zog den Kessel von der Platte und stapfte aufgebracht durch den Flur. Sie riss die Haustür auf und rief. »He, was wollen Sie? Das ist Privatbesitz!« Der Mann fuhr erschreckt herum und sah die wütend dreinschauende junge Frau an. Mit einem derart unfreundlichen verbalen Angriff hatte er, da er sich allein wähnte, nicht gerechnet. »Entschuldigung, ich wollte nicht stören«, stotterte er überrumpelt. »Matthinsen, ich muss zu Frau Hagedorn.« Er reichte ihr die Hand, die Katrin demonstrativ übersah. »Was wollen Sie? Meine Tante ist nicht da«, sagte sie nur und verschränkte die Arme vor der Brust. »Ich muss persönlich mit ihr sprechen, geht das?« Der Makler räusperte sich, kam einen Schritt auf die Eingangsstufen zu. »Nee, sie ist nicht da, und es wird auch noch eine Weile dauern, bis sie wiederkommt. Nicht vor nächster Woche. Wie war der Name?« Katrin presste ihre Lippen zusammen, sah ihn herausfordernd an.

Der Immobilienmakler wusste, dass er im Moment

keine Chance hatte, vorgelassen zu werden. »Na, lassen Sie mal, ich melde mich nächste Woche noch mal bei ihr. Matthinsen mein Name«, sagte er trocken, machte auf dem Absatz kehrt und verließ unverrichteter Dinge das Grundstück. Immer wieder drehte er sich um, schlug wütend den wehenden Schal zurück und stemmte sich gegen die Böen. »So ein Mist, die Alte hat Verwandte. Ich hoffe, die verschwindet bald wieder. Das hatte ich mir erheblich einfacher vorgestellt. Und ich dachte, die lebt hier allein.« Seine Worte verhallten ungehört im Wind.

Katrin schlug die Tür zu, füllte grummelnd den Teebecher mit heißem Wasser und setzte sich im Wohnzimmer auf das Sofa. »Der spinnt wohl. Was der von Charlotte will? Mmh, das krieg ich noch raus.« Sie sog warme Luft durch die Nase ein und spürte, wie ihr Körper sich langsam entspannte. Dann blickte sie aus dem Fenster, vor dem die Blätter aufgeregt hin und her wirbelten, knarrende Äste sich zornig verbogen. Es dämmerte. Katrin zog die Beine auf die Couch, schlug die Decke über ihren müden Körper und trank schlürfend ihren Minztee. Das Knistern im Ofen beruhigte sie, und sie freute sich auf morgen, auf Sven. Zehn Minuten später war der Becher leer, und Katrin schlief erschöpft ein, während draußen der Wind ums Haus stürmte.

DIENSTAG

Ein plötzlicher, lauter Knall ließ Katrin vom Sofa hoch-
schrecken. »Was ist? Wer ist da?« Sie bemerkte, dass sie
die gesamte Nacht auf der Couch im Wohnzimmer verbracht hatte, rieb sich die Augen, gähnte, zog die Decke
vom Körper und schmiss sie neben sich auf den Sitz.
»Aufstehen, du Fauljack. Brr, ist das kalt!« Die verbeulte
Leuchtturmlampe, die Katrin wieder auf die runde Säule
gestellt hatte, brannte noch. Sie erinnerte sich an die
ulkige Geschichte der Lampe, war traurig, dass sie nun
so beschädigt war. »Vielleicht kann man sie ja noch reparieren.« Ausgeruht schwang sie die Beine auf den Boden
und stand auf. »Was war das für ein Krawall?« Beunruhigt ging sie zum Fenster und schaute nach draußen.
»Nichts.« Anscheinend war die Seitentür der Garage
gegen die Mauer gekracht. Sie war nicht verschlossen
und bewegte sich unkontrolliert im Wind. *Ich muss gestern vergessen haben, sie richtig zuzumachen.* Ein Blick
zur Uhr ließ sie aufschrecken. »Gleich acht. Ich muss
mich beeilen, sonst komme ich zu spät.«

Es wehte nach wie vor, und der Regen schien nichts
anderes zu tun zu haben, als sich über Fehmarn auszu-
schütten. »Trübe Aussichten. Bestimmt sechs Windstärken, wenn nicht mehr.« Murmelnd legte sie die Decke
zusammen und ging ins Badezimmer im ersten Stock.
Der Regen trommelte an die Fenster und vermittelte ihr
ein Gefühl von Geborgenheit. Sie liebte es, den Tropfen zuzuhören, wenn sie auf die schrägen Dachfenster

klatschten. Manchmal klang es wie eine Melodie in ihren Ohren.

Katrin stand vor dem Spiegel und machte Fratzen, währen sie Zahnpasta auf die Bürste quetschte. Akribisch rotierten die Borsten über ihre perlweißen Zähne, bis sie der Meinung war, dass sie sich glatt anfühlten. Schlüpfte aus Jeans und Strickpullover, die sie seit gestern trug, warf mit spitzen Fingern alles auf einen Haufen. In freudiger Erwartung stellte sie die Dusche an, streckte ihren Zeh unter das laufende Wasser und wartete, bis es die richtige Temperatur hatte. Anschließend stellte sie sich unter die Brause. Das Wasser perlte wie ein wohliger warmer Sommerregen über ihren nackten Körper. Der Dampf legte sich auf die Glasscheiben der Dusche und hüllte sie ein. Katrin schloss die Augen und versuchte, alle Gedanken der letzten Tage abzuspülen. Erfrischt öffnete sie die Glastür und trat auf die weiße flauschige Badematte vor der Dusche. Schnappte sich ein Badehandtuch vom Haken an der Badezimmertür und schlang es um ihren schlanken Körper. Mit einer Hand öffnete sie das Fenster einen Spalt, sodass der Dunst im Raum nach draußen ziehen konnte.

»Boah, ist das kalt«, rief sie und beeilte sich, in ihr Zimmer zu kommen. Das schönste im Haus. Charlotte hatte ihretwegen sogar Wände entfernen und eine Loggia vorbauen lassen, die den Blick auf den Sund freigab. Katrin sollte sich wohlfühlen, wenn sie ihre Tante besuchte. Und insgeheim hatte sie immer gehofft, dass ihre Nichte vielleicht doch irgendwann zu ihr zog, obwohl Katrin ein ausgefülltes Leben in Hamburg besaß.

Dass die Würfel nun plötzlich anders fielen als gedacht, hätte Katrin nicht einmal zu träumen gewagt. Aber um welchen Preis? Katrin öffnete ihre Tasche, die auf dem komfortablen Bett stand, zog Unterwäsche, Socken, schwarze Jeans und ein weißes T-Shirt heraus und schlüpfte eilig hinein. *Da fühlt man sich doch gleich wie ein neuer Mensch.* Als sie allerdings ihre Jeans schließen wollte, erschrak sie. *In der Hose hätte ja locker noch ein Zweiter Platz.* Jetzt erst wurde ihr klar, dass sie in den letzten Tagen außer Tee so gut wie nichts zu sich genommen hatte. Die Hose schlotterte um ihre schmalen Hüften. »Wird schon wieder. Jetzt erstmal einen schönen heißen Kaffee und ein Brot, dann sieht die Welt doch schon wieder anders aus. Ja, so mach ich das.« Sie nickte und drehte sich zu lautloser Musik im Kreis. Der Dielenboden schwang federnd unter ihren besockten Füßen. Seit Tagen war es das erste Mal, dass sie Erleichterung spürte.

Sie sprang zwei Stufen auf einmal hinunter, ging in die Küche und stellte die Kaffeemaschine an. Öffnete die Tür des antiken Küchenschranks und sah nach, ob noch Brot im Korb lag. »Leer. So 'n Schiet.« Ihre Mundwinkel bewegten sich enttäuscht nach unten. Der Blick in den Kühlschrank ließ Katrin ebenfalls nicht in Hochstimmung geraten. »Ich glaub, ich muss nachher einkaufen, wenn ich nicht verhungern will.« Wenige Minuten später zog Kaffeearoma durchs ganze Haus. »Ach, Tantchen, du fehlst an allen Ecken und Enden.« Katrin fiel augenblicklich in ihre Traurigkeit zurück, wurde sich schlagartig der prekären Lage bewusst, in der sich ihre Tante und sie befanden. »Papperlapapp. Nicht drüber nachdenken.« Sie goss sich Kaffee in eine Tasse, gab den jämmerlichen Rest der Milch dazu. Für ein paar Minuten blickte sie, lässig an den Fensterrahmen gelehnt, aus dem Küchenfenster zum Minileuchtturm von Strukkamp.

Bekam Tantchen nicht auch das Fehmarnsche Tage-blatt? Sie ging zur Haustür, öffnete, steckte den Kopf um die Ecke und sah nach dem Briefkasten. Aber da war kein Briefkasten. Sie schlug sich die flache Hand gegen die Stirn. »Wie blöd!« Sie wusste, dass die Postkästen etwa 200 Meter vom Grundstück entfernt in Reih und Glied angebracht waren. Jeder der Hausbesitzer musste selbst dafür sorgen, dass seine Post ins Haus kam. Sie hatte es vergessen. »Wie dumm! Kann ich eigentlich mitnehmen, wenn ich zur Arbeit fahre«, sprach sie zu sich und schloss die Tür. Sie sah auf ihre Armbanduhr. »Jetzt hab ich ja noch richtig Zeit. Ich glaub, ich lauf gleich noch mal zum Leuchtturm, das wird mir guttun.«

Nachdem sie ihren Becher geleert hatte, schlüpfte sie in ihre braunen Lederboots, streifte den Parka über und ver-ließ das Haus. Es hatte wenigstens aufgehört zu regnen. Auf dem Deich keine Menschenseele. Nach nicht einmal fünf Minuten erreichte Katrin den gerade mal fünf Meter hohen Leuchtturm. Das Leuchtfeuer blinkte in akkurater Signalkennung über den Sund. Warf kleine Lichtblitze auf das nicht viel größere Leuchtturmwärterhäuschen. *Hier möchte ich nicht wohnen. Jeder starrt einem auf den Tel-ler. Von Sonnenbaden mal ganz abgesehen. Nee, da hab ich es doch wirklich um Längen besser!* Katrin stapfte einmal um das Grundstück und spähte wie ein neugieri-ger Tourist durch die Stäbe des mindestens zwei Meter hohen Zauns. Sie wusste, dass das Häuschen im Herbst und Winter nicht bewohnt war. »Das ist ja cool, das muss ich Charlotte unbedingt erzählen. Tolles Bild!« Begeis-tert klatschte sie in die Hände. Sie hatte durch die Gitter-stäbe ein tolles Motiv entdeckt und wollte es unbedingt ihrer Tante präsentieren, wenn sie wieder zu Hause war.

Die Brücke und der kleine Leuchtturm waren nebeneinander durch die Gitterstäbe zu erkennen. Was Katrin so auf einem Foto noch nicht gesehen hatte. »Tolle Perspektive«, freute sie sich. »Schade, dass ich keine Kamera dabei habe.«

Die Kälte krabbelte ihr über den Nacken, und Katrin fing an zu frösteln. Sie zerrte den Kragen enger zusammen, nahm die Finger vom Zaun und stakste wieder zurück auf den Deich. *Ich sollte zurückgehen, sonst erkälte ich mich auch noch. Bei meiner lädierten Konstitution ...* Katrin zog die Kapuze über den Kopf und schlenderte, vom Wind angeschoben, zurück zum Haus. Sprang die Stufen hoch, um sich mit einem Handgriff zu versichern, dass die Tür richtig verschlossen war. Entspannt ging sie Richtung Parkplatz. Nach 150 Metern sah Katrin die fünf aneinandergereihten grauen windschiefen Briefkästen, auf denen fast alle Namen fehlten. Allerdings erkannte sie von Weitem anhand des überquellenden Behälters den ihrer Tante sofort. Post und Zeitungen drohten in Kürze aus der schmalen Öffnung herauszufallen. Als Katrin die Kästen erreichte, zerrte sie die feuchten Zeitungen der letzten Tage heraus, öffnete die Klappe und entnahm die Post. Dann lief sie zum Wagen, stieg ein und fuhr nach Katharinenhof.

Markus Beiländer stand mit verschränkten Armen am Fenster des Restaurants und hielt nach Katrins Wagen Ausschau. *Ich muss was tun, sonst passiert noch mehr. Dieses Monster hat irgendwas Böses im Hirn. Das muss ich verhindern.* Nervös trat er von einem Fuß auf den anderen. Er versuchte, sich noch einmal das Telefongespräch, das er gestern Abend mit einem Mitarbeiter der

Wohngruppe in Berlin geführt hatte, ins Gedächtnis zu rufen. Seine Nachforschungen hatten ergeben, dass die von ihm gesuchte Person vor Jahren in eine psychiatrische Klinik eingewiesen wurde. Wie lange das genau her war, konnte – oder wollte – der ihm allerdings nicht mitteilen. »Sie verstehen, Schweigepflicht. Da müssen Sie sich anderweitig schlaumachen.«

Genau das hatte Markus getan. Er gab den Namen der von ihm gesuchten Person in den Computer ein, und innerhalb kürzester Zeit bekam er die erhofften Informationen: »Misslungener Mordversuch an einer alten, wohlhabenden Frau in Timmendorf. Bevor Schlimmeres passieren konnte, wurde der Täter vom Neffen des Opfers überrascht, überwältigt und der Polizei übergeben. Im folgenden Gerichtsverfahren wurde eine psychische Erkrankung festgestellt und der Täter in eine psychiatrische Klinik eingewiesen.« Weitere Details fand er nicht. »Ich hab's doch gewusst! Ich muss was tun!«

In diesem Moment rollte Katrins Leihwagen auf den Parkplatz, und Markus beobachtete, wie sie ausstieg. *Sie ist so hübsch.* In Gedanken versunken ließ er die Arme sinken und hielt ihr die Tür auf. »Brr. Ja, lass mich rein. Der Wind haut mich sonst über die Klippe.« Markus kam ein verlegenes Lächeln über seine blassen Lippen. »Na, bei deiner Figur könnte das glatt passieren«, neckte er sie und zeichnete andeutungsweise ihre schmale Silhouette mit den Händen nach. Katrin sah erstaunt in seine Richtung. So kannte sie ihn nicht. Auch wenn er mit ihr mehr sprach als mit den anderen. Derart locker hatte sie ihn noch nie erlebt. »Ach, schon gut, das wird auch wieder mehr werden«, feixte sie zurück. »Nun lass mich aber erst mal rein.« Katrin drängte sich an ihm vorbei durch die Tür, die mit einem Ruck wieder ins Schloss fiel. Sie wedelte mit der Hand die Regentropfen von ihrer Jacke und schlug die Kapuze zurück.

Der Regen peitschte wieder einmal gegen die Fensterscheiben, aber diesmal hörte es sich an, als trommelte jemand unbeherrscht auf einem Schlagzeug herum. »Ich glaub nicht, dass heute viele Gäste kommen«, sagte Markus, fuhr sich mit der Zunge über seine trockenen Lippen und schlich hinter Katrin in den Personalraum. »Nö, ich auch nicht. Da haben wir ja jede Menge Zeit, uns mal zu unterhalten, oder?« Katrin wollte die Gunst der Stunde nutzen und den sonst wortkargen Markus aus der Reserve locken. Sie schob die Tür eines leeren Spindes auf, verstaute Jacke und Ledertasche. Zog ihre Boots aus und schlüpfte in schwarze Collegeschuhe, die sie vorher aus ihrer Tasche gezogen und auf den Boden gestellt hatte. »Schick siehst du aus, wenn ich das sagen darf«, stotterte Markus, der unbeholfen mit verschränkten Armen in der Tür stand. Eine ungewohnte Röte, die ihm offensichtlich peinlich war, verteilte sich über seine sonst eher bleichen Wangen. Nervös fuhr er sich mit den Fingern durch die Haare und schob sie hinter die Ohren. »Danke«, sagte Katrin kopfschüttelnd. Dass er zu solchen Gefühlsausbrüchen fähig war, hätte sie nie im Leben für möglich gehalten. Normalerweise sprach er nur das Nötigste mit den Kollegen, und auch Katrin hatte eigentlich immer das Gefühl, dass sie ihm egal war. Irgendetwas schien ihn verändert zu haben, seit sie sich im Sommer das letzte Mal gesehen hatten.

Es war kurz vor elf. Die angestellte Kellnerin des *Küstenblicks* war damit beschäftigt, kleine Reinigungsarbeiten zu erledigen. Nicht, ohne Katrin und Markus, die einträchtig am Fenster standen, neugierig im Auge zu behalten. »Kein Auto verirrt sich bei dem Wetter hierher, das sag ich dir.« Markus schaute auf die graue Ostsee. »Keine Chance. Alles grau. Das wird 'ne langweilige Angelegenheit«, bemerkte er und seufzte. »Wenn das mit dem Wetter so weitergeht, kann ich eigentlich auch zu Hause bleiben und mich um meine Tante kümmern«, antwortete Katrin und nickte bestätigend mit dem Kopf, als sie auf die dunkle Wolkendecke starrte und gelangweilt die Hände in die Hosentaschen steckte. »Außerdem hätte ich noch 'ne Menge zu klären, wenn ich ganz hierbleiben sollte. Dann habt ihr mich übrigens immer am Hals.« Katrin lachte. Markus wurde blass. »Wie, du bleibst hier? Ist was mit deiner Tante?« Er drehte sich zu Katrin und sah sie fragend an. »Eigentlich wollte ich nicht darüber reden. Wollte dich ja nur ein bisschen ausquetschen, wenn du verstehst …« Sie stupste ihn freundschaftlich in die Seite. »Wenn ich dir jetzt aber etwas erzähle, musst du es für dich behalten. Keiner soll wissen, was passiert ist. Wird schon genug getratscht hier.« Katrin hielt sich den Finger über ihre Lippen. Markus sah sie kopfnickend an. »Ich sag nichts, versprochen. Du kennst mich doch. Mit wem, bitte schön, sollte ich hier auch reden?« Beschwörend streckte er zwei Finger zum Schwur in die Luft. »Meine … meine Tante ist in ihrem Haus überfallen worden und liegt im Krankenhaus. Aber Gott sei Dank hat sie es überlebt. Sie hat riesiges Glück gehabt.« Markus sah Katrin von der Seite an, als sie weitersprach. »Überhaupt geschehen im Moment eigenartige Dinge. Alles nicht wirklich toll.« Markus nickte, als wüsste er Bescheid, und drängte Katrin, sich auf einen Stuhl am Fenster zu setzen. Er setzte sich ihr gegenüber. »Wie ist das mit deiner Tante passiert? Und was heißt merkwürdige Dinge?« Wie ein guter Freund legte er Katrin die Hand auf die Schulter. »Aber du musst mir versprechen, es niemandem zu erzählen, bitte.« »Geht schon klar.«

Die junge Frau war selbst erstaunt, wie freimütig sie Markus von den Ereignissen der letzten Tage erzählte. Es war, als sprudelte alles Traurige, Schockierende nur so aus ihr heraus. Es tat gut, sich einem eigentlich Fremden zu öffnen, sich nach Tagen endlich einmal alles von der Seele reden zu können.

Nachdem sie ihm ihr Herz ausgeschüttet hatte, stand Markus auf und legte ihr noch einmal wie ein alter Freund die Hand auf die Schulter. »Das wird alles wieder gut, glaub mir. Wenn du Hilfe brauchst, ich bin für dich da«, sagte er fest entschlossen. »Und das meine ich auch so.« Markus schaute aus dem Fenster und fasste einen gefährlichen Entschluss. Er würde Charlotte Hagedorns Angreifer zwingen, endgültig von der Insel zu verschwinden. Und Katrin nicht mehr aus den Augen lassen, bis das erledigt war. Ohne den Blick zu wenden, sagte er: »Bleib mal hier bei uns. Im Haus grübelst du doch nur den ganzen Tag. Hier bist du wenigstens abgelenkt. Auch ohne dass hier busseweise die Leute rangekarrt werden.« Alles andere würde seinen ausgetüftelten Plan mit den gemeinsamen Arbeitszeiten durchkreuzen. Er drehte sich um, lächelte und fragte. »Kaffee? Sag ja, dann habe ich wenigstens was zu tun. Die in der Küche bohren wahrscheinlich eh nur in der Nase.« Katrin nickte erleichtert mit dem Kopf. Die Kellnerin hatte sich bereits in die Küche verzogen. *Es tut gut, einen Vertrauten zu haben. Es ist so schade, dass Sven nicht …*

In diesem Moment fasste auch sie eine mutige Entscheidung. Gleich nach Feierabend würde sie zu Charlotte fahren, um ihr mitzuteilen, dass sie endgültig ihre Zelte in Hamburg abbrechen würde. Und sie würde sich mit Sven aussprechen. So ging es einfach nicht weiter mit ihnen. Schließlich lag ihr noch immer sehr viel an ihm. Markus kam mit dem dampfenden Kaffee aus der Küche und sie machten sich daran, nebenbei die Regale zu putzen.

Der Tag verlief genauso schleppend, wie vermutet. Kurz nach 18 Uhr verließen die beiden gemeinsam den *Küstenblick*. Katrin verabschiedete sich von Markus, stieg in ihren Golf und fuhr Richtung Krankenhaus. In einer Stunde wollte sie Sven treffen. Markus stieg ebenfalls in seinen Wagen. Allerdings hatte er ein anderes Ziel.

Leise klopfte Katrin an die Tür des Krankenzimmers, bevor sie öffnete. »Herein.« »Na, das klingt doch schon viel besser. Hallo, Tantchen.« Katrin ging an das Bett und hauchte ihrer Tante einen sanften Kuss auf die blaugrüne Wange, die sich langsam gelblich verfärbte. »Ja, mir geht es auch schon viel besser. Ich glaube, ich kann Sonntag nach Hause.« »Na, das ist ja mal ein Wort!« Katrin zog ihren Parka aus, warf ihn über die Stuhllehne und setzte sich auf die Bettkante. »Ich hab dir aber jetzt keine Blumen mitgebracht. Die Läden waren schon geschlossen. Aber ich habe etwas anderes für dich, das ist viel besser als jeder Blumenstrauß.« Charlotte Hagedorn zog die Augenbrauen zusammen. »Was ist denn so aufregend, dass du grinst wie ein Honigkuchenpferd?« »Also, Tantchen: Ich … ich zieh nach Fehmarn. Also ganz … also, ich meine, für immer. Wenn du mich denn immer noch willst?« Jetzt war es raus. Es gab kein Zurück mehr. Katrin sah ihre Tante fragend an und nickte trotzig mit dem

Kopf, als müsste sie ihre Ankündigung unterstreichen. »Das ist ja großartig!«, rief Charlotte, und Freudentränen stiegen ihr in die Augen. »Hast du dir das auch gut überlegt?« Es war, als läge ein großes Fragezeichen über ihrem Gesicht. Die Überraschung war nicht zu übersehen. »Ja, das hab ich. Weißt du, es sind außer deinem Überfall ein paar unheimliche Dinge geschehen, die mich dazu gebracht haben, über einen Umzug nachzudenken. Ich glaube, damit ist uns beiden geholfen. Und irgendetwas stimmt hier nicht. Ich habe mir vorgenommen, der Sache mit deinem Überfall auf den Grund zu gehen. Wer hat dich überfallen? Warum? Das geht mir einfach nicht mehr aus dem Kopf. Wenn das nur ein Einbruch gewesen wäre, dann hätte man dich nicht so zurichten müssen. Ich glaub, da steckt irgendwas anderes dahinter.«

Katrin stand auf, verschränkte die Hände auf dem Rücken und sah ihre Tante grübelnd an. Die bat Katrin, die Rückenlehne des Bettes aufzurichten. »Was beunruhigt dich so? Sag schon, los. Und was ist mit den unheimlichen Dingen, wie du sie nennst? Sag schon.« Katrin holte tief Luft, wartete ein paar Sekunden, dann fing sie an zu erzählen. »Ich hatte auf der Fahrt zu dir einen ziemlich schweren Unfall ...« Geschockt hielt Charlotte sich die Hand vor den Mund. »Oh, Kind. Erzähl!« Katrin berichtete ihrer Tante vom geplatzten Reifen, der Kündigung, von der sie nicht wusste, was dahinter steckte. Sie erzählte vom Treffen und dem Zusammenprall mit Sven und davon, dass sie ihn immer noch sehr gern hatte. »Oh, Kind, wie konnte das alles bloß passieren? Wer steckt dahinter?« »Ich weiß es nicht, aber ich werde es herausbekommen. Mit deiner Hilfe wird mir das gelingen.« Entschlossenheit zeigte sich in ihrem Gesicht. »Und ich werd dir dabei helfen, da kannst du Gift drauf nehmen.« »Nee, lieber nicht«, rief Katrin und hob ihre Hand. Trotzig klopfte Charlotte mit ihrer gesunden Hand auf den Gips.

»Zu Sven kann ich dir jetzt schon sagen, dass ich von Anfang an nicht daran geglaubt habe, dass er dich betrogen haben soll. Richtig vorstellen kann ich mir das beim besten Willen nicht. Vielleicht hat Rabea sich getäuscht.« Sie tippte sich mit dem Finger an die Stirn. »Kind, du musst unbedingt mit ihm reden. Hast du mich verstanden?« »Mach ich, Tantchen. Heute Abend treffen wir uns.« Ein zartes Lächeln umspielte Charlottes Mund. »Mach das mal. Wird schon. Hast du übrigens gesehen, dass die Schläuche abmontiert sind?« Katrin sah sich irritiert um. »Toll. Stimmt, irgendwas fehlte doch da.« Sie musste lachen. »Kannst ja echt langsam nach Hause. Dann gehen wir auf Verbrecherjagd.« »Will ich auch. Am Montag kommt der Notar. Dann regeln wir erst mal das Bürokratische.« »Das musst du nicht. Ich komm nicht zu dir, damit du dein Testament änderst, sondern um uns zwei Hübschen Gutes zu tun.« Charlotte drückte Katrins Hand. »Ich weiß, aber alles soll seine Ordnung haben. Basta! Außerdem, wenn ich mir deine mageren Hände und den Rest ansehe, bist du schneller unter der Erde als ich. Vielleicht solltest du ein Testament machen?« Sie betrachtete grinsend ihre elfengleiche Nichte.

Katrin stand auf und ging zum Fenster. Es war stockdunkel. Entfernt leuchteten die Lichter der vorgelagerten Geschäfte, die bis spät abends ihre Tore geöffnet hielten. Sie drehte sich um, sagte mit finsterer Entschlossenheit: »Ich finde heraus, wer dir das angetan hat, und ich gebe nicht eher auf, bis ich weiß, was das alles zu bedeuten hat.« Sie leckte sich die Finger zum Schwur, legte sie zur Bekräftigung auf ihre Brust. Zog ihre Jacke an, fuhr sich mit der Hand über die glänzenden Haare und schaute auf ihre Tante. *Wie hilflos sie aussieht. Wir kriegen das raus.* »Oh, Tantchen, ich hab dich lieb. Aber ich muss los, du weißt … Sven …« Sie senkte den Kopf und küsste ihre Tante auf den blassen Mund. »Morgen komme ich wieder, versprochen. Bis dann.« Katrin winkte Charlotte zu und verließ das Zimmer. »Tschüss, meine Süße«, hauchte die leise.

Zur gleichen Zeit an einem anderen Ort simmerte ein Topf mit Blättern und Blüten auf dem Herd. Seelenruhig wurde der Kochlöffel durch die grüne Brühe geschwenkt. »Leckerer Tee, wirklich lecker!« Das höhnische Grinsen auf dem Gesicht glich einer Fratze …

Sven saß wie ein aufgeregter Teenager an einem Tisch direkt am Fenster, knetete ungeduldig seine Finger. Die *Qba* lag in der Altstadt von Burg, und man hatte einen erstklassigen Blick auf den Marktplatz. Treffpunkt für coole Leute, die im Sommer draußen saßen und nachts in die benachbarten Discos weiterzogen. Außer ihm saßen zwei knackig aussehende langhaarige Mädchen mit offenherzigen Dekolletees in der Bar am Tresen. Schmachteten den gut aussehenden griechischen Kellner an, der mit entwaffnendem Lächeln einen Cocktail mixte. Sven musste grinsen. Er hob sein Glas, prostete zwinkernd dem Kellner zu, trank einen Schluck Caipirinha, als Katrin die wenigen Holzstufen zur Terrasse heraufgelaufen kam. Der Wind hatte ihr die Kapuze vom Kopf geweht, und ihre Haare klebten in nassen Strähnen im Gesicht.

Prustend kam sie durch die gläserne Tür, ging auf Sven zu, der unruhig die Hände auf seinen Oberschenkeln rieb. Katrin liebte die moderne In-Kneipe und die Leute, die am Wochenende normalerweise zuhauf den Laden bevölkerten. Der Kellner, der gleichzeitig der Besitzer des Lokals war, kam geschäftig hinter Katrin her, lächelte wie ein griechischer Adonis. »He, schön, dass du mal wieder da bist. Was kann ich dir bringen?« Sie sah ihn an, legte den Parka neben sich auf den Stuhl, zeigte auf das Getränk von Sven und sagte:»Dasselbe«, während sie sich ihrem Exfreund gegenübersetzte. »Hallo. Bist du schon lange da?« »Nö, vielleicht zehn Minuten.« Unsicherheit lag in seinem Blick. *Sie ist noch hübscher geworden. Nur eindeutig zu dünn.* »Möchtest du was essen?« Er zeigte demonstrativ auf die Karte, die in einem silberfarbenen Ständer steckte. »Nee, ich hab im Restaurant gegessen.« »Wie, im Restaurant? Arbeitest du wieder im *Küstenblick*?« »Ja, aber ist auch nicht wichtig.« Der schwarzhaarige attraktive Mann brachte ihr Getränk, blinzelte ihr frech zu und eilte hinter seinen Tresen zurück. Die jungen Frauen auf ihren Hockern kicherten.

»Sag mal, wie geht es dir eigentlich?«, versuchte sie, die Stimmung aufzulockern. »Gut«, Sven schluckte, »und dir?« »Wenn du auf die letzten Monate anspielst … Wie soll es mir schon gehen? Hab zurzeit ziemlich viel Mist an der Backe. Das solltest du ja wissen«, sagte sie zynisch. »Wie meinst du das?«, hakte er nach. »Na, das weißt du doch wohl am besten!« Katrins Stimme wurde rau. »Meinst du, das Theater mit dir ist spurlos an mir vorbeigegangen?« Katrin stellte ihr Glas so heftig auf den Tisch, dass die beiden Mädchen am Tresen neugierig ihre Köpfe drehten. »Welches Theater? Du bist doch abgehauen und hast mich wie einen Trottel dastehen lassen.« Svens Augen verengten sich zu schmalen Schlitzen. »Ich? Du spinnst wohl!« Katrin sprang von ihrem Stuhl auf. »Du hast mit dieser Schlampe rumgemacht, nicht ich.« Sven prustete seinen Caipi verstört in ihre Richtung. »Spinnst du? Mit wem hab ich rumgemacht?« »Rabea hat euch gesehen. Du hast mit irgendeiner Bitch im Hauseingang gestanden. Ihr habt euch abgeschleckt wie Kühe auf der Weide, und wer weiß, was ihr sonst noch getrieben habt.« Katrins Stimme überschlug sich. Ihr war es egal, ob die beiden Grazien am Tresen von der Unterhaltung etwas mitbekamen.

»Du bist doch nicht ganz dicht! Gar nichts hab ich gemacht.« Svens Stuhl kippte hintenüber, als er aufsprang und sich wütend mit dem Finger an die Stirn tippte. Seine Stimme wurde gefährlich ruhig, als er Katrins Schulter anstieß. »Ich weiß nicht, was die blöde Kuh dir erzählt hat, aber eines sag ich dir: alles gelogen! Ich hab dich nicht ein einziges Mal betrogen. Nie, nie und nimmer.« Sven sah ihr wütend in die Augen und leerte das Glas mit einem Zug. »Fass mich nicht an!«, schrie Katrin und kippte ihm ihr Getränk ins Gesicht, als sie seine Hand abschüttelte. »Du bist doch nicht ganz dicht. Es war sinnlos, mit dir reden zu wollen. Lass mich in Zukunft in Ruhe. Und ich dachte, wir könnten uns endlich aussprechen.« »Aber das will ich doch auch. Was glaubst du denn, warum ich hier bin.« »Weißt du was, gib mir die Rechnung von deinem verdammten Board, und dann ist gut. Ich hab echt die Schnauze voll.« Katrin schnappte mit hochrotem Kopf ihre Jacke und verließ fluchtartig die Kneipe.

»Katrin! Bleib da …«

Markus fuhr zu seiner Wohnung, duschte und wechselte in kürzester Zeit die Klamotten. Er zog wie ein gehetztes

Tier mehrere Pullover übereinander und riss den gefütterten Bundeswehrparka vom Haken. *Das muss reichen!* Er nickte seinem Spiegelbild im mit Flecken übersäten Spiegel zu, der im schwach beleuchteten Flur hing. Zwängte sich in seine Stiefel, stülpte eine schwarze Wollmütze über die Ohren, verließ, ohne einen Blick zurückzuwerfen, mit Rucksack und Schlafsack die Wohnung.

»Wie ich diesen Weg hasse«, schimpfte er, nachdem er seinen Wagen in die dunkelste Ecke des Parkplatzes verfrachtet hatte, damit Katrin ihn nicht entdecken konnte. Angespannt schlich er mit einer neu gekauften Taschenlampe den Trampelpfad entlang. Das Licht in seiner Hand flackerte dieses Mal nicht. Markus hatte die Lampe heute Morgen vor der Arbeit in einem Baumarkt besorgt. Er stolperte durch das Gras, spürte den Regen, der ihm kalt ins Gesicht peitschte. *Na, da hab ich mir genau die richtigen Tage ausgesucht, um den Beschützer zu spielen.* Markus leuchtete auf seine Uhr. Neun. *Hoffentlich kommt sie auch und schläft nicht bei dem Penner.* Katrin hatte ihm beiläufig erzählt, dass sie sich mit Sven treffen wollte, was ihm überhaupt nicht behagte. Und dass sie plante, spätestens um 9 Uhr wieder zu Hause zu sein. Als er das Haus erreichte, war alles stockdunkel. *Sie ist noch nicht da.* Markus zwängte sich durch die Gartenpforte und huschte ins dichte Gestrüpp, das ihm noch vom letzten Ausflug in schlechter Erinnerung geblieben war. *Aber zuerst muss ich noch etwas erledigen.* »Irgendwo hier liegt der verdammte Ast. Ich muss ihn finden«, murmelte er die Worte wie eine Beschwörungsformel.

Das Licht der Lampe erhellte den Boden und warf lange Schatten, während er den Grund absuchte. Er hatte Angst vor jeder Bewegung, vor jedem knackenden Geräusch der

Äste. Es dauerte nicht lange, dann fand er das Holzstück unter einem Busch. »Sag ich doch.« Markus zerrte eine Plastiktüte aus dem Rucksack, steckte die Hand hinein und griff nach dem Ast. Vorsichtig zog er ihn heraus, stülpte die Tüte darüber und steckte ihn in seinen Rucksack. »Wer weiß, wofür das noch gut ist.« Markus war froh, dass die Polizei den Ast nicht gefunden hatte, und verzog sich auf seinen geschützten Platz in der hintersten Ecke des Gartens. Es regnete nicht einmal durch, so dicht waren die Zweige zusammengewachsen. Markus rollte seinen Schlafsack auf, legte ihn auf den Boden. Er griff nach dem Fernglas, das er sicherheitshalber eingesteckt hatte, und drückte die Zweige auseinander, um einen Blick auf das Fenster zu bekommen. Plötzlich hörte er Schritte. *Katrin!*

»Dieser blöde Kerl. Was bildet der sich bloß ein. Der kann mich mal kreuzweise!« Katrin schimpfte wie ein Waschweib bei der Arbeit, als sie im Dunkeln den Weg entlangstolperte. »Wieso sind hier eigentlich keine Laternen? Verdammter Mist!« Wenig später erreichte sie das verrostete Gartentor. »Ich hätte wenigstens das Außenlicht anschalten können. Blöd.« Mit kalten Fingern zog sie den Schlüsselbund aus der Jackentasche, versuchte mehrmals, mit dem Schlüssel das Schloss zu treffen. »Endlich.« Sie öffnete die Tür und betätigte den Lichtschalter, der sich gleich neben der Tür zum Treppenaufgang befand. Ein Kronleuchter verteilte funkelnde Helligkeit im geräumigen Flur. Erleichtert schloss sie die Eingangstür hinter sich und schälte sich aus der durchnässten Jacke. »Hoffentlich werde ich jetzt nicht auch noch krank.«

Katrin streifte, enttäuscht über den Ausgang des Gesprächs, die Schuhe ab, stellte sie gegen den warmen Heizkörper und lief auf Socken ins Wohnzimmer. Sie schaltete die verbeulte Lampe auf dem Sockel an. Legte Zeitungen und Briefe, die sie sich unter den Arm geklemmt hatte, auf den Tisch, der vor den Sofas auf einem flauschigen Teppich stand. Schlecht gelaunt ging sie in den Flur und holte ihre Ledertasche, in der sich die auf dem Rückweg eingekauften Lebensmittel befanden. Nachdenklich leerte sie die Tasche in der Küche aus. *Zumindest gibt es morgen früh frisches Brot.* Katrin nahm den Laib in die Hand, der einen herrlichen Duft verbreitete. Sie sog ihn gierig in sich auf. »Ich hab einen Bärenhunger«, sagte sie, legte das Brot auf ein Brett, schnitt sich mit einem Sägemesser den Knust und eine weitere dicke Scheibe ab. Voller Heißhunger bestrich sie das Brot mit Butter und streute ein wenig Salz darüber. Dann nahm sie das Brett in die Hand, löschte das Licht und ging zurück ins Wohnzimmer.

Den Ofen anzumachen, lohnt sich wohl nicht mehr. Stattdessen ging sie zum Heizkörper, der neben dem Fenster angebracht war, und drehte am Regler. Sie zündete die Kerze auf dem Tisch an, zog eine Flasche Rotwein aus dem seitlich am Tisch befindlichen Weinregal, öffnete sie und füllte das Glas mit dem dunkelroten Rebensaft. Sie stutzte. Ein Blatt Papier lag am Boden vor dem grazilen Schreibtisch, der einen herrlichen Platz vor dem Fenster gefunden hatte. Katrin schwang sich hoch, bückte sich und hob das leere Blatt auf. Die linke Tür des Schreibtischs stand einen Spalt offen. Katrin war sich sicher, dass sie heute Morgen, bevor sie losgefahren war, alles aufgeräumt und ordentlich verschlossen zurückgelassen hatte. Irgendjemand war hier gewesen. Die Ruhe, die sich gerade in ihr breitgemacht hatte, war schlagartig verflogen.

Katrin erschauerte. Der Regen prasselte gegen die Scheibe, und sie hatte das Gefühl, als ergreife eine eiskalte Hand ihren Nacken. Plötzlich knarrte die Treppenstufe. *Das bilde ich mir doch alles nur ein!* »Ist da jemand?«, rief sie ängstlich, hoffte, dass sie sich geirrt hatte. Katrin fing trotz der Wärme im Zimmer an zu zittern. »Da ist doch jemand!« Sie versuchte, die Angst zu überspielen, indem sie übertrieben laut pfeifend auf die Diele zuging. Vorsichtig schielte sie zur Tür, schnellte mit der Hand nach vorn und drückte auf den Lichtschalter. »Nichts … da ist nichts. Werd ich jetzt schon verrückt?«, sprach sie mit sich selbst. Erleichtert huschte sie zurück ins Wohnzimmer, ohne das Licht im Flur jedoch wieder zu löschen.

Sie zog angespannt ihr Handy aus der Hosentasche und wählte die Nummer von Sven. »Hallo, Sven.« Spontan drückte sie den roten Knopf. *Nein, der nicht. Ich mach mich doch nicht zum kompletten Idioten!* Katrin wollte sich wehren. Sie ließ sich nicht vertreiben. Lautlos schnappte sie nach dem Schürhaken, der in einem Metallgestell steckte, hielt ihn sich vor die Brust und wartete. Sie traute sich nicht, das Wohnzimmer zu verlassen, und lauschte. Angst beschlich sie, während der Wind ums Haus fegte und den Regen gegen die Scheibe prasseln ließ. Überall Geräusche, die sie nicht zuordnen konnte, von denen aber eine Gefahr auszugehen schien. Dass die Haustür leise zugezogen wurde, hörte sie nicht.

Nach etlichen Minuten des Wartens schalt sie sich eine dumme Kuh und steckte den Haken zurück in den Ständer. »Jetzt dreh ich doch wohl schon völlig durch!« Kopfschüttelnd setzte sie sich, nahm die Flasche in die Hand und ließ den Wein wie eine Süchtige ihre Kehle hinunterlaufen, bis sie sich verschluckte und husten musste.

»Reine Druckbetankung«, nannte Sven das, wenn er die Flasche Havanna an feucht-fröhlichen Abenden mit seinem Kumpel Sascha ansetzte und erst damit aufhörte, wenn er benebelt auf dem Sofa lag. Auch Katrin sah auf einmal alles nur noch durch eine dichte Nebelwand.

Markus hatte nichts von dem Vorfall mitbekommen, geschweige denn von der Gefahr im Haus. Er schlug sich währenddessen die Arme um den Körper, versuchte, sich so gut es ging zu wärmen. *Die Nacht kann ich hier nicht verbringen, dann erfrier ich.* Er schaute bibbernd auf die Garage, die direkt ans Haus angebaut war. *Vielleicht ist das für heute Nacht eine Alternative.*

Bis das Licht im Haus ausging, wollte er auf jeden Fall warten. Wenn er sicher sein konnte, dass sie im Bett lag, würde er sich für ein paar Stunden im angrenzenden Gebäude verkriechen und die Terrasse von dort aus im Auge behalten.

MITTWOCH

Die Nacht endete, wie sie begonnen hatte. Es schüttete wie aus Eimern, und der Wind wütete unverändert über die Insel. Markus harrte bis 2 Uhr morgens mit klappernden Zähnen und blau gefrorenen Fingern, die er trotz dicker Handschuhe kaum noch bewegen konnte, im Gebüsch aus. Wärmte sich mit starkem Kaffee aus der Thermoskanne, den er sich vorsorglich zu Hause aufgebrüht hatte, und schlang den Schlafsack um seinen schlotternden Körper, damit der Regen ihn nicht völlig durchnässte. Irgendwann hatten die Tropfen es trotz allem durch das Dickicht geschafft und tropften ungehindert auf Mütze und Parka. Schließlich gab er halb erfroren auf. Hielt es nicht mehr aus, wie ein Penner im Regen zu stehen, raffte seine Siebensachen zusammen.

Übermüdet strauchelte er in feuchten Klamotten bibbernd durch den düsteren Garten, um in die Garage zu gelangen. *Gott sei Dank ist die nicht verschlossen*, stellte er beruhigt fest, huschte wie eine Ratte ins Innere der Garage und schob sich zum Fenster neben der Tür. *Ich muss mitbekommen, wenn was passiert.* Mit einer Hand schob er die alte vergilbte Spitzengardine vorsichtig zur Seite. Der jahrelang angehäufte Staub wirbelte hoch und kribbelte verdächtig in seiner Nase. Er musste niesen und wischte sich mit dem Handrücken den aus der Nase herausgeschleuderten Schnodder von Mund und Jacke. Als er feststellte, dass sich draußen nach wie vor alles ruhig verhielt, drehte er sich langsam um und versuchte, sich im dunklen Raum zu orientieren. Ohne Licht war es fast unmöglich, überhaupt etwas wahrzunehmen. Das kleine Fenster half Markus nicht weiter, es war einfach zu dunkel. Er traute sich nicht, die Taschenlampe einzuschalten, zu groß war die Gefahr, in seinem Versteck entdeckt zu werden. Mühsam wühlte er sich durch Unmengen von Kartons und Kisten, die sich chaotisch in der Garage verteilten, und tastete mit der Hand an der Wand entlang. Polternd stieß er gegen einen an der Wand lehnenden Gartenstuhl. Irgendetwas, das dagegen gestellt war, fiel mit lautem Geschepper auf den Estrichboden. Der Gegenstand wippte ein paar Sekunden knirschend hin und her, dann verstummte das Geräusch.

Ängstlich hielt Markus Beiländer die Luft an, blieb wie angewurzelt stehen, wartete einige Sekunden, bevor er den Stuhl vorsichtig aus dem Gerümpel zog. Mit beiden Armen hob er ihn hoch und trug ihn unter das Fenster. Fröstelnd setzte er sich, legte sich den klammen Schlafsack über den zitternden Körper und spähte durch den schmalen Spalt in den Garten. Bei jeder Bewegung rieselte Staub aus dem Gardinenstoff, und er musste den Niesreiz unterdrücken. Eine gute Stunde später konnte er seine brennenden Augen nicht mehr offenhalten und nickte völlig erschöpft ein.

Die 9. Symphonie von Beethoven schallte aus ihrem Handy und riss Katrin verwirrt aus ihren Träumen. Sie hatte die halbe Nacht wachgelegen, sich nicht getraut, der Tür den Rücken zuzukehren. Jedes noch so leise Geräusch ließ sie mit klopfendem Herzen hochschnellen. Vorsorglich hatte sie sich eine Taschenlampe und einen Baseballschläger zurechtgelegt. Dinge, die sie im Notfall benutzen konnte. *Warum hab ich nicht die Polizei gerufen? Die wären sofort gekommen. Aber wahrscheinlich hätten die mich für verrückt erklärt. Auf mitleidiges Grinsen irgendwelcher Polizisten kann ich weiß Gott verzichten. Die halten mich doch nur für eine überspannte Tussi, die sich wichtig machen will.*

Wirre Gedanken schwirrten durch ihren Kopf, als hätten sich 1.000 Bienen in ihm ausgebreitet, die ununterbrochen ihre Kreise zogen. *Und ich muss mit Sven sprechen. Er ist der Einzige, der mir wirklich helfen kann. Ich weiß, dass er mir helfen wird, auch wenn wir gestritten haben. Warum verhält er sich auch wie ein Idiot. Oder hat er mich vielleicht gar nicht betrogen? Aber warum erzählt Rabea dann so einen Mist? Ach, ich weiß nicht mehr, wem ich was glauben soll. Vielleicht hätte ich doch besser bei Rabea bleiben sollen.* »Nein. Ich bleibe hier. Das wär doch gelacht. Ich lass mich nicht vertreiben«, flüsterte sie und hielt sich gleichzeitig erschrocken die Hand vor den Mund.

Kurz nach 5 Uhr sah sie das letzte Mal gähnend auf die Uhr ihres Handys, um ein paar Minuten später erschöpft wegzudösen. In der Hand fest umklammert den Baseballschläger.

Wieder ertönte die Melodie, die bei jedem Takt lauter wurde und nicht eher aufhörte, bis Katrin endlich den Knopf drückte. »Jaja, ich mach ja schon.« Mit vor Müdigkeit brennenden Augen, trockenem Hals und dickem Schädel vom Rotwein richtete sie sich schwerfällig auf. Komplett angezogen lag sie mit Jeans und Shirt unter ihrer Decke. Nur nicht im Schlafanzug überrascht werden, sondern zur Gegenwehr bereit sein! Angezogen hatte sie sich eindeutig sicherer gefühlt. Katrin bemerkte den Schläger, den sie noch immer festhielt, und legte ihn auf die Bettdecke. *Ich glaube, ich werd langsam verrückt. Wenn ich nicht bald rausfinde, was los ist, bin ich am Arsch. Dann können die mich einweisen.*

Sie schlug kopfschüttelnd die Decke zurück und schwang sich aus dem Bett. Es war fast acht. Sie zog die Jalousie hoch und warf einen Blick aus dem Fenster. Draußen war es dunkel. Die dichte Wolkendecke ließ keinen Lichtstrahl durch und legte sich wie ein dunkler Teppich über die Ostsee. Es schien, als verschmolzen Himmel und Wasser zu einem trüben Brei, der wie träge Lava den Sund entlangzog.

Katrin öffnete das bodentiefe Fenster, um frische Luft ins Zimmer zu lassen. Dann griff sie nach dem Baseballschläger und schlich auf Socken Stufe für Stufe nach unten. Jedes Knarren der Treppe ließ sie für einen Moment innehalten. Mutig ging sie durch den Flur zuerst ins Wohnzimmer, dann in die Küche. Nichts. Sie atmete erleichtert auf und legte den Schläger auf den Tisch. Katrin füllte die Kaffeemaschine mit Wasser, löffelte das Kaffeepulver in die Filtertüte, drückte den Knopf. »So, Leute. Ich werd jetzt erst mal duschen, frühstücken und dann meinen Tag angehen. Ja, das mach ich!« Entschlossen verschwand sie nach oben, entledigte sich ihrer Kleidung und sprang unter die Dusche.

Eine halbe Stunde später saß Katrin in Jeans und Shirt am Frühstückstisch, schmierte sich Butter auf frisches Brot. Kleckste einen Teelöffel von Charlottes selbstgekochtem Quittengelee darauf und verstrich alles mit dem Messer. »Mensch, ich wollte doch noch die Zeitungen lesen.« Katrin hatte die feuchten Seiten der Tageszeitungen zum Trocknen auf den Tisch gelegt, und jetzt lagen sie zerknittert und griffbereit vor ihr. *Wichtig ist, was drinsteht, nicht wie sie aussieht,* stellte sie nüchtern fest.

Sie sortierte die Magazine nach laufendem Datum und begann mit den Nachrichten vom letzten Samstag. Katrins Herz fing an zu klopfen. Auf der ersten Seite wurde in kurzen Sätzen über den Überfall auf Charlotte berichtet. Dabei ließ die Presse Einzelheiten wohlweislich aus, um die laufenden Untersuchungen der Polizei nicht zu behindern. *Die wissen schon, was sie tun,* dachte Katrin und legte die Zeitung beiseite. Sie wollte das Blatt auf jeden Fall für Charlotte aufheben.

Dann las sie die Überschrift vom Montag und erschrak. Dort stand in fetten Buchstaben: »Seit Samstagnachmittag werden zwei Angler vermisst, die mit einem vier Meter langen Boot auf den Sund hinausgefahren waren. Das Boot wurde am Sonntagmorgen leer in der Nähe von Strukkamphuk von der Wasserschutzpolizei aufgefunden. Ebenfalls eine gelbe Öljacke, die wahrscheinlich einem der vermissten Männer gehört. Den gesamten Sonntag suchte die Wasserschutzpolizei erfolglos nach den verschwundenen Anglern. Seither fehlt jede Spur von den Männern. Die Polizei bittet um sachdienliche Hinweise aus der Bevölkerung.«

»Das ist ja ein Ding«, stellte Katrin lautstark fest. »Die hab ich doch gesehen, als ich über die Brücke fuhr. Das muss ich unbedingt der Polizei erzählen. Ist vielleicht wichtig. Wann war das noch genau?« Sie versuchte, sich zu erinnern, und schrieb, während sie vom Tisch aufstand, die Uhrzeit mit einem Kugelschreiber auf den Rand der Zeitung. *Was ist bloß auf Fehmarn los?* Katrin schüttelte mit dem Kopf. *Das werde ich heute Charlotte erzählen. Die interessiert sich doch für solche ungeklärten Geschichten.*

Ein heftiger Knall brachte die junge Frau mit einem Schlag in die Wirklichkeit zurück. »Wer ist da?« Automatisch griff sie zum Brotmesser auf dem Tisch, bewegte sich geräuschlos wie eine Katze zur Tür. Angespannt blieb sie im Türrahmen stehen. *Da kann keiner sein, ich hab überall nachgesehen. Ich sag doch, ich werd langsam verrückt.* Vorsichtig schlich sie die über 100 Jahre alten knarrenden Holzstufen hoch. Ihre Halsschlagader pochte, als sie endlich die letzte Stufe erreichte. Schweißgebadet presste sich Katrin an der weißen Wand entlang, spähte mit dem Messer vor ihrer Brust durch die halbgeöffnete Tür in ihr Zimmer. Da war niemand. Sie stieß mit dem Fuß dagegen, um zu sehen, ob vielleicht jemand dahinter stand. Ein Blick in den Raum genügte, um erleichtert festzustellen, dass das Zimmer leer war. Auf Zehenspitzen bewegte sie sich auf die Badezimmertür zu, die verschlossen vor ihr lag. Blass bis unter die Haarspitzen berührte sie mit zitternden Fingern den Türgriff. Schweißperlen traten ihr auf die Stirn, hinter der es hämmerte, als würde der Kopf zerspringen. Im Zeitlupentempo drückte sie atemlos die Klinke, schob die Tür einen Spalt auf. Die Dusche – leer. Fest umschloss Katrin ihre Waffe. *Was mach ich, wenn da jemand ist? Lieber Gott, hilf mir!* Sie war eigentlich keine Kirchgängerin, aber sie wusste, dass sie zurzeit göttliche Hilfe bitter nötig haben könnte. Mit den Zehenspitzen bewegte sie das knarrende Türblatt. Aus dem Badezimmer drang fast unhörbares Klappern an ihr Ohr. *Es hilft nichts, ich muss da rein.* Katrin hatte auf einmal wahnsinnigen Durst. Der Hals war knochentrocken, und sie röchelte leise, um ihn mit Speichel zu benetzen. Mit festem Griff hielt sie das Sägemesser wie der Killer aus *Psycho* in Augenhöhe und sprang mit einem

Aufschrei ins Zimmer, als könne sie damit das Böse aufhalten. Das Badezimmer war leer!

Dann sah Katrin den Grund für das Geräusch und atmete befreit auf: Das Fenster, das sie nach dem Duschen geöffnet hatte, um den Duschnebel entweichen zu lassen, schlug immer wieder hart gegen den Fensterrahmen und hatte den Krach verursacht. Das hölzerne Klappern kam von der Jalousie, die durch den Wind gegen die Scheibe schrammte. Katrin lehnte sich an die Wand und sank weinend auf den kalten Fliesenboden. »Ich kann das nicht! Ich kann das nicht …« Sie legte ihre Hand schützend vor die Stirn, umklammerte mit der anderen immer noch krampfhaft das Messer. »Ich muss rausfinden, wer das war, sonst dreh ich durch.« Tränen strömten wie ein Wasserfall über ihre blassen Wangen.

»Reiß dich zusammen, Katrin Duvenstedt. Reiß dich zusammen.« Schniefend stand sie nach endlosen Minuten wieder auf und rieb sich mit der freien Hand die Tränen aus dem Gesicht. Sie drehte den Wasserhahn auf, legte das Messer aus der Hand und ließ eiskaltes Wasser über ihr verheultes Gesicht laufen.

Ein paar Sekunden später sah sie ihr käseweißes eingefallenes Spiegelbild und tupfte sich mit einem Handtuch die Wassertropfen ab. »Ich muss los«, sagte sie ihrem kopfnickenden Gegenüber. *Heute Nachmittag bin ich bei der Polizei, dann will ich wissen, was die bisher herausgefunden haben.* Katrin schlurfte noch einmal durch alle Räume, verschloss Schubladen und Schränke, kontrollierte die Terrassentür und verließ angespannt das Haus.

Zur gleichen Zeit wählte Jens Matthinsen Charlotte Hagedorns Telefonnummer. »Da geht immer noch keiner ran. Mann, der Berliner sitzt mir im Nacken. Wenn nicht bald was passiert, bin ich am Arsch, und wir sind pleite.« Mit hochrotem Kopf sah er Marina Baumann, seine Assistentin, an, die verlegen auf ihre rotlackierten Fingernägel starrte. Dass es um das Maklerbüro nicht zum Besten stand, ahnte Marina schon länger. Schließlich konnte sie die Zahlen lesen, die im Computer standen. Aber dass es dermaßen eng war, hatte sie nicht geahnt.

»Irgendwas stimmt nicht. Ich muss da noch mal hin.« »Aber Chef, wie oft wollen Sie denn da noch aufkreuzen?« »Bis die Alte endlich unterschreibt! Und wenn ich sie zur Unterschrift zwingen muss. Verdammt, was will die denn da noch?« Wütend sprang er vom Stuhl auf. »In dem Alter. Die kann doch froh sein, dass ich ihr eine so einmalige Alterswohnung mitten in Burg angeboten habe.« Sein schmieriges, abfälliges Grinsen ekelte Marina an. »Da hat sie alles, was sie braucht. Am Sund ist kein Platz für alte Weiber«, keifte er. Marina zog verächtlich die Augenbrauen hoch und verzog sich in die Küche. *Was bildet der Fettwanst sich ein? Ist selbst 'ne alte fette Socke. Abwarten, wie es dir noch mal geht, alter Sack.*

Für sie wurde es Zeit, sich nach einem anderen Job umzusehen. In diesem Büro sah sie ihre Zukunft jedenfalls nicht. *Und wenn der so weitermacht, drehen sie ihm sowieso bald den Hahn zu.* Marina schenkte zwei Becher Kaffee ein, brachte einen an den Schreibtisch ihres Chefs. Das war ihr Job.

Ein lauter Knall ließ Markus Beiländer erschreckt hochschnellen. »Was … was is?« Langsam erinnerte er sich an die letzte Nacht, die kalten unheimlichen Stunden. Er besann sich darauf, dass er auf einem Klappstuhl in einer staubigen Garage saß und den Helden spielte. »Was für eine Farce. Ich kann sie von hier aus sowieso nicht beschützen. Alles ein irrsinniger Quatsch. So geht das nicht.« Schlotternd stand der schmächtige Mann auf, um dessen Augen sich tiefe schwarze Ringe gebildet hatten, und schlug die Arme um seinen Körper, um sich aufzuwärmen. Ein dunkler Schatten huschte in diesem Moment an den Büschen vorbei, und er zog hastig den Kopf zurück. *Verdammt, wie spät ist es?* Er starrte erschrocken auf seine Uhr. »Halb zehn. Das kann doch gar nicht angehen. Mist, ich muss zur Arbeit. Das war Katrin.« Markus rollte mit steifgefrorenen Fingern hektisch seinen Schlafsack zusammen. Zog den Reißverschluss seiner klammen Jacke nach oben, hustete ein paarmal, schnappte sich den Rucksack mit dem Beweisstück und öffnete zentimeterweise die knarrende alte Holztür. Sein Puls raste, als er wie ein Dieb vorsichtig die Garage verließ. »Ich klär das. Morgen hat das hier ein Ende.«

»Du, das mit dem geplatzten Reifen von der hübschen jungen Frau am Samstag, erinnerst du dich? Die nach Fehmarn wollte.« Thomas Hartwig sah seinen Kollegen erstaunt an, der geschäftig in einem Berg gestapelter Papiere herumwühlte. Er nickte, ohne aufzusehen, mit dem Kopf. »Die Sache liegt jetzt bei der Kripo Oldenburg. Die haben die Unterlagen angefordert, und ein Kriminalkommissar hat am Telefon mit mir gesprochen.« Der Kollege fuhr sich mit der Hand grübelnd durch seine strubbeligen blonden Haare, als wäre er mit seinen Gedanken ganz woanders, und blickte gelangweilt auf. »Wieso Kripo?«, fragte er und es hatte den Anschein, als störte Hartwig ihn bei sehr wichtiger Arbeit. »Es sieht tatsächlich so aus, als wenn da jemand die Reifen manipuliert hat. Ich fahr jetzt nach Oldenburg und danach mit Kommissar Westermann nach Fehmarn, um mit der jungen Frau zu sprechen. Die Kripo hat den Fall übernommen. Sieht ganz nach versuchtem Mord aus.«

Hartwigs Kollege zuckte die Achseln. »Hab ich's doch gleich gewusst, dass da was nicht stimmt. Mein Instinkt – siehste!« Vielsagend zog er die Augenbrauen nach oben und widmete sich wieder seinen Papierbergen. Thomas Hartwig zog seine Uniformjacke vom Kleiderständer und verließ mit diversen Akten unter dem Arm die Wache.

Eine halbe Stunde später fuhr er auf das Gelände der Kripo in Oldenburg. Hauptkommissar Dirk Westermann erwartete den Kollegen aus Neustadt bereits und bot ihm einen Stuhl an. »Gut, dass Sie da sind. Ich hab die Unterlagen noch mal durchgesehen. Wir müssen mit der Frau – wie hieß sie noch …?« Westermann fasste sich ans Kinn, schlug die Akte auf und suchte stirnrunzelnd nach dem Namen, während Hartwig sich setzte. »Da, Katrin Duvenstedt. Duvenstedt?« Er stutzte. »Moment mal. Die habe ich doch gerade getroffen.« Irritiert sah er den Kollegen aus Neustadt an, der fragend die Schultern hochzog. »Ich ermittle bei deren Tante auf Fehmarn. Charlotte Hagedorn. Die ist am Freitag auf ihrem Grundstück überfallen worden, ganz übles Ding, sag ich Ihnen.« Er raffte die Papiere auf seinem Schreibtisch zusammen und ging zur Tür. »Da muss einer richtig Hass gehabt haben. Diese, äh, Katrin Duvenstedt ist die Nichte aus Hamburg. Wenn das jetzt kein Zufall ist …«

Die beiden Männer blickten sich ungläubig an. Thomas Hartwig konnte der Sache noch nicht ganz folgen, als er aufstand. »Sie haben mit der Tante von Katrin Duvenstedt, bei der der Reifen geplatzt ist, eine Untersuchung laufen?« »Ja, sagte ich doch. Überfall.« »Aber was hat der Unfall mit dem Überfall zu tun?« »Das wüsste ich auch zu gern.« Ratlos sahen die gleichgroßen Männer sich an. »Wir sollten uns auf den Weg machen. Ich denke, da wartet 'ne Menge Arbeit auf uns«, sagte Westermann. Er griff nach seinem Laptop und seiner Wildlederjacke und forderte Hartwig mit einer kurzen Geste auf, ihm zu folgen. »Wir sollten keine Zeit verlieren. Ich schick die Spusi noch mal zum Haus dieser Charlotte Hagedorn. Vielleicht haben wir was übersehen. Irgendwas. Merkwürdig …«

Hauptkommissar Dirk Westermann fuhr sich gedankenverloren durch die grauen welligen Haare und verließ in Begleitung von Hauptmeister Hartwig das Gebäude. Westermann kramte einen Schlüssel aus der Hosentasche und deutete auf einen schwarzen Dienstwagen. Die Männer stiegen ein und fuhren Richtung Autobahn. »Erzählen Sie mir doch noch mal genau, was mit der Duvenstedt passiert ist.« Hartwig berichtete noch einmal den genauen Ablauf des Unfalls und den Verdacht der Manipulation am Reifen. »Das ist ja nun echt merkwürdig. Da scheint ja im Moment ganz schön was los zu sein auf Fehmarn«, sagte Dirk Westermann trocken und sah seinen Kollegen grübelnd von der Seite an, der aus dem Wagenfenster blickte. »Wieso, ist da noch mehr passiert?« »Mmh, die suchen zwei Männer, die mit einem Boot im Sund zum Angeln waren. Die sind verschwunden.« »Wie verschwunden? Mitsamt Boot?« »Nee«, lachte Westermann amüsiert. »Nee, das Boot haben sie gefunden. Aber leer.« »Mmh«, brummte Hartwig und drehte den Kopf.

Sven fragte sich währenddessen den ganzen Tag, was Katrin so Wichtiges mit ihm zu besprechen hatte, dass sie sogar einverstanden war, sich mit ihm in seiner Stammkneipe zu treffen. Er hatte das Gefühl, der Tag würde nicht enden wollen, und schob die Stunden wie tonnenschweren Stahl vor sich her. Er sehnte sich nach Katrin. »Hoffentlich ist bald Feierabend!«

Der Tag im *Küstenblick* verlief nicht aufregender als der vorherige. Die trübe Stimmung des Wetters übertrug sich langsam aber sicher auch auf die Stimmung des Personals. Zumal das Lokal, außer vier besetzten Tischen, bis kurz nach 14 Uhr leer blieb.

Katrin legte das Wischtuch, mit dem sie den Tresen abgewischt hatte, aus der Hand und sah völlig übermüdet mit verschränkten Armen vor der Brust aus dem Fenster auf die im wahrsten Sinne des Wortes leer gefegte Terrasse. »Ich frag den Chef, ob ich gehen kann. Hier ist ja heute doch nichts los. Und da kommt wohl auch nichts mehr. Das kostet ihn nur Geld, und ich könnte echt Sinnvolleres mit meiner Zeit anfangen.« Die junge Kellnerin, die hinter dem Tresen an ein Holzregal gelehnt stand, reckte sich, sodass ein Stück ihres nackten, sonnenbankgebräunten Bauches herausblitzte und sie schnell ihr T-Shirt zurechtrückte. Hätten attraktive Männer im Lokal gesessen, hätte sie sich mit Sicherheit mehr Zeit damit gelassen, ihre glatte nackte Haut wieder zu bedecken. Sie schüttelte ihre blonde auftoupierte Mähne und nickte gelangweilt mit dem Kopf, sah auf ihre Nägel und sagte: »Ruf doch oben an. Er ist da.« Sie deutete mit dem Daumen an die Decke, was so viel hieß, dass Kai Thomsen sich in seiner Wohnung befand, die direkt über dem Restaurant lag. »Ich würde auch am liebsten nach Hause gehen«, schmollte sie und machte dicke Backen. Aber als Festangestellte ging man nicht einfach so heim, wenn nichts los war. »Hier gibt's immer genug zu tun«, pflegte der Chef jedes Mal zu sagen, um den Angestellten von vornherein den Wind aus den Segeln zu nehmen. »Wo kommen wir denn hin, wenn jeder geht, wie er will.« Der Skandinavier hob theatralisch seine Hand, wenn er durchs Lokal lief und bei Mangel an Gästen damit rechnen musste, dass derlei Fragen aufkamen. Damit war das Thema erledigt. Bei Katrin sah das allerdings anders aus. Sie war eine Aushilfe, und jede Stunde, die sie herumstand, kostete ihn sein kostbares Geld. Somit würde er ihrer Meinung nach sicher nichts dagegen haben, wenn sie Schluss machte.

Markus bekam von dem Gespräch nichts mit, weil er damit beschäftigt war, Teller in die Spülmaschine zu stellen. Als er seine Arbeit in der Küche beendet hatte und wieder nach vorn ins Restaurant ging, war Katrin schon weg. Markus blickte sich suchend um. »Wo ist Katrin?«, fragte er die blonde Kellnerin unfreundlich, die noch damit beschäftigt war, ihre Arbeitszeit mit süßem Nichtstun zu vertrödeln. »Die ist oben, wird aber wohl gleich verschwinden. Hat jedenfalls schon ihre Sachen mitgenommen.« Markus' Augen weiteten sich. Auf seiner Stirn zeigten sich tiefe Falten. »Wie verschwinden? Sie kann doch nicht so einfach gehen?« »Doch, wieso nicht? Hast du doch nichts mit zu tun.« Angriffslustig sah die dralle Blondine, die sich gähnend die Hand vor den Mund hielt, Markus an. Sie konnten sich nicht leiden, das war ganz offensichtlich. Barbie stand auf kräftige Kerle mit Muskeln und braun gebrannter Haut. Nicht auf Typen wie Markus. Blasse halbe Hemden, wie sie Männer seines Schlages nannte. »Ach, halt die Klappe, blöde Kuh.

Das geht dich nichts an«, knurrte er, sah sie abfällig von der Seite an und überlegte fieberhaft, was er tun sollte.

Als er zufällig einen Blick aus dem Fenster warf, stieg Katrin gerade in ihr Auto. »Warte«, schrie er entsetzt, »du kannst nicht fahren! Ich muss dir was sagen!« Die wenigen Gäste sahen ihn fassungslos an. Ein schreiender Kellner war nicht gerade das, was man in diesem Lokal vermutete. Seine Kollegin tippte sich mit dem Finger an die Stirn. »Der hat sie doch echt nicht mehr alle. Idiot.«

Während er hinauslief, um Katrin noch zu erreichen, war sie schon vom Parkplatz gerollt. »Scheiße!«, rief er. Aufgebracht lief er zurück in den Personalraum, riss seine Jacke vom Haken, stieß die Tür auf und verließ ohne ein Wort fluchtartig das Lokal. »Eh, du kannst doch nicht einfach abhauen! He, bleib hier!« Die Kellnerin lief zur Tür und keifte hysterisch hinter ihm her. Die Gäste schüttelten verständnislos den Kopf und starrten den beiden nach. Kai Thomsen stand mit verschränkten Armen am Fenster und verfolgte die Szene. »So, jetzt reicht's!«

Im gleichen Moment tropfte an einem anderen Ort grüne erkaltete Pflanzenbrühe durch ein haarfeines Sieb in eine kleine braune Flasche. Als sie abgefüllt war, wurde sie mit einem schwarzen Deckel verschlossen und verschwand in einer Jackentasche.

Katrin war auf dem Weg nach Burg, als ihr Handy klingelte. Sie sah aufs Display, erkannte die Nummer: »He, Rabea, was gibt's?« Katrin konzentrierte sich auf die Straße, während sie das Telefon dicht ans Ohr hielt. Der Sturm drückte gegen den Wagen, und sie hatte Mühe, ihn in der Spur zu halten. »Nee, du brauchst mich nicht abholen, ich bin schon auf dem Weg nach Hause … Kaffee trinken in Klausdorf? Gut, dann treffen wir uns da in einer Stunde. Ich will vorher noch zu Charlotte, sehen, wie es ihr geht. Bis dann.« Katrin drückte den Knopf des Handys und legte es, ohne hinzusehen, in die Mittelkonsole. »Mann, wat'n Wetter«, sagte sie, als sie die Durchsage im Radio hörte: »Im Anschluss an die Nachrichten gibt der Deutsche Wetterdienst eine Unwetterwarnung für die gesamte Ostseeküste heraus. Besonders betroffen hiervon ist die Insel Fehmarn, für die mit Sturmböen von zehn bis elf Beaufort aus Süd-Südost gerechnet werden muss. Am Freitag wird der Wind noch einmal bis auf zwölf Windstärken zunehmen. Die Fehmarnsundbrücke ist ab sofort für leere Lkw und Wohnwagenanhänger gesperrt. Bei einer Vollsperrung werden wir Sie aktuell informieren.«

Na toll. Dann brauch ich wohl diese Woche gar nicht mehr zu arbeiten. Das lohnt sich wirklich nicht. Und immer dieses verdammte Schließen der Brücke. Das hat's früher auch nicht gegeben und es ist nichts passiert. Die spinnen doch. Katrin schüttelte wütend den Kopf und fuhr Richtung Krankenhaus. *Vielleicht sollte ich erst mal ein paar Blumen holen. Wie sieht das aus, wenn ich immer mit leeren Händen dastehe?*

Sie bog in die Osterstraße ein und fuhr sie langsam entlang. Eine Minute später stand sie in einer kleinen Parkbucht und holte Blumen. Zurück im Krankenhaus klopfte sie an die Tür, hinter der sich ihre Tante sichtlich auf dem Weg der Besserung befand.

Sie war nicht allein. »Hallo, Charlotte.« Katrin schaute verwundert auf die beiden Männer, von denen der ältere mit einem schwarzen Notizbuch in der Hand auf einem

Stuhl vor Charlotte Hagedorns Bett saß und der andere, die Hände in den Hosentaschen vergraben, gegen den Tisch gelehnt interessiert zuzuhören schien. Und die sie kannte. *Was suchen die denn zusammen hier?* »Hallo, Frau Duvenstedt.« Thomas Hartwig sah verlegen auf, schwang sich vom Tisch und reichte ihr die Hand. Die Gesichtsfarbe von Hartwig wechselte übergangslos von zart gebräunt zu Tomatenrot. Katrin musste grinsen.

»Die jungen Männer wollten mit mir Handball spielen, aber wie du siehst, es geht nicht.« Charlotte zeigte auf ihren eingegipsten Arm, versuchte ein aufmunterndes Lächeln. Katrin ging um das Bett herum und gab ihrer Tante einen Kuss auf die Stirn. Der dicke Kopfverband war verschwunden und einem, wenn auch überdimensionalen, Pflaster gewichen. Charlottes Nichte ließ die Polizisten nicht einen Augenblick aus den Augen. »Und was gibt's Neues? Haben Sie den Schläger?«, fragte sie lauernd und wechselte ihren Blick von Westermann zu Hartwig. »Nee, wir wollten Sie verhaften«, scherzte Dirk Westermann, der sein Buch zuschlug, es in die Jackentasche steckte und ihr in die Augen sah.

»Spaß beiseite. Wir sind wegen Ihrer Tante und wegen Ihnen hier.« Dirk Westermann drehte seinen Körper ein Stück in ihre Richtung, spitzte die Lippen und deutete mit dem Finger auf Charlotte und ihre Nichte. »Wegen uns beiden? Was haben wir denn verbrochen?« Katrin zog ihren Kopf wie eine Schildkröte zurück und versuchte mit einem hilflosen Lächeln, der Situation die Dramatik zu nehmen. »Setzen Sie sich bitte. Es ist gut, dass Sie jetzt hier sind.« Westermann räusperte sich, und Hartwig schob Katrin einen Stuhl vor das Bett. »Wir waren vorhin schon beim Haus, da war niemand. Deshalb sind wir auf direktem Weg hierhergefahren.« Sein Finger deutete auf den Fußboden. »Außerdem geht es wirklich Sie beide an.« Wieder deutete er mit dem Kopf in die Richtung der Frauen.

»Jetzt mal Klartext.« Er sah Hartwig ernst an. »Also, zuerst zu Ihnen, Frau Duvenstedt. An Ihrem Fahrzeug wurde nach dem Bericht der KTU eindeutig der Reifen manipuliert. Die Reifenteile sind untersucht worden, und es kristallisierte sich ziemlich schnell heraus, dass der Nagel nicht zufällig in Ihrem Reifen steckte. Der wurde außerdem, und das ist sehr merkwürdig, unmittelbar neben dem Nagel mit einem scharfen Gegenstand angeritzt. Die KTU vermutet, mit einem Messer. Das war kein Zufall. Das geht nicht mal eben so. Da muss jemand schon ziemlich viel Kraft aufgewendet haben, um das Material dermaßen zu ramponieren.« Dirk Westermann ballte die Hand zur Faust, nagte nachdenklich an seiner Unterlippe und sah Katrin danach entschlossen an.

Charlotte hielt sich beunruhigt die Hand vor den Mund und richtete sich erschreckt im Bett auf. »Was? Katrin, was ist passiert?« Die beiden Beamten sahen sich verwundert an. »Wie, Sie wissen nichts von dem Unfall?« »Doch, vom Unfall, aber nicht davon, dass am Reifen manipuliert wurde.« »Ich wollte dich nicht beunruhigen.« Westermann räusperte sich. Charlotte sah ihre Nichte entsetzt an, die betreten zu Boden stierte. »Ich wollte dich nicht beunruhigen. Du hattest wahrhaftig genug mit dir selbst zu kämpfen«, murmelte Katrin mit gesenktem Blick. »Aber Kind!« Charlottes Augen füllten sich mit Tränen. »Und da kommen wir auch schon zum nächsten Punkt«, stoppte Westermann Charlotte mit erhobener Hand und redete unbeirrt weiter. »Wir haben das Gefühl, dass das, was hier passiert ist – der Unfall und der Überfall auf Sie«, er zeigte auf Charlottes eingegipsten Arm, »keine Zufälle sind. Das steht irgendwie miteinander in Zusammenhang.« Katrin riss entsetzt die Augen auf, sah zu Charlotte, dann auf die Männer, die sie eindringlich beobachteten. »Das kann nicht wahr sein. Wer sollte uns etwas antun wollen? Wir haben niemandem etwas zuleide getan! Und reich sind wir auch nicht!«

Katrin wich die Farbe aus dem Gesicht. Ihre Haut glich der Decke auf Charlottes Bett. »Da gibt es keine Verbindung zwischen meinem Unfall und dem Überfall auf meine Tante.« Westermann hob nochmals die Hand. »Wir gehen davon aus, dass jemand es ganz klar auf Ihrer beider Leben abgesehen hat.« Er zog die Brauen in die Höhe, blickte Katrin in die Augen. »Wenn jemand in Kauf nimmt, dass der Reifen platzt, rechnet er unweigerlich mit Ihrem Tod.« Atemlose Stille. Im Zimmer hätte man in diesem Moment eine Stecknadel fallen hören können. Die Frauen waren fassungslos. Westermann stand auf, ließ seinen Kopf im Uhrzeigersinn kreisen, um seine angespannten Nackenmuskeln zu lockern, und ging mit wenigen Schritten zum Fenster. Nachdenklich strich er sich durch seine graue Haarpracht und blickte grübelnd durch die Glasscheibe. Die Tristesse hatte sich überall ausgebreitet.

Die Felder vor dem Krankenhaus glichen einem Tümpel, auf dessen Wasseroberfläche sich schwarze Wolken spiegelten. Kleine matschige Inseln mit grünen Grashalmen hatten sich aus der schwarzen Masse herausgewunden. Die Parkplätze der vorgelagerten Einkaufzentren – gespenstisch leer. Westermann atmete tief durch, ohne den Blick abzuwenden. Mit den Augen verfolgte er zwei

Plastiktüten, die wie bunte Drachen umherflogen und in zusammengewehten Blätterhaufen landeten, die sich in windstillen Ecken gesammelt hatten. »Merkwürdig«, sagte Westermann und drehte sich zu der kleinen Gruppe um, die gespannt darauf wartete, was der Hauptkommissar zu sagen hatte. »Ich weiß noch nicht, warum, ich weiß auch nicht, wer, aber wir werden es herausbekommen. Das verspreche ich Ihnen«, sagte Westermann beschwörend, während er die Frauen anblickte. Er nickte Hartwig zu, der immer noch mit roten Ohren Charlotte Hagedorns Nichte anstarrte und sich verlegen räusperte, als hätte man ihn beim Klauen erwischt.

»Wir stellen noch einmal das gesamte Haus und das Grundstück auf den Kopf. Vielleicht haben wir irgendetwas übersehen. Fingerabdrücke auf dem Reifen konnten wir keine feststellen. Allerdings sind die DNA-Proben noch nicht da.« »Schluss jetzt. Aufhören. Ich halte das nicht mehr aus«, presste Katrin panisch hervor und hielt sich die Ohren zu. Schluchzend ließ sie ihren Kopf auf die Brust ihrer Tante sinken. Charlotte streichelte ihr mit der Hand vorsichtig über das haselnussbraune Haar. »Komm, mein Kind, wird alles gut. Nicht weinen.«

»Da war gestern jemand im Haus«, murmelte sie leise und richtete sich schniefend wieder auf. »Was? Und das erzählen Sie uns erst jetzt? Woher wissen Sie das?« Westermann sah Katrin forschend mit strengem Blick an. »Ich weiß es genau, weil ich vorher alles aufgeräumt hatte«, versuchte sie, sich zu verteidigen. Sie sah Westermann aus verheulten Augen an und zog den Schleim hoch, der wie ein Band aus ihrer Nase lief. Die Worte sprudelten plötzlich wie ein Wasserfall aus ihr heraus. Während sie sprach, sahen die Männer sich vielsagend an. »Da lagen

Papiere auf dem Boden, und die Tür vom Schreibtisch war offen«, schniefte sie. »Dann hab ich gestern Abend Geräusche gehört, die ich nicht einordnen konnte. Ich bin mir sicher, da war jemand und ist, kurz nachdem ich nach Hause gekommen bin, verschwunden. Dieser ganze Mist geht mir tierisch auf die Nerven, hören Sie?« Sie schlug sich mit der flachen Hand gegen die Brust. »Erst mein Job, und dann auch noch das hier«, sie zeigte auf Charlotte und ihre Schläfe, »ich versteh das alles nicht.« Katrin hielt sich den Kopf mit beiden Händen.

»Was war mit Ihrem Job?«, fragte jetzt Hartwig neugierig. »Irgendjemand hat dafür gesorgt, dass ich wegen Unterschlagung gefeuert werde. Dabei hab ich mir nie was zuschulden kommen lassen.« Bockig schniefte sie noch einmal und sah aus wie ein Schulmädchen. »Wer? Wer hat dafür gesorgt, dass Sie entlassen werden?« »Weiß ich nicht, mein Chef hat einen Anruf bekommen, anonym.« »Merkwürdig, alles sehr merkwürdig. Ich denke, es ist besser, wenn Sie nicht allein im Haus bleiben. Können Sie für eine gewisse Zeit irgendwo anders unterkommen?« Katrin schüttelte den Kopf. »Ich will nicht woanders hin. Was nützt es, wenn ich zu Rabea fahre oder mir ein Hotelzimmer nehme? Wenn einer es wirklich auf uns abgesehen hat, dann ist es wohl egal, wo wir sind. Oder?« Diesen Argumenten musste sich Westermann geschlagen geben. »Gut. Aber wir stellen Ihnen jemanden vor die Tür. Einverstanden?« »Tun Sie, was Sie nicht lassen können«, antwortete sie hilflos.

»Ich kann ja bei Ihnen bleiben«, unterbrach sie Thomas Hartwig. Westermann zog die linke Augenbraue hoch und sah ihn an, als hätte man ihm saure Sahne serviert. »Das lassen Sie mal die Kollegen machen. Ich brauch

Sie woanders.« Peinlich berührt sah Hartwig aus dem Fenster. Katrin musterte Dirk Westermann unsicher und kratzte sich nervös mit dem Fingernagel an der Wange. »Heute Abend treffe ich mich mit meinem Exfreund. Eigentlich hoffe ich, dass er bei mir bleibt. Ihm vertraue ich.« »Wer ist das, Ihr Freund? Name?«, fragte der gut aussehende Hauptmeister jetzt neugierig. »Wieso interessiert Sie das? Der hat doch niemals was damit zu tun.« »Wir müssen jedem noch so kleinen Hinweis nachgehen, egal wie unwahrscheinlich es Ihnen vorkommt. Also, Name?«, ordnete Hartwig schroff an. »Sven Clasen. Aber der war doch auf Fehmarn! Und überhaupt, warum sollte er so etwas tun? Wir hatten doch monatelang gar keinen Kontakt mehr.« »Und wieso nicht?«, fragte Hartwig. »Darüber will ich nicht reden«, antwortete Katrin bockig. »Was wollen Sie? Dass man Ihnen beim nächsten Mal das Haus anzündet oder Sie erschießt oder was? Ich glaube, Sie haben den Ernst der Lage noch nicht kapiert.« Hartwig wurde wütend. »Er hat mich betrogen. Deshalb habe ich Schluss gemacht. Reicht das jetzt?« Hartwig nickte und schrieb Namen und Adresse von Sven Clasen auf. »Das Alibi des guten Mannes interessiert mich jetzt erst recht«, mischte sich Westermann ein. »Und dass Sie einen eventuellen Verdächtigen bitten wollen, auf Sie aufzupassen, finde ich persönlich nicht gut, aber das müssen Sie selbst entscheiden. Auf jeden Fall werden die Burger Kollegen Kontrolle fahren und ums Haus laufen.«

Westermann deutete Hartwig mit einem Blick an, das Gespräch zu beenden. »Wir fahren jetzt zum Haus und schauen, wie weit die Kollegen von der KTU sind.« »Wie sind die denn ins Haus gekommen, hatten die einen Schlüssel?«, wollte Katrin wissen. »Ja, den hat Frau Nolte uns

freundlicherweise überlassen, als wir am Haus waren.«
»Was wollte sie denn da?« Westermann zuckte mit den
Schultern. »Wohl nach dem Rechten sehen, nehme ich
an. Und danach kümmern wir uns um Herrn Clasen«,
sagte er und sah Thomas Hartwig an. Sie reichten den
Frauen die Hand und verabschiedeten sich förmlich. Leise
schlossen sie die Tür hinter sich und ließen die beiden
ratlos zurück.

Charlotte hatte die ganze Zeit sprachlos in ihrem Bett
gesessen. Katrin stand auf und ging schlurfend zum Fenster. Es hatte wieder angefangen zu regnen. »Es ändert ja
nichts. Sven wird mir helfen, das weiß ich. Wir müssen
rausfinden, wer etwas davon hätte, wenn wir nicht mehr
wären. Überlege bitte, ob du jemandem auf die Füße getre-
ten bist, der jetzt so stinkig ist, dass …« Katrin winkte ab
und ärgerte sich über ihre eigene Aussage. »Vielleicht ist
es wirklich besser, ich verkaufe das Haus, und wir suchen
uns zusammen eine Wohnung in Burg«, murmelte Charlotte betroffen. Ihre Augen waren trübe und glanzlos, hatten das fröhliche Glitzern, das sonst aus ihnen strahlte,
verloren. »Aber das scheint ja genau das zu sein, was derjenige will, oder nicht?« Katrin blickte zum Bett und zog
ihre Jeans hoch, die die Hüften runterzurutschen drohte.
»Ich weiß es nicht, Kind. Nur eines weiß ich: Das ist das
alles nicht wert.« »Nicht wert? Vielleicht geht es um das
Grundstück«, rief Katrin aufgebracht. »Da lief gestern
so ein Irrer mit 'ner Kamera rum und hat dauernd Fotos
vom Haus gemacht. Der wollte dich unbedingt sprechen.
So 'n dicker, schmieriger Kerl.« Katrin hielt sich mit der
Hand andeutend eine Plauze vor den Bauch, während sie
gleichzeitig ihre Wangen wie ein Michelinmännchen aufplusterte und zu einer grinsenden Fratze verzog.

»Ach, das war sicher dieser Makler«, kicherte Charlotte. »Der versucht schon ein paar Monate, mir das Grundstück abzuschwatzen.« Sie winkte ab, sah Katrin belustigt an. »Der kriegt das Haus sowieso nicht, da kann er mich jagen, bis er Hufe unter den Fußsohlen hat. Aber mich deswegen umbringen, kann ich mir beim besten Willen nicht vorstellen. Allerdings, wenn es um richtig viel Geld geht – mmh.« Charlotte lachte das erste Mal seit Langem aus vollem Herzen. »Wir finden den schon, da bin ich mir sicher. Du weißt doch, dass ich bisher alles rausgefunden habe.«

»Überleg du bitte noch mal genau, wer sonst noch was davon hätte, wenn wir unter der Erde lägen«, krächzte Katrin, streckte ihre Zunge heraus und machte eine Handbewegung, als wollte sie sich mit einem Messer den Hals aufschlitzen. »Und ich treff mich gleich mit Rabea. Vielleicht kann die uns weiterhelfen. Vielleicht ist ihr jemand aufgefallen, der … Ich muss raus.« Katrin sprang auf, zeigte frustriert auf den wolkenverhangenen Himmel, von dem der Regen wie aus Eimern auf das Flachdachgebäude prasselte. »Und morgen überlegen wir, wie es weitergeht, okay?« Charlotte nickte kaum merklich mit dem Kopf und sagte: »Und iss mal was, Kind. Du bist so dünn.« Erschöpft lehnte sie sich zurück und schloss kraftlos die Augen. Katrin legte die Hand auf den verbundenen Arm ihrer Tante, hauchte ihr einen Kuss auf die Wange und machte auf dem Absatz kehrt, um den Raum zu verlassen. Ein letzter Blick zum Bett, dann schloss sie leise die Tür hinter sich. Als Katrin verschwunden war, drehte Charlotte den Kopf zum Fenster und ließ ihren Tränen freien Lauf. *Ich werd den finden, der uns das angetan hat …*

Der schwarze Golf rollte langsam auf das Grundstück des *Klausdorfer Hofcafés*. Katrin warf einen Blick auf die linke Seite, wo sich ein Ministreichelzoo befand. Eine weiß-braune Ziege saß erhöht auf einem Baumstamm und meckerte kleine Kaninchen an, die zu ihren Füßen einträchtig zusammen in der Ecke eines Freigeheges kauerten, um sich vor dem Regen zu schützen. Katrin ließ ihren Wagen neben dem einzigen Fahrzeug ausrollen, das noch auf dem Parkplatz stand. Rabeas Wagen. Sie schien schon zu warten. Durch die Unterhaltung mit den Polizeibeamten war es tatsächlich viel später geworden, als Katrin eigentlich geplant hatte.

Sie ging über das knirschende Kiesbett und öffnete die gläserne Eingangstür. Mit wehenden Haaren betrat sie das erst vor Kurzem renovierte und urgemütliche Hofcafé. *Wow! Die haben aber mal richtig viel Geschmack bewiesen.* Katrin wanderte beeindruckt durch den einladenden Hofladen auf einen nett dekorierten Tisch am Fenster des Cafés zu. Rabea saß bereits mit dem Rücken zur Wand und winkte ihr zu. In Sportklamotten lümmelte sie entspannt am Tisch, rührte mit einem Löffel in einem Glas Tee und lächelte sie nachdenklich an.

Katrin schaute staunend in den offen gehaltenen Giebel, der dem Café eine gewisse Weite gab. Sie sog mit der Nase den harzigen Geruch der dicken Dachbalken ein. Aromatisch schwebte der Duft durch den großzügig gestalteten Raum. Katrin liebte dieses Café, seit sie mit ihren Eltern vor mehr als sieben Jahren das erste Mal hergekommen war.

Sie setzte sich der Freundin ihrer Tante gegenüber. »Hallo, Süße. Ich hab schon gedacht, du kommst gar nicht«, sagte Rabea, leckte den Löffel ab und legte ihn neben das Glas. »Doch, doch, aber die Polizei war bei Charlotte.« Rabea hob den Kopf, sah Katrin fragend an. »Wieso? Haben sie den, der Charlotte überfallen hat?« Katrin rutschte unruhig auf dem Stuhl umher, als die Bedienung an den Tisch kam. Sie hielt einen kleinen weißen Block in der Hand und zog einen Stift aus der schwarzen Schürzentasche. »Hallo, was kann ich Ihnen bringen?« Katrin schaute die Frau mittleren Alters an, deren honigblonder Zopf auf und ab wippte, sie jugendlicher erscheinen ließ, als sie wahrscheinlich in Wirklichkeit war. *Die kenn ich gar nicht. Ist bestimmt neu hier,* dachte Katrin und sprach: »Mmh, ich nehm auf jeden Fall die Friesentorte. Die schmeckt mir immer besonders gut.« Genießerisch fuhr sie sich mit der Zunge über die Lippen. »Ja, die nehm ich auch. Die haben sogar eine eigene Backstube, wusstest du das?«, Rabea sah Katrin fragend an. »Nee, aber umso besser. Dann schmeckt sie wahrscheinlich noch mal so gut. Außerdem wird es Zeit, dass ich mal wieder was Vernünftiges in den Magen bekomme«, murmelte Katrin und rieb sich mit der Hand über den flachen Bauch. Sie sah verletzlich und doch so hübsch aus in dem blauen Strickpullover, der hervorragend zu ihren braunen Haaren passte. »Und zu trinken?« Die Kellnerin sah beide freundlich an. Katrin überlegte: »Kakao? Ja, ich nehme einen Kakao, mit Sahne.« »Meinst du nicht, das ist ein bisschen viel Sahne. Torte und Kakao?«, meinte Rabea. »Du hast recht. Also den Kakao ohne Sahne, aber schön süß.« »Zucker steht auf dem Tisch.« Die Frau mit dem Block in der Hand zeigte mit dem Stift auf den Zuckerstreuer, der auf der fröhlich karierten Decke stand. »Hab ich nicht gesehen, Entschuldigung.« »Macht doch nichts.« Die Kellnerin lächelte und verschwand in den Tresenbereich.

»So, nun erzähl. Warum waren die da?« »Das mit meinem Unfall und dem Überfall von Charlotte war wohl kein Zufall«, seufzte sie. »Sie gehen sogar davon aus, dass jemand es ganz gezielt auf uns abgesehen hat. Die Kripo hat den Fall übernommen.« Rabea schluckte. »Das glaub ich nicht. Wer sollte denn so etwas tun?«, fragte Rabea entrüstet. »Die ticken doch nicht richtig. Wer sollte was davon haben, euch um die Ecke zu bringen?« Sie kniff die Augen zusammen. »Blödsinn.«

Der Kuchen und Katrins Kakao wurden von der Bedienung auf den Tisch gestellt. Katrin räusperte sich und wartete, bis die Frau sich wieder entfernt hatte. »Das weiß ich auch. Wir haben doch gar keine Verbindung, außer natürlich, dass wir verwandt sind. Ich halte das auch für Blödsinn. Aber irgendwie ist das doch auch komisch, oder nicht? Und da ist noch dieser komische Makler, der hinter Charlottes Haus her ist. Der nervt auch. Vielleicht hat der …?« Katrin sah Rabea an. Die zuckte mit den Schultern und nahm ein Stück Kuchen auf die Gabel. »Keine Ahnung. Ich weiß nicht, aber komm, iss erst mal etwas.« »Gleich, ich muss erst noch zur Toilette. Bin sofort wieder da.« Sie stand auf, und huschte durch die leeren Tischreihen zu den Waschräumen.

Kurze Zeit später erschien sie wieder und setzte sich. Rabea wendete den Blick vom Fenster weg, schaute zu Katrin und sagte: »Nun mal ran an den Kuchen.« Ein verschmitztes Augenzwinkern zu Katrin, die sich mit der Gabel am Kuchen zu schaffen machte. Sie nahm einen Schluck ihres Kakaos, und beide aßen schweigend ihre Torte. Dann waren die Teller leer. »Mmh, das war gut«, sagte Rabea. »Ich würde ja gern noch weiterplaudern, aber ich muss gleich los, hab noch einen Termin beim Frauenarzt. Du weißt ja, Frauengeschichten. Lass uns morgen telefonieren. Wir können ja zusammen zu Charlotte fahren, wenn du magst.« Sie rief die Bedienung an den Tisch, und Katrin wollte ihr Portemonnaie aus der Hosentasche ziehen. »Lass stecken, ich lad dich ein.« »Danke. Wenn ich dich nicht hätte.« Sie sah Rabea dankbar an. »Ist doch selbstverständlich. Wir müssen eben zusammenhalten. Auf mich kannst du dich jedenfalls verlassen.«

Die Frauen erhoben sich und verließen mit einem Nicken das Café. »Beeindruckend«, sagte Katrin und zeigte noch einmal auf das Lokal. Rabea nickte und drückte Katrin kurz. Dann stieg sie in ihren Wagen und rief: »Ich ruf dich morgen früh an, ja?« »Ist gut. Bis dann.« Rabeas Auto rollte vom Hof, und Katrin setzte sich ebenfalls hinter das Lenkrad. Sie schaltete das Radio an und fuhr los. Kurz nachdem sie Klausdorf verlassen hatte, spürte sie wieder diese ekelhafte Übelkeit in sich aufsteigen. »Nicht schon wieder«, stöhnte sie. Langsam rollte der Wagen die schmale Straße Richtung Niendorf entlang, als vor Katrins Augen plötzlich alles verschwamm. Sie fühlte sich, als würde sie sich auflösen. »Was ist denn mit mir los?« Alle Bäume links der Fahrbahn fingen an, sich wie irre zu biegen, sahen sie höhnisch grinsend mit verzerrten Fratzen an und griffen mit ihren dünnen Ästen nach ihr. »Mir wird schlecht.« Verkrampft hielt sie das Lenkrad fest. Schweiß klebte auf ihrer Stirn, und ihre Hände fingen an zu zittern. »Ich muss kotzen.« Augenblicklich trat sie auf die Bremse, hielt den Wagen am Straßenrand an, der sich vor ihren Augen aufzulösen schien. Sie schaffte es gerade noch, die Wagentür aufzureißen. Röchelnd hielt sie den Kopf aus der Fahrertür und erbrach sich.

Die breiige Masse ergoss sich auf die Asphaltstraße, und ihr Kopf schien platzen zu wollen. Immer wieder würgte sie geräuschvoll, bis der Mageninhalt komplett auf der Straße lag. Katrin schüttelte verwirrt den Kopf, lehnte sich zurück, zog die Tür ran und schloss die Augen. Ein paar Sekunden später kroch erneut Übelkeit durch ihre Eingeweide. Sie riss die Wagentür wieder auf, würgte, bis außer Galle nichts mehr aus ihrer Kehle kam. Tränen liefen unaufhaltsam über das Gesicht. »Oh Gott.« Vor ihren Augen fing es an zu flimmern, dröhnendes Brüllen verzerrter Fratzen, die vor ihrem Gesicht keiften, drängte ins Innere des Wagens, packte sie. Kalter Schweiß lief über ihr Gesicht, dann sank sie besinnungslos auf dem Fahrersitz zusammen.

»Das kann doch nicht so schwer sein, die Nummer herauszubekommen.« Markus saß in verwaschenen Jeans und dickem Rollkragenpullover in seiner Wohnung auf dem grauen zerschlissenen Sofa. Der Laptop lag auf seinen zitternden Oberschenkeln. Er googelte nach dem Namen, den er fast vergessen und der sich trotzdem fest in sein Gehirn eingebrannt hatte. Er fand ihn wie durch ein Wunder ohne langes Suchen gleich nach dem Eintippen. Selbst die Telefonnummer der gesuchten Person stand dort. »Was? Hier in Burg?«, blaffte er. »Das gibt's doch gar nicht.« Als hätte er ein heißes Eisen auf dem Schoß, pfefferte er panisch den Computer auf die Couch. Sprang auf und stand plötzlich angsterfüllt da. Dann griff er fahrig nach einem Stift, der auf dem Tisch lag. Markus fand kein Papier, zog die Fernsehzeitung zu sich und kritzelte die Nummer auf den Rand. 043 … »Das darf nicht wahr sein. Das Monster wohnt hier auf der Insel.« Er griff, bleich wie die Wand im Zimmer, nach seinem Handy, das in der Jackentasche auf der Sessellehne lag, holte tief Luft und wählte zitternd die Nummer. Hektisch fuhr er sich mit eiskalten Fingern durch seine fettigen Haare. Ihm war mittlerweile alles egal, er musste Katrin beschützen, bevor noch Schlimmeres passierte. Mit der Person war nicht zu spaßen, das wusste er.

Markus erinnerte sich plötzlich an die Zeit, als er mit der unberechenbaren Person gemeinsam in derselben Wohngruppe in Berlin untergebracht war. Sie waren beide noch sehr jung, aber schon damals hassten sie sich. *Was will diese Type auf der Insel? Und wieso ist sie nicht mehr in der Klinik?* »Oh Mann, ich muss …« Am anderen Ende wurde der Hörer abgenommen. Markus stand schweißgebadet im Türrahmen. »Hallo, wer ist da?«, hörte er die raue, fast flüsternde Stimme. »Hör genau zu. Ich weiß, wer du bist – und ich weiß auch, was du hier willst. Ich habe dich Freitagabend gesehen. Also pass auf.« Markus' Hals brannte wie Feuer, er hatte auf einmal irrsinnigen Durst. Die Zunge lag schwer wie Blei, trocken und pelzig im Mund, und er hatte Angst, dass ihm die Stimme versagte. Am anderen Ende gedämpftes Atmen. Draußen fing es an zu hageln. Eiskörner trommelten gegen die Fensterscheibe. »Du kommst morgen Abend zum Strand von Katharinenhof. Da, wo die Angler immer sind. Du weißt, wo?« Keine Antwort. »Um neun. Wenn nicht, gehe ich zur Polizei, die sind sicher interessiert an dem, was ich zu erzählen habe.« Der Atem am anderen Ende der Leitung ging schwer. »Um neun, verstanden?« Immer noch keine Antwort. »Hast du mich verstanden?«, brüllte er ins Telefon. »Ja«, hauchte die Stimme mit einem gefährlichen Unterton. Dann war die Leitung tot. Ein Blitz

erhellte das Zimmer. Gleichzeitig knallte ein Donner-
schlag durch die Luft. Es war, als würde ein Fingerzeig
Gottes ihn hindern wollen. Aber jetzt gab es kein Zurück
mehr. Markus wollte die Sache klären. Ein für alle Mal.

»Wie jetzt, wir können nicht mehr über die Brücke?«
»Alles dicht, sehen Sie doch.« Hartwig zeigte auf die Tafel,
die darauf hinwies, dass die Brücke für sämtlichen Verkehr gesperrt war. »Wir fahren trotzdem«, sagte Westermann mürrisch und machte Anstalten, die Brücke trotz
der verhängten Sperre zu überqueren. »Das ist ja wohl
nicht Ihr Ernst. Sie können da nicht einfach drüberfahren.
Wenn das jeder machen würde …« Ein heller Blitz zuckte
über den schwarzen Himmel und setzte die Brücke in
gespenstisches Licht. Der Donner, der folgte, schien die
Brücke vibrieren zu lassen. Erschreckt blieb Dirk Westermann kurz vor der Brücke am rechten Fahrbahnrand
stehen. »Das hab ich so auch noch nicht gesehen. Gruse-
lig. Vielleicht haben Sie recht, Hartwig. Und was nun?«
Westermann sah seinen Beifahrer hilfesuchend an. »Wir
fahren zurück und suchen uns ein Zimmer. So schwer
kann das jetzt nicht mehr sein. Die Saison ist ja längst
vorbei. Außerdem könnten wir vor Ort alles durchspre-
chen, wenn Sie wollen.« Hartwig schielte Westermann
unsicher an.

»Vielleicht sollten wir uns jetzt erst mal duzen, als neue
Partner in gemeinsamer Sache sozusagen«, antwortete
Westermann. »Ich heiße Dirk.« Er reichte Hartwig die
Hand. Der nickte. »Dann lassen Sie … äh, lass uns umkeh-
ren. Das hier kann Stunden dauern. Und wie es zurzeit
aussieht, Tage.« »Okay. Ich kann auch von hier aus arbeiten. Mein Laptop ist im Kofferraum. Für mich kein Pro-

blem. Auf mich wartet niemand. Und bei dir?« »Auch nicht. Bin Single.« Hartwig zuckte mit den Schultern. »Geschieden«, antwortete Westermann, hob die Hand salutierend zur Schläfe. »Ich ruf meine Dienststelle an, und dann müssen wir nur ein vernünftiges Zimmer finden«, sagte er, rangierte zwischen zwei Fahrzeugen, die vor und hinter ihm standen, um die Rückfahrt auf die Insel anzutreten. »Aber eigentlich kannst du ja auch die Dienststellen informieren, während ich fahre.« Er wendete den Wagen und Thomas Hartwig zog sein Handy aus der Jackentasche, um zu telefonieren. »Wie gut, dass ich meine Jacke im Kofferraum hab. Sonst würde ich hier noch erfrieren.« Ohne darüber nachzudenken, hatte Hartwig, bevor sie nach Fehmarn fuhren, seine Jacke in Westermanns Dienstwagen gelegt. Man konnte ja nie wissen.

»Was hältst du von der Sache? Ich kann die Verbindung noch nicht erkennen.« Thomas Hartwig sah seinen Partner fragend von der Seite an. »Wir müssen uns zuerst um die Verdächtigen kümmern. Da sind dieser Clasen, Charlotte Hagedorns Freundin … und Katrin?« »Die wird sich wohl kaum selber einen Nagel in den Reifen gejagt haben. Die erbt doch sowieso alles, irgendwann. Nee, unwahrscheinlich. Die ist Leidtragende, genau wie die Tante. Überleg doch mal. Job weg, Reifen hin. Auf gar keinen Fall.« Thomas Hartwig regte sich dermaßen auf, dass ihm die Röte ins Gesicht stieg. »Reg dich ab. War nur so ein Gedanke. Du hast schon recht«, sagte Westermann und gab Gas. »Wir brauchen Bekannte von Frau Hagedorn. Vielleicht ist da jemand, der es auf sie abgesehen hat, dem sie … ist eigentlich gut, dass wir hierbleiben müssen. Die Spurensicherung hat wahrscheinlich auch schon erste Ergebnisse.

Ich ruf die nachher an, damit sie uns die Daten rüberfaxen können, sobald wir wissen, wo wir unterkommen.«

Hartwig dachte an Katrin, als Westermann ihn aus seinen Gedanken riss. »Wahrscheinlich ist es jemand, der beide gut kennt. Und den finden wir wohl eher auf Fehmarn als in Hamburg. Sagt mir die Logik.« Der Kommissar kniff angestrengt wieder die Lippen zusammen. »Es muss jemanden geben, der etwas haben will, das beiden gehört. Wenn ich so über das Haus nachdenke – am Sund. Das hätte ich schon gern … in der Lage.« Thomas Hartwig lachte. »Dazu reicht aber leider mein Gehalt nicht, und deins wohl eher auch nicht, oder?« Wieder zuckte ein greller Blitz über den Nachthimmel, dem Sekunden später lautes Donnergrollen folgte. »Weltuntergangsstimmung, unheimlich«, sagte Hartwig und schüttelte sich. Es war kurz vor 20 Uhr. »Das Haus wäre zumindest ein Grund. Das Erbe wird es nicht sein, du hast recht.«

Dirk Westermann setzte den Blinker und fuhr nach Burg ab. »Charlotte Hagedorn hat, soweit ich das verstanden habe, eine Schwester. Katrins Mutter.« Westermann konzentrierte sich auf die Straße, während er sprach, und fuhr in den Kreisel. »Ja, aber die leben die meiste Zeit im Ausland. Und finanziell geht es denen wohl auch ziemlich gut. Aber wir sollten die finanzielle Seite auf jeden Fall überprüfen. Fahr mal nach Burg rein. Wir können da in dieses Hotel am Markt fahren. Das ist mir vorhin aufgefallen, als wir rausgefahren sind. Weisser oder Wisser oder so ähnlich«, sagte Hartwig. Langsam bogen sie in die Einkaufsstraße der Altstadt ein. »Hier gleich links.« Westermann setzte den Blinker und hielt direkt vor dem Hotel. »Und du meinst, dass wir uns diesen Nobelschuppen leisten können?«, fragte er Thomas

Hartwig und lachte. »War 'n Spaß, keine Angst. So viel hab ich gerade noch. Außerdem – Spesen«, lächelte er seinen neuen Partner an.

Sie stiegen aus dem Audi, ließen die Türen ins Schloss fallen. »*Wissers Hotel*. So heißt das«, sagte Westermann, öffnete den Kofferraum, schmiss Hartwig die Jacke entgegen und nahm seine Aktentasche heraus. »Das muss für heut Nacht reichen« grinste er, als er mit dem Kopf auf seine Tasche deutete. Dann schlug er seinen Mantelkragen hoch. Es hatte wieder angefangen zu regnen.

»Hallo, hört Se mi? Is allns in Ordnung?«, rief der Mann und klopfte an die Seitenscheibe von Katrins Wagen. Der Landwirt kam vom Skatspielen aus dem Nachbarort und war auf dem Weg nach Hause. Während er gegen Sturmböen gekämpft hatte, die anscheinend aus allen Richtungen kamen, über matschige Felder fegten und ihn vom Rad zu reißen drohten, hatte er das Auto gesehen. Mit eingeschaltetem Abblendlicht stand es am Straßenrad, gefährlich nah am Graben. Auf gleicher Höhe drehte er den Kopf zum Fahrzeug. Trotz der Dämmerung bemerkte er die junge Frau, die mit eigenartig verrenktem Kopf und geschlossenen Augen zurückgelehnt auf dem Fahrersitz saß. Er fand die Situation komisch, stieg vom klappernden Rad. Rost schimmerte überall durch die schwarze Farbe, die den gesamten Drahtesel notdürftig zusammenhielt. Der Landwirt hielt das Rad am zusammengepflasterten Ledersattel fest und ließ es ins Gras fallen. Ihm war die Sache nicht geheuer, und deshalb war es selbstverständlich, anzuhalten. Auf dem Dorf half man sich, wenn man konnte. »Hallo!«, rief er noch einmal. Ohne Zeit zu vergeuden, riss er die Fahrertür des Golfs auf. Er spürte, dass etwas nicht in Ordnung war, rüttelte vorsichtig an der Schulter der anscheinend bewusstlosen Frau. »He, opwaaken. Se künnt hier nich slapen.« Behutsam tätschelte er ihre Wange, hoffte, dass sie reagierte.

Katrin schlug angsterfüllt die Augen auf. »Was ist, was ist?« Der Mann nahm Geruch von Erbrochenem wahr, schaute runter und sah, dass er mit beiden Füßen mittendrin stand. Dann fragte er besorgt: »Geiht ehr dat nich goot?« Katrin saß bleich wie ein Leichentuch auf dem Sitz, fuchtelte panisch mit den Armen und sah den etwa 60-jährigen Mann, der in braunen Cordhosen und Tweedjacke vor ihr stand, aus glasigen Augen verwirrt an. »Ich weiß nicht, mir war plötzlich so schlecht. Da waren Monster. Die Bäume ...« Der Landwirt aus Klausdorf sah die Frau irritiert von der Seite an. »Schall ik ehr na Huus förn? Oder doch leeve een Krankenwogen ropen?« Katrin schüttelte entschlossen den Kopf. »Nein, wirklich, es geht schon wieder. Ich musste mich übergeben, alles raus. Die Torte im Café, die viele Sahne. Das war alles 'n bisschen viel für meinen Magen.« Sie streichelte sich mit der Hand linkisch über den Bauch.

Der Mann strich über die ausgebeulte Cordhose. Zupfte am Saum der Jacke, schob den Hut aus der Stirn und deutete mit einer Hand nach unten, als er naserümpfend feststellte: »Dat kann man rüüken.« Verlegen sah Katrin ihn an. »Mir geht's besser, bestimmt. Ich fahr jetzt gleich nach Hause, ruh mich aus, versprochen.« Der Landwirt trat einen Schritt zurück, überlegte. »Wenn Se dat wüllt, för ik ehr uk.« »Nein wirklich nicht, danke.« Der Mann griff nach seinem am Boden liegenden Rad und sagte schulterzuckend: »Na, denn is goot. Ik wünsch ehr allns Gode. Un pass Se op siek op. Moin, moin.« »Ja, danke.« Dann schwang er sich auf sein Rad, stieß mit Kraft in die Pedale und versuchte, des Windes Herr zu werden.

Die Dunkelheit kroch über die Felder, als Katrin mit verschwommenem Blick auf die Uhr des Armaturenbrettes sah. »Mann, gleich halb sechs. Wie lange hab ich denn hier gesessen?« Sie konnte sich beim besten Willen nicht erinnern. Als sie im Café saßen, war es noch hell. Der Schwindel war noch nicht verschwunden, und in ihrem Kopf hämmerte es, als sie den Wagen startete. Ich muss heim …

Katrin sah im Rückspiegel mächtige schwarze Wolken und fuhr langsam an. Sie öffnete das Fenster und ließ frischen Wind ins Wageninnere wehen.

Die Luft war zum Schneiden dick. Es stank nach Rauch, Schweiß und Alkohol. Sven stand, eine Hand in der Hosentasche, am wuchtigen dunklen Holztresen und versuchte mit der anderen, wild gestikulierend, ein Bier zu bestellen. Es dauerte mehrere Minuten, bis eine der Bedienungen ihn endlich wahrnahm. Der einzige Laden, in dem geraucht werden durfte, zog die Leute an wie Scheiße die Fliegen. Selbst heute am Mittwoch war die Gaststätte rappelvoll, was Sven irritierte. Normalerweise füllte sich die Diskothek, die eher einer dunklen Piratenspelunke als einer Kneipe glich, eigentlich nur freitags und samstags. In ihr traf sich immer wiederkehrend eine seltsame Mischung von ebenso seltsamen Leuten.

Betrat man die verräucherte Höhle, die einen schon vor der Tür mit lauter Schlagermusik fast erschlug, stand man unmittelbar hinter der Tür auf einer winzigen Tanzfläche, auf der sich Pärchen und vereinzelte Frauen eng gedrängt zur Musik bewegten – oder es zumindest versuchten. Sven hatte sich schon oft darüber amüsiert und hoffte, dass keine der Frauen, die in allen Altersklassen über den Tanzboden rockten, ihn wahrnahm und versuchen würde, ihn als Opfer auf die Tanzfläche zu zerren. Er wollte einfach nur unbehelligt dastehen, sein Bier trinken und in Ruhe gelassen werden. *Warum hab ich Katrin bloß hierher bestellt? Die hält mich jetzt doch für völlig durchgeknallt. Mann, was bist du doch für ein Idiot, Clasen,* schalt er sich selbst. *Ich glaub, ich simse ihr, und wir treffen uns lieber woanders.* Sven zog sein Handy aus der Hosentasche und schickte Katrin eine SMS. Telefonieren konnte man sowieso nicht – viel zu laut.

Wartend betrachtete er die gemalte Fehmarnsundbrücke an der Wand hinter der Tanzfläche. Taxierte gelangweilt eine brünette vielleicht 20-Jährige, die bauchfrei in engem Top und eindeutig zu kurzem Rock, der eher einem breiteren Gürtel glich, zu Wolfgang Petrys Hit *Verlieben, verloren, vergessen, verzeihn* Bewegungen absolvierte, die stark an einen afrikanischen Fruchtbarkeitstanz erinnerten. Sven schmunzelte abfällig. *Wen will die Bitch damit denn ins Bett locken?* Er lauerte ein paar Minuten, sah auf sein Handy. Keine Antwort. *Dann eben nicht!* Er stand unter dem dunklen Holzdach, das über dem Tresen angebracht war, und an dem Gläser und Flaschen geordnet hingen. Rund um das gute alte Stück saßen sie. Die von Wind und Wetter gegerbten, von Zigarettenqualm und Alkohol zerknitterten, müde aussehenden Gestalten, die auf ihren Hockern festgenagelt zu sein schienen. Sven ließ seinen Blick über die Köpfe hinweggleiten. Die Figuren, die anscheinend hier ihr zweites Zuhause gefunden hatten und ihr letztes Geld dem Wirt überließen. Im nüchternen Zustand waren sie ihm zuwider. Die bezechten, lallenden und gierig den Weibern hinterherschmachtenden Nachteulen, die hier ihr vielleicht letztes Geld versoffen. Neben ihm saß ein Unbekannter auf einem Tresenhocker, seinen Kopf auf den verschränkten Armen abgelegt, und schlief selenruhig. Der hatte genug. Seine Schicht war für heute zu Ende.

Sven drehte dem Schlafenden den Rücken zu und starrte auf die Balustrade aus Holz, die den massiven Tresenbereich zur Tanzfläche abgrenzte. An der lehnten nicht mehr ganz nüchterne Männer, gierten sabbernd mit glasigen Augen tanzende Mädchen an. Sven betrat den verräucherten Laden nicht oft, aber manchmal traf er hier seinen Kumpel Sascha, mit dem er manchen Abend in den letzten Jahren am Computer verbracht hatte. Und der ging ausschließlich in diesen maritim angehauchten Schuppen. Zum einen, weil er selbst rauchte wie ein Schlot, zum anderen hoffte er, hier die Frau seines Lebens zu finden. Sven belächelte ihn insgeheim, hielt aber seine Klappe und nahm es hin. Sie quatschten zwei, drei Bier lang, bis jeder mit dem richtigen Pegel nach Hause verschwand.

Die Luft in dem Räucherschuppen brannte Sven heute in den Augen und in seiner Lunge. Er hoffte, dass Katrin bald kam. »Eh, Alter, gibst du einen aus?« Ein verschrobener Mittfünfziger legte Sven freundschaftlich die Hand auf die Schulter und sah ihn aus wässerigen Augen müde an. »Fass mich nicht an, sonst gibt's Ärger!« Damit schüttelte er die magere Hand von seiner Schulter. »Verpiss dich.« Schleppend verschwand der Alte wieder an die hinterste dunkle Ecke des Tresens und ließ sich murrend auf seinem Hocker nieder.

Mann, warum hab ich sie bloß hierher bestellt? Die haut sofort wieder ab. Er wusste, dass sie dem Laden nichts abgewinnen konnte. Viel lieber saß sie mit ihm in einer Cocktailbar und trank Caipis. Alles ein bisschen gediegener, coole Leute. Er quetschte sich dichter an den Tresen, hob die Hand und winkte nach der jungen Kellnerin, die im engen Shirt dahinter stand und Bier zapfte. Er zeigte mit dem Finger auf sein Glas, was so viel bedeutete wie: »Machst du mir noch ein Bier?« Er reichte ihr das leere über die Theke und schielte nervös auf die Uhr an der Wand hinter sich. Fast halb elf. *Für zehn hatten wir uns verabredet. Hoffentlich lässt sie mich nicht doch noch hängen.* Eine halbe Stunde wollte er noch warten, dann würde er abhauen.

Sven bemerkte zwei Männer, die nicht von der Insel kamen. Irgendwie sah man es den Auswärtigen an. Ab und zu verirrten sich ein paar Typen vom Festland in diese Kneipe. Um sich entweder köstlich über die fast kultige Atmosphäre zu amüsieren oder nach ein paar Minuten schnellstens das Weite zu suchen, weil sie sich für etwas Besseres hielten. Es unter ihrem Niveau war, sich in einer derartigen Räuberhöhle aufzuhalten. Die beiden Fremden baggerten ganz offensichtlich die Frauen hier an. »He, dein Bier«, rief die mollige Blondine und reichte ihm sein Glas. Sven zog einen Schein aus der Hosentasche und gab ihn der Bedienung. Er beobachtete die beiden Männer vor sich. Dass es sich um Freunde handelte, konnte Sven sehen. Sie steckten die Köpfe zusammen, flüsterten, grinsten und begafften ein paar junge Frauen, die sich lasziv und nicht gerade zugeknöpft auf der Tanzfläche bewegten. Das gefiel Sven überhaupt nicht. Er hasste es, wenn die Männer vom Festland hier einheimische Mädels anmachten, für ein paar Nächte Spaß mit ihnen hatten, um sie dann mit gebrochenem Herzen zurückzulassen. Er hasste diese billige Tour!

Die Tür der Kneipe ging auf, und ein kühler Hauch aktiver Sauerstoff zog für ein paar Sekunden durch die Enge. *Ja, ich hab's gewusst!* Erleichtert schaute Sven auf den Eingang, in dem Katrin dick eingepackt in ihrer Jacke stand und nach ihm Ausschau hielt. Sven hob sein halbvolles Bierglas in die Höhe und reckte seinen Hals. Sie sah ihn und winkte in seine Richtung. Er mochte diesen sportlichen, natürlichen Typ Frau, mit dem man Pferde stehlen konnte, auch wenn es eigentlich eher Gläser statt Pferde waren, die sie in Caipilaune auf Festen mitgehen ließen. Sie schob sich durch die schweißlastige, verqualmte Luft direkt auf Sven zu. Katrin wirkte beklommen. Die gierigen Blicke der Männer, die neue Beute erhofften, schienen ihr nicht sonderlich zu gefallen. Die beiden Fremden, die Sven die ganze Zeit im Auge hatte, drängten sich dicht neben ihn am Tresen, sodass Katrin direkt an ihnen vorbei musste. Wie zufällig berührte der größere von beiden ihre Brust mit dem Ellbogen. Der blasse schmächtige Hänfling neben ihm zog am Bund seiner beigefarbenen Hose und fuhr sich fahrig mit der Hand durch mausgraue, akkurat geschnittene Haare. Er griente seinen mindestens einen Kopf größeren Kumpel an, der sich wie ein Pfau mit zu kurz geschorenen Federn breitschultrig aufplusterte und genauso dreckig grinste. Sven hatte die widerwärtigen Typen im Visier. Als er bemerkte, dass der wie ein Türsteher Aussehende Katrin bedrängte, schob er sich sofort mit seinem nicht zu verachtenden sportlichen Körper dazwischen. »Hallo, schön, dass du da bist«, rief er ihr zu. Katrin sah ihm verächtlich in die Augen. »Musste das unbedingt dieser Laden sein?«, rief sie, japste nach Luft und deutete nickend mit dem Kopf Richtung Tanzfläche. »Tut mir leid!«, schrie er. »Ich weiß auch nicht, was in mich gefahren ist. Irgendwie ist heute hier der Teufel los. Vielleicht können wir gleich woanders hingehen? Ich trink nur noch mein Bier aus. Möchtest du auch was trinken?« »Nein danke, mir ist nicht gut.« Sie zeigte demonstrativ auf ihren Kopf. »Viel unterhalten kann man sich in diesem Laden sowieso nicht. Ist blöd.« Katrin zog die Schultern zusammen, um ihm zu demonstrieren, wie unangenehm ihr die Umgebung und die Leute waren.

»Ich geh kurz pinkeln, dann können wir los. Lauf nicht weg«, rief er, drehte sich um und verließ durch eine Eisentür am Ende des Raums die dunkle Höhle. Katrin ließ er schulterzuckend zurück. Unschlüssig stand sie da, beobachtete das groteske Schauspiel um sich herum, als der schmächtige Typ sich neben sie stellte und beiläufig fragte: »Bist du öfter in diesem Laden? Ich hab dich hier noch nie gesehen.« Katrin sah ihn kurz abschätzend an und sagte: »Lass mich in Ruhe.« Der Kerl mit den stechenden Augen nervte. Er hatte nicht ansatzweise das, was einen Traummann ausmachte. Wie ein Milchbubi stand er im quergestreiften T-Shirt an den Tresen gelehnt und versuchte, locker rüberzukommen. Katrin drehte ihm den Rücken zu. »He, was bildest du dir ein. Ich sprech mit dir.« Seine Hand umschloss hart ihren Oberarm, und mit einem Ruck riss er sie böse funkelnd zu sich herum. »Ich wollte nur mit dir reden. Ist das zu viel verlangt?« Mit zusammengekniffenen Augen sah er sie drohend an. Er kam ihr auf einmal noch farbloser vor, wenn das überhaupt möglich war. Sein wütend beim Schreien sprühender Speichel landete auf ihrer Jacke. Angewidert wendete sie ihren Kopf ab. *Tickt der nicht richtig?* Katrin tippte sich mit dem Finger an die Stirn, sah ihm in die Augen und sagte so ruhig wie möglich: »Du kennst mich nicht. Lass –

mich – in – Ruhe. Ich hab keinen Bock auf dein dämliches Gelaber.« Mit einem Ruck riss sie ihren Arm los.

Sven bahnte sich gerade einen Weg zur Tür und erfasste die Situation im Bruchteil einer Sekunde. Wie eine Kampfmaschine trieb er mit den Händen die Leute um sich auseinander und baute seine 1,85 schützend vor Katrin auf. »Eh, Alter!«, brüllte er. »Wenn du richtig Ärger willst, kannst du sofort haben!« Ruppig packte er den Fremden am Kragen seines Poloshirts und zog ihn bedrohlich nah an sich heran. »Ich warne dich«, flüsterte er gefährlich leise. »Du befindest dich auf extrem dünnem Eis. Ich beobachte euch schon die ganze Zeit. Wenn ihr meint, ihr könnt hierherkommen und unsere Frauen angraben, dann habt ihr euch getäuscht.« Sven zeigte mit einem Blick zu Katrin, die mit aufgerissenen Augen das Schauspiel verfolgte. »Und dann wieder abhauen, überall verbrannte Erde zurücklassen, hä? Da kennt ihr uns Insulaner nicht.« Der andere spürte Svens heißen Atem auf seinem Gesicht und versuchte entsetzt, zurückzuweichen. »Das gibt's hier nicht, ist das klar? In unserem Revier wird nicht gewildert.« Warnend blickte er ihn noch einmal an, stieß den verschreckten Mann schroff von sich.

»Reg dich nicht auf. Wir wollen doch gar nichts«, mischte sich jetzt der größere von beiden ein und legte beschwichtigend die Hand auf Svens Schulter. »Komm, ich geb einen aus. Was willst du trinken?«, sagte er und versuchte, Sven zu beruhigen. »Nimm die Hand da weg, aber augenblicklich!« Sven schüttelte sich und ballte die Hand zur Faust. »Du meinst, du kannst hier mal eben einen ausgeben, und wir sind Freunde fürs Leben oder was? Gar nichts geht hier. Macht euch vom Acker.« Stinksauer hob Sven seine Hand und stieß den Mann einen halben Meter von sich in die Menge. Der fiel und landete unsanft zwischen ein paar Leuten, die ärgerlich pöbelnd auswichen. Dann rappelte sich der am Boden Liegende wieder auf, klopfte sich verlegen den Dreck von seinen Jeans, stellte sich vor Sven. Mit gefährlich leisem Unterton in der Stimme sagte er: »Das wird sich noch zeigen, wer hier die besseren Karten hat, du Insulaner.« Bleich und schnaubend starrte er die junge Frau an, um die sich der ganze Streit gedreht hatte. »Solche Weiber wie dich können wir an jeder Ecke haben, Schlampe. Pass bloß auf. Und wenn du zehnmal einen Bodyguard neben dir stehen hast. Man trifft sich immer zweimal!« Wütend drehte er sich um und ging mit seinem Freund einen Schritt auf die Tanzfläche zu. Katrin konnte nicht glauben, was gerade passiert war. »Bist du nicht mehr ganz dicht? Du kannst doch nicht einfach für mich reden und so einen Mist verzapfen. Als hätte ich nicht schon genug Ärger am Hals. Du bist echt ein Scheißkerl. Ich brauch keinen Beschützer!« Ihre Stimme überschlug sich. Dass sie sehr wohl einen brauchte, war ihr anscheinend immer noch nicht klar.

Sven sah sie verdutzt an. Mit dieser Reaktion hatte er nicht gerechnet. »Eh, die haben dich grad angemacht. So was geht hier nicht.« Sven verstand nicht, warum Katrin sich so aufregte. Schließlich hatte er ihr gerade den Arsch gerettet. »Ihr Weiber seid doch echt alle blöd drauf. Du kannst mich mal«, murrte Sven resigniert. »Ach, lass mich einfach in Ruhe, klar? Blödmann!« Katrin hatte genug. Nicht nur, dass er sie hierher bestellt hatte, jetzt war der zweite Versuch, mit ihm zu reden, auch danebengegangen. »Sei nicht sauer. Ich hab's doch nur gut gemeint. Es tut mir leid«, versuchte er, die Sache zu bereinigen.

»Lass uns gehen. Komm bitte.« Sven legte besänftigend den Arm auf ihren. Aber ihr war es jetzt egal, sie wollte nur noch nach Haus. Ohne ihn noch einmal anzusehen, schob sie sich drängelnd durch die Leute, stieß mit dem Fuß die Tür auf und verließ die verqualmte Höhle. »Das wird dir noch leidtun!«, schrie Sven außer sich. Den verächtlichen Blick der beiden Männer, die den Streit interessiert verfolgt hatten, sahen weder Katrin noch ihr Exfreund. Sven drehte sich um, orderte resigniert noch ein Bier, als ihm jemand auf die Schulter klopfte. In dem Moment, als er sich umdrehte, landete die Faust mitten in seinem Gesicht.

Katrin setzte sich mit rasenden Kopfschmerzen und klopfendem Herzen in ihren Wagen und startete zitternd den Motor. *Mann, warum bin ich nur so ausgerastet? Er konnte gar nichts dafür. Da hilft er mir, und dann das! Nimmt das denn überhaupt kein Ende mehr?*

Ein Stück weiter saß Markus im Auto, zog an seiner Zigarette und wartete, bis sie den Parkplatz verlassen hatte. Dann fuhr er ihr in sicherem Abstand nach.

DONNERSTAG

Thomas Hartwig ging in Jeans und Sweatshirt, die er seit gestern bereits trug, auf den Tisch am Fenster der Lounge des Hotels zu. »Na, gut geschlafen?«, fragte er Dirk Westermann, der genau wie er in Klamotten vom Vortag steckte und gerade einen Schluck Kaffee zu sich nahm. Angespannt blätterte er in einem unsortierten Haufen Unterlagen, die vor ihm auf dem Tisch lagen. »Mmh, und selbst?«, fragte er, ohne den Blick von den Papierseiten zu nehmen. »Geht so. Ich bekomme das mit dem Unfall nicht aus dem Kopf.« Hartwig setzte sich auf einen Stuhl, der seinem Kollegen gegenüberstand. »Da sag ich dir gleich was zu. Trink mal erst 'n Schluck.« Hartwig winkte dem drahtigen Kellner, der wartend hinter dem Tresen stand, und nickte. »Also, jetzt hör mir gut zu. Ich hab heute Morgen ein Fax von der Kripo bekommen. Charlotte Hagedorn war zweimal verheiratet. Beide Männer verstorben. Die Vita der Männer habe ich angefordert. Kann noch ein, zwei Tage dauern. Frau Hagedorn selbst wohnt seit Ewigkeiten auf der Insel und ist ansonsten nicht weiter auffällig gewesen. Eine ziemlich gute Fotografin. Ausstellungen, 'ne Menge Jobs bei Zeitungen, was so dazugehört. War als Sängerin unterwegs, bisschen Bilder pinseln, na ja, du weißt schon. Künstlerin eben. Wir müssen uns die Mühe machen und ihr Umfeld hier auf der Insel abklappern.« »Und ich hab gestern Abend noch mit Hamburg telefoniert. Die Kollegen faxen uns Informationen über

Katrin Duvenstedt, sobald sie etwas herausgefunden haben. Aber wie gesagt: Alles nicht wirklich auffällig bis hierher.«

Der Kellner stellte das Frühstück für Hartwig auf den Tisch. »Kaffee oder Tee?« »Kaffee, danke.« Er räusperte sich, legte ein Brötchen auf seinen Teller, schnitt es auf und belegte es mit Käse. »Lass uns zu Ende frühstücken, und dann fahren wir zum Haus von der Hagedorn. Die Nachbarn können uns vielleicht mehr erzählen«, sinnierte Westermann. »Wieso Nachbarn? Ist dir nicht aufgefallen, dass die Häuser fast alle leer sind? Ich hab da nirgends Licht gesehen.« Hartwig sah seinen Kollegen an und wartete auf eine Antwort, während der hungrig in das Brötchen biss. »Trotzdem. Vielleicht war jemand zu Hause, von dem wir nichts wissen. Wir müssen es wenigstens versuchen«, sagte Westermann und zog ein bedrucktes Blatt aus dem Haufen.

»Was ist eigentlich mit der Freundin?« Hartwig stellte die Frage und sah Westermann kauend an. »Was soll mit der sein? Die bemüht sich eindeutig um die Hagedorn. Die beiden sind, soweit ich das mitbekommen habe, ständig zusammen. Gehen auf Motivsuche für Fotos. Ich glaube, die walken sogar zusammen um die Insel.« Hartwig grinste. »Mit diesen komischen Stöckern?« »Was gibt's denn da zu grinsen. Hab ich auch schon ausprobiert. Nichts gegen einzuwenden. Allerdings nur im Dunkeln, wenn mich niemand sehen könnte.« Hartwig prustete die Brötchenkrümel über den Tisch. »Ha, das glaub ich doch jetzt nicht. Du und Walken? Ich stell mir das gerade bildlich vor. So mit Sportoutfit und Stirnband um die graue Löwenmähne? Hähä.« Westermann machte ein verächtliches Gesicht und sah ihn nicht gerade freundlich von der Seite an. »Iss zu, wir müssen los«, sagte er, raffte die Blätter zusammen und stand verärgert auf.

Im Büro von Jens Matthinsen blubberte ebenfalls die Kaffeemaschine. Seine Angestellte hatte an diesem Tag frei und er musste sich selbst versorgen. Schnuppernd schenkte er sich von der Brühe, die so schwarz aussah wie sein Anzug, in einen Becher. Der Kaffee war so stark, dass ein Löffel wahrscheinlich allein hätte darin stehen können. Angewidert nahm er einen Schluck des bitteren Gebräus zu sich. »Boah, ist das ekelig.« Er stellte den Becher auf den Schreibtisch. »Alles muss man allein machen!«

Matthinsen nahm den Hörer in die Hand und wählte Charlotte Hagedorns Nummer. Während er den Seidenschal lockerte, den er mit einem englischen Knoten um seinen Hals geschlungen hatte, wischte er sich Schweißperlen von der Stirn. Freizeichen. Nach dem vierten Klingeln nahm jemand am anderen Ende der Leitung ab. »Hier bei Hagedorn?« Der Makler räusperte sich. »Immobilienbüro Jens Matthinsen. Ich möchte bitte mit Frau Hagedorn sprechen, ist sie jetzt da?« »Ich sagte Ihnen doch schon, die ist nicht zu sprechen.« Die Stimme am anderen Ende klang verschlafen und gereizt. »Es ist aber dringend.« »Also gut. Sie hören ja doch nicht auf zu nerven. Meine Tante ist im Krankenhaus. Vor nächster Woche ist sie nicht erreichbar. Und nun lassen Sie mich endlich in Ruhe!«

Aufgelegt. Matthinsen stieg die Röte ins Gesicht. »Verdammt! Blöde Kuh.« Wütend riss er sich den Schal vom Hals. Der Anruf, der ihn heute Morgen um halb sieben schon erreicht hatte, war mehr als unangenehm gewesen und hatte ihn enorm unter Druck gesetzt. Als er an die brüllende Stimme dachte, wurde ihm ganz anders zumute. »Ich hab so eine Krawatte«, hatte der Interessent geschrien, »wenn bis nächste Woche das Grundstück nicht in meinem Besitz ist, stecken Sie richtig in der Scheiße, ist das klar?« Matthinsen stellte sich gerade dessen Krawatte vor. Dabei hatte er selbst ihn heiß auf das Objekt gemacht. Es ihm angepriesen, als hätte er es schon in seinem Bestand. Und nun galt es, ihn hinzuhalten. Und die Alte zu überzeugen, endlich zu verkaufen. »Die Geister, die ich rief ... So ein Mist! Ich muss ins Krankenhaus. Dass sie da liegt, hätte ich nicht für möglich gehalten. Aber vielleicht hab ich da die besseren Karten.« Jens Matthinsen zog die Augenbrauen hoch, stellte seinen Computer aus, griff nach seinem Mantel und verließ sein Büro, nicht ohne das Schild in der Tür umzudrehen. »Bin gleich wieder da«, stand da in goldenen Lettern auf schwarzem Grund.

Markus rollte seinen klammen Schlafsack zusammen und schielte vorsichtig hinter der Gardine hervor. *Sie scheint noch zu schlafen. Alles noch ruhig. Da muss gestern Abend irgendwas passiert sein, so wütend, wie sie losgelaufen ist.* Die Gardine fiel zurück. Markus zog die Thermoskanne aus seinem Rucksack, drehte den Deckel ab und goss sich den Rest des kalten Kaffees hinein. *Besser als nichts.* Er sah sich um. Jetzt konnte er sich orientieren, machte sich im Kopf einen Plan, falls er noch einmal hierherkommen müsste. An weiß getünchten Wänden hingen Regale, die mit Farbflaschen und Dosen vollgestellt aussahen wie die Auslagen im Supermarkt. Leere Leinwände lehnten am Mauerwerk, warteten darauf, dass künstlerische Gemälde auf ihnen entstanden. Ansonsten türmten sich überall haufenweise Kartons, die mit schwarzem Filzstift beschriftet anzeigten, was sich in ihnen befand. Küchenutensilien, Weihnachtsdeko, Bürokram und so weiter. Markus lächelte abfällig. *So gesehen befindet sich mein ganzes Leben in zwei Kartons. Mmh, vielleicht sollte ich langsam mal anfangen, sesshaft zu werden. Wäre keine schlechte Gegend, endlich anzukommen.* Der Wind drückte lärmend gegen das Garagentor, das klapperte wie die Radkappen seines Wagens. Penetrantes Jaulen unterstrich die Ungemütlichkeit, in der er sich befand. Der übermüdete Mann, der nicht eine Stunde die Augen zugemacht hatte, weil es zu kalt und zu unheimlich gewesen war, schlug wärmend die Arme um sich.

So ein Leben wollte ich nie führen. Und jetzt sitze ich hier in einer eiskalten Garage. Was für ein Hohn. Verächtlich zog er den Reißverschluss seines Rucksackes auf. *Aber es ist nun mal, wie es ist.* Er schaute auf seine Uhr. *Ich sollte mich langsam aus dem Staub machen. Am Tag wird ihr niemand zu nahe kommen. Und heute Abend ist der Albtraum hoffentlich vorbei.* Markus' Lippen verschlossen sich zu dünnen Strichen, während er den Deckel der Thermosflasche fest zuschraubte und im Rucksack verstaute. So leise es ging, öffnete er die quietschende Tür, um durch das raschelnde Dickicht zu verschwinden. *Hoffentlich hat mich niemand gesehen.*

So gut es ging, stemmte er sich gegen den Sturm, der den Regen wie eine Mauer über den Sund trieb. Lief gehetzt Richtung Parkplatz, als neben seinem Wagen ein schwarzes Fahrzeug hielt, aus dem zwei Männer stiegen. »Hier kommt kein Fahrzeug bis zum Haus. Das finde ich schon merkwürdig«, hörte er einen der Männer sagen und zog sich blitzartig die Kapuze über den Kopf. Mit gesenktem Kopf öffnete er die Wagentür, um unbehelligt in sein Auto steigen zu können. »Hallo ... warten Sie mal.« Der ältere der beiden Männer ging um den Wagen zur Fahrertür des Coupés, sprach Markus unerwartet an. Erschreckt fuhr der herum. »Kripo Oldenburg, Westermann. Wohnen Sie hier?« Er deutete mit dem Kopf zur Häuserreihe, strich sich die Haare aus dem Gesicht, die ihm vor die Augen wehten. Markus sah ihn an, schüttelte heftig den Kopf, ohne ihn anzusehen. »Nee, ich lauf hier nur ab und zu«, sagte er heiser, trat unruhig von einem Fuß auf den anderen. Was absolut nachzuvollziehen war, stand er doch in Sportkleidung, Turnschuhen und Parka vor den beiden Polizisten. »Na dann. Nichts für ungut.« Westermann grüßte und starrte auf den Rucksack, den Markus über der Schulter trug. Eilig stieg der Kellner in seinen Wagen. *Was suchen die denn hier? Ob das mit Katrins Tante zusammenhängt?* Mit einem unguten Gefühl in der Magengegend startete er seinen Motor und verließ den schlammigen Parkplatz.

»Komischer Kauz. Merk dir mal die Autonummer«, sagte Westermann zu Hartwig, der dem abfahrenden Auto hinterher sah, um das verschmutzte Nummernschild zu erkennen. Westermann blickte währenddessen – angezogen von Geräuschen – auf die Brücke, die dem Sturm trotzte und düster ihren Bogen über den aufgewühlten Sund spannte. »Mann, die Wellen sind vielleicht hoch. Guck dir das mal an.« Der Hauptkommissar sah Hartwig, der sich gerade das Kennzeichen notierte, ans Funkgerät ging und es gleich an die zuständige Stelle weiterleitete, kurz von der Seite an. Die weiße Gischt, die das Meer ausspuckte, klatschte bei jeder Welle hart gegen die Brückenpfeiler. Bei jeder Böe gab der Stahl stöhnende metallische Laute von sich. »Das ist richtig beklemmend, da kriegt man ja eine Gänsehaut«, sagte Hartwig. Westermann nickte ihm zu. *Schon alles sehr merkwürdig …*

Thomas Hartwig beeilte sich, seinem neuen Kollegen zu folgen, der sich bereits in Bewegung gesetzt hatte. Er kämpfte mit seinem lehmfarbenen Trenchcoat, der bei jedem Windstoß aufklaffte, sodass Hemd und Hose vom Regen innerhalb weniger Minuten durchweicht waren. Mit der anderen Hand versuchte Westermann, seine Haare zu bändigen, die wie eine Punkfrisur vom Kopf abstanden. »Fehlt nur noch blaue Farbe für deine Mähne. Soll ich dir eine Mütze leihen?«, lachte Hartwig, als er den Kommissar erreichte. Er selbst trug seine dicke blaue Steppjacke und eine Wollmütze, die er immer in der Jackentasche hatte, und die das Schlimmste abhielten.

»Sehr witzig! Das sollte wohl komisch sein«, maulte der Kommissar und stapfte weiter. »Wie kann man hier nur wohnen wollen? Im Sommer mag das ja alles ganz schön sein, aber im Herbst? Und erst im Winter? Brr!« Westermann schüttelte sich. »Nu hab dich nicht so. Das ist doch toll. Hier hätte ich garantiert ein Boot und würde morgens zum Angeln rausrudern.« Hartwig machte eine rudernde Bewegung, während er wie ein Segelflugzeug an ihm vorbeijumpte. »Mehr geht doch nicht.« Der Hauptmeister fing laut an zu schwärmen. »Seit meiner Kindheit angle ich schon. Entweder am Strand oder aufm Angelkutter. Das hier ist doch das geilste Angelparadies«, schwärmte er und stiefelte neben Dirk Westermann weiter zum Haus. »Also, wenn ich es mir recht überlege, könnt ich hier auch meine Zelte aufschlagen.« »Nun mal langsam. Wir sind hier, um einen Fall zu klären, nicht, um zu angeln.« Westermann schob seinen Kollegen vor sich her.

Ein paar Minuten später standen sie vor Charlotte Hagedorns Haus, traten die fünf Stufen zur Tür hinauf und klingelten. Westermann strich sich die Regentropfen aus seinem Gesicht, und Hartwig grinste, während sie darauf warteten, dass jemand öffnete.

Katrin hatte sich gerade in der gemütlichen Küche an den langen antiken Holztisch gesetzt, um zu frühstücken. Sie nahm ihr Messer und beschmierte das Brot mit Butter, als sie in Gedanken noch einmal den letzten Abend Revue passieren ließ. *Wieso macht Sven mich eigentlich immer so wütend? Ich wollte doch mit ihm reden. Sobald er mir gegenübersteht, bringt der mich auf die Palme. Bin ich so verletzt, weil er mich betrogen hat oder weil ich ihn immer noch liebe? Hat er mich überhaupt betrogen? Was, wenn Rabea ihn verwechselt hat?*

Als sie grübelnd aus dem Fenster blickte, klingelte es. »Wer ist denn das schon so früh?« Katrin sah auf die Leuchtturmküchenuhr an der Wand links neben dem Fenster, legte das Brot auf das Brett und schob den Stuhl zurück. Nervös stand sie auf, ging in den Flur und öffnete die Tür. Erstaunt sah sie auf die beiden Männer. »Guten Morgen«, sagte Dirk Westermann. »Ich hoffe, wir haben Sie nicht geweckt. Wir müssen noch mal mit Ihnen sprechen.« Katrin machte eine einladende Handbewegung und bat die Polizeibeamten hinein. »Nein, nein, kommen Sie nur. Was kann ich denn noch für Sie tun?« Der Wind schob die Männer in den Flur, und sie schloss mühsam hinter ihnen die Tür. »Wir haben da noch ein paar wichtige Fragen.« Katrin bat die beiden ins Wohnzimmer und bot ihnen einen Platz auf dem Sofa an. »Setzen Sie sich. Möchten Sie einen Kaffee? Ich habe grad einen gekocht.« »Gern, wenn es nicht zu viel Mühe macht. Wenn wir Sie jetzt beim Frühstücken gestört haben?« Katrin schüttelte den Kopf, ging in die Küche und kam mit einem Tablett zurück, auf dem sich drei Becher mit dampfendem Kaffee befanden. Sie stellte sie vor die Beamten auf den Truhentisch und setzte sich ihnen gegenüber auf den Ohrensessel.

Süß sieht sie aus in ihrem Jogginganzug, dachte Thomas Hartwig und spürte, wie ihm die Röte ins Gesicht schoss. Wir sind ein wenig irritiert und möchten mehr über Sie und Ihre Tante erfahren. Mit wem sind Sie bekannt oder befreundet, der Sie beide kennt?« Dirk Westermann räusperte sich und sah ihr fest in die Augen. »Wir vermuten einen Zusammenhang zwischen Ihrem Unfall und dem Überfall auf Ihre Tante, das hatte ich ja schon angedeutet.« Katrin machte eine wegwerfende Handbewegung. »Das geht gar nicht. Wie Sie wissen, wohne ich in Hamburg und meine Tante hier.« Sie stand auf und ging mit dem Becher in der Hand auf Strümpfen zum Fenster. »Außerdem habe ich nichts, für das es sich lohnen würde, mir etwas anzutun.« »Das könnte täuschen«, sagte Hartwig und beobachtete die junge Frau eingehend. »Wem gehört dieses Haus? Doch Ihrer Tante, oder?« Katrin nickte. »Und wem würde es gehören, wenn ihr etwas passiert?« »Was soll die Frage? Ich versteh nicht, was Sie mir damit sagen wollen.« »Wer erbt im Falle des Todes Ihrer Tante, das ist doch eine ganz klare Frage«, antwortete Dirk Westermann, der seinen Becher auf dem Tisch abstellte, ohne eine Miene zu verziehen. Hartwig hielt sich im Hintergrund. »Ja also, soweit ich informiert bin, eigentlich meine Mutter. Aber die hat das von vornherein abgelehnt. Meine Eltern sind kaum noch in Deutschland. Leben überwiegend in Spanien. Tja, und nach meinem letzten Gespräch mit meiner Tante soll wohl ich das Haus bekommen.« Katrin drehte den Rücken zum Fenster und ging wieder zur Couch. »Sie hat mich gestern darüber informiert, dass sie ihr Testament ändern will.« »Wieso ändern?«, setzte jetzt Hartwig nach. »Was stand denn ursprünglich drin?« »Wenn Sie mich so fragen – das weiß ich eigentlich auch nicht genau. Wahrscheinlich war da noch gar nichts anderes vorgesehen als die normale Erbfolge, wenn Sie verstehen. Wenn ich jetzt allerdings hierher ziehe, möchte sie wohl, dass ich abgesichert bin, falls ihr etwas passiert.« Katrin nahm einen Schluck Kaffee und schaute in den Garten.

»Ja, das ist einleuchtend.« Westermann griff nach seinem Notizblock, den er in der Jackentasche verstaut hatte. Die Feuchtigkeit hatte selbst davor nicht haltgemacht. Westermann versuchte, mit dem Stift auf dem welligen Papier zu schreiben. Immer wieder drückte er auf die Miene, weil die Schrift nicht auf dem Papier zu erkennen war. Hartwig griente und schwieg. »Mit wem ist Ihre Tante befreundet? Vielleicht hilft uns das ja weiter.« Westermann stand auf und sah sich im geräumigen Zimmer um. Ein weißer Fleck an der Wand zeigte ihm, dass dort ein Bild gehangen haben musste. Er nickte und deutete auf die Wand. »Hing da ein Bild?« Katrin drehte den Kopf. »Ja, aber das ist beim Einbruch zerstört worden. Es war total zerfetzt. Da hat der Einbrecher seine ganze Wut ausgelassen. Dabei war es Charlottes Lieblingsbild. Sie hat es selbst gemalt. Der Leuchtturm von Strukkamp.« Katrin deutete mit der Hand hinter sich.

»Ich habe es beim Aufräumen weggeschmissen.« »Und wo ist es?« »In der Mülltonne, wo sonst?«, giftete sie. Ihr gingen die ewigen Fragen auf den Geist. »'tschuldigung, meine Nerven sind nicht die stärksten zurzeit. Also, die Spurensicherung hat Fingerabdrücke genommen, wenn Sie das meinen. Was hat das Bild aber mit dem Einbruch zu tun? Wenn der Typ es als wertvoll erachtet hätte, wäre es wohl jetzt nicht mehr hier. In der Garage stehen die Tonnen. Sie können es von mir aus wieder rausfischen, wenn's hilft.« Sie zuckte gleichgültig mit den Schultern.

Thomas Hartwig hatte seinen Block aus der Tasche gezogen und machte sich anstatt seines Kollegen Notizen. »Wir holen es uns nachher. Noch mal«, forderte Westermann Katrin auf, »Bekannte, Freunde?« »Sie hat viele Bekannte. Allein durch ihren Job kommt sie mit sehr vielen Menschen zusammen. Ausstellungen, Musikabende, Sie wissen schon. Da lernt man eine Menge Leute kennen. Und Freunde? Soweit ich das beurteilen kann, ist da nur Rabea.« Die Männer sahen sich an. »Wer ist Rabea?«, fragte Westermann ernst. Er hatte den Namen gestern schon einmal im Zusammenhang mit Charlotte Hagedorn gehört und spitzte die Ohren. »Die haben Sie doch gesehen, als wir im Krankenhaus waren. Schlank, sportlich, kurze Haare. Die kennen sich schon einige Jahre«, winkte Katrin ab, »haben sich auf einem Flohmarkt kennengelernt. 'ne ganz Nette. Kommt ursprünglich, soweit ich weiß, aus Schleswig.« Katrin nahm die leeren Becher und stellte sie auf das Tablett. »Noch einen Kaffee?« Die Beamten schüttelten dankend den Kopf. »Und mal ehrlich, was sollte sie davon haben, wenn meine Tante und ich tot wären? Gar nichts. Charlotte ist, soweit ich das beurteilen kann, Rabeas einzige Freundin. Und sie ist auch froh, dass Rabea da ist. Sie macht manchmal Besorgungen für meine Tante. Mehr kann ich dazu nicht sagen. Da hätte keiner was davon, wenn der andere nicht mehr leben würde.« Wieder zuckte sie mit den Schultern. »Wie heißt diese Rabea mit Nachnamen?« Thomas Hartwig wartete darauf, den Namen in sein schwarzes Buch schreiben zu können. »Rabea Nolte. Aber die hat garantiert nichts damit zu tun.«

»Und sonst niemand, der Ihnen einfällt? Was ist mit Ihnen: Wer könnte Ihnen schaden wollen?«

»Weiß ich doch nicht. Mann, ich bin aus Hamburg. Mir reicht es wirklich langsam.« Wütend nahm sie das Tablett mit den Bechern hoch, ging in die Küche und pfefferte es so heftig auf den Tisch, dass es bedrohlich schepperte. Mit den Händen in den Hosentaschen kam sie zurück ins Wohnzimmer und blieb stur vor den beiden Beamten stehen. »Erst mein Job und dann mein Reifen. Und als wäre das alles nicht genug …« Sie stutzte. *Könnte das …?«* Unruhig ging sie im Zimmer auf und ab, fing an, an ihrer Nagelhaut zu kauen. »Aber was hat das alles miteinander zu tun? Das war ein dummer Zufall. Und das mit meiner Tante hat sicherlich andere Hintergründe, oder?« »Deshalb sind wir hier. Und vermutlich war es kein Zufall. Vielleicht gibt es da eine Verbindung, von der wir noch gar nicht wissen, wie wichtig sie ist.«

Der jungen Frau war alle Farbe aus dem Gesicht gewichen. Ihr Magen fing an zu rebellieren. Fast ein wenig mutlos blieb sie stehen. »Ich weiß es wirklich nicht. Und ich finde es auch besser, wenn Sie jetzt gehen. Mir geht's nicht sonderlich gut. Mein Kopf platzt gleich.« Westermann kraulte sich nachdenklich am Kinn, während Thomas Hartwig besorgt auf Charlotte Hagedorns Nichte zuging. »Soll ich Ihnen ein Glas Wasser holen?« »Nee, lassen Sie mal. Das geht schon ein paar Tage so, geht auch wieder vorbei. Ist wohl die ganze Aufregung der letzten Tage. Aber ich möchte mich hinlegen.« Damit zeigte sie auf die Tür. Das Gespräch war für Katrin beendet.

»Das Einzige, was mir noch einfällt … Aber das ist wahrscheinlich gar nichts, ach nee …« Westermann sah sie durchdringend an. »Alles ist wichtig, junge Frau. Sie wissen ja gar nicht, was alles möglich ist. Also, was ist?« Katrin holte Luft. »Da war die letzten Tage so ein Typ mit Kamera. Soweit ich weiß, ein Makler aus Burg. Der schwirrt hier ständig rum und will Charlotte sprechen. Aber mehr weiß ich auch nicht.« »Wie heißt der, wissen Sie das?« Katrin zuckte hilflos mit den Schultern. »Da müssen Sie Charlotte fragen, die kennt den.« »Gut, danke. Wir fahren jetzt sowieso noch einmal zu Ihrer Tante. Also, bis dann. Wenn was ist, Sie wissen ja …« Er hielt sich ein imaginäres Telefon ans Ohr. Drehte sich zur Tür.

Die Männer bewegten sich zum Ausgang, blieben stehen und drehten sich noch einmal um. »Hier haben Sie auf jeden Fall meine Karte. Ich bin jederzeit erreichbar.« Dirk Westermann reichte ihr eine weiße Visitenkarte. »Wir sind in einem Hotel in Burg. *Wissers Hotel*, wenn Ihnen das was sagt. Aber davon geh ich mal aus, als halbe Insulanerin.« Er grinste. »Die Brücke ist wegen des Sturms gesperrt. Wir bleiben noch, bis das Unwetter vorüber ist, okay?«, mischte sich jetzt Thomas Hartwig ein. Er sah Katrin lange von der Seite an. *Sie ist hübsch. Richtig hübsch!* Verlegen unterbrach er den Blickkontakt. »Ja danke.« Katrin öffnete die Tür, hielt sie mit aller Kraft fest, damit sie nicht gegen das Hygrometer schlug. Es war Charlottes ganzer Stolz. »Das ist schon fast 70 Jahre alt, genau wie ich«, pflegte sie immer wieder zu sagen, wenn sie mit dem Zeigefinger auf das gewölbte Glas tippte, um zu sehen, ob das Wetter sich änderte.

»Ach übrigens, streichen hier auch irgendwelche Penner rum?« Katrin zog erstaunt die Augenbrauen hoch. »Penner, was meinen Sie damit?« »Na, ich meine Leute, die sich hier rumtreiben, Penner halt. Wir haben auf dem Hinweg einen schmächtig aussehenden Mann mit Rucksack und Schlafsack getroffen. Ich meine ja nur.« »Nee, nicht dass ich wüsste. Aber was sollte der auch hier. Hier gibt es nichts, wo er unterkommen könnte. Vielleicht wollte der zur Brücke. Keine Ahnung.« Katrin zuckte noch einmal die Schultern und verschloss die Tür. Hartwig und Westermann stellten sich tapfer den Böen entgegen. »Ach Mensch. Jetzt hätten wir doch fast das Bild vergessen«, sagte Hartwig. »Warte ich geh noch mal zurück.« Fast schüchtern klopfte er an die Tür, die augenblicklich geöffnet wurde. Es schien fast, als hätte die junge Frau den beiden Männern nachgeschaut. Katrin sah den Polizeibeamten fragend an. »Ist noch was?« »Wir, wir haben das Bild vergessen«, stotterte er. Katrin machte eine einladende Handbewegung. »Sie wissen ja, wo es liegt.« Wenig später räumte sie die Becher in die Spüle, ging zurück ins Wohnzimmer, legte sich erschöpft auf die Couch. Mühsam zog sie sich Charlottes gehäkelte Decke über ihren fröstelnden Körper, wälzte sich mit Magenkrämpfen ein paarmal unruhig hin und her und fiel Minuten später in einen tiefen Schlaf.

Westermann und Hartwig kämpften sich bis zu ihrem

Wagen und ließen sich auf die Polster fallen. »Wir fahren jetzt sofort zur Hagedorn, was meinst du? Ich will mehr über diese Rabea ... wie hieß sie noch gleich?« »Nolte, Rabea Nolte«, antwortete Hartwig und stellte die Musik leiser. »Ja genau, Nolte. Und über diesen Makler will ich auch mehr wissen. Wir müssen jeder Spur nachgehen. Meiner Meinung nach ist das hier noch nicht zu Ende.« Westermann sah seinen Kollegen von der Seite an. »Du hast recht. Mir ist bei der ganzen Sache auch nicht richtig wohl. Grundlos ist das nicht alles zeitgleich passiert. Ist gut, dass wir hier sind. Und dass wir hierbleiben mussten.« Westermann nickte mit dem Kopf. »So, und jetzt gib Gas. Fahren wir ins Krankenhaus.«

Eine Viertelstunde später klopften die beiden Polizisten an Charlottes Tür. »Herein«, rief eine schon wesentlich lebhaftere Stimme aus dem Krankenzimmer. »Hallo, Frau Hagedorn. Da sind wir wieder. Wir haben noch ein paar Fragen.« Unschlüssig standen die beiden Männer vor dem Bett. »Moin! Setzen Sie sich doch. Da stehen zwei Stühle. Und ziehen Sie Ihre Jacken aus.« Westermann winkte ab, schob Thomas Hartwig einen Stuhl hin und ließ sich auf den anderen fallen. Seine Klamotten waren mittlerweile fast getrocknet, und wenn er den Mantel jetzt ausziehen würde, begänne er wahrscheinlich zu frieren. »Wir kommen gerade von Ihrer Nichte. Alles in Ordnung so weit. Schöne Grüße sollen wir Ihnen ausrichten.« Dirk Westermann räusperte sich und schlug sein schwarzes Buch auf. »Wie ist das mit Ihrem Umfeld? Können Sie uns ein bisschen was über Ihre Freunde und Bekannten erzählen?« »Ach, was gibt's da groß zu erzählen. Ich kenne die halbe Inselwelt. Jeder kennt hier fast jeden. Wenn Sie verstehen … Gute Bekannte hab ich durch meinen Stammtisch. Wir treffen uns einmal die Woche. Diese Woche natürlich nicht«, flachste sie und zeigte auf ihre Beule. »Aber die sind alle sowas von harmlos.« »Trotzdem bitte ich Sie, uns die Namen zu nennen, damit wir mit ihnen reden können. Ist nur zu Ihrer Sicherheit. Vielleicht haben die ja was gesehen oder gehört«, fiel Hartwig ihr ins Wort. »Na gut, ich sage Ihnen die Namen gleich. Ja, und dann ist da meine Freundin Rabea. Und das war's auch schon. Ich will zu Hause meine Ruhe. Mag nicht, wenn da auch noch alle möglichen Leute herumlaufen.«

»Und wer ist diese Rabea?«, fragte Westermann. »Nette Frau oben aus Schleswig. Hab sie auf einem Flohmarkt kennengelernt. Wir haben um eine Lampe gekämpft«, kicherte Charlotte. »Sie ist wirklich eine unglaublich charmante Person, glauben Sie mir. Die wäre die Letzte, die mir – oder besser gesagt, Katrin und mir – schaden würde.« »Mmh, wenn Sie das sagen«, Westermann stützte die Hände auf die Oberschenkel und warf einen Blick aus dem Fenster. Der Himmel war düster. »Hat Ihre Nichte Ihnen von dem Mann erzählt, der bei Ihnen die ganze Zeit ums Haus herumkreucht?« »Ja, der ist Makler.« »Kennen Sie den besser?« Charlotte fing an zu lachen. Trotz des Pflasters auf der Stirn und der gelblichen Verfärbungen der Haut sah sie schon viel besser aus als in den letzten Tagen. Die Schwellungen ihrer Augen waren zurückgegangen, obwohl unter ihnen immer noch tiefe Schatten lagen. Und trotz allem war dieser gewisse Glanz wieder da, den alle so liebten und der das Blau zum Strahlen brachte. »Da machen Sie sich mal keine Sorgen, der Dicke ist harmlos«, winkte sie ab und plusterte belustigt die Wangen auf. »Der versucht seit ein paar Monaten, mir mein Haus abzuschwatzen. Aber ich bin ja nicht blöd«, tippte sie sich an die Stirn. »Der meint, er bekommt das Grundstück für einen Appel und ein Ei, wenn Sie verstehen?« Charlotte Hagedorn schüttelte heftig den Kopf. »Das Haus ist unverkäuflich. Und wenn jetzt meine Nichte auch noch zu mir zieht, erst recht.«

In diesem Moment ging die Tür auf und eine in schwarze Sporthose, Jacke und Turnschuhe gekleidete Frau betrat das Zimmer. »Ach, sieh mal, wer hier ist. Das ist Rabea, meine Freundin. Rabea Nolte, um genau zu sein.« Westermann und Hartwig sahen sich wortlos an. »Na, wir kennen uns doch schon vom Sehen«, sagte Rabea und nickte mit dem Kopf zu Westermann. »Haben Sie den Täter schon?« Mit ernstem Gesicht kam Rabea näher, ging auf die andere Seite des Bettes und legte Charlotte die Hand auf die Schulter. »Kannst du meinen Royce mal ein Stück höher fahren?« Sie ahmte das Brummen eines Motors nach. Rabea lächelte und drückte am Schalter, der an der Seite des Bettes befestigt war, auf einen der Knöpfe. Westermann fiel auf, wie drahtig die circa 40 Jahre alte Frau war. *Ganz schön durchtrainiert. Nett*, dachte er und antwortete auf ihre Frage: »Nein, noch nicht. Aber die Ermittlungen laufen.« Er wollte ihr nicht mitteilen, dass sie bisher noch keine vernünftige Spur hatten, die sie voranbrachte.

»Woher kennen Sie Frau Hagedorn?« Hartwig sah ihr in die Augen. »Wir haben uns auf einem Flohmarkt in Burg kennengelernt.« Sie zuckte mit den Schultern. »Alles ganz harmlos, Herr Kommissar.« »Hauptmeister«, sagte Thomas Hartwig und räusperte sich. Ihm war es langsam unangenehm, sich immer wieder wegen seines Ranges bei der Polizei rechtfertigen zu müssen. Es wäre ja auch keine schlechte Idee, sich vielleicht doch noch beruflich weiterzuentwickeln. »Na, macht ja nichts. Sie werden den Räuber schon finden«, unterbrach Rabea verächtlich seine Gedanken. »Stell dir vor, der Makler, der mein Haus will, schleicht die letzten Tage dauernd ums Grundstück. Katrin hat es mir erzählt. Wird Zeit, dass ich wieder nach Hause komme. Vielleicht war der das ja mit meinem Kopf.« Sie deutete noch einmal auf ihre Blessuren und schluckte. »Das will ich auf jeden Fall genau wissen. Ich brauch mein Telefon. Ein paar Anrufe können nicht schaden. Vielleicht hat ihn jemand am letzten Freitag am Sund gesehen. Das krieg ich raus. Der hat sein Büro übrigens in Burg. Ich schreib Ihnen die Adresse auf. Rabea, gibst du mir mal einen Zettel und einen Stift aus der oberen Schublade?« Sie deutete auf den Beistelltisch aus Metall, in dem sie ihre persönlichen Sachen untergebracht hatte. Obenauf stand eine silberfarbene Thermoskanne. »Möchten Sie vielleicht eine Tasse Tee? Rabea war so lieb und hat mir eine Kanne voll mitgebracht. Hatte nur noch keine Zeit, ihn zu trinken. Schmeckt bestimmt gut. Diesen Beutelkram finde ich nämlich eklig, verstehen Sie?« Rabea nahm die Kanne in die Hand, ging Richtung Waschbecken und sagte: »Du, der schmeckt den Herren bestimmt nicht. Kräutertee. Nichts für Männer.« Sie sah die Männer an und machte ein Gesicht, als hätte sie gerade in eine Zitrone gebissen. »Nur bitter. Außerdem ist er längst kalt. Aber wenn Sie mögen, hole ich Ihnen einen Kaffee aus dem Automaten. Wollen Sie?« Rabea öffnete lächelnd die Kanne und schüttete, während sie sprach, den Tee in den Ausguss.

»Nein danke.« Westermann und Hartwig schüttelten heftig die Köpfe. »Lassen Sie mal. Wir sind hier sowieso gleich fertig und müssen gehen.« Beide Männer erhoben sich wie auf Kommando. »Und Sie ruhen sich aus«, sagte der Kommissar zu Charlotte. »Wo kommen wir denn hin, wenn das Opfer auf Tätersuche geht. Dafür sind wir schließlich hier. Haben Sie verstanden?« »Aber ich …«, betont streng sah Dirk Westermann auf die im Bett liegende Frau und hob drohend den Zeigefinger. Charlotte verstummte augenblicklich. »Wo kommen Sie noch mal her?«, fragte Hartwig in Rabeas Richtung. »Schleswig, wieso?« »Ach, ich hatte das vorhin nicht richtig verstanden.« »Ich hab es Ihnen ja auch gar nicht erzählt.« Rabea sah ihn forschend an. Charlotte kritzelte, so gut sie konnte, die Namen und Adressen ihrer Stammtischleute und des Maklers auf ein Stück Papier und reichte es Thomas Hartwig. Der sah kurz auf das Papier, faltete es zusammen und steckte es wortlos in seine Jackentasche. »Da haben wir noch jede Menge Arbeit«, flüsterte Hartwig, nachdem sie das Zimmer verlassen hatten.

Markus' Tag verlief unruhig. Wie ein Hamster im Käfig lief er durchs Zimmer, unfähig, einen klaren Gedanken zu fassen. *Wenn ich das nicht ein für alle Mal kläre, hat Katrin ein echtes Problem. Das ist gefährlich. Ich habe keine andere Wahl.* Er ging unter die Dusche, hoffte, die trüben Gedanken mit kaltem Wasser aus seinem Kopf spülen zu können. *Mein Leben ist ein einziger Schrottplatz.* Markus streifte sich Jeans über, kramte ein Shirt aus dem schmalen Schrank gegenüber der Couch. Hektisch griff er nach der Schachtel mit den Zigaretten auf dem Tisch und steckte sich eine in den Mund. Der Rauch brannte in seinen Augen, und Markus wischte sich fahrig mit der Hand über das blasse Gesicht. *Mann, ist mir kalt!* Mit einer Hand zog er den grauen Wollpullover, der über dem Sessel hing, von der Lehne. Versuchte angestrengt, ihn mit der Kippe im Mund über seinen Kopf zu streifen, wobei ein Teil der Asche zu Boden fiel. Fröstelnd berührte er den Heizkörper. *Wieder kalt. Der spart an allem und jedem. Wird Zeit, dass ich hier endlich verschwinde. Wenn das erledigt ist, packe ich meine Sachen. Hat ja doch keinen Zweck, länger zu bleiben. Und Katrin sieht mich auch nur als Kollegen, dabei wär ich doch wirklich …*

Die aufkommende Traurigkeit presste seinen Brustkorb zusammen. Er fixierte mit zusammengekniffenen Augen die bedruckten Papierseiten, die verstreut auf dem Couchtisch lagen. In Gedanken versunken schob er sie mit beiden Händen zu einem Haufen zusammen und nahm sie in die Hand. *Was habe ich denn erwartet? Dass sie sich für mich entscheidet? So eine Frau?* Er blätterte in den Unterlagen, während er auf und ab ging. Für andere waren die gegoogelten Ausdrucke ein Buch mit sieben Siegeln. Für ihn eine wahre Offenbarung über die Person, die er nie wieder zu sehen gehofft hatte. *Psychoklapse also. Die ganzen Jahre. Wegen versuchten Mordes. Mit etwas anderem habe ich ehrlich gesagt auch nicht gerechnet.* Ein verächtliches Grinsen breitete sich auf seinem blassen Gesicht aus. *Mit diesen Informationen habe ich was in der Hand. Ich hätte nie gedacht, zu was für Gewalttaten ein einzelner Mensch in der Lage ist. Was der Computer alles ausspuckt, wenn man die richtigen Fragen stellt. Dich krieg ich! Es war gut, dass ich genau zu der Zeit am Haus war.*

Markus trat ans Fenster, zündete sich eine weitere Zigarette an und blies den Rauch gegen die Scheibe. Seine Hand fuhr durch die nassen Haare und er sah auf die Straße, die in das fahle Licht der Straßenlaternen getaucht war. Im kleinen Café schräg gegenüber saß ein Pärchen händchenhaltend mit verliebtem Blick am Fenstertisch. *Wieso hat der noch auf?*, dachte er stirnrunzelnd. Normalerweise war das Café spätestens um 19 Uhr zu. *Vielleicht ist heute ein Künstler aufgetreten. Ach, was geht mich das an.* Hastig zog er an seiner Zigarette. Den beiden Verliebten geht's jedenfalls gut. Unruhig sah er auf seine Armbanduhr. Gleich halb neun. *Ich muss los.* Markus drehte sich vom Fenster weg, drückte den bis auf den Filter heruntergebrannten Stummel im Aschenbecher auf dem Tisch aus und rollte die Papierseiten zusammen. Er steckte sie in die Tasche seiner Jacke, die an einem Haken im Flur hing. Entschlossen griff er danach, verließ das Appartement und zog die Wohnungstür hinter sich zu. Er stieg in den Wagen, der hinter dem Haus geparkt war, und hoffte, dass er ihn diesmal nicht im Stich ließ. *Komm schon, ich brauch dich heute, bitte.* Ein leises Röcheln, eine kurze Verpuffung, dann fing der Motor an zu vibrieren. *Gott sei Dank.*

Zehn Minuten später fuhr er die kleine geteerte Straße hinunter, die zum Strand von Katharinenhof führte und vor einem Waldstück endete. Kein Auto weit und breit. Seine Finger trommelten unruhig auf dem Lenkrad, als er rechts ran fuhr, den Wagen am Feldrand zum Stehen brachte. Der Motor erstarb. Markus stellte das Licht aus und löste angespannt den Gurt. Mit zitternden Fingern zog er die zerknitterte Zigarettenpackung aus seiner Jackentasche und steckte sich eine an, bevor er die Wagentür öffnete und den Wagen verließ. Das Brüllen des Sturms riss ihn mit sich, sodass er sich heftig dagegen anstemmen musste. Plötzlich war er eingekreist von knarrenden, knackenden Ästen, die – vom unheimlichen Wind angefeuert – ihre Rinde aneinanderrieben, was dem Klang des angeschwollenen Meeresrauschens glich. Er lief unsicher auf dem matschigen Weg durch das dunkle Waldstück hinunter zum Wasser.

»Mist«, rief er, als plötzlich die rutschigen Kiesel des steil nach unten führenden Weges nachgaben. Markus verlor den Halt, die Zigarette fiel ihm aus dem Mund, und er knickte mit dem Fuß um. »Aahh!«, entfuhr es ihm, er presste die Lippen zusammen, weil er Angst hatte, entdeckt zu werden. »Das hat mir gerade noch gefehlt.« Fluchend stolperte er den düsteren Weg hinunter, stolperte durch die Dunkelheit, bis er den Strand erreichte. In der Ferne hörte er leise einen Hund bellen. *Beruhigend, dass ich nicht der Einzige bin, der hier um diese Uhrzeit noch unterwegs ist,* dachte er und tastete sich mit den Turnschuhen vorsichtig zum Wasser. Die hohen Wellen, die ununterbrochen hart an den Strand schlugen, ließen nicht viel übrig vom Land. Der Strand war schmal. Der Sturm nahm sich habgierig ein Stück der Insel, überspülte, was sonst als Sandstrand Besucher anzog. Überall lagen Kraut und Holzstücke im Sand, und er musste höllisch aufpassen, nicht auch noch darüber zu stolpern. Rhythmisch rollten die Wogen mit scheppernden Geräuschen, verursacht von aneinanderklackenden haufenweise am Strand und im Wasser liegenden kleinen Steinen, zurück ins aufgewühlte Meer. *Windstärke zehn. Mann, da wird einem ja angst und bange.* Die Gischt sprühte ihm eisige Spritzer ins Gesicht, und er versuchte mit der Hand, das salzige Wasser von der Haut zu wischen. Markus hielt den Kragen seiner Jacke zu. »Verdammt, auf was hab ich mich da eingelassen. Was mach ich, wenn keiner kommt? Oder wenn …« Fluchend suchte er nach Lücken im schwarzen Himmel, die vielleicht ein Stück Mondlicht hindurchließen. Aber es blieb stockdunkel.

Da sah er auf einmal ein kleines schwankendes Licht über die Böschung schimmern, das stetig näherkam. Markus spannte seinen Körper an, fasste nach den zusammengerollten Papieren in seiner Tasche und stellte sich breitbeinig Richtung Wald. »Hallo? Wer ist da?«, rief er. Seine Unsicherheit war nicht zu überhören. Angst kroch durch seine Eingeweide. »Wer soll das schon sein«, antwortete die Stimme, die Markus die Haare zu Berge stehen ließ und die er unter Tausenden erkannt hätte. Das raue Timbre mit dem verächtlichen Unterton hatte in ihm schon vor vielen Jahren Unbehagen, ja fast Übelkeit ausgelöst, sobald er es nur hörte. Es lag etwas Kaltes, Bedrohliches darin, das ihm, dem damals schmächtigen Jugendlichen, die pure Angst einjagte.

Der Schein der Lampe zielte direkt in sein Gesicht und blendete ihn. »Was soll das?« Markus hob blinzelnd die Hand vor seine Augen. Der Sturm drückte ihn zur Seite. »Hast du sie nicht mehr alle? Mach das Licht aus!« Der Atem der Gestalt, die jetzt genau vor ihm stand, streifte seine Wange. »Ich habe geahnt, dass du es bist, der mir in die Quere kommt. Wer sonst kann so blöd sein und bestellt mich hierher, bei diesem Wetter«, raunzte die Stimme gegen das Pfeifen des Windes an. So laut, so kalt, dass er es mit der Angst zu tun bekam.

Markus wich einen Schritt zurück, versuchte, sich seine Panik nicht anmerken zu lassen, dann brüllte er: »Ich will, dass du hier verschwindest, und zwar für immer!« Schemenhaft nahm er in der Dunkelheit den Schatten der Person wahr, die sich gegen die Böen stemmte. *Es ist einfach zu dunkel. Das war keine gute Idee.* Er stolperte weiter zurück. »Verschwinde, sonst verpfeif ich dich bei den Bullen. Ich hab gesehen, wie du Charlotte Hagedorn zugerichtet hast.« Sein Geschrei übertönte den Lärm der heranrollenden Wellen. Verächtliches Lachen jagte ihm Angstschweiß auf die Stirn. »Du willst mir drohen? Du Hänfling? Du weißt wohl immer noch nicht, mit wem du es hier zu tun hast. Glaubst du ernsthaft, ich lass mich von 'ner armseligen Pfeife wie dir verjagen?« Wieder dröhnte das schrille Gelächter in seinen Ohren. Widerwillig wich er noch weiter zurück und stand mit den Füßen bereits im Wasser. »Verschwinde einfach. Lass Katrin und ihre Tante in Ruhe. Ich weiß, dass du irgendwas ausbrütest. Und das ist garantiert nichts Gutes. Hau ab!«, schrie er so laut, dass sich seine Stimme überschlug.

Ohne Vorwarnung packte ihn eine Hand, zerrte ihn mit brutaler Gewalt aus dem Wasser und zog ihn zurück an den Strand. »Jetzt werd ich dir was sagen. Ist mir scheißegal, was du willst. Deinetwegen mache ich mir überhaupt keine Sorgen. Du hast dich kein bisschen geändert. Bist anscheinend immer noch ein Schlappschwanz, ein feiger Hund. Und du bringst mich von meinem Plan mit Sicherheit nicht ab.«

Der grelle Schein der Taschenlampe leuchtete ihm plötzlich ins bleiche Gesicht. »Lass den Scheiß.« Wütend stieß er die Hand mit der Taschenlampe zurück. »Fass mich nicht an!«, brüllte die kalte Stimme. Mit knirschendem Schlag landete die Taschenlampe auf Markus' Schädel, dann fiel sie mit dumpfem Geräusch zu Boden und erhellte gespenstisch die Szenerie von unten. Geisterhafte Schatten umhüllten die Person, die ihm höhnisch lachend und kampfbereit gegenüberstand, während Markus unter Schmerzen aufstöhnte und sich gekrümmt den Kopf hielt. »Mann, was soll das? Verpiss dich doch einfach«, stöhnte er, fasste sich an den Hinterkopf, spürte ein warmes Rinnsal seine Finger hinunterlaufen. »Haha. Dass du mit niemandem und schon gar nicht mit den Bullen sprichst, kann ich dir versichern.« Die Stimme zischte gefährlich.

Ein Ast von einem der Bäume des Waldes, unweit der Stelle, an der sich das Unglaubliche abspielte, knackte und brach krachend auf den Strand hinunter. Markus weitete entsetzt die Augen, um etwas sehen zu können. Die nachtschwarze Wolkendecke riss auf, und das fahle Licht des kalten abnehmenden Mondes wanderte für einen Moment über die groteske Szenerie. Nur für ein paar Sekunden, dann zog er sich wieder zu, als sollte die Sichel nicht Zeuge werden von dem, was sich unter ihr abspielte. Sie übergab Katharinenhof wieder dem Grauen und dem blassen Schein der Leuchte, die immer noch im Sand am Boden lag.

Plötzlich hörte Markus einen zischenden Ton, dem heißes Brennen in seiner Magengegend folgte. Es war, als hätte jemand in seinem Inneren einen Feuerball entzündet, der explodierte. »Was …?« Fragend richtete er seine Augen in die Richtung, aus der der Angriff gekommen war, und hielt sich entsetzt die Hand auf die quälend schmerzende Stelle. Versuchte, seinem Gegenüber in die Augen zu sehen, die von flackernden Lichtfetzen der Taschenlampe angestrahlt wurden. »Halt's Maul, du armselige Ratte«, zischte die Stimme. Wieder ein höllisch stechender Schmerz, der sich in seinem Oberarm ausbreitete. »Du wirst mit niemandem mehr reden, klar? Hättest mir aus dem Weg gehen sollen, als noch Gelegenheit dazu war. Meine Pläne durchkreuzt niemand, hörst du? Niemand!«

Markus taumelte. Dann sah er das im Schein der Lampe blitzende Messer wie einen Pfeil auf sich zukommen. »Nein!« Verzweifelt hielt er seine Hände vor den Körper, um die auf ihn einhämmernden Stiche abzuwehren. Die Klinge stieß mit ungeheurer Wucht in seinen Bauch, bohrte sich knirschend durch die Rippen in den Brustkorb und die erhobenen Arme. »Hör auf!«, ächzte er, »aufhören.« Der Wind peitschte wie eine Todesmelodie über das Wasser und verschluckte sein Stöhnen. Wieder und wieder schnellte die scharfe Klinge, begleitet von hysterischem Gelächter, in seinen geschwächten und bereits von Wunden übersäten Körper. Markus Beiländer taumelte und stieß mit letzter Kraft das Messer, das mit ungeheurer Wucht auf ihn einstach, zur Seite. Sein Atem ging schwer. Dann schnellte das Messer ein letztes Mal in seine Richtung, traf seinen Hals, bohrte sich tief ins Fleisch und durchtrennte seine Halsschlagader.

Gurgelnd riss Markus ein letztes Mal die blutende Hand in die Höhe. Im hohen Bogen flog das Messer ins Wasser. Markus sackte zusammen, fiel auf die Knie. Er fasste sich dorthin, wo das Messer zuletzt getroffen hatte, spürte, wie das Blut im Takt des Pulsschlages aus der Wunde trat und an der Haut hinunterlief. Er schmeckte den metallischen Saft, der sich in seiner Mundhöhle sammelte und in dünnem Rinnsal über den Mundwinkel floss. Röchelnd kippte er wie ein nasser Sack auf die Seite. Er spürte nicht den Sturm, der mit mehr als zehn Windstärken Sand wie braunen Zucker über Gesicht und Körper verteilte. Aus unzähligen Verletzungen trat Blut aus und nahm ihm seine Lebenskraft. Ein Fußtritt traf ihn mitten ins Gesicht. Der Atem wurde schwächer. »Nicht«, hauchte er fast unhörbar. Immer wieder spürte er die Tritte, bis sein Stöhnen verstummte. Der Todeskampf ging seinem Ende entgegen. Dann folgte ein letzter Fußtritt und traf seinen Kehlkopf. Ein leises Gurgeln, dann erstarb auch das. Markus war tot.

Blitzartig bückte sich die Gestalt, griff nach der Taschenlampe, stieg über den toten Mann und suchte nach dem Messer, das im aufgewühlten Wasser liegen musste. Die Wellen schlugen bis zu den Knien, Gischt sprühte ins Gesicht, hinterließ einen faden salzigen Nachgeschmack. »Verdammt, das finde ich nicht. Ist wahrscheinlich für immer im Meer verschwunden.« Ein letztes Mal schwenkte ein Lichtkegel über das brodelnde schwarze Wasser. Dorthin, wo das Messer vermutet wurde. Die finstere Brühe hatte es anscheinend für alle Zeiten verschluckt. Noch einmal beugte sich der Schatten über die von Kraut umspülte Leiche von Markus. Sein lebloser Körper wurde über den sandigen Grund gezogen, verfolgt von den Wellen, die beide immer wieder erreichten, als wollten sie den Leichnam mit sich in die Tiefe ziehen.

Ein paar Meter entfernt, am trockenen Ufer, lag ein Klappspaten, der vorsorglich dort abgelegt worden war.

Die dunkle Gestalt nahm den Spaten in die Hand und fing ohne Zögern an im feuchten schweren Sand zu graben, der immer wieder mit Steinen durchsetzt war. Die ausgehobene Grube lag nur ein paar Meter von dem hohen Erdwall, der zum Wäldchen hinaufführte. Geschützt vor den ungestümen Wellen, die unweit des langsam größer werdenden Lochs im Sand versiegten. Der Wind wirbelte den Sand beim Ausschachten in die Luft und verteilte ihn im Gesicht des Totengräbers, der ihn keuchend wieder ausspuckte. Der schwarz gekleidete Tod schaufelte Stück für Stück ein etwa 1,50 Meter langes und einen Meter tiefes Loch in den verkrauteten Boden. Die Steine, gegen die er während der Buddelei immer wieder stieß, warf er fluchend hinter sich. Niemand störte die vom Heulen des Windes begleitete Aktion. Der Sturm erschwerte die Arbeit. Wehte immer wieder Sand in die geschaufelte Öffnung. »Verdammt!«

Das entfernte Bellen eines Hundes ließ den Killer aufhorchen. Er stellte sich aufrecht in die Vertiefung, die ihn an eine Ludergrube in Jagdrevieren erinnerte. Diese Vorstellung ließ seine Mundwinkel nach oben schnellen. Angestrengt versuchte er, ein Geräusch oberhalb der Steilküste wahrzunehmen. Aber außer dem grässlichen Gejaule des Sturms konnte er nichts hören. Hastig trieb er seine Grabschaufelei voran. *Wenn jetzt jemand hierherkommt, muss ich noch eine Kuhle ausheben.* Angestachelt vom Kläffen des Tieres, scharrte er mechanisch wie ein Roboter mit enormem Tempo, bis die Vertiefung genügend Raum hergab, um Markus' leblosen Körper darin verschwinden zu lassen. Der Schlächter ließ die Schaufel fallen, wischte sich über die schweißnasse Stirn und zog die Leiche zu sich, bis sie am Rand der Grube lag. Mit dem Fuß versetzte er ihr einen letzten Stoß, um sie endgültig verschwinden zu lassen.

Hastig nahm er den Spaten wieder auf, schaufelte das Grab zu und bedeckte es mit herumliegenden Ästen, die er zu einem Kreuz formierte. »Das sollte als Grabstein genügen.« Er ließ einen kürbisgroßen Findling mit einem dumpfen Geräusch auf den Sandhügel fallen. Der Mörder verließ schweißnass mit dem Spaten in der Hand den Strand. *Mist, wenn jemand das Messer findet. Quatsch! Der Sturm hat es längst ins Meer gerissen. Das findet niemand.* Ein kurzes Innehalten, dann stolperte er auf dem schlammigen Kiesweg zurück zum Parkplatz. Schmiss den Spaten in den Kofferraum, setzte sich hinters Steuer und startete den Motor.

»Beiländer, du und dein Helfersyndrom! Deine Süße kannst du bald im Himmel wiedertreffen.« Verächtlich lachend wendete der Killer des Mannes, der seine heimlich Angebetete schützen wollte und dabei selbst den Kürzeren gezogen hatte, den Wagen und raste mit quietschenden Reifen davon. Übersah dabei den älteren Mann, der im Dunkeln mit seinem Hund den Sandweg entlangkam. Der sich wunderte und fragte, wer zu dieser Uhrzeit und bei diesem Unwetter zum Strand fuhr. Er selbst hatte nicht schlafen können und wollte sich die Beine vertreten, weil der Hund unentwegt jaulte. Das schwache Licht der Nummernschildbeleuchtung des davonbrausenden Wagens erhellte das Kennzeichen, und aus einem inneren Instinkt heraus merkte er sich die Nummer.

Und der Sturm legte seinen dunkel wehenden Mantel auf Markus' Grab. Spülte mit seiner tosenden Brandung Wellen an den Strand, die sich wühlend ihren Weg zur Leiche suchten.

Lautes Klirren ließ Katrin aufschrecken. Der Lärm kam von draußen. *Bitte nicht*, dachte sie, schnellte irritiert vom Sofa hoch. Es lag eine unheimliche Dunkelheit im Zimmer. Der Mond, der sich ein Stück durch die an manchen Stellen aufgerissene Wolkendecke quälte, warf schwaches Licht in den Raum und gab Möbeln und Gegenständen verzerrte Schatten, die sie verängstigten. *Niemand kann mich von draußen sehen. Das ist unmöglich.* Auf Zehenspitzen huschte sie selbst wie ein Schatten neben das Fenster, versteckte sich hinter dem Vorhang und spähte vorsichtig in den Garten. *Da ist nichts. Hab wohl nur schlecht geträumt.* Dann sah sie im Schein der Sichel die Ursache des Lärms: eine heruntergestürzte Keramikschale. Im Sommer stand sie bepflanzt mittig auf der Terrasse und gab Geranien und hängendem Efeu ein Zuhause. Jetzt lag sie zerbrochen in vielen unterschiedlich großen Scherben vor dem kleinen quadratischen Marmortisch, der in der Ecke zur Garage stand. *Das war wahrscheinlich nur der blöde Wind*, beruhigte sie sich selbst. *Schade um die schöne Schale. Hier geht im Moment wohl wirklich alles zu Bruch.* Müde sah sie, wie sich die Wolkendecke wieder schloss und es stockdunkel vor dem Fenster wurde. Sie schlang die Arme um ihren fröstelnden Körper, als plötzlich ihr Magen anfing zu grummeln. Es hörte sich an, als wohnte in ihm ein knurrender, zähnefletschender Hund, dem man besser nicht zu nahe kam. *Mann, hab ich einen Hunger*, stellte sie fest. Katrin schlich durch das dunkle Zimmer, schaltete die verbeulte Leuchtturmlampe auf dem Sockel an und ging in die Küche. Gähnend öffnete sie die Kühlschranktür, ließ ihren Blick über die gefüllten Glasregale schweifen und entschied sich für den geschnittenen Käse, den sie gestern Morgen im Lebensmittelgeschäft in Burg gekauft hatte.

Hungrig legte sie den in Papier eingewickelten Belag auf den Küchentisch und nahm das halbe Schwarzbrot aus dem Schrankfach. Wie gerädert schnitt sie sich mit einem scharfen Sägemesser zwei Scheiben des dunklen Laibes ab und belegte sie mit dem milden Butterkäse. Katrin hob eine Schnitte an die Nase und schnupperte daran. »Mmh, das riecht lecker.« Junger Butterkäse war der einzige, der ihr schmeckte.

Normalerweise hasste sie Käse. Der Geruch setzte in ihr unangenehme Erinnerungen frei, über die sie nicht gern nachdachte. Es waren die Pausenbrote, die ihre Mutter ihr während der Schulzeit zubereitet hatte. Meist Schwarzbrot mit eben diesem stinkigen Käse. Der in ihrer Schultasche einen so heftigen Gestank verströmte, dass sie auf dem Schulweg nichts Eiligeres zu tun hatte, als ihr Lunchpaket mit ihrer Freundin zu tauschen. Für die gab es täglich Obst und Gemüse, damit sie nicht zu dick wurde. Und Katrin liebte Obst und Gemüse. Oft hatten Katrin und ihre Freundin sich darüber amüsiert, während sie ihre Brote verputzten. Katrin reichte allein der Geruch des verhassten Milchprodukts, der morgens, nachdem ihre Mama die Brote in der Tasche verstaut hatte, immer noch an deren Fingern klebte. Der tief in ihre Nasenhöhlen kroch, wenn ihre Mutter sie zum Abschied küsste und ihr dabei mit beiden Händen das Gesicht umschloss. Wie hatte sie diesen Mief verabscheut. Daran hatte sich bis heute nichts geändert. Nicht, dass ihre Mutter ihr immer noch mit Käsehänden ins Gesicht fasste, aber der Gestank hatte sich in ihrem Gehirn festgesetzt wie eine Zecke auf der Haut.

Katrin stellte den Kessel auf die heiße Herdplatte und lehnte sich mit verschränkten Armen gegen den antiken weiß lasierten Küchenschrank. Wartete geduldig darauf, dass die Flöte anfing, ihr Signal zu geben. Sie schüttelte ihre Haare, die danach zerzaust wie ein Wischmopp vom Kopf abstanden. Pustend wirbelte sie eine nicht zu bändigende Strähne aus dem Gesicht, die ihr verwegen über die müden, glanzlosen Augen hing. Ein Blick aus dem Küchenfenster, das – umrahmt von maritimen Storen – von nichts verdeckt wurde, normalerweise den freien Blick auf den Strukkamper Leuchtturm garantierte, sagte ihr ... gar nichts. Auf der Fensterbank flackerte eine kleine hellblaue Lampe, ansonsten war es stockdunkel. Einzig das kleinste Leuchtfeuer der Insel schickte im Takt sein Licht auf die offene See, erhellte für Sekundenbruchteile Bereiche des angrenzenden Deiches. *Bei dem Schietwedder jagt man nicht einmal einen Hund vor die Tür. Welchen Tag haben wir heute eigentlich?* Sie warf einen Blick auf den Kalender an der Wand, der mit Motiven der Insel bestückt war. *Donnerstag? Ja, Donnerstag. Sonntag kommt Charlotte endlich nach Hause. Ich werde morgen früh Rabea anrufen, dann können wir noch mal hinfahren. Ja, das ist eine gute Idee.*

Sie fuhr sich mit beiden Händen durch die strohige Mähne, die normalerweise wunderschön glänzte, als die Flöte schrill zu pfeifen anfing. Katrin griff nach dem roten Emaillekessel und zog mit geschickten Fingern die heiße Kappe vom Kesselhals. »Yeah, nicht mal verbrannt.« Sie streckte dem Wasserkessel die Zunge raus.« Ein verschmitztes Lächeln huschte über ihr verschlafenes Gesicht. Das erste seit Langem. Ihr war wahrscheinlich nicht einmal bewusst, dass sie nur noch unter Dauerstress zu stehen schien. Diese entspannten Momente waren selten geworden.

Das heiße Wasser ergoss sich über die frischen Minzeblätter, die sie am Mittwoch auf dem Wochenmarkt in Burg entdeckt und von denen sie gleich zwei Töpfe gekauft hatte. Sie setzte sich und sog den Duft der Pfefferminze ein. Er breitete sich wohltuend in der Küche aus und gab Katrin ihre entschwundenen Lebensgeister zurück. Sie stützte sich mit einem Ellenbogen auf den Tisch, rührte im Tee herum, bis der braune Kandis sich aufgelöst hatte, und biss anschließend hungrig in das Brot. Zufrieden lümmelte sie sich an den Tisch, schmatzte bei jedem Bissen wie ein ungehöriges Kind und schlürfte ihren heißen Tee. *Ach, ist das gut, sich mal so richtig hängen zu lassen.* Zufrieden seufzte sie. *Satt! Jetzt geh ich noch schön duschen und dann ins Bett. Das hab ich wohl echt gebraucht, mich gründlich auszuschlafen. Morgen sieht die Welt schon anders aus, denke ich.* Aber würde sie wirklich besser aussehen? Katrin wusste es nicht.

FREITAG

Das Klingeln ihres Handys riss Katrin am nächsten Morgen aus wirren Träumen. Erschrocken fuhr sie hoch. Es dauerte ein paar Sekunden, bis sie wusste, wo sie sich befand. Das Telefon wiederholte die Melodie *Ascot* aus dem Film *Frühstück bei Tiffany*. Katrin reckte sich, setzte sich aufrecht hin, blinzelte ein paarmal und griff verschlafen zu ihrem Telefon. »Jaja, ist ja schon gut. Bin ja da! … Ja? … Ach, du bist's, Rabea … Ja, ich wollte dich auch nachher anrufen … Ja, ist gut, um zehn, in Ordnung. Das schaff ich. Bis nachher.« Sie legte das Handy wieder auf den runden Beistelltisch, der als Nachttisch neben ihrem Bett stand. Den hatte sie vor ein paar Jahren auf dem Trödelmarkt in der Schanze entdeckt und nach Fehmarn transportiert. In mühsamer Kleinarbeit bei schweißtreibenden Temperaturen auf der Terrasse abgeschliffen und wie alle Möbel in ihrem Zimmer weiß lasiert. Sie liebte diese alten Stücke, die ihr Zimmer im *Laura-Ashley*-Stil erstrahlen ließen: den verschnörkelten Kleiderschrank, der mit seinen rosafarbenen Porzellanknöpfen zum Prunkstück des Zimmers wurde, darauf abgestimmt zarte Tapeten und Stoffe, die das Bild abrundeten. »Die Sachen passen zwar nicht unbedingt zur Gegend, aber zu meiner Stimmung«, betonte sie immer wieder, wenn jemand staunend ihr Reich betrat. »Sieht man aus dem Fenster, ist doch alles da, was man auf der Insel an Maritimem braucht«, beendete sie dann ihren philosophischen Satz. »Das Meer, die Leuchttürme, die Brücke.«

Charlotte nickte wohlwollend, wenn Katrin von ihrem Zimmer schwärmte, konnte ihre Gedankengänge nachvollziehen und sagte nur: »Das ist dein Reich, hier sollst du dich wohlfühlen. Da kannst du sein, wer immer du sein willst.« Charlotte, als Künstlerin selbst nicht mit normalen Maßstäben zu messen, gab Katrin in allem, was sie vorhatte, lächelnd ihren Segen. »Die Leute hier ticken sowieso anders«, war ihre schulterzuckende Meinung. »Und fertig. Mach es so, wie du meinst, Liebchen.«

Katrin reckte sich und schlug die Daunendecke zurück. Der weiche Flanellschlafanzug mit aufgedruckten weißen Bären ließ sie wie ein kleines Mädchen aussehen. Es fehlte nur noch der Teddy in der Hand. Sie rieb sich die Augen, sprang aus dem Bett, ging zum Fenster und zog die Vorhänge auf. Mit frischem Tatendrang sah sie raus. *Der Wind scheint etwas nachgelassen zu haben, und regnen tut es auch nicht mehr. Wird schon …* Barfuß schlurfte sie ins nebenan liegende Bad und öffnete den Wasserhahn in der Dusche. Summend ließ sie Wasser laufen, bis es die richtige Temperatur erreicht hatte, sich wie ein warmer Schauer anfühlte. Sie streifte die Hose ab, zog sich die Pyjamajacke über den Kopf und stellte sich unter den warmen Regen. »Herrlich!«

Kurz vor 10 Uhr klingelte es an der Tür. Rabea. »He, du bist schon da? Komm rein.« Katrin machte eine kurze einladende Handbewegung. *Rabea sieht müde aus,* dachte Katrin, als sich die Freundin ihrer Tante auf einen Stuhl am Küchentisch setzte. »Möchtest du einen Kaffee, oder soll ich dir lieber noch schnell einen Tee machen?« Rabea hob abwehrend die Hand. »Nee, lass mal. Ich hab schon gefrühstückt. Außerdem hab ich heute Morgen nicht so viel Zeit, wie ich dachte.« Sie wirkte irgendwie abwesend auf Katrin. »Was hältst du davon, wenn ich morgen Abend zu dir komme und wir in Ruhe ein Glas Rotwein trinken? Oder hast du etwas anderes vor?«, fragte Rabea, sah Charlottes Nichte lauernd an. Die schüttelte den Kopf, während sie ihren Becher leerte und in die Spüle stellte. »Nein, ich bin allein. Das ist eine gute Idee. Ich arbeite sowieso erst nächste Woche wieder. Nichts los in Katharinenhof bei dem Wetter. Das ist sogar eine supergute Idee!« Katrin nickte und freute sich, dass die Freundin ihrer Tante sich so um sie bemühte. Normalerweise sahen sie sich nicht sehr oft, wenn Katrin auf der Insel war. Dann ging jeder seiner Wege, und Charlottes Nichte war die meiste Zeit beim Wellenreiten oder im *Küstenblick* zum Arbeiten.

Rabea stand mit desinteressiertem Gesichtsausdruck auf, und sie verließen das Haus. »Der Sturm lässt nach. Gott sei Dank.« Katrin warf einen Blick auf den Sund, der sich langsam zu beruhigen schien und nicht mehr ganz so hohe Wellen vor sich herschob. »Schau, die Brücke ist auch wieder frei.« Sie hob die Hand, zeigte auf die Sundbrücke, auf der sich mittlerweile wieder Autos bewegten, während sie Richtung Parkplatz gingen. »Heute Nachmittag will ich noch einmal zu Sven. Hab ich dir erzählt, dass ich ihn wieder getroffen habe?«, sagte Katrin und sah Rabea, die wie angewurzelt stehenblieb, von der Seite an. »Wie, du hast Sven getroffen? Hat es dir nicht gereicht, was er dir angetan hat?« Rabeas Stimme bekam auf einmal einen gereizten Unterton, der Katrin nicht gefiel. »Wieso hackst du eigentlich immer auf Sven herum? Vielleicht hast du dich ja damals getäuscht.« Sie wollte die Freundin ihrer Tante nicht verärgern und lenkte ein. »Mag ja sein, dass wir unsere Probleme hatten, aber man muss auch verzeihen können, oder? Wahrscheinlich wird das mit uns gar nichts mehr. Ich weiß auch nicht. Eigentlich wollte ich mich nur mit ihm vertragen. Wenn ich nach Fehmarn ziehe, läuft man sich zwangsläufig öfter über den Weg und … wer weiß, vielleicht sind ja doch noch genug Gefühle da.« Rabea sah Katrin schlecht gelaunt an. »Wieso vertragen? Der hat sie doch nicht mehr alle. Vögelt mit irgendeiner Schlampe im dunklen Hauseingang rum.« Rabea tippte sich wütend mit dem Finger an die Stirn und hielt Katrin am Ärmel ihrer Jacke fest. »Lass den Typen laufen, der taugt nichts. Ich sag es dir. Der betrügt dich, wenn du danebenstehst. Dieser Kiffer.«

Eigentlich war es Katrin egal, was Rabea dachte, aber so aufgebracht hatte sie die Frau noch nie gesehen. »Was hast du bloß gegen ihn? Kann dir doch egal sein, ob … Ach, ist doch wirklich egal.« »Ich wollte es dir ja gar nicht erzählen, aber ich habe ihn vorgestern in Burg gesehen. Da war er mit … ich nehme mal an, mit seiner Freundin einkaufen. Das sah nicht danach aus, als ob er zu dir zurückwollte«, sagte Rabea und zog lässig die Augenbrauen nach oben. Katrin blieb verwundert stehen. »Wie, du hast ihn mit seiner Freundin gesehen?« Die Frauen standen sich kurz vor dem Parkplatz gegenüber. »Ja, es sah nicht so aus, als würden sie sich nur flüchtig kennen. Du weißt wohl, was ich meine, oder?« »Nein, weiß ich nicht. Erklär mir das bitte.« Katrins Stimme fing an zu krächzen, und sie hielt Rabea am Arm fest. »He, he. Nicht anfassen.« Wütend riss Rabea ihren Arm aus der Umklammerung. »Na, Arm in Arm, mit Geknutsche und so. Verstehst du jetzt?« Katrin stiegen Tränen in die Augen. Jetzt passte für sie irgendwie alles zusammen. *Deshalb die Piratenschänke. Er wollte sich gar nicht mit mir aussprechen. Viel zu laut, falscher Ort. Das war eine gute Gelegenheit, mir unverbindlich gegenüberzutreten. Ohne Verpflichtung… Wie blöd bin ich eigentlich?* Sie sah an Rabea vorbei aufs Wasser, biss auf ihre Unterlippe und versuchte, die aufkommenden Tränen zu unterdrücken. *Mann, der will gar nichts mehr von mir. Oh Gott, wie peinlich!*

»Lass uns nicht mehr darüber reden, okay?«, sagte Katrin. Wortlos gingen die Frauen auf dem matschigen Sandweg, der von Pfützen bedeckt vor ihnen lag, zum Auto. »Weißt du was? Ich fahr im eigenen Auto hinterher. Mir fällt gerade ein, dass ich danach noch einkaufen muss.« Das war zwar gelogen, aber Katrin wollte für einen Moment allein sein. Musste das, was sie gehört hatte, erst einmal verdauen. »Das wäre echt Quatsch. Dann müsstest du nachher wieder zurück zum Sund und heute Abend …« Rabea nahm Katrin in den Arm, versuchte, ihre Anspannung zu verbergen. »Tut mir leid. Ich wollte dir das nicht so geradeheraus ins Gesicht sagen. Aber es ist die Wahrheit. Wenn du morgen Abend nicht willst …?« Fragend sah sie Charlottes Nichte an. »Doch, doch. Natürlich will ich. Du kannst ja nichts dafür, dass Sven so ein Idiot zu sein scheint. Außerdem hast du mir einen guten Rotwein versprochen.« Sie strich Rabea kurz über den Arm, erzählte ihr aber nicht, dass sie trotzdem zu Sven fahren würde, um auf das, was sie gehört hatte, eine ehrliche Antwort zu erhalten. *Dann kann ich endlich mit diesem Schuft abschließen. Vielleicht war es genau richtig, dass Rabea mir die Augen geöffnet hat.* Ihr Entschluss stand fest. »Du bist jetzt bitte nicht böse, dass ich allein nach Burg fahre, oder? Also, wenn …« »Nee, lass gut sein. Ist okay. Hast ja recht. Wir fahren hintereinander her und treffen uns dann gleich am Krankenhaus.«

»Mann, dich haben sie aber ganz schön zugerichtet«, sagte Arne und stieß seinem Kollegen Klaus feixend den Ellenbogen in die Seite. »Ich hab mich schon gewundert, dass du gestern nicht hier warst. Der Chef meinte, du wärst krank.« Grinsend sah er auf Svens Gesicht, das aussah, als wäre er gegen einen Laster geprallt. »Hast du sonst nichts zu tun, Arschloch?«, brüllte der ihn an. »He, nun reg dich nicht gleich wieder auf. Ist doch nicht böse gemeint. Das sieht nur echt krass aus.« Arne zuckte beleidigt mit den Schultern, stupste Klaus an, und sie verschwanden schweigend in den Aufenthaltsraum. Sven riss den Akkuschrauber aus der Halterung an der Wand, drückte ihn wütend auf das Holz und trieb die Schraube so tief ins Material, bis die Spitze auf der anderen Seite wieder herausbrach.

In Gedanken ging er zurück zum gestrigen Tag, als er sich freigenommen hatte. Nachdem er vom Klingeln seines Weckers mit dickem Brummschädel wach wurde und mühsam versuchte, aus dem Bett zu kommen, schien ein fürchterlicher Kater seinen Schädel zum Platzen zu bringen. Er fasste sich an den Kopf, fuhr sich mit beiden Händen durch die verschwitzte Mähne und stemmte sich mit den Händen hoch. Benommen wankte er ins Badezimmer und warf einen verschwommenen Blick in den Spiegel. »Kacke. Wie seh ich denn aus!« Das linke zugeschwollene Auge schimmerte bläulich rot. Tiefrote, teilweise verkrustete Schürfwunden verteilten sich über das gesamte Gesicht. Das erinnerte ihn an seinen Lieblingsfilm *Rocky*. *Der Boxer sieht nach seinen Kämpfen ähnlich aus wie ich jetzt,* stellte er mit gequälter Miene fest. Von den Schmerzen, die von seinen Rippen ausstrahlten, abgesehen, taten ihm auch alle anderen Knochen enorm weh. »Wenn es sich so anfühlt, wenn man *Rocky Balboa* heißt, na dann gute Nacht, Marie.« Sven schlurfte wie ein alter Mann zurück ins Schlafzimmer, griff zum Handy und wählte die Nummer seines Chefs. *Der wird ganz schön sauer sein*, dachte er und kroch wieder unter die zerrupfte Decke. »Ich muss schlafen. Oh Mann, ist mir schlecht.«

Im Geist ging er zur letzten Nacht zurück: Der Schlag des bulligen Türstehertypen traf ihn mitten ins Gesicht – wumm! Bevor er sich wieder fangen konnte, ging der wie ein Stier auf ihn los und ließ nicht mehr von ihm ab. Nicht einmal der Mann der Security konnte den Wütenden davon abhalten, Sven für den aggressiven Anfall wenige Minuten zuvor eine saftige Retourkutsche zu verpassen. Die Hiebe prasselten wie Hammerschläge auf Sven nieder, er verlor das Gleichgewicht und landete zwischen zwei Barhockern. Mit Füßen traf der wuchtige Schläger Svens Rippen, bis der zusammengekrümmt und laut stöhnend am Boden liegen blieb. Zwei Männer, die das Schauspiel beobachteten, kamen ihm zu Hilfe und rissen den Angreifer zurück. »Das reicht jetzt!«, hörte Sven einen der beiden schreien. Sie hielten die Arme des bulligen Mannes wie Schraubstöcke fest und schoben ihn zum Ausgang. Neben der Tür stand höhnisch grinsend der schmächtige, blasse Typ, der Katrin nicht einmal eine halbe Stunde zuvor angemacht hatte. Dann verließ auch der mit den Händen in den Hosentaschen die Kneipe. Sven wurde zwischen den Stühlen nach oben gezogen und torkelte wenig später auch zum Ausgang. Die mitleidigen Blicke der Anwesenden registrierte er nicht mehr. Wie er nach Hause gekommen war, wusste er nicht mehr. Darüber wollte er auch nicht mehr nachdenken. *Und das alles für Katrin*, dachte er, strich sich über die geprellten Rippen und schlief ein.

Jetzt stand er an der Werkbank und versenkte die letzten Schrauben im Holz. »Sven, du schullst man so bi lütten Fieravend maken?«, rief Wendel durch die Bürotür. »Vör hüüt laat dat man goot sien, du bringst mi noch dat ganze Holt dürchenanner. Kiek mol na de Klock. De is all veer.« Sven sah auf seine Armbanduhr, pustete die Späne von der Schraube und hängte den Akkuschrauber an seinen Platz. »Ja, ich mach gleich Schluss.« Er räumte mit schmerzverzerrtem Gesicht seinen Platz auf, griff nach seinem Rucksack in der Umkleidekabine und wollte gehen. Im Lauf des Tages hatte er sich beruhigt und es sogar geschafft, sich bei seinen Kollegen zu entschuldigen.

»Kann ik di vüllicht helpen?«, fragte sein Boss in diesem Moment, trat aus seinem Büroraum und sah seinen Mitarbeiter besorgt von der Seite an. »Nee, alles gut. Ich hab mich bloß mit ein paar Touristen angelegt. Nicht weiter dramatisch.« Wendel schwenkte den Kopf in beide Richtungen. »Na, mien Jung, wenn ik di so ankiek, kann ik mie uk denken, wer dor wunn hätt … oder?« »War nicht so cool. Aber geht schon. Danke trotzdem.« Sven lächelte seinen Chef an, hob die Hand zum Gruß und verließ die Werkstatt. »Schönes Wochenende«, rief er und stieg in seinen Wagen. Das Fahrrad hatte er heute Morgen daheim gelassen. Er hätte nicht aufsteigen können. »Wi kann dat blot angahn? De Jung kriggt nix op de Reeg. He maakt mehr Mist, as een Koh kacken kann«, sagte Wendel und schloss kopfschüttelnd die Tür. »Wochenende!«

Halb fünf öffnete Sven seine Wohnungstür, schmiss den Rucksack in die gewohnte Ecke und ging ins Wohnzimmer. Auf Socken rutschte er zum Panoramafenster und sah in den grauen Himmel, der immer noch mit mindestens acht Windstärken die Wolken vor sich hertrieb. »Surfen kann ich wohl erst mal vergessen«, sprach er zu sich selbst, als er beim Atmen wieder an die Prellungen erinnert wurde. Er war auf dem Weg in die Küche, um sich einen Kaffee zu kochen, als es klingelte. *Wer ist das denn?* Sven hatte sich mit niemandem verabredet. *Sascha kann es nicht sein, der ist mit ein paar anderen auf Fuerte zum Surfen.* Achselzuckend schlich er in Arbeitsklamotten zur Tür, als es noch einmal eindringlich schellte. »Ja, ich komm ja schon!« Sven öffnete und vor der Tür stand – Katrin. Ungläubig sah er sie an. »He, was machst du denn hier?« Plötzlich war es ihm unangenehm, in Arbeitskluft vor ihr zu stehen.

Erschrocken sah sie ihn an. »Gott, was hast du denn gemacht?« Sie hielt sich die Hand vor den Mund. »Willst du nicht erst mal reinkommen?«, fragte er. Mit allem hätte er gerechnet, aber nicht mit ihr. Nach dem Auftritt am Mittwoch hatte er geglaubt, er würde sie nie wieder sehen. Er machte eine einladende Handbewegung und trat ein Stück zur Seite, damit sie an ihm vorbei konnte. Dann schloss er die Tür. Katrin nickte und ging in den Flur. »Nun sag schon, was ist passiert?«, fragte sie, als sie hinter ihm herlief. »Na, das solltest du ja eigentlich wissen. Ich hab versucht, deine Ehre zu retten.« Das Grinsen auf seinem Gesicht konnte sie nicht sehen. »Wie? Ehrenrettung? Niemand hat dich darum gebeten, mir zu helfen. Das hab ich auch schon vorgestern Abend ganz klar zum Ausdruck gebracht, oder nicht?« Sven sah Katrin verlegen in die Augen. »Wieso streiten wir eigentlich dauernd?«, fragte er und bot Katrin einen Platz auf der mit Zeitungen vollgemüllten Couch an. Sie schob die Zeitschriften auf einen Haufen zusammen und setzte sich. *Hier hat sich gar nichts verändert,* bemerkte sie und sah sich um, als müsste sie den Raum inspizieren. Sie liebte dieses Zimmer mit dem herrlichen Blick über die Felder mit den kleinen Teichen, der bis zur Blieschendorfer Allee reichte.

Katrin räusperte sich. »Ich muss dringend mit dir reden.« Es fiel ihr schwer, weiterzusprechen. »Gib mir erst mal deine Jacke.« Sven hielt ihr die Arme entgegen und wartete, bis sie aufstand und den Parka auszog. »Trinkst du auch einen Kaffee? Ich wollte mir gerade einen machen.« Sie nickte und folgte ihm in die Küche. *Nichts hat sich hier verändert. Immer noch die gleiche orangefarbene Küche.* Katrin musste unwillkürlich lächeln. Das war eine der guten Seiten von Sven. Er war beständig. Er änderte nicht permanent die Richtung, wenn etwas Neues passierte. Deshalb verstand sie auch nicht, dass er sich eine andere genommen hatte, obwohl er ihr immer wieder seine Liebe beteuert hatte.

Wie gut sie aussieht, dachte Sven. *Der dunkelgrüne Pullover sieht toll aus zu ihrem Haar. Aber dünn ist sie. Viel zu dünn.* »Milch. Nimmst du immer noch Milch wie früher?«, fragte er und holte mit zittrigen Fingern die Packung Frischmilch aus dem Kühlschrank. Sie seufzte und nickte mit dem Kopf. »Sven, ich muss mit dir reden, jetzt!« Katrin nahm all ihren Mut zusammen. Ihr Exfreund hielt inne, drehte sich fragend um und reichte ihr den Kaffeebecher. »Keks?« »Bitte nein, hör doch mal auf mit dem Quatsch. Unterbrich mich nicht«, antwortete sie barsch, holte tief Luft, bevor sie weitersprach. Sie hatte Angst, den Faden zu verlieren, den sie sich mühsam während der Fahrt hierher zurechtgelegt hatte. »Als wir uns wieder getroffen haben, du weißt, in Wester ...«, sie räusperte sich. In ihrer Stimme hörte Sven Unmut aufsteigen. »Ich dachte, als wir Sonntag am Strand saßen. Ich dachte …«, stotterte sie, »du würdest dich freuen, mich zu sehen.« Jetzt war es raus. Was die letzten Tage in ihrem Innersten gegärt hatte, war ausgesprochen. Nun gab es kein Zurück mehr. »Aber das hab ich ja auch«, antwortete Sven aufgebracht. »Lass mich ausreden, bitte!«, rief Katrin laut und hob die Hand. »Ich dachte, da wär noch etwas zwischen uns. Mir lag so viel daran, liegt so viel daran, meine ich. Ich hab dich vermisst, du Idiot.« »Ja, meinst du, ich dich nicht?«, brach es verzweifelt aus ihm heraus. »Du hast mich doch ohne triftigen Grund verlassen, ohne Erklärung. Einfach so. Warum hast du nicht mit mir geredet, wenn dir irgendwas quer im Magen lag?« Tränen stiegen in seine Augen. »Was gab's da denn noch zu reden, wenn du irgendeine Schlampe vögelst. Und das so, dass jeder es mitbekommt?« Wütend trommelte Katrin mit ihren Fäusten auf Svens Brust.

Sven sah sie wie vom Donner gerührt an. »Ich hab was?« Er sah plötzlich die Tränen, die über ihre Wangen liefen. Sie wollte und konnte sie nicht mehr zurückhalten. »He, Süße«, sagte er erschrocken, stellte seinen Becher auf die Arbeitsplatte, nahm Katrin ihren aus der Hand und umarmte sie. »Wieso sollte ich dich betrügen? Hast du vergessen, wie sehr ich dich liebe?«, fragte er, hob ihr Kinn, sodass sie ihm in die Augen sehen musste. »Weißt du das? Ich hab, und das schwöre ich«, Sven hob wie zum Schwur zwei Finger und legte sie sich auf seine Brust, »dich nie betrogen, nicht ein einziges Mal.« Verzweiflung stand in seinem Gesicht, das aussah, als wäre ein Panzer darüber gefahren. »Ich hätte nie gedacht, dass du einfach so abhauen würdest, ohne ein Wort.« Ungläubig sah Katrin ihm in die Augen. »Aber ich hab geglaubt …

Rabea hat …« Sven sah Katrin treuherzig an. »Niemals. Da war nie jemand anderes, solange wir zusammen waren.« Sven ging einen Schritt zurück. »Aber Rabea … sie hat mir doch erzählt, dass sie dich mit einer Frau … und jetzt auch wieder und …« Svens Hand schnellte drohend nach oben. »Stopp. Die kann mich mit überhaupt niemandem gesehen haben!«, schrie er. »Und die Frau konnte ich noch nie leiden, die falsche Schlange, das weißt du. Was passiert hier gerade? Ich kann's nicht fassen! Und wieso hast du nicht mit mir gesprochen?«, rief Sven. Ihm stieg die Röte vor Wut ins Gesicht, als er mit der Faust auf die Arbeitsplatte schlug. Der Kaffeebecher fiel scheppernd zu Boden, zerbrach und verteilte den Kaffee auf den Küchenfliesen. Katrin wollte sich erschrocken bücken, um die Keramikstücke aufzuheben, als er sie ruppig am Arm festhielt und bedrohlich leise sagte: »Lass das liegen! Ich will das jetzt augenblicklich und ein für alle Mal geklärt haben. Lass den scheiß Becher liegen und sieh mich an!« Mit den Fingerspitzen deutete er auf seine blitzenden braunen Augen. »Ich sag es dir noch mal und ich hoffe, du glaubst mir das jetzt: Außer dir habe ich niemanden gehabt, verstehst du, niemanden.« Er fuchtelte mit der Hand durch die Luft.

Katrin konnte es nicht fassen. Sie war felsenfest davon überzeugt gewesen, dass Sven sie betrogen hatte. Rabea hatte ihr alles so klar geschildert. Glaubhaft. »Die blöde Kuh schnapp ich mir eigenhändig. Die konnte mich noch nie leiden.« Böse hob Sven die Faust in Katrins Richtung. »Woll'n doch mal sehen, was wirklich wahr ist, wenn wir uns gegenüberstehen. Und ich will, dass du dabei bist, wenn ich das mit der Alten kläre. Ist das klar?« Tiefe Falten gruben sich in seine rote verschrammte Stirn. Er schnaubte wie ein Stier, der im Begriff war, seinen Gegner in der nächsten Sekunde anzugreifen. »Aber warum sollte sie so etwas tun?«, fragte Katrin wie vor den Kopf geschlagen, während sie sich mit dem Handrücken die herunterlaufenden Tränen fortwischte. »Weiß ich doch nicht, aber das krieg ich …« Katrin ging einen Schritt auf ihn zu, legte verzweifelt einen Finger über seine Lippen. Stellte sich dann wie eine Ballerina auf Zehenspitzen und schmiegte sich zärtlich an ihn. Er spürte den weichen Stoff ihres Pullovers an seiner Wange. Dann hauchte sie ihm einen zarten Kuss auf den Mund. »Ich hab dich doch lieb, und das werd ich immer tun. Verzeih mir, ich …« Sven umschlang sie mit seinen Armen, als wollte er sie nie mehr loslassen, schloss die Augen, von denen das Linke sowieso zugeschwollen war, und erwiderte wie ein Ertrinkender den zärtlichen Kuss. Ihre Zungen berührten sich, drangen immer tiefer in die Mundhöhle des anderen, und es schien, als würde dieser Kuss gleich im Bett sein Ende finden. Katrin riss sich irritiert los und stemmte sich gegen die überwältigenden Gefühle, die Sven immer noch in ihr auslöste.

»Lass uns bitte ein andermal weiterreden«, japste sie nach Luft. »Ich muss das erst mal mit mir selbst klarkriegen. Rabea kommt Samstagabend vorbei. Dann rede ich mit ihr. Bitte! Unternimm nichts. Wir klären das Sonntag ganz in Ruhe. Ich rede mit Rabea. Lass mich das machen und versprich, dass du bis dahin nichts unternimmst!« Katrin löste sich aus seiner Umarmung, ließ Sven sprachlos stehen und ging ins Wohnzimmer, um ihre Jacke vom Sofa zu holen. »Das kann ich nicht, Katrin. Die schnapp ich mir bei der nächsten Gelegenheit. Wenn das alles so ist, wie du sagst, dann wird die mich richtig kennenlernen. Bei der hab ich überhaupt kein gutes Gefühl. Hatte ich noch nie!« Sven lief wie ein kleiner Hund hinter Katrin her, folgte ihr in den Flur. »Eine blöde Kuh ist das, sonst gar nichts. Was die mit Charlotte verbindet, ist mir egal. Aber wenn die versucht, uns auseinanderzubringen, dann ist Feierabend. Wenn du bis Sonntag nichts erreicht hast, schnapp ich sie mir. Versprochen.«

»Was haben wir? Einen Makler, der nichts anderes im Kopf zu haben scheint, als die Hagedorn aus ihrem Haus zu vertreiben. Die Nichte, die selbst zum Opfer wird. Und die Freundin aus Schleswig. Ziemlich herber Typ, oder?« Dirk Westermann schaute grienend auf seinen Beifahrer. »Na ja, mein Fall wär die nicht, wirklich nicht. Aber viel haben wir echt nicht, wenn du mich so fragst.« Thomas Hartwig verzog ebenfalls sein Gesicht. »Der Makler hat als Einziger ein echtes Motiv. Das Haus! Den müssen wir uns genauer anschauen. Ich bin dafür, dass wir ihm gleich noch einen Besuch abstatten. Und diese Nolte? Ich weiß nicht, so richtig finde ich da nichts. Die Kollegen in Oldenburg sollen den Namen durchs System laufen lassen.« Westermann nickte seinem Kollegen zu und fuhr Richtung Innenstadt. »Nimm mal dein Handy und gib die Namen nach Oldenburg durch, ja?« Hartwig nickte und zog sein Telefon aus der Innentasche seiner Jacke. Er beugte seinen Kopf und schnüffelte an seinen Achseln. »Ich glaub, es wird Zeit, sich ein neues T-Shirt zuzulegen, bevor wir den Makler aufsuchen. Ich stink schon wie ein Iltis.« »Hier gibt's doch ein Kaufhaus am Markt. Lass uns den Wagen hinterm Hotel auf dem Parkplatz abstellen, und dann laufen wir kurz rüber. Da wird sich für uns Paviane schon was finden.« Hartwig nickte und wählte die Nummer der Oldenburger Dienststelle.

Die letzten Blätter der Bäume fielen dem Wind zum Opfer und wirbelten um die beiden Männer herum, die auf dem Bürgersteig zum Kaufhaus entlangstiefelten. »Lass uns da vorne reingehen.« Westermann strich sich die Haare aus dem Gesicht und zeigte auf die verglaste Eingangstür. Mit der Rolltreppe fuhren sie in den ersten Stock, in dem sich die Herrenabteilung befinden sollte. Hartwig zog sich die Mütze vom Kopf und versuchte, seine kurzen Haare zu bändigen. »Da vorne«, sagte Westermann und schlängelte sich zwischen diversen Ständern mit Jacken, Hemden und Shirts durch.

Thomas Hartwig entschied sich nach mehreren Anläufen für zwei blaue T-Shirts, die auf einem Tisch nach Größen geordnet auf einem Stapel lagen. »Da kann man nichts falsch machen, dunkelblau passt immer«, grinste er und zeigte auf seine Jeans. »Lass mal, nicht so meins«, antwortete Westermann und griff nach einem blau-weiß gestreiften Hemd, zog die Augenbrauen hoch, überlegte und suchte noch eine Kopie des ersten in Kragenweite 42. »Ja, die passen immer. Ein paar neue Unterhosen und Socken könnten auch nicht schaden. Ich meine, wegen der Geruchsnote«, witzelte der Kommissar trocken. Thomas Hartwig stieg die Röte ins Gesicht. Flachsend machten sie sich auf die Suche.

Kurze Zeit später verließen die beiden Polizisten mit rot-weißen Einkaufstüten das Kaufhaus. Vor dem Geschäft blieben sie für einen Moment unschlüssig stehen. »Sieh mal, da ist ein Bäcker. Lass uns einen Kaffee trinken, dann können wir noch kurz überlegen, welche Schritte wir veranlassen. Alles noch einmal zusammenfassen. Außerdem hab ich tierischen Hunger.« Westermann hielt sich den Bauch. In der Bäckerei entdeckten sie freie

Fensterplätze. Die Auslage sah verlockend aus, und sie entschieden sich für üppig belegte Brötchen und heißen Kaffee. »Wenn ich daran denke, dass wir vorhin Kräutertee trinken sollten, brrr.« Thomas Hartwig schüttelte angewidert den Kopf. »Hab ich schon als Kind gehasst. Meine Großmutter schwor auf Kräutertee für alles und gegen jeden. Sollte sogar bei Fußpilz helfen, sagte sie zumindest. Ich fand's einfach nur eklig.« Er lachte, und zwischen seinen Lippen blitzten die weißen Zähne hervor.

Westermann setzte sich ihm mit Teller und Becher gegenüber und schaute nachdenklich aus dem Fenster. »Ich weiß nicht. Das passt alles nicht«, sagte Westermann. »Was passt nicht?«, fragte Hartwig und rührte in seinem Kaffee herum. »Das muss auf jeden Fall etwas mit dem Haus zu tun haben«, antwortete Dirk Westermann leise und fuhr fort: »Wenn du mich fragst, ist das ein richtiges Sahneschnittchen bei der traumhaften Lage. So viele Häuser gibt's hier am Wasser nicht. Mein Eindruck. Das ist schon 'ne Menge wert, denke ich. Paar Milliönchen mit Sicherheit. Ist zwar nicht Sylt«, fuhr er fort, »aber für Liebhaber der Ostseeküste ein tolles Fleckchen Erde. Und da Katrin Erbin ist, kann ich mir gut vorstellen, dass es einen Grund gäbe, sie zu beseitigen.« Es entstand eine kurze Pause, dann fragte Thomas Hartwig: »Aber warum? Was hätte der Makler davon, die Nichte umzubringen? Ist doch Quatsch. Warum wurde die Tante nicht gleich getötet?« »Mensch Thomas, überleg doch mal. Dann hätte die Nichte ja geerbt und wäre wohl selbst eingezogen. Die hätte niemals an den Makler verkauft. Wenn die Tante aber verkaufen würde, ginge die Nichte mit.« Westermann nahm einen Schluck Kaffee. Hartwig runzelte die Stirn und antwortete: »Ja, aber wenn die Nichte tot wäre …« Westermann stöhnte und sagte ruhig: »Dann würde die alte Frau wahrscheinlich erst recht verkaufen.« »Aber ist das Haus den Tod eines Menschen wert?«, fragte Hartwig. »Thomas! Es sind schon Menschen für viel weniger um die Ecke gebracht worden, oder nicht?« Hartwig nickte und starrte auf die Straße. *So oder so gibt es eigentlich nur Verlierer. Und warum will der Makler dieses Haus unbedingt? Warum bedrängt er Charlotte Hagedorn?* Westermann betrachtete seinen jungen Kollegen, während er die Lasche von der kleinen Plastikdose zog, in der sich die Milch befand. Behutsam schüttete er die Milch in den Kaffee. Westermann schien zu ahnen, welche Gedanken Hartwig durch den Kopf gingen. »Der Makler«, antwortete er entschlossen. »Nee, andersrum. Nehmen wir mal an, beide wären tot. Dann hätte er gar nichts davon. Das Haus würde an Charlottes Schwester fallen, und die würde wahrscheinlich einen Makler ihres Vertrauens mit dem Verkauf beauftragen.« Hartwig schüttelte den Kopf, biss herzhaft in sein Eibrötchen. »Vielleicht sollte Charlotte Hagedorn ja gar nicht sterben. Wenn …« Ein Teil des Brötchenbelags fiel herunter und landete auf seinem Shirt. »Mist.« Westermann lächelte verschmitzt in seine Richtung.

»Also, wenn sie nur schwer verletzt worden wäre, was ja der Fall ist, dann hätte der Matthinsen doch alle Asse auf seiner Seite. Er könnte die Frau, die danach vermutlich nur ungern allein im Haus bliebe, solange belabern, bis sie endlich verkauft.« Hartwig biss noch einmal ins Brötchen. Etwas vom Eigelb blieb an seiner Nasenspitze hängen, und der Rest fiel gänzlich auf den Boden. Er zuckte enttäuscht mit den Schultern und legte das Brötchen ohne Ei ruckartig zurück auf den Teller. »Also kein Ei«, stöhnte er.

»Das wär eine Möglichkeit«, sagte Westermann. Wir sind hier doch nicht in Chicago. Wir werden mal die Konten des guten Mannes überprüfen. Kein normaler Makler will gleich den Eigentümer um die Ecke bringen, um an ein Haus zu kommen.« Westermann tippte sich mit dem Finger an die Stirn. »Und noch mal: Was ist mit der Nolte?«, fragte Hartwig. »Kann ich dir nicht sagen. Die hat kein Motiv. Die Frau ist ihre Freundin. Geht in dem Haus ein und aus. Welchen Grund sollte sie haben, ihre beste Freundin und deren Nichte abzumurksen? Da gibt es überhaupt keinen Zusammenhang. Wir klären das gleich im Hotel.« Dabei schlug Westermann mit der Hand auf seine Hosentasche, in der sich sein Handy befand. »Vielleicht haben die in Oldenburg schon etwas herausgefunden. Vielleicht sind wir ja völlig auf dem Holzweg, und es ist alles ganz anders, als wir es uns vorstellen.« Westermann biss in sein herzhaftes Käsebrötchen und schaute mitleidig auf Hartwig, der missmutig den letzten Happen seines Butterbrötchens ohne Ei verschlang und mit Kaffee nachspülte.

Eine Stunde später standen sie bei dem Makler vor der Tür. Verschlossen. Auch aus Oldenburg hatte sich noch nichts Neues ergeben. Selbst ein Anruf bei den Kollegen hatte keine weiteren Erkenntnisse gebracht. So hieß es für die beiden Beamten warten und allein agieren. Westermann bollerte mit der Faust gegen die Scheibe. Nichts. »Der scheint nicht da zu sein. Hat's wohl nicht nötig, der gute Mann.« Hartwig nahm einen Stift und schrieb sich die Telefonnummer in sein Buch, die auf dem Schild unter dem Namen prangte. »Ich versuch, den mal per Handy zu erreichen. Komm, wir werden hier im Moment sowieso nichts erreichen. Vielleicht später. Wenn nicht, können wir gleich morgen früh noch mal hergehen. Is ja nicht weit.« »Na gut«, antwortete Westermann und sie gingen durch die Straße zurück zum Hotel.

SAMSTAG

»Ich ruf jetzt die Bullen«, sagte Jan und zog mit zitternden Fingern sein Handy aus der oberen Jackentasche. Nervös wählte der die 110, während Lasse immer noch geschockt im Sand saß, sich die kalten Hände vor das Gesicht hielt, um nicht dauernd auf die bleiche Hand starren zu müssen. Er wurde von Weinkrämpfen geschüttelt und wischte unentwegt den aus seiner Nase laufenden Schnodder mit dem Handrücken weg.

»Ja, hören Sie? Wir sind hier in Katharinenhof am Strand. Ja, am Naturstrand. Wir wollten angeln und haben, wenn uns nicht alles täuscht, eine Leiche gefunden.« Die Stille wurde nur von Lasses Heulen unterbrochen. »Jan, Jan Kolbe. Ja danke.« »Eh, Alter, die kommen gleich. Komm, lass uns erst mal eine rauchen.« »Gute Idee«, schniefte Lasse und griff nach der Hand seines Freundes, um sich daran hochzuziehen. Beide setzten sich ein paar Meter weiter mit dem Kopf Richtung Weg zum Parkplatz-Wäldchen in den feuchten Sand, sodass sie nicht ständig das Strandgut im Auge hatten. »Ich hab so etwas noch nie gesehen, Mann«, sagte Lasse, während er Jan seinen Tabak reichte. »Meinst du ich? Mir läuft auch nicht jeden Tag 'ne Leiche über den Weg, was glaubst du denn? Aber wer auch immer da liegt, ist schon tot, der tut uns nichts mehr. Es sei denn, er ist ein Zombie.« Plötzlich musste Lasse grinsen. »Na, dann hätten wir sowieso keine Chance.« Er schnaubte noch einmal, nahm Jan die Zigarette, die der ihm gedreht hatte und nun entgegenhielt, aus der Hand. Nachdenklich zündete er sie an. »Das glaubt man doch wirklich nicht, oder? Was meinst du, wer das ist?« Jan zuckte mit den Schultern. »Keine Ahnung. Ist mir, ehrlich gesagt, auch völlig egal. Ich will das gar nicht wissen.« Er schluckte. Schon vor ein paar Minuten hatte er sich gefragt, wer da vergraben im Sand liegen könnte. Er hoffte, dass es niemand war, den er kannte. Das Wasser kräuselte sich am Ufer, schwappte gegen die Sohlen seiner Wattstiefel. »Mit Angeln ist heute jedenfalls nichts mehr. Hier sieht mich erst mal keiner mehr«, sagte er zu Lasse, der gierig an seiner Zigarette zog. »Mich auch nicht, was glaubst du denn?« Aus den Augenwinkeln betrachtete er verstohlen den angehäuften Berg von getrocknetem Kraut und die bleiche Hand, die wie eine Trophäe herausragte. Er hatte, genau wie Jan, die Beine angezogen und die Arme über den Knien verschränkt. Die Zigarette qualmte und verbrauchte sich, bis sie letztendlich ausging. Lasse schmiss sie ins Wasser und folgte ihr mit dem Blick, bis sie abgetrieben war.

Jeder der beiden hing seinen Gedanken nach. Dann ließ sie das lauter werdende Sirenengeheul aufatmen. »Da, hörst du, sie kommen«, sagte Jan. Lasse nickte, stand auf und klopfte sich den Sand vom Hintern. »Ich will das hier nur noch schnell hinter mich bringen, dann nach Hause, verstehst du?« »Versteh ich, Alter.« Jan stand ebenfalls auf, schüttelte sich den Sand von der Hose und wartete mit seinem Freund auf die eintreffende Polizei.

Das Klingeln des Handys riss Dirk Westermann aus unruhigem Schlaf. Mit geschlossenen Augen tastete er nach seinem Telefon, räusperte sich und drückte auf den Knopf. »Ja? … Was?« Plötzlich setzte er sich hellwach auf und fuhr sich mit der Hand durch die Haare. »Ja, wir sind gleich da.« Er hechtete aus dem Bett, schlüpfte in seine schwarze Hose, griff nach dem Hemd, das er sorgfältig über die Stuhllehne gehängt hatte, und ging ins Bad. Zehn Minuten später stand er zwei Türen weiter, trommelte mit der Faust lautstark dagegen. »Hartwig, wach auf. Nacht ist zu Ende.« Er trat einen Schritt zurück, als die Tür aufging. »Was gibt's denn jetzt schon wieder?« Die letzten Tage waren nicht spurlos an ihm vorübergegangen. Blass, mit Dreitagebart und dunklen Ringen unter den Augen stand er dem älteren Kollegen gegenüber und rieb sich die Augen. »Zieh dich an. Wir müssen nach Katharinenhof. Die haben eine Leiche gefunden.« »Was? Das gibt's doch gar nicht. Und ich dachte, es geht endlich nach Hause. Meine Dienststelle hat schon angefragt, wie lange wir noch vor Ort bleiben wollen.« Westermann zuckte mitleidig mit den Schultern, schob sich an ihm vorbei ins Zimmer und warf einen Blick auf den chaotisch verwüsteten Raum des jungen Kollegen. Dessen Klamotten lagen verstreut auf dem Teppichboden, und das Bett sah aus, als hätte er darin eine mittlere Orgie veranstaltet. Thomas ging zum Bett, griff nach zwei von vier leeren Bierflaschen, die davor auf dem Fußboden verstreut lagen, und sah den Kommissar verlegen an. »Entschuldigung. Musste das erst mal im Kopf klarkriegen.« »Klarkriegen sieht aber normalerweise anders aus«, deutete er grienend auf die Flaschen in Hartwigs Arm. »Na ja, vernebeln ist wohl der bessere Ausdruck«, setzte der nach. »Jetzt weiß ich jedenfalls, warum ich nicht bei der Kripo gelandet bin. Obwohl, wenn ich genau darüber nachdenke, das wär schon meins.« Westermann zog die linke Augenbraue nach oben, schob ihn forsch ins Badezimmer. »Na, dann mal los. Ist gar nicht so schwer, wenn man sich anstrengt. So, jetzt beeil dich, wir haben Arbeit.« Mit einer Geste zeigte er Hartwig an, sich zu sputen.

Nach sechs Minuten stand Hartwig abfahrbereit vor seinem Kollegen. »Was ist mit Kaffee? Ich brauch einen starken Kaffee und ein Aspirin. Sonst gehe ich nirgendwo hin.« Theatralisch hielt er sich seinen Kopf. »Ja, mach hinne. So viel Zeit haben wir gerade noch. Die Leiche wird ja nicht mehr weglaufen. Vielleicht im Restaurant.« Dirk Westermann scheuchte Hartwig vor sich her. »Eh, pass auf, oder willst du, dass ich die Treppe runterfliege, Mann.« Sie öffneten die Tür zum Lokal. Hartwig sah sich kurz um und bat den Kellner hinter dem Tresen um zwei Tassen Kaffee und ein Aspirin. Der nickte und verschwand kurz in der Küche. »Oh Mann, hab ich einen Schädel«, jaulte Hartwig und rieb sich die Stirn. »Selbst schuld, wenn man so viel säuft.« Dirk Westermann stieß seinem Kollegen den Ellbogen in die Seite und nickte mit dem Kopf Richtung Tresen. Eine sehr attraktive, schlanke Frau mit kurzen dunklen Haaren reichte Thomas Hartwig ein Glas Wasser, in dem sich eine sprudelnde Tablette auflöste, und stellte mit einem entwaffnenden Lächeln zwei Tassen dampfenden Kaffee vor die Polizisten. »Die sind für Sie?«, schnurrte sie leise. Die Männer nickten heftig mit den Köpfen. Die sportlich-elegant gekleidete hochgewachsene Frau drehte sich um und tippte etwas in den Computer, der am Ende des Tresens stand. Der Kellner, der sich daran gemacht hatte, Gläser zu polieren, grinste die Beamten an. »Wer ist das denn?«, fragte Hartwig leise. »Pst, halt die Klappe. Das ist die Chefin. Sieht klasse aus«, flüsterte jetzt auch Westermann, der sich sonst nicht so leicht von Gefühlen leiten ließ. Vorsichtig schlürfte Thomas Hartwig seinen heißen Kaffee, kippte die aufgelöste Schmerztablette hinterher. »Boah, schmeckt das ekelig.«

Westermann beobachtete die Aktion, lächelte verhalten, leerte seine Tasse ebenfalls. »Schreiben Sie es bitte mit auf die Rechnung?« Die Chefin des Hotels nickte. »Wir werden heute Mittag abreisen. Können Sie uns die Rechnung fertigmachen, bis wir wiederkommen? Wir müssen vorher noch nach Katharinenhof. Arbeit.« Westermann lächelte die Besitzerin des Hotels freundlich an. »Kein Problem.« »Ähm, wie kommen wir am besten nach Katharinenhof?« Die Hotelbesitzerin überlegte kurz und sagte: »Fahren Sie einmal durch die Breite Straße und am Ende sehen Sie die Ampel, da links. Dann eigentlich immer geradeaus, bis zum Friedhof. Ein Stückchen weiter links ab, Richtung Katharinenhof. Können Sie gar nicht verfehlen. Ist ausgeschildert.« »Mhm«, sagte Westermann, »und zum Strand?« »Da müssen Sie an einem riesigen Feld vorbei, dann geht da eine kleine Straße rechts ab. Da stehen eigentlich immer Autos. Surfer und Angler. Aber das finden Sie, da bin ich mir sicher.« Sie lächelte und wendete sich wieder ihrer Arbeit am Computer zu. Westermann klopfte mit der Hand auf den Tresen, bedankte sich und verließ mit Hartwig im Schlepptau das Hotel.

Dank der genauen Beschreibung stoppten sie bereits zehn Minuten später am Wegesrand. »Hätten wir gar nicht verfehlen können.« Westermann deutete auf die Reihe von Dienstwagen der Polizei, die mit blinkenden Blaulichtleuchten direkt vor dem Eingang zum Wäldchen standen. »Nee, die haben wohl alles rausgelassen, was in Burg vorhanden ist.«

Die beiden Männer stiegen aus. Westermann hob das Flatterband an, mit dem der Eingang zum Strand abgesperrt war, und tauchte darunter hindurch. Überall waren Leute der Spurensicherung dabei, nach Hinweisen zu suchen. Sie gingen den Kiesweg entlang, der zum Strand hinunterführte. Die Wolkendecke war aufgebrochen und enthüllte blaue Flecken. Ein paar Sonnenstrahlen setzten sich durch und ließen an mehreren Stellen das Wasser jadegrün aufleuchten. Westermann blieb abrupt stehen. »Wow, ist das schön. Sieh dir das an!« Der Blick auf Wasser und Strand, der überhäuft mit Kraut und Holzstücken vor ihnen lag, war atemberaubend. »Das hat etwas nostalgisches. Diese Farben, die alten Bäume. Die riesigen Findlinge. Das diffuse Licht taucht alles irgendwie ein«, sagte Thomas Hartwig und tat so, als hielte er eine Kamera vors Gesicht. »Aber die da vorn«, er deutete auf die Männer der Polizei, »die stören das Bild ein bisschen.« Westermann lächelte, legte dem Kollegen die Hand auf die Schulter und drängte ihn zum Fundort, der ebenfalls durch ein rot-weißes Flatterband abgegrenzt war. Ein weißer Baldachin stand zum Schutz über einem ausgeschaufelten Loch.

»Na, was haben wir hier?« Er ging auf die Kollegen zu und grüßte knapp. »Männliche Leiche. Circa 40. Ungefähr 30 Stunden tot. Aber genau kann ich euch das erst sagen, wenn er in der Gerichtsmedizin liegt.« »Und? Ertrunken angespült?«, fragte Dirk Westermann. Der Mann, der ihm im weißen Overall gegenüberstand, schüttelte den Kopf. »Nee, der ist erstochen worden. Da muss jemand einen ziemlichen Hass gehabt haben. Der wurde regelrecht zerhackt und gleich hier beerdigt. Eingegraben.« »Wieso Hass?« Hartwig mischte sich ins Gespräch. »Weil der mit mindestens 30 Stichen hingemetzelt wurde. Übertötet, um genau zu sein.« »Mmh«, erwiderte Hartwig. Westermann ging einen Schritt näher und sah sich die freigelegte Leiche genauer an. »Das gibt's doch gar nicht.« Erstaunt zog er die Augenbrauen hoch, nahm die Hände aus den Hosentaschen. »Thomas, komm her. Den kennen wir doch!«

Thomas Hartwig trat widerwillig zu seinem Kollegen an das ausgehobene Loch. Er schien sich in seiner Haut nicht wohlzufühlen. In eine derartige Situation war er noch nie vorher geraten. Mord war bisher in seinem Revier nicht vorgekommen. »Wer soll denn das sein?« Er blickte mit langem Hals über den Rand der Kuhle. »Sieh mal genau hin. Den haben wir doch auf dem Parkplatz am Sund gesehen, als wir zu Charlotte Hagedorns Haus wollten. Erinnerst du dich?« Hartwig reckte seinen Hals noch ein Stück weiter, sah sich die Leiche jetzt genauer an. Ihm wurde beim Anblick des übel zugerichteten Körpers schlecht. »Ja, du hast recht. Das ist doch der mit dem alten roten Coupé.« »Genau so ein Wagen steht oben an der Straße«, sprach einer der Burger Kollegen die beiden an. »Nicht wahrgenommen«, sagte Westermann.

»Wie lange müssen wir denn noch hierbleiben? Wir möchten endlich nach Hause.« Jan ging auf die Gruppe zu. »Und wer sind Sie?«, fragte Hartwig interessiert. »Wir haben ihn gefunden. Also, mein Freund hat ihn gefunden.« Er zeigte mit dem Finger auf den am Boden sitzenden Lasse, der sich beim Anblick der freigelegten Leiche übergeben hatte. »Und dem geht es auch überhaupt nicht gut, sehen Sie ja.« Einer der Beamten aus Burg nickte. »Wir haben Ihre Aussage, und wenn wir noch was brauchen, melden wir uns bei Ihnen. Ich denke, Sie können gehen. Oder was meinen Sie? Brauchen Sie die Zeugen noch?« Er sah Westermann in die Augen. »Ja, wenn Sie die Formalitäten erledigt haben …« Westermann zuckte mit den Schultern, »ich wüsste nicht, was … ja, fahren Sie nur heim. Ihr Freund braucht wohl erst mal 'ne heiße Dusche und dann einen ordentlichen Schnaps.« Wieder nickte Westermann und deutete auf den blassen Mann, der die gleiche Hautfarbe aufwies wie die Leiche im Sand und zusammengekauert mit angewinkelten Knien aufs Wasser starrte. Jan holte die Angeltaschen, ging zu Lasse, zog ihn am Arm hoch und sie verließen, ohne noch einmal zurückzusehen, den Strand.

Währenddessen zogen vier Männer der Spurensicherung vorsichtig die Leiche aus dem Loch und legten sie auf einer weißen Folie neben der Kuhle ab. Ein Mitarbeiter der Spusi ging neben dem Toten in die Knie und fing an, ihn sich etwas genauer anzuschauen. »Ganz schön ramponiert, der Gute. Mann, da hat einer ganze Arbeit geleistet. Ich denke, wir warten, bis der Abtransport kommt, dann können die in der Gerichtsmedizin gleich mit der Obduktion beginnen.« Er seufzte, während ein Kollege Fotos von dem Toten schoss.

»Wie kommt der denn jetzt hierher?« Hartwig trat einen Schritt zurück und blickte aufs Wasser. Die Sonne setzte sich immer mehr durch. Das Meer nahm seine gewohnte dunkelgrüne Farbe an. »Tja, so wie es aussieht, ist der hier erstochen und eingegraben worden. Aber der Sturm hat so ziemlich jede Spur weggespült. Wir hatten die letzten zwei Nächte mehr als Windstärke neun. Da ist nicht mehr viel mit Spuren«, sagte der Mann der Spurensicherung. Er drehte die Leiche auf die Seite, um zu sehen, ob sie noch andere Verletzungen aufwies, und bemerkte eine Papierrolle, die ein Stück aus der Jackentasche herausragte. »Hier ist was!« Er griff in die Tasche, zog die

Papierrolle heraus und reichte sie Westermann, der sich dünne Handschuhe überstreifte. Neugierig rollte er sie auseinander und warf einen kurzen Blick darauf. »Na, das muss ich mir nachher in Ruhe durchlesen«, bemerkte er und rollte die Papiere wieder zusammen. »Wir müssen jetzt erst mal. Kann ich die Papiere mitnehmen?« »Jupp! Aber vorsichtig. Sie wissen, wegen der Fingerabdrücke.« Westermann hielt die Hände, die in Gummihandschuhen steckten, in die Höhe.

»Haben Sie die Anwohner schon befragt?«, wandte sich Westermann an einen der Burger Polizisten. »Welche Anwohner?«, fragte der Beamte aus Burg ironisch und zeigte mit der Hand über den leeren Küstenabschnitt. »Hier gibt es nur ein paar Häuser oben an der Straße, den Campingplatz und das Restaurant *Küstenblick*.« Er deutete mit der Hand auf das etwa 500 Meter entfernte weiße Gebäude Richtung Norden oberhalb der Steilküste. »Ihr habt noch niemanden hingeschickt?« Der Beamte schüttelte den Kopf. »So weit waren wir noch nicht.« »Gut, wir übernehmen das. Komm, Hartwig, wir wollen mal sehen, ob uns das weiterhilft.«

Nebeneinander verließen sie den Tatort, gingen zurück zum Wagen. »Lass uns den Wagen mal genauer ansehen.« Zwei Beamte der Spurensicherung hielten sich an dem roten Fahrzeug auf und suchten nach Fingerabdrücken. »Na, habt ihr da was?« Einer der Männer drehte den Kopf zu Westermann und sagte: »Alles mit Fingerabdrücken übersät, die können auch vom Toten stammen. Aber im Kofferraum«, er schnellte aus der Hocke auf, »da liegt ein ziemlich großer Ast. Wir schicken ihn gleich mit zur KTU. Da ist Blut dran.« Hartwig und Westermann sahen sich neugierig an und bewegten sich auf den offenen Kofferraum zu. »War der Wagen nicht abgeschlossen?« »Nee.« »Mmh, merkwürdig«, sagte Westermann und betrachtete den Ast, der vor einem Rucksack im Kofferraum lag. »Wenn ich an den Strand gehe, schließe ich doch mein Auto ab – oder nicht?« Thomas Hartwig zuckte mit den Schultern. »Keine Ahnung, aber vielleicht hat er nicht damit gerechnet, dass er so lange hierbleibt.« Westermann sah ihn grimmig an und hob drohend die Hand. »Ich meine, vielleicht wollte er gleich wieder los«, versuchte er sich zu entschuldigen. »Außerdem, wer sollte diese Kiste schon klauen.«

Beide schauten erneut unter den Kofferraumdeckel und Westermann zog den knorrigen Ast heraus. »Anscheinend als Waffe benutzt worden. Aber von wem? Von dem Mann am Strand?« Hartwig zuckte mit den Schultern. »Sieh mal hier, der Rucksack«, rief er, »den hatte der Tote doch auf dem Rücken, als er uns am Sund entgegenkam. Du warst doch noch verwundert, wieso der mit einem Rucksack gejoggt ist. Es sieht aus, als wäre der Ast aus der Tasche gerutscht. Vielleicht hat der Tote die Hagedorn überfallen.« Westermann besah sich den Ast und warf einen Blick auf seinen Kollegen. »Aber warum? Was hat der mit der ganzen Sache überhaupt zu tun? Wir kommen hier nicht weiter. Lass uns zum Restaurant fahren, vielleicht haben die etwas mitbekommen.«

Westermann und Hartwig stiegen in den Audi und fuhren die schmale Straße zum *Küstenblick hoch*. Westermann lenkte den Wagen durch die Parkanlage auf den Parkplatz. »Sieht ja toll aus«, bemerkte er, stellte den Motor ab und stieg aus. Hartwig tat es ihm gleich, ging zur Eingangstür und fasste an die Tür. Sie war verschlossen. Westermann folgte ihm und sah sich ausgiebig um.

»Die haben anscheinend noch zu.« Er ging um das Haus herum, bis er vor dem Privateingang stand. Drückte auf den Klingelknopf, trat einen Schritt zurück. Hartwig stand unmittelbar hinter ihm, gähnte und scharrte mit dem Fuß im Kiesbett. Die Tür ging auf, und ein etwa 50-jähriger Mann stand ihnen gegenüber. »Ja? Was kann ich für Sie tun?« Der Kommissar zog seinen Ausweis und hielt ihn dem Mann vors Gesicht. »Westermann, Kripo Oldenburg. Mein Kollege Hartwig. Wir haben ein paar Fragen.«

»Kripo, wieso? Ich hab nichts verbrochen«, lachte der blonde Skandinavier, dessen Kinn ein tiefes Grübchen zierte. »Nehmen wir auch erst mal nicht an, aber wir haben am Strand eine männliche Leiche gefunden. Vielleicht können Sie uns weiterhelfen. Wie heißen Sie?« »Thomsen, Kai Thomsen. Aber ich hab keine Ahnung. Um wen soll es sich denn handeln?«, fragte er in akzentfreiem Deutsch. Sein Blick verfinsterte sich. »Das wissen wir noch nicht. Wir wissen nur, dass er um die 40 ist, etwa 1,85 Meter groß, dunkelblonde Haare hat und, so wie es aussieht, sehr wahrscheinlich Donnerstag zwischen 20 und 23 Uhr ermordet wurde.« Kai Thomsen zog die Augenbrauen hoch und zuckte erschüttert mit den Schultern. »Ich glaube, ich kann Ihnen nicht weiterhelfen. Die Bezeichnung passt doch fast auf jeden zweiten Mann hier auf der Insel.« »Na gut«, sagte Westermann. »Aber halten Sie sich bitte zur Verfügung, falls wir noch etwas wissen möchten. Und falls Ihnen vielleicht doch noch einfällt, dass irgendwas Ungewöhnliches passiert ist am Donnerstagabend.« »Bis Ende Oktober bin ich eigentlich durchwegs hier, dann machen wir über den Winter zu.« Er zeigte mit der Hand auf das Gebäude. Die beiden Beamten in Zivil nickten, machten auf dem Absatz kehrt und marschierten zurück zum Parkplatz. »Ach ja«, rief Hartwig, drehte sich noch einmal zum Besitzer des Restaurants um. »Er fuhr ein altes rotes Coupé. Kennen Sie vielleicht jemanden, der so einen Wagen fährt? Ist ziemlich angerostet. Altes Modell.« »Rotes Coupé, sagen Sie?« Kai Thomsen wurde blass. Entsetzt starrte er die beiden Polizisten an. »Einer meiner Mitarbeiter, der auch auf Ihre Beschreibung passen könnte, fährt einen roten Wagen. Der ist seit gestern verschwunden. Einfach nicht zur Arbeit erschienen. Ich wollte ihn schon rausschmeißen.« Abrupt blieben die beiden Beamten stehen und fixierten den blonden Mann.

»Kommen Sie bitte mit uns. Vielleicht können Sie ihn identifizieren«, sagte Westermann. »Mach ich, kein Problem. Aber wer sollte …?« »Das wissen wir auch noch nicht. Er ist uns schon mal am Fehmarnsund aufgefallen. Da war er allerdings noch sehr lebendig.« Kai Thomsen stutzte. »Am Sund? Da, wo das einsame Haus steht?« »Nein, auf dem Parkplatz. Aber was wissen Sie vom Haus am Sund?« Westermann stutzte, und Thomas Hartwig fragte noch einmal: »Was wissen Sie vom Haus am Sund?« Kai Thomsen steckte die Hände in die Hosentaschen. »Da wohnt doch Katrin.« Der Kriminalhauptkommissar und sein Kollege sahen sich an. »Woher kennen Sie Katrin Duvenstedt?« Alles geriet plötzlich in Bewegung, auch wenn es für die Beamten noch keinen Sinn ergab. »Sie ist eine meiner Mitarbeiterinnen. Wenn sie auf Fehmarn ist, kellnert sie bei mir. Und soweit ich weiß, ist Katrin mit Beiländer … also«, er räusperte sich, »gut bekannt? Ich weiß nicht, wie ich es sonst nennen soll. Sie ist die Einzige, mit der er einigermaßen klarkommt … ich meine kam.« »Wie heißt der Mann?« »Markus Beiländer.«

»Kommen Sie bitte mit, wir müssen Gewissheit haben.« »Ich muss mir nur eine Jacke überziehen, Moment.« Kai Thomsen verschloss die Tür und stieg in den Fond des Dienstwagens. »Können Sie uns etwas mehr über Markus Beiländer erzählen?« »Ich weiß nur, dass er aus Berlin kommt. Ist im Sommer hier auf Fehmarn und im Winter in Österreich. Hat Restaurantfachkraft gelernt. Mmmhh … nicht verheiratet, Eigenbrötler. Keine Ahnung. Und war, wenn ich das von seinen Kollegen richtig verstanden habe, so ein bisschen verliebt in Katrin Duvenstedt.« Thomas Hartwig drehte sich um. »Wie verliebt?« »Na ja, er hat für sie geschwärmt. Sie war die Einzige, die einigermaßen an ihn rankam. Ja.« »Und ist da was gelaufen? Ich meine zwischen den beiden«, wollte Hartwig wissen. »Nee, das war, soweit ich weiß, ziemlich einseitig, wenn Sie verstehen.« Hartwig nickte. Der Wagen stoppte, und die Männer stiegen aus. »Erschrecken Sie bitte nicht. Das ist kein schöner Anblick«, sagte Westermann und hielt Kai Thomsen am Ärmel fest. »Der wurde ganz übel zugerichtet.« Thomsen nickte und folgte Westermann und Hartwig zum Fundort.

Als die übrigen Beamten der Spurensicherung den Weg freigemacht hatten und der hochgewachsene Mann einen Blick auf die Leiche werfen konnte, erschrak er. Blieb wie angewurzelt stehen. »Oh Gott, das ist … Ja, das ist Markus Beiländer.« Kai Thomsen sprang zur Seite, drehte sich Richtung Wald und übergab sich. Die beiden Beamten gingen zu ihm, und Westermann legte ihm die Hand auf die Schulter. »Danke. Sie haben uns wirklich sehr geholfen«, sagte er mitleidig, nickte, winkte Hartwig zu sich. Sie gaben den Kollegen ein kurzes Zeichen und verließen wortlos mit Kai Thomsen den Tatort.

Nachdem sie den völlig verstörten Mann im *Küstenblick* abgesetzt hatten, machten sie sich auf den Weg zurück ins Hotel. Diesmal ließ Westermann sich viel Zeit. »Mann, das war vielleicht eine Woche! Lass uns noch mal zusammenfassen. Charlotte Hagedorn wurde überfallen. Von Beiländer?« »Zumindest kannte er Katrin«, sagte Hartwig, »aber warum sollte er ihre Tante umbringen wollen oder zumindest zusammenschlagen, wenn er doch in Katrin verliebt war. Passt nicht. Wir müssen die Untersuchung des Astes abwarten. Wahrscheinlich wissen wir dann mehr.« »Aber wer hat Markus Beiländer umgebracht?« »Vielleicht finden wir in den Unterlagen, die du in der Tasche hast, etwas? Lass uns zurückfahren«, antwortete Hartwig. Sie fuhren zurück nach Burg und bogen zehn Minuten später auf den Parkplatz des Hotels ein. Hartwig stieg aus dem Wagen, Westermann folgte ihm ins Restaurant, und sie bestellten sich eine Kleinigkeit zu essen. »Nur auf die Schnelle, wir haben eigentlich keine Zeit. Aber riesige Löcher im Bauch. Übrigens. Können wir noch eine Nacht länger bleiben? Wir sind hier noch nicht fertig. Tut mir leid, wenn Sie die Rechnung schon geschrieben haben.« Die Kellnerin hinter dem Tresen winkte ab, schaute auf den Belegungsplan im Computer und nickte. »Kein Problem. Macht der Drucker. Sie können bleiben. Die Rechnung für heute schmeiß ich in den Müll. Und die neue mach ich dann morgen fertig. Ist das in Ordnung?« Westermann nickte erleichtert, legte die Hand auf die knurrende Magengegend und schaute die Kellnerin grinsend an, obwohl ihm nicht nach Lachen zumute war.

Jetzt fühl ich mich viel besser. War doch gut, dass ich mit ihm gesprochen habe. Katrin schloss die Terrassentür und ging zum Kachelofen. Sie öffnete die gläserne Ofentür, warf nacheinander drei dicke Buchenklötze ins Feuer. *Wie gemütlich!* Sie blickte in die Flammen, die rötlich gelb loderten, gemächlich anfingen, die Holzscheite anzufressen. *Es ist die richtige Entscheidung, hier auf Fehmarn zu bleiben. Charlotte freut sich wie eine Schneekönigin, ich kann alles hinter mir lassen, und wir beide haben eine schöne Zeit. Ich fange noch einmal ganz von vorn an. Mann, bin ich froh, dass Sven mich noch immer liebt, wer hätte das gedacht. Aber warum hat Rabea mir so eine Lügengeschichte erzählt? Oder lügt Sven? Nicht zweifeln. Es wird sich alles klären, wenn sie kommt.*

Katrin erhob sich, verschloss die Glastür des Ofens, ging zur Vitrine, öffnete die linke Schranktür und griff nach den alten Kristallgläsern. Lächelnd stellte sie zwei auf die Truhe und zog eine Flasche Rotwein aus dem Regal. *Wo ist der Öffner? Hab ich den jetzt verlegt. Ich bin total konfus.* Unschlüssig ging sie noch einmal zur Vitrine und zog am Messinggriff der mittleren Schublade. *Hab ich's doch gewusst!* Mit leisem Plopp zog sie den Korken aus der Flasche und hielt ihn schnüffelnd unter ihre Nase. »Mmh … lecker.« Sie goss sich ein halbes Glas voll und genehmigte sich einen ordentlichen Schluck des dunklen Rotweins. Draußen war es merklich dunkler geworden, und der Wind drückte nicht mehr so heftig gegen die Panoramascheibe. Das brennende Holz im Ofen knackte und verteilte eine wohlige

Atmosphäre im Raum. Katrin träumte vor sich hin, als sie durch das schrille Klingeln an der Haustür aus ihren Gedanken gerissen wurde. »Komme schon«, rief sie und öffnete die Tür.

Westermann hämmerte an die Zimmertür von Thomas Hartwig. »Jaja, ich komm ja schon.« Er riss verschlafen die Tür auf, und Westermann schob sich augenblicklich an ihm vorbei ins Zimmer. »Zieh dir was über! Wieso schläfst du eigentlich? Haben wir nichts Besseres zu tun?« Er schüttelte den Kopf und deutete mit der Hand auf den nur in Boxershorts dastehenden Polizisten. »Wir müssen sofort zum Haus von Charlotte zu Katrin Duvenstedt. Das hat mir keine Ruhe gelassen. Ich hab mir die Papiere durchgesehen.« Er reichte Thomas Hartwig mit hochgezogenen Augenbrauen und einer schroffen Handbewegung die eng beschriebenen Blätter, die mittlerweile in durchsichtigen Schutzhüllen steckten. »Los komm, mach zu. Wir haben keine Zeit zu verlieren. Ich weiß, wer es ist.« Seine Lippen verengten sich zu dünnen Strichen. Hartwig griff nach seinen Jeans, die auf dem zerwühlten Bett lagen, zog sich hastig eines der neuen Shirts über, schlüpfte in seine Schuhe. Dann warf er die Jacke über die Schultern und folgte Westermann, der bereits die mit weichem Teppich belegten Treppenstufen hinunterrannte, immer mehrere Stufen gleichzeitig nehmend. »He, renn nicht so«, rief Hartwig. »Wir haben keine Zeit. Wenn es das ist, was ich vermute, dann müssen wir uns beeilen. Ich hoffe, wir kommen nicht zu spät.« Hartwig hatte kaum Zeit, richtig wach zu werden, so schnell, wie sein Kollege ihn aus süßen Träumen gerissen und rausgescheucht hatte. Nachdem sie von Katharinenhof zurückgekommen waren, hatte er geduscht, den Mief der letzten Tage im Abfluss verschwinden lassen und wollte sich eigentlich nur ein wenig ausruhen. Darüber musste er eingeschlafen sein.

Westermann stürmte durch die offene Glastür zum Parkplatz, steuerte auf seinen schwarzen A6 zu. Keuchend folgte ihm Hartwig, riss die Wagentür auf und schmiss sich auf den Beifahrersitz. Sein Kollege schaute nach hinten, wendete und raste mit durchdrehenden Reifen, ohne den Blinker zu betätigen, in die Osterstraße. Westermann öffnete das Seitenfenster, griff nach dem Blaulicht, setzte es aufs Wagendach, schaltete die Sirene an und raste mit ungefähr 80 Sachen durch Burg in Richtung Landkirchen. Leute, die durch die Stadt liefen, um letzte Einkäufe zu tätigen, blieben verwundert stehen. Sahen dem für sie ungewohnten Polizeiwagen mit Blaulicht auf dem Dach kopfschüttelnd und flüsternd hinterher. Das kannten die Burger nur aus Krimis im Fernsehen – hier auf der Insel lief normalerweise alles ein wenig gemächlicher ab. »Für Fehmarnsche Verhältnisse nicht unbedingt üblich, mit einem Einsatzfahrzeug durch die Straßen zu rasen, oder was meinst du?« Thomas Hartwig zuckte mit den Schultern. »Keine Ahnung, ich kenn mich hier nicht so aus. Aber eins weiß ich: Im Sommer komm ich sicherlich wieder.« Westermann sah ihn fragend an. »Na, zum Surfen und Angeln. Aber nun sag schon, was ist so schlimm, dass wir hier mit einem Affenzahn durch die Gegend heizen?« Hartwig konnte seine Neugier nicht mehr verbergen.

»Du erinnerst dich doch daran, dass die Hagedorn zum zweiten Mal verheiratet war?« »Ähm … ja«, Thomas Hartwig nickte und fragte sich, was das jetzt zu bedeuten hatte. »Also, die Hagedorn hat zum zweiten Mal geheiratet. Und der Mann hieß danach, wie du ja schon weißt, auch Hagedorn mit Nachnamen.« Westermann schluckte. Seine Augen starrten kurz in den Rückspiegel. »Ich hab gedacht, Hagedorn ist der von ihr angenommene Name ihres zuletzt verstorbenen Gatten. Nicht?« Hartwig stutzte, und Westermann schüttelte vehement den Kopf. »Hagedorn ist der Name ihres ersten Mannes, der ist allerdings auch gestorben. Herzinfarkt. Und das, als sie noch ziemlich jung war. Aber der Name, der ist ihr geblieben. Den fand sie wohl damals gut und sie hat ihn behalten. Ehrenhalber, du verstehst. Und nun stell dir vor, ihr zweiter Mann hat den Namen von Charlotte angenommen: Hagedorn.« Westermann drehte seinen Kopf Richtung Hartwig. »Und warum?«, fragte der. »Das erzähl ich dir gleich. Warte doch mal ab, du Nervensäge. Aber jetzt rate mal, wie der Hagedorn vorher hieß?« Der gut aussehende dunkelhaarige Polizist zuckte wieder mit den Schultern, rutschte ungeduldig hin und her, während Westermann unablässig auf die Straße starrte.

In Landkirchen stoppte er an einer Kreuzung und fuhr Richtung Wulfen. »Nun spann mich nicht länger auf die Folter. Woher soll ich denn wissen, wie der Typ vorher hieß, Mann«, drängte Hartwig aufgebracht. Der Wagen raste mit mehr als 100 Stundenkilometern über die lang gezogene dunkle Hauptstraße, bis Westermann so scharf bremsen musste, dass Hartwig mit dem Kopf fast gegen die Seitenscheibe knallte. »Eh, Alter, jetzt reicht's aber. Ich wollte hier eigentlich lebend rauskommen. Oder hast du noch was anderes mit mir vor?« Hartwigs Laune verhieß nichts Gutes. Er fühlte sich wie ein durchgeschüttelter Cocktail, der gleich überschäumte. Vor der Abfahrt zur Brücke bog der Hauptkommissar mit quietschenden Reifen Richtung Albertsdorf. »Halt dich fest«, rief der Verrückte hinter dem Steuer und grinste. Dass er das in doppelter Hinsicht meinte, erzählte er seinem Kollegen allerdings nicht. »Der hieß ... der hieß ...« »Ja, wie hieß der denn jetzt?« Westermanns nur in winzigen Häppchen kommende Informationen machten den jungen Hauptmeister fast wahnsinnig. »Nolte!«, sagte er knapp, während er um die Kurven jagte, als steuerte er in einem Formel-1-Rennwagen über den Nürburgring.

Hartwig starrte den attraktiven grauhaarigen Mann neben sich mit offenem Mund und aufgerissenen Augen an. »Wie Nolte? Sag nicht, unsere Nolte?« Westermann nickte bestätigend. »Und es kommt noch besser. Halt dich fest.« Hartwig wurde auf dem Beifahrersitz durchgeschüttelt, was weniger an der Aufregung, als an den waghalsigen Manövern Westermanns lag. Mit überhöhter Geschwindigkeit befuhr der die kurvige Straße, nahm jedes Schlagloch mit und rutschte mehr als einmal über die Grasnarbe fast in den Graben. »Der Nolte ist ihr Vater.« Die Betonung lag eindeutig auf Vater. Jeder Buchstabe brannte wie glühendes Eisen in Hartwigs Hirn. »Nee!« Hartwig konnte nicht glauben, was er gerade hörte. »Das ist jetzt nicht wahr. Wieso? Ich versteh das immer noch nicht ganz.« Westermann bog nach links auf die schmale, mit Schlaglöchern übersäte Straße und holperte Richtung Sundbrücke. »Da sind die Lichter der Brücke«, rief der Neustädter Polizist. Die matt dimmenden gelblichen Lichter wiesen ihnen den Weg.

»Soweit ich das vorhin gelesen habe, waren die Noltes früher ziemlich gut situiert. Schickimicki, wenn du verstehst.« Westermann kratzte sich mit den Fingern am

Kinn. »Haus in Berlin Grunewald und so weiter. Kohle ohne Ende. Ingenieur mit eigenem Büro. Dann hat der Kerl sich in eine Künstlerin verliebt und über Nacht die Familie verlassen.« Thomas Hartwig grübelte und sagte dann: »Charlotte Hagedorn.« »Richtig. Er ist im wahrsten Sinne nach Fehmarn abgetaucht, damit fielen Rabea und ihre Mutter aus dem sozialen Netz. Zahlen wollte der Herr Ingenieur nämlich nicht für seine Familie.« »Fieser Hund«, sagte Hartwig, »da kam es ihm ganz recht, einen anderen Namen annehmen und untertauchen zu können.« »Genau! Fehmarn ist doch ziemlich weit weg von Berlin, da ist die Rabea Nolte nämlich geboren und aufgewachsen.« »Nee, das wird ja immer besser.« Der Wagen raste über ein Loch in der Teerdecke, schlug hart auf den Unterboden auf. »Pass doch auf oder willst du uns umbringen? Ist der Hagedorn das mit der Namensgleichheit nicht komisch vorgekommen? Das muss sie doch gewusst haben, dass der Mann den gleichen Namen hatte?« Hartwig kratzte sich nachdenklich die Stirn.

Genau das hatten die beiden Frauen damals herausgefunden, als sie sich einander vorstellten. Rabea hatte es amüsant gefunden, dass der verstorbene Mann den gleichen Namen hatte. Sie spielte es mit der Begründung herunter, dass es doch eine Menge Leute mit diesem Namen gäbe, und wechselte schnell das Thema.

»Jedenfalls, die Rabea Nolte kam zufällig nach Fehmarn – und jetzt halt dich fest: Die saß acht Jahre ein.« »Nee, das gibt's doch gar nicht. Warum? Wo?« »In Schleswig in der Geschlossenen. Die hat versucht, eine alte Frau in Timmendorf umzubringen. Sie war dort angestellt.« Westermann rieb Daumen und Zeigefinger aneinander, um zu demonstrieren, dass es um Geld ging.

»Aber das Schlimmste – und deshalb müssen wir schnell sein – sie ist krank! Und ich meine, richtig krank. Die hat eine dissoziative Persönlichkeitsstörung mit Borderlinesyndrom. Hochgefährlich. Die ist eine tickende Zeitbombe. Und wenn es so ist, wie ich vermute, dann hat die keine Zeit mehr zu verlieren, um an ihr Ziel zu kommen. Daher kennt sie übrigens auch den Markus Beiländer. Die saßen zusammen in Berlin in einem Heim für psychisch kranke Kinder und Jugendliche. Beiländer war aber, in Anführungsstrichen, nur Autist. Die Mutter kam nicht mit ihm klar. Deshalb das Heim. Daher kannte er die Nolte.«

»Und was für ein Ziel verfolgt die Nolte, verdammt noch mal?« Thomas Hartwig, der seinem Kollegen nicht mehr richtig folgen konnte, hielt sich krampfhaft am Haltegriff fest. »Das erklär ich dir später. Aber anscheinend hat sie bei Charlotte ein Foto ihres Vaters entdeckt. Weißt du, das auf der Anrichte im Wohnzimmer. Da standen jede Menge Fotos herum.« Der Wagen bog auf den Sandweg. »Mist, dann ist Katrin in Lebensgefahr. Hier geht es um Rache! Fahr schneller.« »Genau. Ich habe, als ich aufs Zimmer ging, noch kurz mit Katrin telefoniert und die hat mir ganz nebenbei erzählt, dass Rabea Nolte sie heute Abend besuchen wollte. Nach der Leiche am Strand wird die sich keine Zeit mehr lassen, Katrin zu beseitigen, verstehst du?« Westermann sah den Polizisten neben sich an, bremste hart und hielt mit qualmenden Reifen am Ende des Sandweges. »Tickende Zeitbombe. Verdammter Mist, dass wir mit dem Wagen nicht bis zum Haus kommen.« Der ältere der beiden sprang aus dem Wagen, warf mit lautem Knall die Tür zu und rief: »Informier die Kollegen in Burg. Wir brauchen Verstärkung!« Dann rannte er los, als wäre der Teufel persönlich hinter ihm her ...

»Hallo, Süße.« Rabea stand vor der Tür und hielt eine Flasche Rotwein in der Hand. »Hab ich uns mitgebracht.« Sie wedelte mit der Flasche und ging ohne abzuwarten an Katrin vorbei ins Wohnzimmer. »Auch hallo. Soll ich dir nicht erst mal die Jacke abnehmen?« Rabea stellte die Flasche auf den Tisch, öffnete den Reißverschluss ihrer Sportjacke und zog sie aus. »Gib her, setz dich. Ich häng die Jacke auf. Die erste Flasche Dornfelder ist schon geöffnet.« Katrin kicherte und deutete auf die geöffnete Flasche. Rabea setzte sich ohne eine Miene zu verziehen auf das Sofa, das mit dem Rücken zur Wand stand, und schlug emotionslos die Beine übereinander. »Wie geht's dir? Was macht deine Übelkeit?«, rief sie fragend in Richtung von Katrin, die im Flur stand und die Kapuzenjacke über den Garderobenhaken stülpte. »Gut so weit. Danke der Nachfrage. Mir geht's echt besser.« Sie kam zurück ins Wohnzimmer, nahm die geöffnete Flasche in die Hand und goss Rabeas Glas drei viertel voll. »Mehr?« Rabea schüttelte den Kopf. »Nee, das reicht erst mal.« Dann ging Katrin um das Sofa herum zum Kachelofen und legte noch einmal nach. »Schön, oder?«, sie deutete auf die Flammen, die hinter der Glasscheibe loderten. Anschließend schenkte sie sich selbst ein und setzte sich auf die andere Seite, sodass sie das gesamte Wohnzimmer im Blick hatte.

»Mann, das war 'ne Woche. Ich hoffe, jetzt wird alles ruhiger. Das hält ja auf Dauer kein Mensch aus. Jetzt lass uns mal auf bessere Zeiten und vor allem auf Charlotte anstoßen! Morgen kann ich sie abholen, dann machen wir uns eine gute Zeit zusammen, oder?« »Das wird schon«, antwortete Rabea gleichgültig und blickte auf die Fotos auf der Anrichte, während sie anfing, mit der Hand über den Unterarm zu kratzen. »Hast du Flöhe?«, lachte Katrin und sah gut gelaunt auf die Freundin ihrer Tante, die keine Miene verzog. Trotz der Wärme im Raum lag eine undefinierbare Kälte im Zimmer. Katrin räusperte sich und fragte, um der Situation die Spannung zu nehmen: »Hast du vielleicht Hunger? Soll ich uns ein Brot machen? Was anderes hab ich leider nicht da. Oder Spaghetti?« Rabea schüttelte den Kopf. »Ich hab schon gegessen«, wehrte sie mit einer Geste ab. »Hast du schon was von den beiden komischen Bullen gehört?« Rabea sah ihr Gegenüber lauernd an. »Nein, aber die waren noch mal hier. So richtig wissen die wohl auch nicht, warum Charlotte überfallen wurde. Ich denke, die verlassen vorerst morgen früh die Insel wieder. Wir werden sehen. Charlotte und ich werden der Sache schon auf den Grund gehen. Wenn ich erst mal ganz hier wohne, wird sich so schnell niemand mehr hertrauen.« Katrin nahm einen Schluck aus dem Glas. »Mmh, der schmeckt gut. Ich muss mal kurz aufs Klo. Mach uns doch inzwischen Musik an, ja?« Sie deutete auf die Musikanlage, die sich hinter ihr auf der Anrichte neben den in Silberrahmen angeordneten Fotos befand.

»Ist gut, geh nur.« Rabea hob beschwichtigend die Hand und bedeutete ihr mit einer Geste, zu verschwinden. Katrin verließ eilig das Zimmer, Rabea stand auf, bewegte sich zur Anrichte. Ihre Augen verengten sich zu Schlitzen, als sie die Fotos eingehend betrachtete. Sie nahm eines von ihnen in die Hand und stellte es Sekunden später verächtlich wieder an seinen Platz. Mit Bedacht suchte sie aus der aufgereihten Sammlung eine CD heraus. »Kleine Nachtmusik, wie passend«, sagte sie leise und fing an zu lächeln. Dann schaltete sie die Anlage ein, setzte sich wieder. Sie kramte in ihrer Hosentasche und beförderte ein kleines braunes Fläschchen zutage. Einige Minuten später stand Katrin wieder im Zimmer. »Na dann Prost. Auf dass alles Schlechte bald ein Ende hat.« »Das wird so sein«, sagte Rabea und blinzelte Katrin zu. Sie stießen mit ihren Gläsern an, prosteten sich zu und tranken den Wein. »Der schmeckt echt gut, oder?« Rabea nickte. »Ich glaube, ich hole mir mal einen Stuhl aus der Küche, mein Rücken. Langsam werd ich wohl alt.« Rabea grinste, schnellte hoch, ging in die Küche und kam mit einem der verschnörkelten Holzstühle zurück, den sie mit dem Rücken zum Fenster platzierte.

»Willst du Sonntag mitkommen, Tantchen abholen?« Katrin freute sich auf Charlotte und ihr neues Zuhause. »Charlotte macht wirklich Nägel mit Köpfen. Stell dir vor, sie will sogar ihr Testament ändern. Unglaublich, oder? Dabei will ich gar nichts. Nur mit ihr hier leben.« »Ich kann Sonntagvormittag nicht, hab eine Verabredung. Aber später komm ich gern.« Rabea stand vom Stuhl auf, ging zum Fenster und blickte in den Garten, der vom fahlen Licht des Mondes angestrahlt wurde. Ununterbrochen rieb sie mit den Händen über ihre Unterarme, als hätten Mücken sie überfallen.

»Windstill, das hatten wir ja lange nicht mehr.« »Ja, das war wirklich eine stürmische Woche«, antwortete Katrin. »Im wahrsten Sinne des Wortes«, antwortete Rabea. »Und der Sturm ist noch nicht vorbei.« Katrin stand ebenfalls auf. »Wieso, ist doch ganz ruhig draußen.« Kopfschüttelnd sah sie auf Rabea. »Oh Gott, mir wird ganz düselig. Der Wein hat es aber echt in sich.« Sie torkelte auf die Freundin ihrer Tante zu und musste sich an der Lehne des Ohrensessels Festhalten.

»Was ist denn mit mir los?« In ihrem Kopf fing alles an sich zu drehen. Die Übelkeit stieg wieder in ihr hoch. »Mir wird schon wieder schlecht. Das ging jetzt die ganze Woche so«, lallte sie, unfähig, einen klaren Gedanken zu fassen. Rabea drehte sich um, und starrte sie eiskalt an. »Das wird noch besser, meine Liebe. Dieses Mal hab ich mich nicht mit ein paar Tropfen abgegeben. Das wird reichen, um dich zu deinem Markus zu schicken«, höhnte Rabea verächtlich und drückte Katrin auf den Stuhl vor dem Fenster, während sie langsam schwarze Plastikschnüre aus der Hosentasche zog. Kabelbinder. »Wie zu Markus?« In Katrins Kopf drehte sich alles wie in einem Karussell. Übelkeit ergriff ihren gesamten Körper, lähmte sie. Rabeas Gestalt fing plötzlich an, vor ihren Augen zu verschwimmen. Alles im Zimmer bewegte sich bedrohlich auf sie zu. Die Möbel bekamen ein Eigenleben, die Formen verzerrten sich und bewegten sich mit riesigen Augen und gefletschten Zähnen auf sie zu. »Was hast du … der Wein …«, lallte sie und versuchte, ihren Kopf festzuhalten. Rabeas schrilles Lachen dröhnte in ihren Ohren, hörte sich an wie das Gebrüll eines Monsters. Die Freundin ihrer Tante bewegte sich lässig hinter den Stuhl, riss an Katrins Handgelenken, zog sie mit hartem Griff hinter der Stuhllehne zusammen. Sie nahm einen der dünnen Kabelbinder, zurrte ihn zuerst um eine Hand und das Holz der Lehne, dann zerrte sie den Plastikbinder mit einem festen Ruck zu, bis der Kunststoff tief ins Fleisch schnitt. Das Gleiche veranstaltete sie mit der anderen Hand. Katrin stöhnte verzweifelt vor Schmerzen auf, unfähig, sich zu wehren. Die Sinne vernebelten sich, der Körper gehorchte ihr nicht mehr. Willenlos war sie ihrer Peinigerin ausgeliefert.

»Was hast du getan?«, lallte Katrin. Rabea packte ihre Haare, riss ihren Kopf mit einem Ruck nach hinten. »Was ich getan habe? Bisher nur Charlotte gezeigt, was es heißt, sich mit mir anzulegen. Hat mir richtig Spaß gemacht, ihr zu zeigen, was man mit Holz so alles machen kann!«, schrie sie wie von Sinnen mit eiskaltem Blick und Speichel vor dem Mund. Sie hielt inne, bewegte sich wie eine Puppe auf die Anrichte zu und starrte haßerfüllt auf das Foto, dass Charlotte einträchtig mit ihrem Vater zeigte. Sie griff danach und schmetterte es mit Wucht auf den Boden. Das Glas des Fototrahmens zersprang in 1.000 Stücke. »Euch werd ich's zeigen!«, brüllte Rabea. Dann wandte sie sich wieder Katrin zu, bückte sich und band Katrins Knöchel – genau wie vorher ihre Hände – an den Beinen des Stuhls fest. Jetzt war Katrin nicht mehr in der Lage, sich zu bewegen, geschweige denn sich in irgendeiner Form zu wehren. Sie war der bösartigen Frau hilflos ausgeliefert. Katrin versuchte, Rabea nachzuschauen, als die zur Anlage ging und die Lautstärke hochstellte. »Ich muss mich übergeben. Bitte, mach mich los.« Rabea lachte hysterisch, schob dabei die Ärmel ihrer Jacke hoch und entblößte hässlich zerschnittene Unterarme. Wie verrückt fing sie an, sich über die vernarbte Haut zu kratzen, bis es anfing zu bluten. »Kotz doch, mir ist es egal. Ich hab schon ganz andere Sachen gesehen. Da regt mich doch ein kleines bisschen Kotze nicht auf. Du hättest erst mal sehen sollen, wie Markus um sein Leben gebettelt hat. Der sah am Ende richtig lecker aus.« Sie machte mit der Hand eine Bewegung an ihrem Hals entlang. »Jetzt liegt er in seinem feuchten Grab und wartet darauf, dass er vergammelt. Und damit ihr gut zusammenpasst, hab ich mir für dich etwas Besonderes ausgedacht. Aber dazu später. Nur dass du Bescheid weißt. Wenn das hier erledigt ist«, sie zeigte mit dem Zeigefinger auf Katrin, »dann kümmere ich mich um Charlotte. Die blöde Kuh hat meine Familie zerstört. Sie hat mir meinen Vater genommen.« Hasserfüllt grub sie ihre Nägel ins Fleisch ihrer Arme. »Meine Mutter ist vom Balkon gesprungen, hat sich umgebracht. Deine Tante ist an allem schuld!«

Die Verrückte nahm die verbeulte Leuchtturmlampe vom Sockel, riss das Kabel aus der Steckdose und schleuderte sie mit voller Wucht gegen den Kachelofen. »Sie hat mir alles genommen. Und dieses Haus gehört mir, verstehst du … mir!« Sie schlug sich mit der flachen Hand gegen die Brust, beugte sich runter und hielt ihren Mund so dicht vor Katrins Gesicht, dass die ihren Atem spürte. Katrin konnte dem, was Rabea sagte, kaum noch folgen, kämpfte mit ihrer Übelkeit, mit dem Ekel und mit dem lähmenden Gefühl in ihrem Körper. »Warum ich? Was hab ich dir …« Katrin war nicht mehr in der Lage, einen sinnvollen Satz zu formulieren. Sie hing gefesselt auf dem Stuhl und sank immer tiefer in sich zusammen. Dann musste sie würgen und erbrach den Inhalt ihres Magens auf Dielenboden und Kleidung.

»Bleib ruhig sitzen. Es dauert nicht lange. Ich hab genügend in dein Glas gegeben, das reicht fürs Erste. Aber nur so viel, dass du von dem, was ich noch mit dir vorhabe, auch genug mitbekommst. Warum du jetzt hier sitzt? Du bist die Nichte und hättest fast meinen ganzen Plan kaputtgemacht. Warum wolltest du auch unbedingt hierherziehen? Nach meiner Aktion mit diesem beknackten Surfer hab ich gedacht, du hättest genug von den Fehmaranern und würdest dein Glück in Hamburg suchen. Deine Tante hätte ich nur so weit verletzt, dass sie mir das Haus überlässt. Aber dann hat sie mir erzählt, dass sie immer noch hofft, du ziehst nach Fehmarn. Da musste ich handeln.« Katrins Kopf sank auf ihre Brust, während sie stöhnte.

»Aber solange du lebst, hätte ich keine Chance gehabt, an mein Eigentum zu kommen. Verstehst du? Ich hab mir gedacht, ich erledige das in einem Aufwaschen. Erst deine Tante unschädlich machen, dich gleich ganz entsorgen. Dann hätte sie mir das Haus sofort überlassen. Was sollte sie allein noch dort, wo sie nicht mehr sicher war, nachdem du leider bei einem Verkehrsunfall ums Leben gekommen warst. Wie schade, dass du das überlebt hast. Bin extra nach dem Zusammenprall mit deiner Tante nach Hamburg gefahren, um den Reifen zu präparieren. Hat leider nicht geklappt ... Da musste ich mir ja etwas anderes überlegen«, attackierte sie Katrin hasserfüllt, indem sie immer wieder an den Kabelbindern riss. Sie nahm Katrins Weinglas in die Hand und goss ihr von der Flüssigkeit in den Mund. Katrin lief ein Teil des roten Getränks die Mundwinkel hinunter. »Das Gift ist doch nicht übel, oder? Ich wusste gar nicht, dass Engelstrompeten so höllisch sein können. Nichts von wegen die *Englein singen hören*.« Rabea schlug Katrin wütend die flache Hand ins Gesicht und stieß mit dem Fuß brutal gegen ihr Schienbein. Katrin stöhnte. Sie verschluckte sich und musste husten. »Erstick mir bloß nicht, ich will noch ein bisschen Spaß haben, bevor ich dich der Ostsee übergebe. Ha! Erinnere dich an die dauernde Übelkeit, genau wie jetzt. Ich finde es einfach nur geil, wie das Gift wirkt. Hab das schon geraucht, als ich in der Wohngruppe für Gestörte in Berlin wohnte. Haut einem ganz schön den Kopf weg. Bäm! Oder? Mann, was stinkt das hier. Ich glaube, ich lass mal ein bisschen frische Luft rein. Wir wollen doch noch länger was voneinander haben.«

Rabea ging zur Terrassentür, öffnete sie, und der Wind wehte frische Meeresluft ins Zimmer. »Ah, das ist gut! Und wenn ich hier alles erledigt habe, werde ich Charlotte langsam ins Reich des Vergessens schicken. Aber erst, wenn wir das mit dem Haus geregelt haben. Schwaches Herz und so. Du verstehst?« Katrin verstand kaum noch etwas. Ihr Kopf sank kraftlos auf ihre Brust. Sie wurde ohnmächtig. »He, nicht schlafen.« Wütend drehte sich Rabea zu der jungen gefesselten Frau, schüttelte ihren Körper und schlug ihr immer wieder ins Gesicht, bis sie stöhnend zu sich kam. »Ich hole mir zurück, was mir zusteht«, keifte sie, »und du bleibst gefälligst hier, solange ich es sage. Ist das klar?« Ihr Gesicht verzog sich zu einer widerlichen Fratze. Rabea neigte sich über den Stuhl, streichelte Katrin über den Kopf und sagte. »Die frische Luft wird dir guttun. Und ich habe jetzt tierischen Hunger. Du möchtest sicherlich nichts«, zischte sie, »oder doch? Die Anstrengungen mit deinem Kollegen und deiner Tante haben mich ätzend viel Kraft gekostet.« Sie gab ein hässliches Lachen von sich, verließ den Raum und ließ Katrin allein im Wohnzimmer zurück.

Wie durch eine Nebelwand hörte Katrin, wie Rabea in der Küche herumhantierte. Nichts von alledem ergab einen Sinn. Sie versuchte mit letzter Kraft, sich von den Fesseln zu befreien. Doch je mehr sie sich wand, umso mehr schnitten die dünnen Kunststoffbänder ins Fleisch. *Es ist aussichtslos. Jetzt bin ich dran. Die bringt mich um!* Rabea pfiff vor sich hin, schien keine Gefühle für die geschwächte Frau auf dem Stuhl zu haben. Auf einmal stand sie mit einem blitzenden Messer im Türrahmen, dann grinste sie, als sie langsam mit erhobener Klinge auf Katrin zuging. »Ich wollte nur wissen, ob bei dir alles klar ist.« Sie fuchtelte mit dem Messer durch die Luft, kam immer näher und hielt ihrem Opfer die scharfe Schneide an die Wange. Ritzte mit der Spitze hinunter bis zum Hals, sodass ein dünner roter Streifen an der Stelle sichtbar wurde. »Keine Angst, das kommt später.«

Rabea stellte sich kerzengerade hin und verschwand wieder in der Küche. Katrin wusste, dass sie die Nacht nicht überleben würde. Panisch wurde ihr die aussichtslose Lage bewusst, in der sie sich befand, auch wenn alles verschwommen und verzerrt zu sein schien. Es konnte nicht mehr lange dauern, dann würde sie sterben. Die Kabelbinder hatten bereits tiefe Furchen in die Haut geschnitten, aus denen das Blut heraustropfte. Plötzlich sah sie einen Schatten, der durch die Terrassentür schlich, und mühsam versuchte sie, zu erkennen, welche Bedrohung das nun wieder war. »Pst. Du musst jetzt bitte ganz leise sein!« Wie durch einen Schleier hörte sie Svens Stimme, die ihr ins Ohr flüsterte. Konnte das überhaupt möglich sein, oder spielte ihr Gehirn ihr einen üblen Streich? »Ich schneide dich jetzt los, bleib ganz ruhig. Ich helfe dir.« Tränen stiegen in ihre Augen, die Musik dröhnte auf ihren Höhepunkt zu. Als Sven mit einem Taschenmesser die Riemen durchschnitt, spürte Katrin, wie sich der Schmerz um ihre Gelenke verringerte.

»Du musst hier raus, sofort. Hörst du?« »Alles in Ordnung, Süße?«, hörte sie Rabea verschwommen aus der Küche rufen. Sven zerrte Katrin vom Stuhl hoch und half ihr, sich vorwärts zu bewegen. Mit weichen Knien ließ sie sich wie eine leblose Puppe zur Tür schieben. »Ich kann nicht«, sagte sie leise. »Pst, du musst ganz still sein. Wenn wir gleich auf der Terrasse sind, müssen wir zum Auto, so schnell es geht. Verstehst du? Egal, was passiert, lauf.« Als sie es zusammen bis zur Tür geschafft hatten, überkam Katrin wieder die Übelkeit. Galle und Rotwein trafen Svens Brust und liefen über die Jeansjacke. Kraftlos wankte sie auf die Terrasse.

Sven hielt mit seiner Hand Katrins Arm, um sie zu stützen, als er plötzlich ohne Vorwarnung mit voller Wucht nach hinten gerissen wurde. »Das habt ihr euch so gedacht!«, schrie Rabea. »Ich ahnte ja schon, dass du nichts Gutes im Sinn hast, aber ich hab dich unterschätzt.« Wütend zerrte sie Sven mit beiden Händen zurück ins Wohnzimmer. »Um deine Schlampe kümmere ich mich später. Die kann sowieso nicht weg. Hat so viel Gift im Körper, das reicht für 'ne ganze Kompanie.« Sven stolperte und fiel geschockt auf den harten Boden. »Was glaubst du eigentlich, habe ich hier vor? Hä? Meinst du, du könntest mich noch von irgendetwas abhalten? Nee, mein Bester. Du nicht!« Breitbeinig stand Rabea über Sven, gab ihm einen Tritt mit dem Fuß in die Seite. Stöhnend krümmte er sich. Zornig zog sie ihn hoch, bis er auf seinen Füßen stand. Blitzschnell griff sie hinter sich und zog das Messer, das sie vorher schon in der Hand gehalten hatte, aus ihrem Hosenbund und rammte es Sven in die Seite. Verdutzt sah er die Frau an, fasste sich an die Wunde und hielt die blutige Hand vor seine Augen. Bevor er reagieren konnte, stach sie ein zweites Mal zu. Mit schmerzverzerrtem Gesicht brach er zusammen und blieb gekrümmt am Boden liegen. Er spürte, wie das Blut zwischen seinen Fingern hindurchsickerte. Dann verlor er das Bewusstsein.

Katrin atmete tief ein, setzte einen Fuß vor den anderen und lehnte sich kraftlos gegen die Wand. Schleppend und schweißgebadet erreichte sie die Gartentür. Sie hatte das Gefühl, sterben zu müssen. *Wenn ich nicht weitergehe, verrecke ich.* Kraftlos taumelte sie und fiel mit den Knien auf den Steinboden. »Ah!« Der Schmerz ließ sie sich aufbäumen, trieb sie an. *Aufstehen, Katrin, du musst aufstehen!* Auf Händen und Knien zog sie sich Meter für Meter ans Wasser. Sie konnte keinen klaren Gedanken mehr fassen. Immer wieder verkrampfte sich ihr Magen, während sie sich auf dem Boden durch das nasse Gras schleppte. Weißer Schaum sickerte aus ihrem Mund. Er tropfte auf den Fluchtweg, der sie zum Wasser führte. *Wo soll ich hin? … Nicht aufgeben … weiter.* Mit aufgeschürften Knien und schlotterndem Körper stützte sie sich auf alle Viere, stemmte sich auf ihre Beine und blieb für einen Moment wackelig stehen. Sie setzte im Dunkeln einen Schritt nach links. *Zum Parkplatz. Ich muss!*

Eine eiskalte Hand packte die unter Drogen stehende Frau am Nacken. Rabea Nolte riss Katrin wütend zurück. »Wohin willst du denn? Ich hatte dir doch gesagt, wir sind noch nicht miteinander fertig. Von Abhauen war hier nicht die Rede.« Sie drehte Katrin zu sich, hielt sie mit beiden Händen am vollgekotzten Pullover fest und schüttelte sie mit gefletschten Zähnen wie rasend durch. »Lass mich bitte. Lass mich«, flehte Katrin leise. »Du kleine Schlampe!« Wie eine Furie rüttelte Rabea an Katrins geschwächtem Körper. Der Kopf schleuderte wie ein Gummiball hin und her. »Dafür ist es zu spät. Nicht mit mir.« Sie stieß Katrin wie von Sinnen von sich und ließ sie auf den nassen Boden fallen. »Das Haus gehört mir, so wie alles andere auch. Du und deine Charlotte. Wenn ich eure Namen schon höre, wird mir sauübel.« Rabea beugte sich herunter und schrie so laut, dass Katrin versuchte, die Hände über die Ohren zu halten. Sie spürte einen fürchterlichen Tritt in der Nierengegend, der einen unsagbaren Schmerz verursachte, sodass sie zur Seite kippte und bewusstlos liegen blieb. »So kommst du mir nicht davon, steh auf!«, brüllte Rabea und verpasste ihr einen weiteren Stoß. Dann zog sie die Ohnmächtige zu sich hoch. Ihre Kraft schien unerschöpflich. »Du hörst mir jetzt zu. Denn das ist das Letzte, was du in diesem Leben hören wirst.« Sie ließ eine Hand los und schlug auf die Frau, die wie eine Marionette in ihren Klauen hing, mit lautem, klatschendem Geräusch ein. Benommen kam Katrin wieder zu sich. Die geistesgestörte Schlägerin holte wieder aus und schlug ihr die Faust ins Gesicht. Katrin fiel mit dem Kopf auf die Steine. Das Wasser des Sunds schwappte über die Kante und sprühte seinen feinen nassen Nebel auf die Haut der bewusstlosen Frau. »So, meine Liebe, dann wollen wir das Spiel mal beenden. Ich hatte mir das zwar anders für dich überlegt, aber dazu hätte ich Ruhe gebraucht. Und ehrlich gesagt hab ich keinen Bock auf weitere Sauereien. Ein Bad im Sund wird dir guttun!« Rabea zerrte Katrin, die am Hinterkopf blutete, hoch, zog sie über den kantigen Untergrund, um ihr den letzten Stoß zu verpassen und sie in der Ostsee verschwinden zu lassen.

»Halt! Lassen Sie sofort die Frau los. Sofort, hab ich gesagt!« Verwirrt drehte Rabea sich um. Damit hatte sie nicht gerechnet. Als sie die Stimme von Dirk Westermann erkannte, ließ sie Katrin zurück auf die Steine fallen, zog das Messer aus ihrer Tasche. Dann rannte sie in blinder Wut auf den Lichtkegel der Taschenlampe zu.

Ein ohrenbetäubender Knall hallte über den Sund. Rabea fasste sich ungläubig an den Oberschenkel und sah erstarrt in die Richtung, aus der der Schuss gekommen war. Das Licht blendete sie, und sie hielt sich schützend die freie Hand vors Gesicht. »Bleiben Sie stehen. Ich warne Sie, keinen Schritt weiter.« Die irre Frau stellte sich kerzengerade hin. »Ihr kriegt mich nicht. Ihr kriegt – mich – niiiicht!«, keifte sie so laut, dass ihre Stimme sich überschlug. Sie hielt das aufblitzende Messer in die Höhe, fing hysterisch an zu schreien und lief mit weit aufgerissenen Augen auf Dirk Westermann zu. Ein zweiter Schuss krachte durch die Dunkelheit.

Kurz nach dem Kriminalbeamten Westermann kam Thomas Hartwig angerannt, krümmte sich und hielt sich die Hand in die Seite, weil er so gerannt war, dass er kaum noch Luft bekam. Er hatte den zweiten Schuss abgefeuert, noch bevor die Frau seinen Kollegen erreichen konnte. »Alles in Ordnung?«, hechelte er. »Mmh, alles in Ordnung. Danke.« Thomas Hartwig zerrte die Handschellen aus seiner Jackentasche und wollte auf Rabea Nolte zugehen, als diese plötzlich aufsprang, ein zweites Mal mit lautem Brüllen und dem Messer in der Hand auf Dirk Westermann zusteuerte. Hartwig reagierte, zog seine Waffe und schoss ein weiteres Mal. Er traf die Angreiferin in der Brust.

Rabea sah beide wie von Sinnen aus glasigen Augen an, lachte schrill, torkelte, verlor das Gleichgewicht, stolperte rückwärts über einen Stein. Mit wedelnden Armen stürzte sie schreiend ins Wasser. Dirk Westermann sprang ans Ufer, wollte sie packen und griff ins Leere. Er sah, wie die Frau, die Charlotte überfallen hatte und Katrin umbringen wollte, im Sund versank.

Die Strömung wirbelte sie für einen Augenblick wieder hoch, um sie dann mit sich zu reißen. »Scheiße!« Hartwig stand geschockt am Ufer und verfolgte die gespenstische Szene.

Westermann zog wie in Trance sein Handy aus der Tasche, rief die Wasserschutzpolizei. Von Weitem hörte er die Sirenen der Burger Kollegen, die Hartwig vom Auto aus gerufen hatte. »Die läuft uns nicht mehr weg. Die Jungs vom Wasserschutz finden sie, da bin ich mir sicher.« Mit der Taschenlampe leuchtete er über das dunkle Wasser des Sunds. »Nichts mehr zu sehen.« Thomas Hartwig nickte. »Hoffentlich sind wir rechtzeitig gekommen«, sagte Westermann, drehte sich um, beugte sich über Katrin Duvenstedt. Vorsichtig griff er nach ihrem Handgelenk und suchte ihren Puls. »Ich würde sagen, in letzter Minute. Schwach, aber sie lebt.«

»Hilfe! Hilfe!«, der gedämpfte Ruf drang nur leise von Charlotte Hagedorns Grundstück herüber. »Hast du das auch gehört?«, fragte Hartwig. Westermann nickte und deutete Hartwig an, nachzusehen. Der zog erneut seine Waffe, entsicherte sie und lief durch den Garten auf das Haus zu. Vorsichtig pirschte er sich an die offene Terrassentür heran und entdeckte den am Boden liegenden Mann. »Polizei, keine Angst. Ich helfe Ihnen. Bleiben Sie ganz ruhig liegen. Ist noch jemand im Haus?« Sven schüttelte gequält den Kopf. Hartwig sicherte seine Waffe wieder und ging in die Hocke. »Was ist passiert?« »Die hat auf mich eingestochen. Mein Bauch. Was ist mit Katrin?« Sven versuchte, sich aufzurichten. Hartwig drückte ihn vorsichtig zurück auf den Boden. »Bleiben Sie liegen. Alles okay. Der Krankenwagen ist auf dem Weg. Wir werden Ihnen beiden helfen.« Sven Clasen fing an, wie Espenlaub zu zittern. »Was ist mit Katrin?«, röchelte er. »Sie lebt!« Beruhigend redete Hartwig auf den Schwerverletzten ein, dem ununterbrochen Blut aus seinen Wunden lief. »Zeigen Sie mal.« Hartwig zog Svens Hand zur Seite, schob sein Shirt hoch und betrachtete die klaffende Wunde. »Ist in die Seite gegangen. Sie werden es überleben. Drücken Sie fest drauf, das hilft, bis der Arzt kommt. Wie heißen Sie?« »Sven Clasen«, flüsterte er. Thomas Hartwig verstand. Das war Katrins Exfreund, der sie beschützen wollte. Interessiert sah er ihn von der Seite an. »Sie hat mir erzählt, dass Rabea kommt und … ich hatte ein blödes Gefühl.« Entkräftet schloss Sven die Augen und legte den Kopf zurück. *Das hätte ich mir ja denken können, dass eine so schöne Frau nicht allein ist. Aber Hauptsache, sie lebt*, dachte Thomas Hartwig und atmete tief durch.

Katrin lag immer noch regungslos am Boden zwischen harten im Mondlicht silbern glänzenden Steinen, die das Land vor dem Wasser schützten. »Hoffentlich kommen die gleich. Ihr Puls ist ziemlich schwach.« Besorgt versuchte Westermann vorsichtig, eine Hand unter ihren Kopf zu legen, berührte mit der anderen ihre Wange. »Wird schon wieder.« Die Sirene war schon von Weitem zu hören. In einiger Entfernung leuchteten etliche Blaulichter, und eine Minute später kamen Polizisten mit zwei Ärzten und Sanitätern angelaufen. »Da ist noch jemand im Haus«, rief Westermann. Ein Teil der Gruppe lief aufs Grundstück.

Die beiden Polizisten sicherten den rückwärtigen Eingang, und der Arzt trat ins Wohnzimmer. »Alles sauber hier«, rief Hartwig, »aber der Mann da ist verletzt. Stichwunden.« Dem Arzt genügten wenige Blicke, um die

Situation zu erfassen. Der Verletzte blutete massiv aus zwei verschiedenen Wunden. Der Mediziner bückte sich, öffnete seinen Koffer und fühlte den Puls des Verletzten. »Der ist hoch, viel zu hoch«, sagte er, während sein Assistent das Blutdruckmessgerät anlegte und auf die Pumpe drückte, bis die Manschette anfing, sich aufzuplustern. »Der Blutdruck ist im Keller, nicht gut. Wir müssen ihn schnellstens in die nächste Chirurgie bringen. Da sind mit Sicherheit innere Organe verletzt. Der muss nach Oldenburg, sofort!«

Der zweite, ziemlich junge Arzt bückte sich zu Katrin, tätschelte ihre Wange. »Aufwachen. Hören Sie mich?« Er tastete nach ihrem Puls, schob ihren Pullover hoch und hörte die Herztöne ab. »Puls ist da, aber schwach.« Er leuchtete ihr mit einer kleinen Lampe in die Augen. »Geweitete Pupillen. Keine Reaktion. Ich weiß nicht, warum sie … Wie lange liegt sie schon hier?« »Vielleicht zehn, zwölf Minuten«, antwortete Westermann, der mit besorgtem Blick neben der jungen Frau stand. Nach kurzer Untersuchung der Bewusstlosen, die vorsichtig von den Sanitätern auf die Trage gelegt worden war, entschied der Arzt, den Hubschrauber zu rufen. »Die ist besinnungslos, zeigt überhaupt keine Reflexe. Das gefällt mir nicht. Muss in die Neurologie. Die hat Pupillen, als hätte sie Unmengen Drogen konsumiert. Das muss schnellstens toxikologisch geprüft werden.«

Der Arzt, der eben noch Sven versorgt hatte, wies die Sanitäter an, den Verletzten zum Krankenwagen zu transportieren, damit er nach Oldenburg in die Klinik gebracht werden konnte. Er ging nach draußen zu seinem Kollegen, um mit ihm zu besprechen, was passiert war. »Oldenburg reicht bei der jungen Frau nicht«, sagte der andere Mediziner. »Die Frau muss sofort in die Neurologie. Ich ruf den Hubschrauber. Der kann auf dem Deich gut landen. Mit dem Wagen dauert das alles viel zu lange.« Sven wurde mit Blaulicht und Sirene im Krankenwagen abtransportiert, ohne dass er Katrin noch einmal sehen konnte. Zehn Minuten später landete der angeforderte Hubschrauber auf dem Deich. Unweit der Stelle, wo Katrin gelegen hatte. Nur wenige Minuten, dann erhob er sich mit lautem Getöse in den schwarzen Nachthimmel.

Westermann und Hartwig standen mit den Kollegen der örtlichen Polizei vor dem Haus und warteten, bis der Lärm des startenden Hubschraubers verhallt war. »Ich denke, Sie fahren wieder nach Burg. Ich komme nachher noch aufs Revier und erkläre Ihnen die Situation«, sagte Westermann. Die Männer nickten und machten sich auf den Weg zu ihrem Wagen. »Und wir gehen besser rein. Es fängt an zu regnen«, fügte Westermann hinzu und ging mit Hartwig im Schlepptau ins Innere des Hauses. »Irgendwas ist hier vorgefallen. Schauen wir uns das mal genauer an«, sagte er, zog sein Handy aus der Hosentasche und wählte. Wartete darauf, dass am anderen Ende jemand abnahm. »Westermann. Hallo, wir brauchen mal das ganze Programm: Spurensicherung zum Haus am Sund. Ihr wisst schon. Ja ... wahrscheinlich. Die Täterin wurde angeschossen. Ist in die Ostsee gefallen, sofort untergegangen. Die Wasserschutz ist informiert ... keine Hinweise ... okay! Bis nachher.«

Westermann schob das Handy wieder zurück in seine Tasche, zerrte gleichzeitig dünne Handschuhe hervor und stülpte sie über seine Hände. Thomas Hartwig tat es ihm gleich und wischte sich anschließend mit dem Ärmel seiner Jacke Schweißperlen von der Stirn. »Ist alles in Ordnung mit dir? Wird schon wieder. Deine ersten Toten?« Hartwig nickte. »Ich komm schon klar. Aber ich mach das ja nicht jeden Tag. Wir gehen in Neustadt nicht ständig auf Verbrecherjagd.« Westermann grinste mitleidig. »Na dann woll'n wir mal.«

In den oberen Räumen war nichts Auffälliges zu finden. »Das Haus steht im Moment unter keinem guten Stern, oder?«, sagte Westermann, als sie zurück ins Wohnzimmer gingen. Hartwig nickte wissend. »Nichts Auffälliges. Nur das Bild am Boden.« Eines der Fotos lag in einem Haufen Glasscherben. Der Rahmen war zerbrochen. »Da hatte wohl jemand richtig Wut.« Westermann senkte den Kopf und besah sich aus kurzer Distanz das Foto. »Würde mich auch nicht freuen, wenn mein Alter mit 'ner anderen Frau ...« Er seufzte. Das Blut, das Sven verloren hatte, fing an einzutrocknen, hinterließ einen schmutzigen Fleck. Die Flasche Wein, die fast leeren Gläser standen noch immer auf dem Tisch. Westermann nahm eins davon in die Hand, hielt es in die Höhe. »Nichts.« Dann nahm er das zweite. »Sieh mal einer an. Da ist was auf dem Grund, kannst du das auch sehen?« Er hielt Hartwig das Glas entgegen und schnüffelte daran. »Merkwürdig. Das riecht komisch. Das müssen die sofort untersuchen, damit die wissen, wonach sie bei Katrin suchen sollen. Du kümmerst dich bitte noch einmal um diesen jungen Mann. Wie hieß der noch? Ich glaub, ich bekomme langsam Demenz«, sagte er und zog die Augenbrauen zusammen. »Kann mir nicht mal mehr die einfachsten Namen merken.« »Clasen, Sven Clasen«, sagte Hartwig. »Mach dir keine Sorgen, das hat nichts mit dem Alter zu tun.« Jetzt grinste Thomas Hartwig über das ganze Gesicht. »Ich hol gleich aus«, feixte Westermann zurück. »Also, du kümmerst dich nachher um Sven Clasen.« »Ja, Chef, mach ich, Chef«, mit einem Sprung rettete er sich vor einem angedeuteten Fausthieb.

Eine Stunde später erschienen die Kollegen von der Spurensicherung. Westermann wechselte ein paar Informationen, wies auf die Wichtigkeit der toxikologischen Gutachten hin und verabschiedete sich formell. »Ihr habt meine Nummer. Wir brechen jetzt hier ab.« Er zeigte auf Thomas Hartwig und sich. »Können im Moment sowieso nichts mehr machen.« Er sah Hartwig mit müden Augen von der Seite an. Der nickte ihm zu. »Das war ein langer langer Tag. Ich glaub, wir brauchen jetzt erst mal 'ne Mütze voll Schlaf …«

SONNTAG

»Das wird schon wieder. Sie sahen aber auch wirklich übel zugerichtet aus«, sagte die Schwester und nickte freundlich, als sie Sven die Decke überlegte und sein gelblich verfärbtes Gesicht anschaute. »Das Auge wird bald besser.« »Ach, halb so schlimm, das hab ich schon ein paar Tage länger«, antwortete er grinsend und winkte ab, als der Arzt den Raum betrat. Die Schwester trat einen Schritt zurück und stellte sich neben ihren Chef. Sven drehte den Kopf in seine Richtung: »Wann kann ich nach Hause? Ich muss unbedingt heim.« Der Arzt hob beschwichtigend die Hand. »Ruhig, ganz ruhig. Morgen können Sie raus. Versprochen.« Der kleine rundliche Mediziner mit dünnem Haarkranz ging um das Bett herum, schlug die Decke zurück und schaute nickend auf die Verbände, die die Wunden verdeckten. »Die werden heilen. Sie hatten wirklich Glück, dass man Sie so schnell hierher verfrachtet hat.« Sven richtete sich stöhnend im Bett auf. Die Anstrengung schmerzte. Die Verletzungen brannten wie Feuer, als er versuchte, sich gerade hinzusetzen. Er fasste mit der Hand an die Stellen, wo Rabea Nolte ihm das Messer in den Bauch gejagt hatte. »Warum haben Sie es denn so eilig, heimzukommen?«, fragte der Arzt. »Meine Freundin liegt auf der Intensivstation. Sie war bewusstlos. Ich muss zu ihr«, sagte er und stellte das Kopfteil mit dem Schalter am Bett ein paar Zentimeter höher.

»Was ist denn mit ihr?« »Sie hatte eine Menge Gift im Körper. Und dieses Gift … Sie hätte tot sein können.«

Die Brille des Stationsarztes rutschte nach unten, als er die Stirn runzelte. Sven fixierte den Mann im weißen Kittel, während der sich gegen die Fensterbank lehnte. »Wie der Kommissar aus Oldenburg mir gestern noch erzählt hat, bekam sie eindeutig 'ne Menge von dem Zeug ab.« »Von welchem Zeug?«, fragte der Mediziner neugierig. »In ihrem Körper war eine stark erhöhte Konzentration von bla bla bla ... Kann ich Ihnen auch nicht sagen. Da müssten Sie Ihre Kollegen anrufen. Die wissen besser Bescheid als ich.« Sven legte seinen Kopf schräg. »Das war auf jeden Fall das Gift der Engelstrompete. Kennen Sie doch sicherlich – die große Pflanze aus dem Garten. Mit dem weißen Kelch? Hochgiftig.« Der Arzt nickte. »Die Tante meiner Freundin hat so ein Ding auf ihrem Gelände stehen. Keine Ahnung.« Der Doktor nieste, hielt sich den Handrücken gegen die Nase. Die Schwester zog ein Papiertuch aus dem Halter an der Wand und reichte es ihm lächelnd. »Sie ist vergiftet worden. Von der Freundin ihrer Tante. Aber sie hat es geschafft.« »Na, dann haben wohl alle noch mal riesiges Glück gehabt.« »Nee, nicht alle, aber ich habe keine Lust, jetzt darüber zu reden. Später.« Sven legte sich ermattet ins Kissen zurück. »Ich seh heute Abend noch einmal nach Ihnen. Dann können Sie mir ja den Rest erzählen.« Der Arzt reichte Sven die Hand und verließ das Zimmer.

Katrin lag nicht mehr auf der Intensivstation. Am nächsten Morgen wachte sie mit schlimmen Kopfschmerzen und elender Übelkeit auf. Eine Schwester zog die Vorhänge auf und ließ die Sonne ins Zimmer. »Oh bitte, machen Sie das wieder zu«, stöhnte Katrin und hielt sich die Hand vor die Augen. »Nee, nun mal aufwachen. Es ist so schön heute. Wer weiß, wie lange wir die Sonne noch sehen.« Lachend öffnete sie das Fenster und ließ frische Luft hinein.

Dirk Westermann und Thomas Hartwig saßen im Kaminzimmer des Hotels und warteten darauf, ihre Rechnungen bezahlen zu können. Westermanns Brille war auf die Nasenspitze gerutscht, und er sah über den Rand hinweg zu Hartwig. Um ihn herum auf dem Tisch waren eine Menge eng beschriebener Blätter verstreut. Dazwischen standen zwei Gläser Bier und ein rundes Holzbrett mit belegten Broten. »Eben hat mich die Bank angerufen. Wegen Matthinsen. Der Typ ist total pleite. Macht wohl über kurz oder lang den Laden in Burg zu. Das Haus zu verkaufen, hätte ihm wahrscheinlich seinen Arsch gerettet. Aber so …« Westermann zuckte die Schultern. »Für die Tatzeit hatte er übrigens ein Alibi. Ein ziemlich fettes sogar.« »Wo war er denn?« »Beim Griechen. Da ist er Dauergast.« Hartwig und Westermann fingen lauthals an zu lachen.

»Ich habe den ersten Bericht von der Klinik. Katrin Duvenstedt hatte jede Menge Gift im Blut. So wie ich das sehe, wollte Rabea sie vergiften. Und ein Fax von der KTU. Am Holzstück, das im Kofferraum lag, war die DNA von Charlotte Hagedorn. Und halt dich fest. DNA von Rabea Nolte. Die haben sie mit dem Abdruck vom Weinglas verglichen. Bingo!« Thomas Hartwig nahm sein Glas und leerte es in einem Zug. »Das ist ja ein Ding. Dann hat die auch die Tante zusammengeschlagen.« Westermann sah ihn über den Rand der Brille an und sagte: »Ich gehe mal davon aus.«

Er blätterte zwischen den Papierseiten herum. »Wenn

ich mir die Unterlagen der Psychoklinik durchlese ...«, Hartwig schnellte mit der Hand nach oben. »Stopp. Wieso Klinik?« »Hab ich dir doch schon im Auto erzählt. Sie war in Schleswig in der geschlossenen Abteilung. Über acht Jahre. Ich habe die Unterlagen der Berliner Wohngruppe angefordert, nachdem ich herausgefunden hatte, dass sie nach dem Selbstmord ihrer Mutter dort in psychotherapeutischer Behandlung war, und stell dir vor ...«, Westermann winkte der Kellnerin und bestellte noch zwei alkoholfreie Biere, »... sie ist nach Timmendorf abgehauen. Hat als Haushälterin bei einer älteren wohlhabenden Frau gearbeitet und sie immer wieder bestohlen. Als die sie rausschmeißen wollte, ist die Nolte ihr mit einem Messer an die Kehle und wollte sie umbringen.« »Ja, das sagtest du bereits.« Thomas Hartwig zog an seinem blauen Shirt und stellte der Bedienung sein leeres Glas auf das Tablett. »Die hatte nur Glück, dass ihr Neffe gerade kam. Die alte Dame ist schwer verletzt nach Neustadt in die Klinik gebracht worden. Hat es überlebt. Und Rabea Nolte wurde wegen dissoziativer Persönlichkeitsstörung mit Borderlinesyndrom in Schleswig eingewiesen, nachdem sie wegen versuchten Mordes angeklagt und verurteilt wurde.« Hartwig sah ihn fassungslos an. »Schwere psychopathische Störung, steht hier. Und so weiter und so weiter. Sie war mehr als acht Jahre in der Klinik, wurde therapiert und vor etwas über vier Jahren als geheilt entlassen.«

»Und wieso war die hier auf Fehmarn?«, wollte Thomas Hartwig wissen. »Zufall, neuer Anfang. Das hat sie zumindest der Klinik mitgeteilt, die regelmäßig überprüft hat, ob sie ihre Medikamente nimmt.« »Die scheint sie ja dann aber jetzt nicht mehr genommen zu haben, oder?« Thomas Hartwig leerte sein Glas. »Trink mal nicht so schnell. Wir sind hier noch nicht fertig. Kein Feierabend. Ich hoffe, du kannst mir noch folgen?« Hartwig nickte. »Hab übrigens mit Charlotte Hagedorn telefoniert. Sie ist heute entlassen worden. Wollte unbedingt nach Hause, nachdem sie das von ihrer Nichte und deren Freund gehört hat. Die war ganz schön geschockt, als ich ihr von Rabea Nolte berichten musste. Wir sollen nachher noch einmal vorbeikommen.« »Mann, Hartwig, nun hör mir doch mal zu. Wir können ja nachher hinfahren. Kein Problem. Auf jeden Fall hat sie Charlotte Hagedorn zufällig auf diesem Flohmarkt kennengelernt. Und es muss Zufall gewesen sein, dass sie ihren Vater auf einem der Fotos entdeckt hat, die in Charlottes Haus auf der Anrichte standen, wenn du dich erinnerst.« Thomas Hartwig nickte. »Die arme Frau Hagedorn. Die hatte überhaupt keine Ahnung, wen sie sich da ins Haus geholt hat. Ich glaub's ja nicht.« Er lehnte sich entspannt gegen die mit rotem Stoff überzogene Rückenlehne des Stuhls.

»Aber warum Katrin Duvenstedt? Und was ist mit Markus Beiländer?« Westermann trank, schob die Brille wieder nach oben. »Nun mal langsam. Eins nach dem anderen.« Es entstand eine Pause, in der er sich sammelte. Nur gedämpfte Stimmen aus dem Loungebereich waren für einen Augenblick zu hören. Westermanns Handy klingelte in die Stille hinein. »Ja? ... Ach, gut. Wir kommen. Wann? ... Eine Stunde? Okay. Wir kommen dann zum Hafen.« Westermann legte auf. »Die haben eine Leiche aufgefischt. Es könnte nach der Beschreibung die Nolte sein. Hing an einer Reuse, mmh.« Er sah auf seine Armbanduhr. »Wir haben noch eine halbe Stunde, dann müssen wir zum Hafen nach Burgstaaken. Die warten da auf uns. Die Spurensicherung ist schon auf dem Weg.«

Thomas Hartwig stand auf. »Ich bin gleich wieder da.« Dirk Westermann ordnete seine Papiere und starrte auf den Tresen, hinter dem der Kellner von heute Morgen stand und wieder Gläser polierte. Zwei der drei Tische im vorderen Bereich waren mit Pärchen besetzt, die sich leise und gut gelaunt unterhielten. »Die haben keine Ahnung, wie schnell die gute Laune vorbei sein kann ...« »So, da bin ich wieder.« Der Hauptmeister setzte sich und rückte sein halb volles Bierglas zurecht. »Noch mal zu Katrin. Die war im Weg. Ich denke, die Nolte wollte das Haus. Letztendlich hat Charlotte ihr alles genommen. Den Vater, den Luxus und alles was dazugehört. Nenn es Rache, nenn es Habgier. Die hat alles genauestens geplant. 100-prozentig. Und da hat die Nichte gestört. »Ja, aber die Nolte hätte doch nichts bekommen. Das hätte doch alles Katrin gehört, wenn Charlotte etwas passiert wäre. Erbe und so.« Eine brünette Kellnerin mit der Figur eines Models und dem Augenaufschlag einer Katze kam fast schwebend an den Tisch. Beugte sich lasziv über den Tisch. »Kann ich Ihnen noch etwas bringen? Noch ein Bier?«, säuselte sie. *Die sehen super aus. Aber von Fehmarn sind die garantiert nicht*, dachte die junge Frau und strahlte die Männer an. »Nein danke. Wir hätten gern die Rechnung.« »Ich geb das mal weiter«, sagte sie und verschwand mit gekonntem Hüftschwung. *Heißer Feger. Die könnt ich auch mal ...*

»Hallo, Thomas! Komm mal wieder runter. Wir sind nicht zum Vergnügen hier.« Westermann sah der hübschen Frau über seinen Brillenrand hinterher. *Könnte*

meine Tochter sein. Da fehlt nur noch einer wie Hart-
wig. Obwohl, so übel ist der gar nicht. Den könnten wir
gut in unserem Team gebrauchen. Westermann sammelte
sich, sah zurück zum Tisch.

»Erinnerst du dich an das Testament, von dem Charlotte gesprochen hat? Ich hab bei dem Notar angerufen. Stell dir vor, sie hat Rabea Nolte als Erbin für das
Haus eingesetzt, weil ihre Nichte partout nicht nach
Fehmarn ziehen wollte. Nicht am Haus interessiert war.
Und da Rabea ihr angeboten hatte, sie zu pflegen, wenn
es mit ihr schlechter gehen sollte, hat sie die Freundin
als Erbin eingesetzt. Ihr das natürlich auch mitgeteilt.«
»Geht das?« »Ja, warum nicht. Du bist doch für das, was
dir gehört, selbst verantwortlich. Bis auf den Pflicht-
teil. Das hatte sie alles mit ihrem Notar geregelt.« »Na
klar«, sagte Hartwig, »aber wäre Katrin nach Fehmarn
gezogen – aus die Maus. Nichts mehr mit Haus. Hä,
das reimt sich sogar!« »Genauso ist es. Ich denke, sie
wollte Katrin beseitigen, damit ihr Erbe nicht verloren
geht, und weil sie totalen Hass auf beide hatte. Charlotte hätte sie wahrscheinlich hinterher auch noch um
die Ecke gebracht. Der Überfall sollte sie nur dazu bringen, ihr Haus zu verlassen. Und die Sache mit dem Gift
hätte bei Charlotte mit Sicherheit gewirkt, ohne dass
irgendjemand Verdacht geschöpft hätte. Das schwache
Herz, der Tod der Nichte und so weiter. Verstehst du?«
»Davon kann man ausgehen. Die beiden haben wirklich
Glück gehabt«, sagte Thomas Hartwig und sah schweigend aus dem Fenster.

Im Hintergrund begann leise maritime Musik zu
erklingen. *Wieder auf Kurs* sang eine warme weibliche
Stimme, die bei Thomas eine Gänsehaut erzeugte. »Hörst

du das? Klingt gut. Wer ist das?«»Keine Ahnung, aber das Personal wird's schon wissen.« Westermann sah seinen Kollegen schräg von der Seite an. »Und, was ist mit Beiländer?«, fragte Thomas Hartwig. »Ja, das ist nun wirklich merkwürdig.« Westermann fuhr sich mit der Zunge über die Fingerkuppe, suchte angestrengt das passende Blatt aus dem Haufen heraus. »Der war mit der Nolte in dieser Wohngruppe für schwer erziehbare Jugendliche in Berlin. Da haben die sich kennengelernt. Beiländer ist auf Fehmarn, entdeckt irgendwo wahrscheinlich die Nolte, die dann irgendwie mit Katrin zusammen war, und bekommt Angst um seine Angebetete. Vielleicht wollte er sie beschützen und hat sie im Haus beobachtet. Keine Ahnung. Erpressung? Wer weiß.« Dirk Westermann sah auf die Uhr. »So, wir müssen. Die sind sicher schon im Hafen.« Sie standen auf, winkten der Bedienung und zahlten ihre Rechnung. Dann verschwanden sie durch die Hintertür zum Parkplatz.

Das Schiff der Wasserschutzpolizei lag im Hafen von Burgstaaken vor Anker, und der Steg war herausgefahren. »Moin, Moin«, rief einer der Wasserschutzbeamten vom Deck zu den Männern hinunter, die die Planken betraten. »Kommen Sie an Bord, meine Herren.« Wortlos betraten sie das Schiff. »Sie liegt da vorne. Ich gehe mal davon aus, dass das Ihre Gesuchte ist.« Er ging voran, Westermann und Hartwig folgten ihm. »Sieht nicht wirklich gut aus, die Frau.« Mit einem Ruck zog er die graue Decke von der Toten. »Phh …« Hartwig drehte der Leiche den Rücken zu. »Oh Mann. Wenn ich das alles vorher gewusst hätte …« Dann kotzte er gegen den Wind über die Reling.

Westermann ging kopfschüttelnd in die Hocke und schenkte seinem Kollegen keine weitere Beachtung. Er sagte zu dem Beamten der Wasserschutz, der entgeistert zu Hartwig schaute: »Der wird schon wieder. Ist alles ein bisschen viel Mord hier auf der Insel. Zu viele Leichen.« Ernst sah er sich die Tote an. »Ja, das ist sie. Ihr habt die Spurensicherung ja schon informiert.« »Jupp«, sagte der junge Beamte, der aufrecht hinter ihm stand und sich in seiner Haut auch nicht wohler zu fühlen schien als Hartwig, der sich mit grünem Gesicht und Resten seines Frühstücks auf seiner Jacke umdrehte und bleich an der Reling lehnte. »So Thomas, geht's wieder? Wisch dir mal ...«, er tippte sich mit dem Finger an sein Kinn. »So, ich glaube, das reicht jetzt auch. Ich bring dich wohl besser nach Hause.« Hartwig nickte benommen und versuchte, die Sauerei auf seiner Jacke mit einem Papiertaschentuch zu beseitigen. Westermann sah den Kollegen der Wasserschutz an und sagte: »Wir fahren jetzt zurück nach Oldenburg. Ich meld' mich dann in der Gerichtsmedizin. Tschüss.« Er reichte seinem Gegenüber die Hand, zog Hartwig am Ärmel hinter sich her, und sie verließen das Schiff.

»So, mein Bester. Wir fahren jetzt noch mal zu Charlotte Hagedorn und dann zurück nach Oldenburg.« Hartwig war die Erleichterung deutlich anzusehen. »Jo, mir langt es auch fürs Erste.« »Und ich hab gedacht, du wärst vielleicht auf den Geschmack gekommen und kommst zu uns nach Oldenburg. Wir können Leute wie dich gut gebrauchen. Außerdem verstehen wir uns doch ziemlich gut, oder?« Thomas Hartwig nickte. »Daran hab ich auch schon gedacht. Muss wohl wieder die Schulbank drücken. Mal sehen.« Ermattet blickte er noch einmal zurück zum Schiff. Dann stiegen sie in den Wagen.

»Alles wird gut, versprochen«, sagte Westermann, um Hartwig zu beruhigen. »Angst brauchen die beiden Frauen jedenfalls nicht mehr zu haben. Das Böse ist aus ihrem Haus verschwunden …«

ENDE

EPILOG –
EIN PAAR WOCHEN SPÄTER

Die Sonne schien an diesem kalten Novembertag, als hätte sie sich mit Charlotte Hagedorn, Katrin und Sven verabredet. Charlotte stand auf. »Prima, Sven, dass du uns besuchen kommst. Ich hol mal schnell den Kaffee. Was für ein schöner Tag. Wie findest du das Grundstück, nachdem die Büsche weg sind?« »Ja gut. So hat man einen fantastischen Blick auf den Sund und die Brücke. Toll, ehrlich.« »Finde ich auch. Überhaupt, nachher müssen wir uns unbedingt mal über die Angler unterhalten, die im Sund verschwunden sind. Nicht wahr? Die haben nämlich immer noch keine Ahnung, wo die abgeblieben sind.«

Katrin lächelte, als Charlotte ihre gehäkelte Stola enger um die Schultern zog, barfuß in Holzpantinen und Blümchenkleid im Haus verschwand. »Fehlt nur noch der Strohhut«, witzelte Sven und sah Katrin lächelnd von der Seite an. Plötzlich klingelte Katrins Handy. »Oh, hallo, Thomas. Was? Nächste Woche. Essen gehen? Ja, gute Idee.« Sie schaute verlegen zu Sven, drückte den roten Knopf ihres Telefons und blickte lächelnd über den Sund …

DANKSAGUNG

Ich danke: Meiner Freundin Beate Dillmann-Gräsing, die leider am 25. April 2015 plötzlich verstarb, für die uneigennützige Unterstützung, das erste Gegenlesen und ihre Hilfe, wann immer ich sie brauchte.

Ohne ihren Workshop und den Ansporn zu schreiben, hätte der Krimi das Licht der Welt vielleicht nie erblickt. Sie hat mich angehalten, meine Gedanken zu Papier zu bringen. Ich bin ihr unendlich dankbar und weiß, sie ist bei mir, wenn das Buch vorgestellt wird … Danke.

Marina Kienitz, die sich jede Szene geduldig anhörte und immer an mich geglaubt hat (die nächsten Lesestunden sind schon in Arbeit).

Walter Meß, ohne den die plattdeutschen Passagen nicht zustande gekommen wären. Fehmarnsches Platt ist sehr eigen. Aber wir hatten viel Spaß beim Übersetzen.

Thomas Spohr für die wichtigen medizinischen Hinweise, damit meine Verletzten wirklich authentisch sein konnten.

Herrn Ebel, der mir erlaubt hat, den Namen des Restaurants *Waldpavillon* zu nutzen.

Dem Ersten Kriminalhauptkommissar Meno Bülow der Kriminalpolizeistelle Oldenburg, der mir einen Einblick in polizeiliche Fachfragen gegeben hat.

Hotel *Wisser*, Diskothek *Medley*, Bar *Qba* dafür, dass ich ohne Probleme die Namen verwenden konnte.

Besonders danke ich meinen Freunden, Familie Lafrenz vom Klausdorfer *Hofcafé*. Die Torten sind wirklich lecker.

Meiner Familie für die zahllosen Stunden, die sie ohne mich verbringen musste. Für das Vertrauen in meine Arbeit und für die Liebe, die mich immer wieder beflügelt und auf ihren Schwingen getragen hat.

Einer lieben Freundin, Petra Seyfert, die mich anspornte, über einen ersten Krimi nachzudenken. Du hattest den richtigen Riecher. Danke vielmals für deine Anregung.

Besonders danke ich meiner Lektorin, Claudia Senghaas, die mir vertraut und jederzeit mit Rat und Tat zur Seite steht. Es macht viel Spaß, mit dir zusammen zu arbeiten. Ich hoffe auf viele gemeinsame Projekte. Ebenso dem gesamten Team vom Gmeiner-Verlag, das dieses Buch von Anfang an mit voller Kraft unterstützt hat.

Weitere Krimis finden Sie auf den
folgenden Seiten und im Internet:

WWW.GMEINER-SPANNUNG.DE

Kommissare Westermann und Hartwig ermitteln:

1. Fall: Küstenschrei
ISBN 978-3-8392-1851-8

2. Fall: Küstenschatten
ISBN 978-3-8392-2036-8

3. Fall: Küstendämon
ISBN 978-3-8392-2230-0

4. Fall: Küstenwolf
ISBN 978-3-8392-2403-8

5. Fall: Küstenlüge
ISBN 978-3-8392-2579-0

6. Fall: Küstensturm
ISBN 978-3-8392-2836-4

7. Fall: Küstenangst
ISBN 978-3-8392-0150-3

8. Fall: Küstengruft
ISBN 978-3-8392-0369-9

9. Fall: Küstenkiller
ISBN 978-3-8392-0607-2

weitere:
Fehmarn
ISBN 978-3-8392-2002-3

GMEINER SPANNUNG

WWW.GMEINER-VERLAG.DE
Wir machen's spannend

Susanne Ziegert
Verrat auf Helgoland
Kriminalroman
384 Seiten, 12,5 x 20,5 cm,
Broschur
ISBN 978-3-8392-0738-3

Pompöser Empfang auf Helgoland für den skandal-
umwitterten Journalisten Casimir Dorst. Sein Bericht
soll die Insel von ihrer besten Seite zeigen – hoffen die
Insulaner. Doch die Tour läuft nicht nach Plan. Dorst
wird tot in der Kapitänssuite aufgefunden. Videos von
der Insel und über Widerständler im Zweiten Welt-
krieg sind nicht auffindbar. Kommissarin Friederike
von Menkendorf und Harry Kruss von der Wasserschutzpolizei können der Noch-Ehefrau und dem
geprellten Geschäftspartner nichts nachweisen. Liegt
der Schlüssel in den verschwundenen Aufnahmen?

GMEINER SPANNUNG

WWW.GMEINER-VERLAG.DE
Wir machen's spannend

Sibylle Narberhaus
Syltgold
Kriminalroman
320 Seiten, 12,5 x 20,5 cm,
Broschur
ISBN 978-3-8392-0735-2

Auf Sylt werden die letzten Vorbereitungen für
das legendäre Motorradtreffen, die Harley-Days,
getroffen, als Anna Zeugin eines tödlichen Verkehrs-
unfalls wird. Im Gegensatz zu ihr geht die Polizei von
einem tragischen Unglück aus. Erst als ein weiterer
Todesfall zu beklagen ist, nehmen die Beamten die
Ermittlungen auf. Besteht zwischen den Todesfällen
ein Zusammenhang? Was führt Frank Gustafsons
alten Studienkollegen Jörg Neritz wirklich nach
Sylt? Anna macht derweil eine brisante Entde-
ckung, und ein furchtbarer Verdacht kommt auf.

GMEINER SPANNUNG

WWW.GMEINER-VERLAG.DE
Wir machen's spannend